TOUT ME RAMÈNE À TOI

Passionnée de loisirs créatifs dans son enfance, c'est tout naturellement que Melissa Wiesner s'est tournée vers l'écriture et a enchaîné les succès. Elle a écrit six romans, qui ont rencontré un engouement international. Spécialisée dans le conseil en santé publique, elle s'inspire de son quotidien pour créer les personnages de ses livres. Elle partage son temps entre Pittsburgh et la Virginie avec son mari et leurs deux enfants. *Tout me ramène à toi* est son premier roman publié en France.

MELISSA WIESNER

Tout me ramène à toi

TRADUIT DE L'ANGLAIS (ÉTATS-UNIS) PAR VALENTINE VIGNAULT

MICHEL LAFON

Titre original :
IT ALL COMES BACK TO YOU
Publié par Storyfire Ltd, Bookouture, en Grande-Bretagne en 2023.

ISBN : 978-2-253-25195-8 – 1re publication LGF

À Sid. Ce livre ne pouvait être que pour toi.
Merci pour l'inspiration.

Prologue

L'été, aujourd'hui

Ces quinze dernières années, la Dr Anna Campbell avait fait tout son possible pour ne pas rentrer chez elle. Juste derrière les portes de sortie de l'aéroport, pourtant, se profilait la ville de Pittsburgh, en Pennsylvanie, cette ville qu'elle avait passé son enfance à essayer de fuir.

Pour se donner du courage, Anna saisit le pendentif en or qu'elle portait autour du cou depuis deux décennies, et passa son pouce sur les motifs délicats gravés à sa surface. Elle n'était plus une petite fille aux abois, et ce voyage était l'occasion d'obtenir enfin les réponses qu'elle avait cherchées pendant la moitié de sa vie.

De tourner enfin la page, pour de bon.

Anna se redressa et suivit les autres voyageurs fatigués à la sortie de l'escalator, cherchant leur chemin entre le retrait des bagages et les portes coulissantes qui menaient vers l'extérieur, où amis et famille les attendaient. Anna n'avait aucun bagage. Toutes ses possessions tenaient dans son sac à dos, et personne n'était venu la chercher à cette heure tardive. Elle leva donc les yeux vers les panneaux pour trouver celui qui lui indiquerait la file de taxis.

Elle allait sortir quand une voix douce appela dans son dos :

— Quelqu'un peut appeler un médecin ?

Anna pivota, oubliant toute appréhension tandis que son regard se posait sur l'un des hommes les plus beaux qu'elle avait jamais vus, à quelques pas d'elle. Elle resta immobile un instant ; son sac glissa de son épaule et tomba au sol. Le visage de l'homme s'éclaira d'un sourire.

— Gabe ! s'écria-t-elle en se précipitant vers lui.

Il s'avança, la souleva de terre et la fit tournoyer. Gabriel Weatherall, son meilleur ami de tous les temps.

— Je n'arrive pas à croire que tu sois là, dit-elle lorsqu'il la reposa enfin à terre.

Comme son avion atterrissait après minuit, elle lui avait dit qu'elle prévoyait de prendre une chambre d'hôtel près de l'aéroport. Elle aurait dû se douter qu'il n'en ferait qu'à sa tête.

— Franchement, tu ne croyais tout de même pas qu'après tout ce temps tu pourrais revenir au bercail en douce, si ?

— Eh bien, peut-être pas en douce, dit-elle avec un sourire en coin. Disons juste sur la pointe des pieds.

Gabe secoua la tête en soupirant, avec un amusement mêlé d'autre chose. Un soupçon d'exaspération, probablement.

— Tu sais que ma famille comptait les jours en attendant ton arrivée ?

Le cœur d'Anna chancela de façon inattendue : ah,

les Weatherall. La grande, la bruyante, l'adorable et envahissante famille de Gabe. Ils faisaient partie de sa vie depuis qu'elle était adolescente, et avoir été accueillie par eux était la meilleure chose qui lui soit jamais arrivée. Pourtant, il y avait des moments, comme aujourd'hui, où elle savait qu'elle ne serait jamais comme eux. Ils considéraient chaque changement dans la vie comme une fête ; plus c'était bruyant et bondé, mieux c'était. Anna, quant à elle, ne désirait rien tant que se cacher jusqu'à ce qu'elle trouve quoi faire ensuite.

Comme s'il pouvait lire dans ses pensées, Gabe ajouta :

— Tu as de la chance que toute la famille ne se soit pas pointée au retrait des bagages avec un orchestre et des feux d'artifice. (Il haussa les sourcils en lui jetant un regard malicieux.) J'ai émis l'hypothèse que ça pourrait être… un peu trop pour toi.

Il exagérait, mais à peine. Et comme depuis toujours, Gabe la comprenait mieux que quiconque. Il connaissait son passé, son enfance, et toutes les raisons pour lesquelles elle avait plus de mal à s'ouvrir aux autres que les membres de sa famille.

Enfin, il connaissait la plupart de ces raisons. Il y avait certains secrets qu'elle n'avait jamais dits à personne.

Quand bien même, elle savait que sa réserve frustrait Gabe, parfois. Elle lui jeta un autre coup d'œil furtif tandis qu'il attrapait son sac à dos. Cela faisait quatre ans qu'elle ne l'avait pas vu. À présent, à mi-chemin dans sa trentaine, il avait gagné quelques petites rides autour des yeux, et bien que toujours mince, il s'était un peu épaissi depuis son départ. Bien sûr, il n'en était que plus attirant.

Il se retourna et la surprit en train de le fixer.

Quelque part au loin, un bourdonnement s'éleva, très léger d'abord, augmentant peu à peu en intensité. Pendant une seconde, Anna pensa que c'était le carrousel à bagages qui avait été actionné, mais non. C'était juste elle ; cette sensation diffuse d'électricité qui gagnait ses membres quand elle était près de Gabe.

Si elle en croyait le léger tressaillement au coin de son œil, il ressentait la même chose, lui aussi. Tout d'un coup, elle fut transportée quatre ans en arrière, lors de cette soirée de juin où elle l'avait vu pour la dernière fois. Elle les revit, tous les deux sous le porche des parents de Gabe, et entre eux un abîme plus vaste que l'océan qu'elle venait de traverser. Elle revit l'expression stupéfaite et peinée sur le visage du jeune homme alors qu'elle s'était dérobée, ayant de justesse manqué de franchir la limite.

Fuyant son regard, elle se pencha pour prendre sa veste et fouiller ses poches comme si l'urgence était soudainement de mettre la main sur son passeport. Gabe poussa un soupir discret, teinté d'exaspération cette fois encore.

Pour la millionième fois depuis cette orageuse nuit de printemps où elle avait quitté le pays, elle se demanda quelles conséquences le temps et la distance avaient eu sur les sentiments de Gabe à l'égard de cette dernière rencontre. Était-il, lui aussi, soulagé qu'ils se soient arrêtés avant que quelque chose ne se passe entre eux ?

Et tout aussi désolé ?

Elle ne lui poserait jamais la question.

Ils parlaient de tout. De tout sauf de cette ligne à haute tension qui vibrait entre eux. Ce sujet était définitivement défendu, totalement tabou. Parce que s'il y avait une chose plus précieuse que tout le reste pour Anna, un trésor qu'elle aurait protégé quitte à se jeter sous un train en marche, c'était son amitié avec Gabe.

C'était la seule chose dans sa vie sur laquelle elle avait jamais pu compter.

PARTIE I

Chapitre 1

Automne, quinze ans plus tôt

Anna s'efforça d'inspirer profondément pour calmer le marteau-piqueur dans sa poitrine, tandis que sa professeure égrenait une liste de noms depuis l'estrade. Le type assis à sa droite lança un regard agacé vers sa basket usée qui sautillait nerveusement, et elle pressa une main sur sa jambe pour l'immobiliser.

La personne dont le nom allait être appelé par sa professeure ne se doutait pas que l'avenir d'Anna dépendait d'elle. En tant que l'une des rares lycéennes pouvant prétendre à ce programme universitaire gratuit, ce projet était sa chance d'obtenir une bourse, une existence où elle ne serait pas toujours sur ses gardes. Le froissement du papier dans la main de la Dr McGovern résonna dans l'amphithéâtre tandis que son doigt glissait sur la liste et s'arrêtait. Anna agrippa l'ourlet de son tee-shirt troué en attendant le nom de son partenaire de projet.

— Gabriel Weatherall.

Son regard parcourut la pièce jusqu'au grand brun

affalé sur sa chaise, qui faisait pirouetter distraitement son stylo entre ses doigts. Il la salua d'un hochement de tête distrait ; moins d'une seconde plus tard, son regard revint brusquement vers elle, et sa bouche s'ouvrit avec un air de surprise presque comique.

Enfin, cela aurait été comique si la vie d'Anna n'avait pas été en jeu.

Elle se força à lui adresser un sourire amical.

Alors qu'il haussait les sourcils avec une moue dédaigneuse, Anna sentit sa bourse d'études lui échapper.

La Dr McGovern annonça les binômes restants sur sa liste, puis commença son cours, mais Anna n'écoutait plus. Elle posa un coude sur le bureau et tira ses cheveux bruns devant son visage comme si ses pointes fourchues faisaient partie de ses soucis. Cachée derrière sa frange, elle observa la tignasse noire de Gabe, le tee-shirt aux couleurs de sa fraternité et ses bras croisés sur son large torse, dans une attitude confiante. Oh, misère. La moitié des filles de la classe aurait tué pour travailler avec Gabe au cours des deux prochains semestres, mais Anna aurait préféré tomber sur n'importe qui d'autre.

C'était leur deuxième cours ensemble, même s'il ne l'avait jamais remarquée à l'arrière de la salle. Elle, en revanche, savait qui il était. Gabe était l'exemple typique du mec pour qui tout était facile. Il bougeait et parlait avec trop d'assurance pour avoir jamais connu de difficulté ; c'était le genre de garçon dont les parents lui répétaient depuis sa naissance combien il était intelligent et unique. C'était flagrant dans tout ce qu'il faisait, depuis sa façon de se lancer dans des discussions théoriques avec les professeurs, jusqu'à son attitude avec les filles qui se pressaient autour de lui ; il leur accordait juste assez d'attention pour les rendre accros, mais jamais au point de limiter ses options.

Bon, c'était vrai : Gabe était intelligent. Plus d'une fois, elle avait été silencieusement d'accord avec lui quand il avait fait une remarque pertinente en classe. Mais il était trop séduisant, trop arrogant et trop nonchalant. Elle avait besoin d'un binôme concentré, qui n'attirerait pas l'attention et travaillerait dur. Ou encore mieux, qui s'effacerait pour la laisser gérer. Gabe Weatherall n'allait rien faire de tout ça.

Après le cours, il se dirigea vers la sortie sans même regarder Anna, entouré du groupe avec lequel il s'asseyait toujours. Elle prit son temps pour ranger soigneusement ses livres dans son sac à dos. Avec un peu de chance, Gabe serait trop distrait pour se souvenir d'elle ; peut-être pourrait-elle s'esquiver et le contacter plus tard au sujet du projet. Si elle faisait d'abord quelques recherches, elle pourrait prévoir ce qu'elle voulait dire quand ils se retrouveraient face à face.

Mais quand elle sortit de la salle, Gabe était adossé au mur, seul, fixant la porte. Ses yeux rencontrèrent les siens, et l'estomac d'Anna roula lentement sur lui-même. Ils étaient d'un bleu très pâle, presque argenté. Des yeux pareils ne cadraient pas avec ces cheveux si bruns, et pourtant, ils étaient bien là. Occupés à la regarder comme des nuages d'orage jouant avec le soleil. Comment ne les avait-elle pas remarqués plus tôt ?

Elle eut envie de se gifler.

Des nuages d'orage ? Arrête un peu.

Gabe agita la main d'un geste peu convaincu, et elle ralentit le pas.

— Salut.

Elle s'arrêta devant lui et grimaça un sourire.

— Donc, on est ensemble sur ce projet…

Gabe ne se donna pas la peine de lui rendre son sourire. Au lieu de quoi, il la détailla de la tête aux pieds.

— Quel âge tu as ?

Elle serra son cahier contre sa poitrine pour cacher son tee-shirt trop large, floqué du logo d'une enseigne de bricolage. L'un des petits amis de sa mère l'avait oublié à la maison après qu'elle l'eut viré. Il était plombier, et Anna avait été désolée de le voir partir. Il était gentil, ce qui était rare, et c'était la seule période de l'année où le radiateur avait fonctionné sans qu'elle ait à taper dessus avec une boîte de petits pois. Le tee-shirt était trop grand, mais c'était justement ce qu'elle appréciait. C'était plus facile de se cacher derrière.

Mais pourquoi ne s'était-elle pas souvenue que c'était le jour où ils allaient être présentés à leurs binômes, le jour où elle aurait dû faire un peu plus d'efforts ? À présent, elle était très consciente de nager dans ce tee-shirt XL, surtout qu'elle était à peu près sûre d'avoir encore perdu du poids. Et dépasser le mètre quatre-vingt-cinq n'aidait pas non plus. La plupart du temps, sa taille ne faisait que souligner sa maladresse. Un garçon de son lycée lui avait un jour dit qu'elle lui rappelait Bambi, avec ses genoux saillants et ses grands yeux noisette. Il avait cru lui faire un compliment.

La meilleure tactique était de prendre l'air assuré. Heureusement, elle était devenue plutôt douée pour jouer la comédie, à force. Elle s'éclaircit la gorge.

— Enchantée. Je m'appelle Anna Campbell.

Gabe cligna des yeux.

— Tu es en première année ?

— Et toi, c'est quoi, déjà, ton nom ?

Anna leva le menton et se redressa de toute sa hauteur. Cela fonctionnait toujours à la supérette, quand elle avait affaire à un client énervé. *Mais là*... Gabe la dépassait de quinze centimètres et n'avait pas l'air le moins du monde intimidé. Amusé, plutôt.

— Gabriel Weatherall. Mes amis m'appellent Gabe.

— Bon, Gabriel. Apparemment, on va travailler ensemble pendant deux semestres. Alors on devrait peut-être s'échanger nos adresses mail et s'organiser pour se voir.

Gabriel hésita assez longtemps pour la mettre mal à l'aise. Se demandait-il comment il pourrait esquiver la corvée ? Finalement, il lui prit son cahier des mains et l'ouvrit à une page vierge. Griffonnant son nom, son e-mail et son numéro de téléphone, il murmura :

— Le meilleur moyen de me joindre, c'est par texto.

Il lui rendit son cahier, et elle inscrivit lentement ses propres coordonnées. Il tendit la main pour les récupérer, mais elle hésitait.

Elle ne pouvait pas lui envoyer de texto. Elle n'avait pas de téléphone portable, juste un vieux fixe qui se trouvait déjà dans l'appartement quand elles avaient emménagé. Elle recroquevilla ses orteils à l'intérieur de ses baskets, oubliant qu'elle était censée paraître sûre d'elle.

— Je, euh... Par mail, ce serait vraiment mieux pour moi, si ça ne te dérange pas...

Elle n'avait pas d'ordinateur non plus. Ni de

Wi-Fi. Mais elle vivait pratiquement à la bibliothèque et pouvait utiliser la salle informatique là-bas.

Il prit la feuille avec ses coordonnées et l'examina comme si elle contenait un indice qui aurait pu le renseigner sur elle.

— D'accord, comme tu veux. Alors, quand est-ce qu'on peut se retrouver ?

Elle pinça les lèvres. Il n'allait pas apprécier.

— C'est-à-dire, je ne suis pas vraiment disponible pendant la semaine. Je viens seulement le mardi sur le campus, pour les cours.

Gabe se passa la main dans les cheveux, les faisant retomber sur le côté. Au moins, il n'était pas le genre de mec à se mettre trois kilos de gel dans les cheveux.

— Pas de problème. J'ai une voiture, dit-il. Où est-ce que tu habites ? Je peux venir dans ton quartier, ou on pourrait bosser chez toi.

Elle eut le souffle coupé à l'idée de cet étudiant séduisant, plein d'assurance et visiblement plutôt riche, se rendant *chez elle* pour travailler sur leur projet. Il penserait… Elle rougit. Elle n'arrivait même pas à imaginer ce qu'il penserait. Ce qui n'avait aucune importance, puisque cette situation ne se présenterait jamais. Mais ils allaient bel et bien passer beaucoup de temps ensemble au cours de cette année. Alors il fallait qu'elle lui donne au moins quelques informations sur elle, même si c'était très gênant.

— Écoute, je ne peux pas te voir en semaine. Je suis à l'école toute la journée. Et après l'école, je travaille.

Elle regarda la confusion envahir son visage.

— Tu es à l'école toute la journée ? Tu veux dire…

— Je veux dire le lycée.

— Le lycée ?

Il recula comme si elle l'avait frappé.

— Qu'est-ce que tu fabriques en économie mondiale ? Généralement, il n'y a que les élèves de dernière année qui suivent ce cours. (Gabe rit, mais il avait l'air sévère.) La dernière année de *l'université.*

— J'ai été prise dans un programme gratuit pour lycéens prometteurs.

Anna ne mentionna pas que le programme était en outre destiné aux élèves « à faibles revenus » ou « à risque ». Elle détestait l'expression « à risque ». Elle n'avait pas besoin qu'on lui rappelle tous les risques liés à sa situation.

— C'est très compétitif, reprit-elle. Je suis des cours supplémentaires depuis la seconde. À la fin du lycée, je pourrai utiliser les crédits pour mon bac.

Sans parler du fait que si elle réussissait ce projet, elle serait repérée par tous les professeurs quand elle postulerait pour des bourses d'excellence. Mais les gens comme Gabe n'avaient pas à se soucier des bourses.

— Depuis la seconde, répéta-t-il. Et là, tu es en…

Elle soupira.

— Je termine l'année prochaine. J'ai seize ans.

Gabe terminerait l'université à la fin de cette année, il avait probablement déjà vingt et un ans, aussi Anna pouvait-elle comprendre sa stupéfaction en apprenant qu'il se retrouvait avec une lycéenne comme binôme. Mais la Dr McGovern ne l'aurait pas admise dans son cours si elle n'y avait pas eu sa place ; Gabe le savait sûrement.

Il se décolla du mur et s'avança vers elle.

— Sérieux ? Seize ans ? Pour le projet le plus important de toutes mes études, je me retrouve avec une binôme prépubère ?

Anna n'avait peut-être que seize ans, mais soudain, elle eut mal partout comme si elle était dans le corps d'une vieille dame. Elle avait déchargé des palettes à la supérette jusqu'à vingt-deux heures la veille au soir, et ne s'était couchée qu'à minuit passé après avoir fait ses devoirs. Comme tous les soirs. Elle avait autre chose à faire que d'écouter ça.

Mains sur les hanches, elle le fusilla du regard. De près, ses yeux n'étaient pas si incroyables. Les qualifier d'argentés était exagéré. Ils étaient gris, tout bêtement. Gris trouble, gris d'eau sale.

— Écoute, je peux m'occuper de tout. J'ai eu des A dans tous les cours que j'ai suivis. Je bosse dur. Tu n'auras pas à me traîner comme un boulet. Comme ça, tu auras tout le temps de bizuter les nouveaux et de saouler les étudiantes à la bière bon marché, ou je ne sais quelles autres distractions typiques des Theta Chis.

Elle regretta ses paroles à l'instant où elle les prononça.

Gabe recula d'un pas.

— Aïe !

Ça aurait difficilement pu se passer plus mal. Elle ne serait pas surprise qu'il aille voir la Dr McGovern pour demander à avoir une autre partenaire. Elle avait pratiquement dû supplier pour être acceptée dans ce cours, et si Gabe changeait de binôme, elle serait vraiment dans de beaux draps.

Il fronça les sourcils.

— Navré de te décevoir, mais tu as tout faux. (Anna

s'apprêtait à bredouiller des excuses quand il esquissa un sourire.) Les Theta Chis sont beaucoup trop classe pour offrir de la bière bon marché aux filles. On préfère les cocktails.

Anna fixa ses baskets pour cacher son sourire.

— Écoute, soupira Gabe, on est coincés l'un avec l'autre, alors autant s'y mettre. Tu travailles le dimanche ? (Elle fit signe que non.) On se retrouve à la bibliothèque à midi, alors ?

Elle hocha la tête, s'attendant encore plus ou moins à ce qu'il essaie de changer de binôme.

— On fera de notre mieux pour sortir du lit, moi et ma gueule de bois. (Il s'éloigna dans le couloir.) Essaie de ne pas être privée de sortie d'ici dimanche ! lança-t-il sans se retourner.

Anna regarda sa grande silhouette disparaître à l'angle du couloir, et se laissa glisser contre le mur. Comment allaient-ils réussir à travailler ensemble sans s'entretuer ? Si les cinq dernières minutes avaient donné le ton, l'année allait être très longue.

Chapitre 2

Le samedi soir, les colocataires de Gabe débarquèrent avec un groupe de filles de la sororité jumelée à leur fraternité. Ils traînèrent sous le porche en brique de leur vieille maison dortoir, buvant de la bière dans des gobelets en plastique et profitant des ultimes rayons de soleil avant l'arrivée de l'automne.

Normalement, Gabe aurait été en plein cœur de l'action. Il aurait jacassé avec Jake et les autres, il aurait mis une raclée à tout le monde au *beer pong;* mais c'était la dernière année de son cursus universitaire, et comme son père aimait le lui rappeler, il était temps de commencer à penser à l'avenir. Ce qui signifiait envoyer ses candidatures suffisamment tôt afin de pouvoir prétendre aux meilleurs postes de recherche.

Gabe sortit de la résidence avec son sac en bandoulière, saluant au passage ses amis sous le porche. Il était au milieu de la pelouse quand l'une des filles de la bande l'appela. Il se retourna tandis qu'elle descendait les marches dans ses sandales à talons hauts. Elle rejeta ses cheveux blonds derrière son épaule, dévoilant le bronzage qu'elle avait probablement peaufiné pendant l'été au bord de la piscine.

— Tu ne t'en vas pas, quand même ? susurra la fille en jouant avec sa créole.

Il baissa les yeux vers elle, puis lui fit un grand sourire.

— Navré, chérie, j'adorerais passer la soirée avec vous, mais j'ai du travail.

Derrière la fille, Jake leva les yeux au ciel et mima un haut-le-cœur. Gabe était pratiquement sûr de savoir pourquoi. Tous les mecs se moquaient de lui car lorsqu'il oubliait le prénom d'une fille, il l'appelait « chérie ».

Cette fille en particulier ne sembla pas s'en offenser. Elle lui sourit de toutes ses dents.

— On est samedi soir ! Tu pourras travailler demain. Reste prendre un verre.

Ses doigts effleurèrent son avant-bras. C'était une soirée magnifique, et l'idée de la passer avec elle n'était pas désagréable. Mais demain on serait dimanche, et il était censé voir cette lycéenne pour leur projet. Il ne voulait même pas y penser. Ensuite, il devait rendre visite à sa famille.

— Désolé, je dois partir… Mais tu sais quoi ? Je vais essayer de boucler ça rapidement et de revenir pas trop tard pour te voir.

— Super. Je serai là, dit-elle avec un sourire satisfait.

Il lui fit un dernier signe de la main, et descendit la rue en direction du campus.

En arrivant à la bibliothèque, il se dirigea vers la principale zone de travail. Assis dans un coin, un groupe d'étudiants à lunettes branchées et foulards autour du cou débattait des mérites d'un récent best-seller. Trois jeunes maigrichons occupaient un autre angle, le nez dans leur ordinateur ; probablement des étudiants en informatique, à fond sur un logiciel en cours de développement.

La seule autre personne dans la salle lui tournait le dos. Ses longs cheveux noirs tombaient sur son épaule tandis qu'elle passait en revue une énorme pile de livres en griffonnant des notes dans un cahier.

Le temps était magnifique et c'était encore le tout début du semestre. La plupart des étudiants avaient mieux à faire que de traîner à la bibliothèque un samedi soir. Si ses candidatures n'avaient pas été si importantes, Gabe n'y aurait jamais mis les pieds ce soir.

Il se frotta la nuque en soupirant et sortit son ordinateur portable. Il envisageait les meilleures universités pour le doctorat en économie qu'il souhaitait entreprendre : Harvard, le MIT, l'université de Chicago, Stanford. Gabe était l'un des étudiants les plus brillants de sa faculté. S'il intégrait un programme prestigieux et copubliait ses recherches avec les économistes les plus respectés de son domaine, il pourrait assez sûrement choisir sa propre voie par la suite. Mais d'abord, il devait réussir ce cours d'économie mondiale, ce qui ne semblait plus si facile que prévu.

Il avait envisagé d'aller voir la Dr McGovern pour réclamer un autre binôme, mais ce n'était pas son style de se plaindre, et cela n'impressionnerait personne de toute façon. Alors, il avait pris sur lui et accepté de travailler avec cette gamine. *Anna.* Celle-là, il n'allait pas l'appeler « chérie ».

Ce qu'il lui fallait, c'était un plan. Il pourrait prendre les choses en main et confier à Anna quelques tâches simples – des recherches de base sur les sujets qu'il aurait identifiés, la réalisation de graphiques, ce genre de choses – tout en orientant le projet dans la direction qu'il souhaitait. Cette configuration pourrait jouer en sa faveur, tout compte fait. Une lycéenne nerveuse et intimidée serait sans doute plus facile à gérer qu'un des autres étudiants en économie. Il pourrait expliquer à Anna ce qu'il voulait qu'elle fasse, et elle suivrait le mouvement.

Gabe se massa les tempes, se sentant légèrement moins découragé. Il était temps de se mettre au travail. Il se plongea dans ses candidatures et commença un plan pour sa lettre de motivation.

Trois heures plus tard, il referma son ordinateur portable et s'étira sur son siège. Les passionnés d'informatique étaient partis depuis longtemps, mais la fille aux cheveux bruns était toujours penchée sur son cahier, et son impressionnante pile de livres avait triplé de hauteur.

Quelques types en sweat à capuche passèrent devant la fenêtre, se dirigeant vers Greek Row. Probablement des étudiants de première année en route pour les fêtes d'accueil des fraternités qu'ils espéraient rejoindre. Celle de Gabe organiserait la sienne dans les prochaines semaines. Un groupe de filles passa à proximité, et le son de leurs rires s'infiltra par la fenêtre ouverte. Elles portaient des robes légères ou des jeans et des débardeurs, sans se soucier de la température qui chuterait après minuit et du retour grelottant qui s'ensuivrait.

Il consulta l'heure sur son téléphone. La fête devait battre son plein à la maison. Peut-être y serait-il assez tôt pour passer du temps avec la fille de tout à l'heure.

Il rassembla ses affaires et se dirigea vers la porte. Juste au moment où il passait derrière la brune, elle tendit la main pour tirer un livre du milieu de la pile. L'échafaudage vacilla, et la pile s'écroula. Le plus gros volume atterrit en plein sur le pied de Gabe.

— Aïe ! s'écria-t-il en attrapant son pied.

— Oh là là, je suis désolée !

Épouvantée, la fille plaqua une main sur sa bouche et disparut sous la table pour ramasser les livres.

— Tout va bien. C'est pas grave.

Il s'avança en boitant pour l'aider ; en se penchant sous la table, il aperçut son visage rouge de confusion et recula sur ses talons.

Oh, sérieusement. C'est une blague ?

Il aurait dû s'attendre à ce que ce soit Anna, la lycéenne, qui l'agresse à coups de bouquins. Il avait le pressentiment qu'elle lui causerait beaucoup de soucis dans les mois à venir.

— Salut, mouflette.

Anna releva brusquement la tête et rougit encore davantage.

— Salut. (Elle se mordit la lèvre.) C'est Anna, au fait.

Il sourit.

— Je sais.

Anna s'éclaircit la gorge et se pencha pour ramasser les derniers livres. Il l'aida, et bientôt ils avaient reconstitué deux piles bien rangées sur la table.

— Qu'est-ce que tu fais là si tard ?

Gabe retourna le livre qu'il tenait entre ses mains et examina la couverture. C'était *Le Banquier des pauvres : L'histoire de Muhammad Yunus, prix Nobel de la paix 2006*.

— Muhammad Yunus, hein ?

— Oui. Et ? répliqua Anna en lui prenant le livre des mains.

Gabe savait que Yunus était l'un des pionniers de la microfinance moderne, une pratique consistant à prêter de petites sommes aux plus démunis pour les aider à créer des entreprises lorsqu'ils n'avaient pas accès à des prêts bancaires classiques. Sur quelle matière Anna travaillait-elle ?

Il y avait d'autres ouvrages sur la table, outre ceux consacrés à la microfinance ; il en prit un intitulé *Haïti, naissance d'une nation*.

Une minute. Haïti ? Les projets suivis par la Dr McGovern devaient porter sur la recherche et la conception d'une stratégie visant à favoriser la croissance économique dans un pays donné. Un e-mail avec le pays assigné à chaque groupe était arrivé plus tôt dans la semaine, et ils avaient hérité de Haïti.

— Tout ça, c'est pour notre projet ?

— Oui.

Elle essaya d'attraper le livre, mais il le tenait hors de sa portée.

— Je suis encore en train d'y réfléchir. (Elle se redressa et le regarda dans les yeux.) Mais… oui. Je pense qu'on devrait envisager de se concentrer sur la microfinance.

— Hmmm… Ouais, je ne sais pas trop.

Il avait déjà quelques idées pour leur projet, et la microfinance n'en faisait pas partie. Cette fois-ci, elle parvint à arracher le livre.

— Hé, ne dis pas non sous prétexte que ce n'est pas ton idée.

— Ce n'est pas la question…

— Écoute. J'ai regardé un tas de projets des années précédentes, et généralement, ils se concentraient sur la croissance économique nationale ; des trucs comme la création d'emplois en milieu urbain et dans le secteur secondaire.

Oui, c'était plus ou moins le genre de pistes qu'il avait en tête.

Elle secoua la tête comme si elle pouvait lire dans ses pensées.

— Mais dans un endroit comme Haïti, la plupart des gens vivent dans des zones rurales. Ils n'ont pas accès à ces emplois, donc les plus pauvres restent toujours sur le carreau. (Son débit s'accéléra tandis qu'elle s'animait.) Je pense qu'on devrait se concentrer sur la façon dont le microcrédit participe à l'émancipation des femmes en zones rurales. Comment il leur permet d'augmenter leurs revenus grâce à leurs petites entreprises. Et ensuite, de scolariser leurs enfants, qui pourront accéder à des emplois plus qualifiés, et rejoindre durablement les classes moyennes.

Anna croisa le regard de Gabe et ne fléchit pas. Elle reprit :

— J'avais prévu de parcourir quelques autres livres ce soir et de te présenter un plan demain. Mais tu saisis l'idée.

Gabe examina de nouveau cette fille qui tenait soudainement son avenir académique entre ses mains, et le mot qui lui vint à l'esprit fut « discrète ». Elle était maigre, trop maigre, ou peut-être nageait-elle dans un autre tee-shirt trop grand avec ce jean large qui flottait autour de ses chevilles. Les cernes violets sous ses yeux semblaient plus prononcés qu'en début de semaine, et ses cheveux bruns tombaient trop bas dans son dos, s'effilochant de la même manière que sa voix s'éteignait à la fin de ses phrases.

Enfin, la manière dont sa voix s'éteignait… avant qu'elle ne commence à parler de leur projet.

Il pétrit sa nuque douloureuse. Tout bien réfléchi, sa suggestion n'était pas insensée. En fait, c'était même une très bonne idée. Ce serait différent de ce que faisaient les autres groupes et cela les aiderait à se démarquer. Et puis, ce n'était pas une direction dans laquelle il se serait engagé seul.

Peut-être n'était-elle pas aussi nerveuse et intimidée qu'il le pensait.

Il s'assit sur une chaise et prit l'un des livres.

— D'accord. Dis-m'en plus. Comment tu vois les choses ?

Anna sourit et s'assit à côté de lui.

— Alors…

Elle résuma ce qu'elle avait lu et lui montra plusieurs pages de notes. Il posa des questions, fit quelques commentaires et proposa ses propres idées, qu'elle ajouta dans son cahier.

Ils discutèrent ainsi pendant trois heures de plus.

À la fin, ils avaient élaboré un plan détaillé pour leur projet, avec la liste des prochaines tâches inscrites dans un rétroplanning.

Gabe se carra dans son siège en étudiant Anna. Malgré lui, il éprouvait un certain respect pour cette fille. Non seulement ses idées n'étaient pas inintéressantes, mais en plus, elle était organisée.

Ils convinrent de se retrouver le lendemain, mais

la bibliothèque ne serait pas aussi déserte que ce soir, et ils ne pourraient pas parler à voix haute et prendre autant de place sans déranger les autres. Gabe envisagea brièvement la salle d'étude de sa fraternité, mais il était hors de question d'emmener Anna là-bas un dimanche après la bringue de ce soir. La maison serait dans un état désastreux, encombrée de bouteilles d'alcool, de boîtes de pizza et de gens occupés à cuver sur les canapés du salon. Déjà qu'Anna le prenait pour un fêtard irresponsable…

Même s'il se fichait bien de ce qu'elle pensait de lui.

— On peut travailler chez mes parents. Ils n'habitent pas loin, on pourra s'installer dans le bureau de mon père. Même si on discute et qu'on s'étale, personne ne nous dérangera.

Anna se mordit la lèvre.

— Chez tes parents ? Mais nous, on ne va pas les déranger ?

Gabe cilla ; il ne lui était jamais venu à l'esprit que ses parents pourraient être dérangés s'il venait travailler avec un camarade de classe. Depuis toujours, son frère, ses sœurs et lui-même allaient et venaient à la maison en charriant un flot constant d'amis avec eux. Sa mère n'aurait pas su quoi faire sans cette foule quotidienne qu'il fallait nourrir et divertir.

— Non, bien sûr que non. J'y vais tous les dimanches de toute façon.

— Vraiment ? (Anna écarquilla les yeux.) Pourquoi ? Ta mère te lave ton linge ?

Il soupira. Après trois heures de collaboration tout à fait cordiales sur leur projet, il aurait espéré susciter un peu plus de respect de sa part.

— Je le lave tout seul, merci.

Les lèvres d'Anna frémirent, peut-être dans une ombre de sourire. Était-elle en train de le taquiner ?

— En fait, j'y vais pour le dîner, dit Gabe en se levant pour ranger ses affaires. Mes frère et sœurs sont là aussi, généralement. C'est un peu un rituel familial, chez nous, le dîner dominical. Enfin, bref. Et tes parents ? Ça ne les dérange pas que tu sois dehors jusqu'à… (Il consulta l'heure sur son téléphone.) La vache. Une heure du matin ?

Anna fixa ses livres.

— Oh, il n'y a que ma mère. Et elle travaille de nuit dans une maison de retraite, alors…

Elle fit volte-face et emporta les livres vers un chariot de bibliothèque.

Gabe était perplexe. Chez lui, on avait l'habitude d'un couvre-feu strict au lycée. Et où était son père ? Il la suivit avec une autre pile de livres.

— Comment tu rentres chez toi, normalement ?

— En bus. Je pense qu'il passe encore à cette heure-ci, puisqu'on est samedi soir.

Peut-être sa mère ignorait-elle qu'Anna rentrait si tard, comme elle travaillait de nuit. Elle ne voudrait certainement pas que sa fille prenne le bus avec tous les types bizarres qui traînaient à une heure pareille.

— Je vais te raccompagner.

Anna leva la tête brusquement.

— Oh, non, c'est pas la peine. C'est parfait, le bus, vraiment. Je le prends tout le temps.

— Écoute, mouflette. Je sais que tu penses que je suis un connard d'étudiant friqué…

— Je ne pense pas ça !

— … mais je ne vais pas te laisser rentrer chez toi toute seule, en bus, à une heure du matin, d'accord ?

Anna hésita, puis hocha la tête.

— D'accord. Merci.

Ils sortirent de la bibliothèque et descendirent la rue. La température avait baissé d'une dizaine de degrés depuis le coucher du soleil, et Anna croisa les bras sur son tee-shirt délavé. Gabe fit tomber son sweat zippé de ses épaules et le lui tendit. Elle le regarda, puis avança lentement la main pour le prendre.

— Merci.

Ils marchèrent en silence pendant quelques minutes, puis Gabe rompit le silence.

— Alors, comment est-ce que tu as réussi à convaincre McGovern de te prendre dans son cours ? Je sais que tu es la plus brillante et la meilleure et tout et tout, mais nous, on a pratiquement tous passé trois ans à suivre tous les cours prérequis pour celui-là.

— Oh, tu sais… dit Anna en lui adressant un sourire en coin. J'ai couché avec elle, voilà tout.

Il laissa échapper un rire surpris. La Dr McGovern avait épousé l'un de ses anciens assistants diplômés, et la rumeur disait que leur histoire avait commencé alors qu'il était encore étudiant. Gabe ne se serait pas attendu à ce qu'Anna prête attention aux commérages, et encore moins à ce qu'elle en plaisante.

— Ce canapé dans son bureau est plus confortable qu'il n'en a l'air, ajouta Anna, pince-sans-rire.

Gabe secoua la tête en riant.

— Je ne regarderai plus jamais cette femme de la même manière.

Ils marchèrent en silence pendant une minute de plus, puis Anna dit à voix basse :

— En fait, j'ai lu son livre.

Gabe pila.

— Là, je sais que tu mens. Pas moyen que tu aies lu *Nouveaux principes d'économie*.

Le livre de la Dr McGovern était légendaire parmi les étudiants en économie. Ils étaient nombreux à avoir essayé de le lire, y compris Gabe, mais personne de sa connaissance n'avait réussi à dépasser le deuxième chapitre. C'étaient sept cent cinquante pages bavardes, pleines de digressions, truffées de termes obscurs et impossibles à suivre. L'exemplaire de Gabe servait actuellement à caler la fenêtre de sa chambre.

— Si, je l'ai lu, et ensuite je suis allée lui demander si on pouvait en discuter. J'ai passé deux heures et demie sur ce canapé dans son bureau. Je retire ce que j'ai dit. Il n'est *pas* plus confortable qu'il en a l'air.

Gabe sourit, admiratif. Elle l'avait impressionné rien qu'en lisant cet horrible livre, mais aller carrément jusqu'à en discuter avec son autrice nécessitait beaucoup plus de courage que ce dont il l'avait crue capable.

— Mais c'est vrai que j'avais suivi certains des cours prérequis, alors je lui ai demandé si je pouvais venir à son cours. Elle a signé mon formulaire tout de suite, gloussa Anna.

Elle lui rappelait sa petite sœur, ce qui était plutôt rafraîchissant. Anna paraissait tellement sérieuse et réservée ; il était facile d'oublier qu'elle n'était encore qu'une gamine.

— Crois-moi, ça aurait été plus facile de coucher avec elle.

— J'y penserai quand il faudra que je lui demande des lettres de recommandation, s'amusa Gabe.

Ils arrivèrent à sa voiture, et il ouvrit la portière pour elle. Elle lui indiqua le chemin puis le questionna sur son doctorat. Il lui parla de ses candidatures et de la lettre de motivation qu'il avait rédigée. Pour la deuxième fois de la soirée, Anna le surprit. La conversation était fluide avec elle, et elle était sacrément intelligente. La plupart des amis de Gabe étaient étudiants en informatique ou en école d'ingénieur, si bien qu'ils n'avaient pas vraiment les connaissances nécessaires pour parler de théories économiques.

Le trajet de dix minutes jusqu'à la maison d'Anna passa rapidement. En traversant le pont Bloomfield pour rejoindre Lawrenceville, Gabe réalisa qu'il avait grandi à seulement quelques kilomètres de chez Anna, mais qu'il n'avait jamais eu de raison d'aller dans ce quartier.

Il avait entendu dire que Lawrenceville avait été un joli quartier avec des maisons en briques solides, trente ans plus tôt. Mais Gabe savait qu'aujourd'hui il était surtout connu pour des histoires de drogue, de criminalité et de prostitution. En remontant la rue d'Anna, ils passèrent devant un bon nombre de fenêtres condamnées et de porches en ruine.

Gabe arrêta la voiture, et tandis qu'Anna lui rendait son sweat-shirt et récupérait son sac, il observa son immeuble. Il s'agissait d'une grande maison victorienne qui avait probablement appartenu à une famille aisée autrefois, mais qui, à un moment donné avait été découpée en appartements, comme en témoignait la série de boîtes aux lettres rouillées fixées au mur de brique. Le porche n'avait pas été repeint depuis au moins trente ans, et les marches menant à la porte d'entrée semblaient prêtes à s'envoler au moindre coup de vent.

Gabe s'efforça de ne pas être snob. Peut-être que l'intérieur était très agréable. Il fut convenu qu'il passerait chercher Anna le lendemain, et elle sortit de la voiture. Il resta pour la surveiller jusqu'à ce qu'elle soit en sécurité à l'intérieur.

Alors qu'elle se dirigeait vers la porte, il la regarda sauter par-dessus une planche de bois traîtresse dans l'escalier, et enjamber une vieille boîte de café instantané qui semblait servir de cendrier. Elle tourna sa clé dans la serrure et lui fit au revoir de la main avant de se glisser à l'intérieur.

Alors qu'elle s'apprêtait à fermer la porte, il abaissa sa vitre.

— Hé, mouflette !

Elle rouvrit la porte.

— Oui ?

Il lui sourit.

— Beau travail, aujourd'hui.

— Toi aussi.

Quand elle était détendue, son sourire illuminait son visage.

Il la regarda disparaître à l'intérieur et redémarra avec le sourire aux lèvres en repensant à son histoire sur le livre de McGovern.

Il était presque arrivé chez lui lorsqu'il frappa le volant du plat de la main, jurant entre ses dents. Il avait complètement oublié cette fille qu'il avait prévu de retrouver à la fête.

Chapitre 3

Moins de vingt-quatre heures plus tard, Anna était de nouveau dans la voiture de Gabe pour se rendre chez ses parents.

Ils n'habitaient qu'à quinze minutes de chez elle, mais c'était comme partir sur une autre planète. À quoi les gens pouvaient-ils bien utiliser tout cet espace à l'intérieur de ces gigantesques demeures ? C'était humiliant d'imaginer ce que Gabe avait dû penser de l'état de son immeuble quand il l'avait déposée la veille au soir, d'autant qu'elle était persuadée que sa famille vivait probablement dans l'une de ces élégantes maisons. Elle aurait pu insister pour prendre le bus et lui épargner cette vision, mais il n'avait pas semblé disposé à accepter son refus, ce qui l'avait surprise. Elle aurait plutôt parié qu'il serait pressé de se débarrasser d'elle et de retourner à l'une ou l'autre de ces fêtes qu'il devait fréquenter d'habitude le samedi soir.

Elle croisa les bras sur sa poitrine, songeant à la douceur inattendue de son sweat-shirt et du parfum boisé qui l'avait enveloppée lorsqu'il le lui avait prêté. Avait-elle pu se méprendre à propos de Gabe ? Car en vérité, cet homme qu'elle avait rapidement jugé comme un étudiant frivole s'était davantage soucié de son bien-être la nuit dernière que quiconque depuis… Eh bien, depuis plus longtemps qu'elle ne voulait y penser.

Anna n'avait pas insisté pour prendre le bus la nuit dernière parce qu'elle était si lasse de regarder toujours par-dessus son épaule. Juste pour cette fois, elle avait eu envie que quelqu'un s'assure qu'elle rentre chez elle en toute sécurité.

Gabe tourna dans une rue calme, puis dans une allée, s'arrêtant à côté d'un grand érable majestueux. Pendant qu'il rassemblait ses livres, Anna regarda dehors.

La maison d'enfance de Gabe datait de l'époque victorienne ; ses deux étages de brique surplombaient un vaste porche qui s'ouvrait sur l'entrée. Devant la maison, des plantes et des fleurs poussaient en désordre, comme si quelqu'un avait jeté des poignées de graines juste pour voir ce qui en surgirait. Ayant tenté de cultiver du lierre, qui jaunissait dans un pot de terre cuite fissuré sur son étroit rebord de fenêtre, Anna savait que quelqu'un avait consacré beaucoup de temps et d'amour à ce jardin pour qu'il paraisse naturel.

Elle sortit de la voiture, posant les pieds sur une allée de briques rouges disposées en chevrons qui menait à un garage indépendant de la maison, à l'arrière. Un panier de basket était accroché au mur au-dessus des portes du garage, et un ballon attendait dans un pot de fleurs rangé sur le côté. Un vélo de petite fille était appuyé contre le mur, avec des rubans jaune pâle et blancs attachés au guidon, flottant dans la brise.

Il fallut un moment à Anna pour identifier le poids qui écrasait sa poitrine.

L'envie.

Comment c'était, de grandir dans ce genre d'endroit ?

Ce n'était pas un sentiment auquel elle s'abandonnait très souvent. S'attarder sur ce que les autres avaient ne lui faisait aucun bien. Et mieux que quiconque, elle savait que l'extérieur peut être attrayant et désirable, sans qu'on sache ce qui se passe réellement au-dedans.

Ils gravirent les marches du porche et se dirigèrent vers la porte d'entrée. Anna ne remarqua pas la femme âgée assise sur le petit canapé en osier avant que les diamants sur sa main marbrée ne scintillent au soleil.

Elle avait le regard perdu dans le jardin, dodelinant de sa tête grise.

— Bonjour, Mamie, dit Gabe en se penchant pour embrasser la joue ridée.

La grand-mère de Gabe cligna des yeux et le fixa, le visage sans expression. Elle cligna des yeux encore quelques fois, puis inclina la tête.

— Comment m'as-tu appelée ?

— Je t'ai appelée Mamie, dit Gabe en ajustant un coin de la couverture qui glissait de ses genoux. Je suis ton petit-fils, Gabe.

La femme fixa Gabe encore un moment, et Anna eut le sentiment qu'elle ne le voyait pas vraiment. Puis elle haussa légèrement les épaules et secoua la tête.

— Voici mon amie Anna. Elle est là pour travailler avec moi sur un projet pour la fac. Anna, je te présente ma grand-mère, Dorothy.

— Bonjour madame, enchantée.

Dorothy regarda Anna, hocha la tête avec un léger sourire, puis se tourna de nouveau vers le jardin. Elle oscillait doucement d'avant en arrière, comme si le canapé en osier était une balancelle.

— On va s'y mettre, annonça Gabe. Mais on se voit plus tard, d'accord ?

Il indiqua d'un geste la porte d'entrée, faisant signe à Anna de le suivre.

— Alzheimer ? chuchota Anna, quand Dorothy fut hors de portée de voix.

Gabe hocha la tête.

— Ça a commencé il y a quelques années, mais ça s'est aggravé ces derniers mois. C'était une grand-mère hyper énergique, impliquée, qui venait toujours à nos matchs et à nos spectacles d'école, et qui gardait tous les cousins chez elle le week-end ; tu vois le genre ?

Anna ne voyait pas. Mais elle acquiesça quand même.

— Et maintenant, elle ne reconnaît plus aucun de nous. C'est très dur pour ma mère.

— Je suis désolée, murmura Anna en regardant Dorothy arracher les bouloches de la couverture. Ça doit faire un peu comme si vous l'aviez déjà perdue, même si elle est encore là.

Gabe la regarda d'un drôle d'air, et le visage d'Anna s'empourpra. Elle ne pouvait pas se taire, un peu ? C'était sans doute très impoli de laisser entendre que sa grand-mère était déjà morte alors qu'elle était assise juste devant eux. Non ? Elle avait passé tellement de temps à s'efforcer de ne pas parler aux gens qu'à présent elle était perdue.

— Oui. (Les yeux argentés de Gabe s'assombrirent

tandis qu'il prenait une lente inspiration.) C'est exactement ça. Comment tu le sais ?

Parce que c'est ce que j'ai ressenti à propos de ma mère pendant des années.

Au lieu de laisser échapper ça, Anna haussa les épaules et marmonna :

— Oh, euh, je… je peux imaginer.

Oui, clairement il fallait arrêter de parler maintenant.

Mais avant de s'éloigner, Anna jeta un dernier regard à Dorothy. Elle avait lu des choses sur la maladie d'Alzheimer une fois, quand elle avait raté le dernier bus pour rentrer chez elle et qu'elle était restée coincée à la bibliothèque, tard dans la nuit. Elle aimait errer dans la section des livres médicaux en rêvant d'être médecin un jour. Devait-elle dire à Gabe ce qu'elle avait lu ?

— Tu viens ? l'appela-t-il.

Anna renonça. Gabe n'apprécierait probablement pas qu'une adolescente de seize ans pense qu'elle savait quoi que ce soit sur la maladie de sa grand-mère.

Gabe ouvrit la porte de la maison et invita Anna à entrer.

Ses baskets sales s'enfoncèrent dans un tapis moelleux qui recouvrait un parquet lustré. En retirant ses chaussures, elle enregistra autant d'informations que possible d'un coup d'œil nonchalant. À gauche, il y avait un salon qu'Anna se jura d'éviter à tout prix. Rien qu'en se tenant sur le seuil, elle se sentait nerveuse en présence de tout ce lin crème et bleu pâle immaculé.

D'un autre côté, peut-être qu'elle s'y risquerait, si cela lui permettait de jeter un œil aux photographies encadrées sur la cheminée où elle devinait un Gabe plus jeune, vraisemblablement entouré de ses frère et sœurs. Il avait certainement dû traverser une phase ingrate à l'adolescence. Ça ne serait que justice.

La pièce à droite avec le grand bureau en acajou sur lequel trônait un ordinateur devait être le bureau de son père. Un fauteuil moelleux était placé dans un coin avec une lampe de lecture au-dessus, et une bibliothèque couvrait tout un mur. Gabe ne plaisantait pas quand il disait que ses parents avaient beaucoup d'espace pour travailler.

Il conduisit Anna au bout du couloir jusqu'à l'arrière de la maison ; ils arrivèrent dans une cuisine lumineuse et ensoleillée, toute blanche avec un plan de travail foncé et un îlot entouré de tabourets de bar. De grandes fenêtres donnaient sur le jardin, et une baie vitrée menait à une terrasse. Un espace avec des banquettes confortables autour d'une table prévue pour le petit déjeuner était niché dans un angle de la pièce. Cette cuisine était à peu près aussi grande que son appartement tout entier, et c'était l'endroit le plus chaleureux et accueillant qu'Anna n'avait jamais vu.

Des herbes aromatiques en pot et un compotier de fruits divers étaient posés sur l'îlot ; les placards vitrés laissaient voir des piles de vaisselle artisanale, et des rideaux en lin encadraient les fenêtres.

Une femme blonde était penchée au-dessus d'une casserole sur une cuisinière digne d'un restaurant, remuant quelque chose qui sentait délicieusement bon. Elle leva les yeux lorsqu'ils approchèrent, et son visage s'illumina d'un sourire.

— Gabriel !

Elle s'essuya les mains sur un tablier décoré d'empreintes de mains d'enfants et se précipita pour embrasser Gabe, qui la serra dans ses bras.

— Salut, Maman.

Une autre écharde d'envie s'enfonça dans le cœur d'Anna. Elle aurait payé cher pour rentrer chez elle et y trouver sa mère qui l'attendait, heureuse de la voir.

Gabe recula, et sa main effleura l'épaule d'Anna.

— Maman, je te présente Anna.

La mère de Gabe avait beau porter une tenue décontractée (pantalon de yoga noir, gilet zippé turquoise, sans compter le tablier de cuisine), elle possédait l'élégance d'une personne habituée à la richesse et au confort. Il n'y avait pas le moindre cheveu gris dans son carré blond, ni le moindre kilo en trop sur sa silhouette tonique. Elle portait un collier en or, et une paire de boucles d'oreilles en diamant scintillait à ses oreilles.

Anna toucha instinctivement le pendentif à son cou avant de tirer sur son gilet, soulagée d'avoir pensé à mettre ses plus beaux vêtements ce matin-là. Mais la mère de Gabe n'eut pas un regard pour sa tenue. Ses yeux bleu pâle s'arrimèrent à ceux d'Anna, et son large sourire rayonna de chaleur.

— Gabriel m'a parlé de votre projet. Bienvenue !

— Merci de nous laisser utiliser votre bureau, madame Weatherall.

— Oh, appelle-moi Elizabeth. Je suis toujours heureuse d'accueillir Gabe et ses amis. Tu dînes avec nous, n'est-ce pas ? Anna aurait aimé se pelotonner sur la banquette et y rester pour toujours. Mais elle n'avait pas grandi dans un monde où les gens l'invitaient à quoi que ce soit. Elizabeth était-elle simplement polie ?

— Oh, non… Je ne veux pas déranger…

Gabe sourit.

— Reste dîner. Ma mère fait toujours assez à manger pour cinquante personnes. Et elle aime avoir des invités, parce que ça oblige mes odieux frère et sœurs à bien se tenir.

— Tu veux dire que ça oblige mon odieux *fils* à bien se tenir ! (Elizabeth adressa une mimique exaspérée à Anna, comme si elle était dans la confidence.) Je t'en prie, reste. Il y a une tonne de nourriture, et on adorerait en savoir plus sur ce programme universitaire auquel tu es inscrite.

Une délicieuse odeur d'ail et de tomate mijotée s'échappait de la casserole, et Anna se mit à saliver. Tout ce qu'elle avait à manger chez elle, c'était une boîte de céréales et quelques conserves de thon. Il n'y aurait rien d'autre jusqu'à ce qu'elle soit payée le vendredi suivant, donc c'était à peu près le menu pour toute la semaine.

— Ce serait avec plaisir. Merci.

Gabe prit deux sodas dans le réfrigérateur et en tendit un à Anna.

— On sera dans le bureau. Merci, Maman.

Ils étaient assis devant l'ordinateur, discutant des détails de leur projet, cherchant des données sur Internet pour développer leurs idées, se disputant parfois. Juste au moment où l'estomac d'Anna commençait à gronder, lui faisant regretter de ne pas avoir une barre de céréales dans son sac, Elizabeth entra sur la pointe des pieds pour déposer un plateau de sandwichs et de fruits sur le bureau à côté d'eux.

Anna ne voulait pas avoir l'air affamée, alors elle ne prit que deux moitiés de sandwich et unc petite grappe de raisins dans son assiette. Mais un peu plus tard, lorsque Gabe partit aux toilettes, elle enroula un autre sandwich dans une serviette et le fourra au fond de son sac à dos, avant d'y ajouter une pomme.

Elle se rassit au fond du fauteuil dans le coin de la pièce et regarda autour d'elle. Au-dessus de l'ordinateur était accrochée une ancienne carte des États-Unis, et l'attention d'Anna fut attirée sur la gauche du cadre, presque jusqu'à l'océan Pacifique mais pas tout à fait. La Californie. Chaque fois qu'elle passait devant le globe terrestre dans le hall de la bibliothèque, elle le faisait tourner, et son doigt glissait vers le petit point noir qui indiquait la ville de San Francisco.

Les pas de Gabe résonnèrent dans le couloir, et Anna se redressa.

— À ton avis, est-ce qu'on a assez travaillé pour aujourd'hui ? demanda-t-il se rasseyant.

À cet instant, la porte du bureau s'ouvrit en grand et une fille un peu plus âgée qu'Anna fit irruption dans la pièce.

— Gabe ! Maman a dit que tu amenais une *fille* à dîner ! (Elle remarqua alors la présence d'Anna.) Oups… désolée !

Anna cligna des yeux face à cette apparition : bottines à grosse semelle, pantalon camouflage et tee-shirt noir moulant portant l'inscription « Ovaires et contre tous ». Ses cheveux décolorés blond platine étaient presque aussi courts que ceux de Gabe, hérissés en pointes étudiées. Un épais trait d'eye-liner noir bordait ses yeux bleu argent, et deux rangées de petits anneaux ornaient le bord de ses oreilles.

C'était forcément la sœur de Gabe. Ils n'avaient pas seulement les mêmes yeux ; elle avait la même beauté extraordinaire et dégageait la même assurance.

— Anna, je te présente ma sœur Rachel, dit Gabe. Rachel, voici Anna, qui est en éco avec moi.

— Salut, dit Anna en replaçant une mèche de cheveux derrière son oreille, avant de regretter ce geste de nervosité, et de poser la main sur ses genoux.

Au lieu de lui répondre, Rachel se tourna vers Gabe, les yeux étincelants.

— Tu déconnes ! s'exclama-t-elle en lui donnant une claque sur le bras.

— Aïe ! Mais qu'est-ce qui te prend ?

— C'est quoi ton problème ? Elle a, genre, quatorze ans ! C'est vraiment le comble, même pour toi. Tu as fait le tour des étudiantes de ton âge ?

Le regard d'Anna alla de Rachel à son frère, revint sur elle. Oh, non… Rachel ne savait pas qu'ils travaillaient ensemble sur un projet. Elle croyait qu'ils sortaient ensemble ! Anna cacha ses joues cramoisies derrière ses cheveux.

Gabe s'adossa à sa chaise et leva les yeux au plafond.

— Calme-toi, Rachel. C'est ma binôme pour un cours. On était en train de travailler, figure-toi, jusqu'à ce que tu débarques.

Rachel recula et survola du regard les papiers éparpillés sur le bureau et le tableur ouvert sur l'ordinateur.

— Oh. (Elle les gratifia d'un léger sourire contrit.) Eh bien, Maman n'avait pas précisé ce détail.

Elle se tourna vers Anna pour mieux la dévisager. Anna se tortilla sous le regard scrutateur.

— Quel âge as-tu ? questionna Rachel.

— J'ai…

— Elle a seize ans, coupa Gabe d'un ton sec.

— Vraiment ? (Rachel continua d'examiner Anna.) Alors tu es une espèce de petit génie, c'est ça ?

Anna ouvrit la bouche pour expliquer, mais Gabe ne lui en laissa pas le temps et aboya :

— Oui, c'est une enfant prodige !

Il fit un geste pour désigner sa sœur et reprit à l'adresse d'Anna :

— Rachel est en première année à l'université pour filles de Shadyside. Elle suit un cursus d'études féministes, évidemment. Et après un mois passé là-bas, elle a décidé que je représentais le méchant patriarcat.

Anna se redressa, déterminée à retrouver le contrôle de cette conversation. Sans réfléchir, elle s'exclama :

— Est-ce qu'on n'appelle pas ça une université pour femmes, plutôt que pour filles ? Ce n'est pas une école maternelle.

Rachel ricana.

Gabe se passa la main dans les cheveux d'un air las, et se tourna vers sa sœur.

— Rachel, comme tu l'auras probablement deviné, Anna aussi a un profond mépris pour les étudiants qui appartiennent à une fraternité, et elle travaille avec moi uniquement parce qu'elle pense que je peux l'aider à obtenir un A. Sinon, elle préférerait mourir plutôt que d'être aperçue en ma compagnie. Bref, vous avez beaucoup de choses en commun.

Vraiment ? Anna haussa les sourcils.

— En réalité, c'est moi qui l'aide à obtenir un A. Mais tout le reste est plutôt exact.

Gabe laissa tomber sa tête contre le dossier de la chaise, l'air accablé, tandis que Rachel se tordait de rire.

— Oh, c'est trop drôle, hoqueta-t-elle. Vous avez fini, là ? Anna, viens t'asseoir avec moi sous le porche. Je pense qu'on va bien s'entendre.

Gabe agita la main pour les congédier, et Anna suivit Rachel dans le couloir. Derrière elle, elle entendit Gabe crier :

— Je te préviens, Rachel, elle est trop jeune pour toi *aussi*, alors n'y pense même pas !

— Ferme-la, Gabe ! répondit Rachel.

Anna rougit.

Anna et Rachel s'assirent sous le porche et discutèrent des matières que Rachel avait choisies à l'université, des projets d'Anna pour postuler à la fac l'année suivante, et des livres qu'elles aimaient toutes les deux. Dans un autre monde, Rachel était exactement le genre de fille avec laquelle elle aurait été amie. Anna s'était assise confortablement et s'autorisa un petit moment à faire comme si c'était le cas, tandis qu'elles se racontaient des histoires sur les cours et les professeurs.

Bientôt, cependant, Rachel lui posa des questions au sujet de ses parents. C'était une curiosité bien naturelle : elle voulait savoir d'où venait Anna, et ce que faisaient ses parents comme travail, mais ses questions arrachèrent Anna à son fantasme. C'est pour cette raison qu'elle évitait de nouer des relations. Les gens s'attendaient à apprendre des choses normales sur la vie de leurs amis, et rien dans la vie d'Anna n'était normal. Comme Rachel ne se décourageait pas devant les réponses vagues qu'elle bafouillait et ignorait ses tentatives pour changer de sujet, Anna s'échappa vers la maison, prétextant le besoin d'aller aux toilettes.

Elizabeth la trouva errant dans le couloir, et, comme si elle devinait son malaise, lui proposa d'aider à préparer une salade. Anna accepta, soulagée. Elle était en train de couper des carottes et des poivrons sur l'îlot de la cuisine quand un homme qui devait être le père de Gabe entra par la porte-fenêtre et s'arrêta devant la cuisinière pour embrasser sa femme. Ils discutèrent un instant de sa partie de golf, puis il se tourna vers Anna.

— Gabe avait dit qu'il amènerait une amie. Enchanté, je suis son père, John, dit-il en lui tendant la main.

Anna cligna des yeux de surprise devant tant de formalisme, puis posa son couteau sur la planche à découper et serra la main de John. Elle essaya de ne pas le fixer tandis qu'il s'installait sur un tabouret de l'autre côté de l'îlot.

Gabe avait mentionné que son père était médecin, mais John ressemblait plus à un acteur de série télévisée qu'à n'importe quel médecin qu'elle avait pu voir dans la vraie vie. Il était aussi grand que Gabe et à peine plus corpulent, avec cette solidité propre à l'âge. Ses yeux étaient d'un bleu plus intense que ceux de Gabe, et quelques fils d'argent striaient ses cheveux presque noirs, mais son nez droit et sa mâchoire carrée étaient les mêmes que chez son fils. Anna avait l'impression d'être face à ce que serait Gabe dans trente ans.

Depuis l'autre côté de l'îlot, John la regardait avec intensité tout en la bombardant de questions. *Dans quel lycée vas-tu ? Qu'est-ce que c'est, ce programme universitaire que tu suis ? Tu as de bonnes notes, alors ? Quel score as-tu obtenu aux SAT ? Dans quelle fac voudrais-tu aller ?* Il hochait la tête en écoutant Anna balbutier ses réponses. Elle avait l'impression d'être à un entretien d'embauche plutôt qu'à un dîner de famille, et elle espéra donner les bonnes réponses.

Après quelques minutes de stress intense, John se leva pour prendre une bière dans le réfrigérateur et lui dit que son avenir semblait prometteur, aussi elle supposa qu'elle avait réussi le test. Elle fut tout de même soulagée quand Gabe entra dans la cuisine et détourna l'attention d'elle, donnant à son père une de ces accolades viriles, entre l'étreinte et la bagarre.

— Comment ça se passe, avec tes candidatures ? s'enquit John en posant sa bière.

Le sourire de Gabe s'estompa.

— Bien.

— Ta lettre de motivation est terminée ? (Gabe se dirigea vers le réfrigérateur, l'ouvrit, puis le referma sans rien prendre.) Gabe ?

Celui-ci soupira.

— J'ai rédigé un brouillon hier.

Anna le suivait du regard en épluchant un concombre. Lors du trajet de retour la veille au soir, il avait abordé ce sujet avec un certain enthousiasme ; elle se demanda d'où lui venait cette soudaine réticence.

John hocha la tête.

— Pense bien à les faire relire avant de les envoyer.

Quelque chose assombrit le visage de Gabe, de l'irritation peut-être ? Presque imperceptiblement, il leva les yeux au ciel.

— Bien sûr.

Anna était tellement captivée par cet échange qu'elle ne remarqua pas tout de suite l'arrivée d'un homme grand et baraqué dans la cuisine. Il portait un tee-shirt taché de peinture, un vieux pantalon de travail Carhartt et des bottes de travail marron. Anna songea d'abord qu'il s'agissait d'un artisan occupé à rénover quelque chose dans la maison. Mais l'homme salua Gabe d'un coup de poing dans l'épaule, et lorsqu'elle les vit côte à côte, la ressemblance la frappa.

Le frère de Gabe. Il avait quelque chose d'incongru, surtout à côté de John dans son polo de golf et d'Elizabeth avec ses diamants. Anna se sentit légèrement mieux dans ses vêtements de seconde main.

— Est-ce que tu pourrais faire un brin de toilette avant d'entrer dans la cuisine ? murmura John, si bas qu'Anna faillit ne pas l'entendre. Retire au moins ces bottes dégoûtantes.

Gabe et son frère échangèrent un regard, et Gabe secoua la tête. Elizabeth s'approcha pour presser affectueusement l'épaule du dernier arrivé.

Avant qu'Anna ait pu analyser cet échange, il la remarqua derrière l'îlot.

— Salut ! Matt.

— Anna. Enchantée. Je travaille avec Gabe sur un projet de classe, dit-elle précipitamment avant que quelqu'un d'autre ne suppose que Gabe était une sorte de pervers friand d'adolescentes.

— Anna finira le lycée l'année prochaine, compléta prestement Gabe. Elle a été sélectionnée pour un programme spécial où elle suit des cours de la fac.

Matt fronça le nez et secoua la tête.

— Oh, merde, je suis désolé. Tu dois être super intelligente pour suivre un programme comme ça. Comment t'as fait pour te retrouver avec le plus gros crétin de sa promo ?

Anna haussa les épaules, se mordant la joue pour cacher son sourire.

— J'ai perdu à la courte paille.

Matt éclata de rire tandis que Gabe mimait l'effarement en prenant l'air faussement outré.

Quelques minutes plus tard, Rachel entra dans la cuisine. Matt la serra contre lui, puis coinça sa tête platine autour de son bras.

— Anna, tu connais Rachel ?

Rachel donna un coup de coude dans le flanc de Matt, qui la relâcha avec un grognement. Appuyée au plan de travail, Anna observait ces taquineries entre frères et sœurs. Elle avait toujours voulu en avoir, mais elle n'avait eu que sa mère. À quoi aurait ressemblé sa vie si au lieu d'être seule tout le temps, elle avait grandi au milieu d'une fratrie où l'on veillait les uns sur les autres ? Les choses se seraient-elles passées différemment ? Ou sa mère aurait-elle été encore plus malheureuse avec davantage d'enfants à charge ?

Elle perçut un mouvement à côté d'elle et baissa les yeux pour trouver une fillette de dix ou onze ans. Ses cheveux étaient du même blond qu'Elizabeth, et elle avait les mêmes yeux bleus que le reste de la famille. C'était probablement la propriétaire du vélo jaune dans l'allée. Combien étaient-ils dans cette maison ? À chaque fois qu'elle se retournait, une autre personne semblait apparaître, comme une famille géante de sitcom qui enchaînait les péripéties loufoques ; mais bien sûr, à la fin de l'épisode de trente minutes, tout s'arrangeait toujours.

Et peut-être que pour certaines personnes chanceuses, tout finissait toujours effectivement par s'arranger.

— Qui es-tu ? demanda la fillette.

— Anna. Je suis l'amie de Gabe.

— Moi, c'est Leah. (Elle recula et examina Anna.) Tu ne ressembles pas aux autres petites amies de Gabe.

Anna ne savait pas si elle devait rire ou se vexer. Elle opta pour un sourire ironique. Leah disait simplement la vérité.

— Oui, on est juste amis.

Leah hocha la tête, comme si c'était beaucoup plus logique.

— Leah, ma chérie, tu veux bien aller te laver les mains et mettre la table, s'il te plaît ? intervint Elizabeth. Le dîner sera prêt dans dix minutes.

Anna s'avança vers la fillette.

— Je peux t'aider ?

Elle suivit Leah dans la salle à manger avec une pile d'assiettes tandis que Gabe et les autres restaient dans la cuisine, servant des boissons et préparant la salade. Anna était soulagée de ce répit momentané. Il y avait eu davantage de conversation, de rires et de bruit dans la cuisine des Weatherall ces dix dernières minutes que chez elle depuis une année entière. C'était épuisant. Et merveilleux.

Toute la journée, elle s'était efforcée de dire et de faire ce qu'il convenait, de trouver des idées intelligentes et créatives pour leur projet, de ne pas être en reste face aux blagues des frère et sœurs de Gabe. Et puis il y avait eu cet interrogatoire de la part de John. Au cours des dernières heures, elle avait ressenti le désir d'impressionner Gabe et sa famille, sans qu'elle sache du tout pourquoi, ni d'où cela venait.

Elle n'avait jamais eu à cœur de s'intégrer où que ce soit auparavant. En général, elle espérait plutôt que personne ne ferait attention à elle. Plus elle se fondait dans le décor, moins il était probable qu'on s'intéresse à elle.

Ou qu'on fouille dans sa vie pour découvrir ce qu'elle avait fait.

Chapitre 4

Tchof. Tchof.

Anna faisait de son mieux pour se concentrer sur le livre d'économie devant elle, mais Gabe lui compliquait la tâche en marchant de long en large dans le bureau et en lançant des boulettes de papier froissé vers la poubelle.

Tchof.

Plus tôt dans la semaine, lorsqu'ils étaient convenus d'un rendez-vous pour avancer sur le projet, Anna avait suggéré qu'ils se retrouvent à la bibliothèque. Ils pourraient travailler puis repartir chacun de leur côté sans être déconcentrés par les plaisanteries et la vie familiale chez les parents de Gabe. Mais il estimait que la bibliothèque serait inconfortable. Ils devraient chuchoter, ils dérangeraient d'autres étudiants, et il n'y aurait pas assez de place pour s'étaler.

Une liste de tâches périmée rebondit contre le mur avant d'atterrir dans la corbeille avec un autre *tchof.* Gabe étendit ses bras et sauta en l'air comme s'il venait de gagner le point décisif d'un match de championnat.

Peut-être avait-il raison à propos du dérangement qu'ils causeraient à la bibliothèque.

— Tu veux bien te concentrer par ici, s'il te plaît ? dit Anna en agitant un livre.

En guise de réponse, une poignée de papiers froissés atterrit sur elle.

— Relax, mouflette. Ça fait des heures qu'on travaille.

Elle ramassa la brassée de papiers froissés et les lui renvoya. Il se baissa pour les éviter, de justesse, puis attrapa la corbeille pour la renverser sur la tête d'Anna avant qu'elle ait pu réagir. Une pluie de boulettes de papier lui tomba dessus et atterrit sur ses genoux.

Elle en resta bouche bée.

— Non mais je rêve !

Les yeux argentés de Gabe brillaient, et le cœur stupide d'Anna battit la chamade.

Rien de tout cela ne serait arrivé à la bibliothèque.

Anna se leva, laissant les papiers glisser à terre.

— J'en conclus qu'on a fini pour aujourd'hui ?

Elle attrapa la corbeille et s'accroupit pour ramasser les papiers éparpillés sur le tapis, concentrée sur la tâche.

Tout en riant, Gabe vint l'aider, et son épaule heurta la sienne. Elle sentit qu'elle rougissait. Le parfum boisé de Gabe flottait autour d'elle, et elle fourra rapidement les derniers papiers dans la corbeille avant de se relever.

Elle devait se ressaisir, et arrêter de se comporter comme une adolescente amoureuse. Gabe était son binôme, point barre. Non, elle n'avait jamais travaillé avec quelqu'un d'aussi intelligent, oui, ils étaient sur la même longueur d'onde concernant ce projet, et alors ? Oui, il riait à ses blagues idiotes et semblait réellement la trouver drôle. Mais ça ne voulait pas dire qu'ils étaient amis. Gabe était plus âgé, populaire, il avait une assurance qu'elle ne savait même pas feindre. Les garçons comme Gabe n'étaient pas amis avec des filles comme elle, et elle savait qu'il valait mieux ne pas se laisser distraire. Il lui restait moins de deux ans avant la remise des diplômes, et elle aurait été idiote de perdre de vue cet objectif simplement parce qu'un mec mignon était gentil avec elle.

Ou parce qu'il avait le genre de famille dont elle avait toujours rêvé.

La mère de Gabe l'avait de nouveau invitée à dîner, et Anna savait qu'elle devait poliment décliner et attraper le prochain bus pour rentrer chez elle. Mais les effluves qui s'échappaient du four étaient trop alléchants, et bientôt, elle fut de retour dans la cuisine, riant avec Gabe et ses frère et sœurs.

La petite amie de Matt, Julia, était présente également, et lui adressant un sourire chaleureux, elle lui murmura :

— Bienvenue au cirque, Anna !

Et Anna se sentit la bienvenue, réchauffée de l'intérieur et inexplicablement à l'aise. Elle n'avait pas ressenti un tel bien-être depuis longtemps, depuis que sa vie était partie en fumée.

Mais elle n'était pas à sa place ici, et tandis que les blagues, les taquineries et le chaos général se poursuivaient au cours du dîner, un poids s'installa sur son cœur. Elle pourrait s'habituer à cette maison. Et elle était assez intelligente pour savoir que c'était une très mauvaise idée.

Après la vaisselle, et quand la famille se fut dispersée en petits groupes, Anna s'échappa de la cuisine et se faufila dans le couloir. Elle savait qu'elle trouverait un endroit calme sous le porche, face au jardin. Gabe lui avait dit que ces fleurs et ces plantations étaient l'œuvre de Dorothy, dont elle s'était tendrement occupée bien plus longtemps qu'ils ne l'auraient cru après son diagnostic. Désormais, un jardinier venait pour l'entretien une fois par semaine. Mais Dorothy aimait toujours s'asseoir là le soir après le dîner, et contempler les fleurs qu'elle ne se souvenait plus avoir plantées.

Anna récupéra son sac à dos dans le bureau avant de sortir par la porte d'entrée pour rejoindre la grand-mère de Gabe. Quand elle avait rencontré la vieille dame la semaine passée, quelque chose lui avait traversé l'esprit, et elle n'avait pas cessé d'y penser depuis. Anna était allée à la bibliothèque ce matin-là, et elle avait à présent une sorte de cadeau pour Dorothy. Elle se planta devant la vieille femme, tordant la sangle de son sac à dos entre ses mains.

— Bonsoir…

Dorothy tourna un regard inexpressif vers Anna.

— Bonsoir, murmura-t-elle avant de se replonger dans la contemplation du jardin.

— Vous aimez la musique ? demanda Anna en se coulant dans le fauteuil en face d'elle.

Dorothy hocha la tête, mais Anna ne savait pas si c'était une réponse à sa question, ou bien cette habitude qu'elle avait de dodeliner.

Anna fouilla dans son sac et en sortit quelques vieux CD. Elle lui montra les jaquettes.

— Vous les connaissez ? Frank Sinatra ? Dean Martin ? Ella Fitzgerald ?

Dorothy prit un CD et suivit du doigt la joue d'un Dean Martin tout sourire. Elle hocha faiblement la tête.

Un jour, l'année dernière, alors qu'elle rentrait du lycée, Anna avait acheté un vieux baladeur CD à un vide-greniers, et elle n'avait jamais regretté cet investissement ; si elle gardait ses écouteurs dans le réfectoire de l'école, elle pouvait réviser sans entendre les commentaires des autres élèves sur son sac à dos qui était le même depuis le collège, ses chaussures passées de mode depuis deux ans, ou ses tickets de déjeuner gratuits.

Ce baladeur l'avait aidée à traverser de nombreux moments de solitude, et personne ne connaissait mieux la solitude qu'une vieille dame coincée dans ses souvenirs.

— Vous voulez l'écouter ?

Anna posa les écouteurs sur les oreilles de Dorothy, prenant soin de ne pas déranger sa permanente argentée.

Dorothy leva les mains pour toucher les coussinets moelleux des écouteurs, mais elle resta silencieuse.

Anna lança la lecture du CD, et les premières notes d'un piano tintèrent faiblement à travers les petits haut-parleurs. Dorothy continuait d'appuyer les écouteurs contre ses oreilles en regardant le jardin. Au bout d'une minute, elle se tourna vers Anna avec un sourire chaleureux.

Anna fut tellement surprise qu'elle retomba sur sa chaise. Dorothy se balança d'avant en arrière, mais cette fois, c'est au rythme de la musique qu'elle semblait se mouvoir. Une minute plus tard, une sorte de grondement émana de Dorothy. C'était un son grave qui venait de sa gorge. La chanson se termina, et la suivante commença. Dorothy reprit son bourdonnement et, au moment du refrain, elle ouvrit la bouche et se mit à chanter.

Anna étouffa une exclamation. La voix de Dorothy était rauque, sans doute parce qu'elle s'en servait peu, mais son timbre était chaud, et les notes justes. Alors qu'elle chantait, son visage se métamorphosa : ses joues rosirent, et ses yeux se mirent à briller. Anna fut troublée de ressentir une émotion profonde, inattendue, devant ce spectacle.

Dorothy était au milieu du couplet suivant lorsque la voix étouffée de Gabe à l'intérieur de la maison ramena Anna à la réalité.

— Vous savez où est Anna ?

— Elle était ici il y a une minute, répondit Elizabeth. C'est moi ou on entend quelqu'un chanter ?

Des pas résonnèrent dans le couloir. Anna prit une profonde inspiration et se redressa. Elizabeth apparut à la porte, cligna des yeux en regardant Dorothy qui chantait toujours, puis Anna, puis Dorothy de nouveau. Elle ouvrit la bouche, et sa main se crispa sur son tablier.

— Oh, mon Dieu !

— Maman ? Qu'est-ce qui se passe ?

Des pas plus lourds et plus rapides traversèrent le couloir, et Gabe apparut aux côtés de sa mère. Voyant sa grand-mère chanter, il écarquilla les yeux.

— Waouh.

Anna regarda Gabe et Elizabeth s'avancer sous le porche dans un silence stupéfait. Son cœur tambourinait, et son cerveau tournait à plein régime, cherchant une explication. Mais il n'y avait pas d'explication.

Elle ne connaissait pas du tout la famille de Gabe. Ce n'était pas parce qu'ils étaient accueillants que cela lui donnait le droit de s'amuser avec leur aïeule malade. Quelle mouche l'avait piquée ?

Gabe se tourna vers Anna.

— Sinatra ?

Anna frotta ses paumes moites sur son jean et prit le boîtier du CD d'une main tremblante.

— J'ai pensé que c'était de son époque.

À cet instant, Rachel apparut dans l'embrasure de la porte.

— Qui chante ?... Mamie ?

Elle sortit à son tour. La chanson de Dorothy se termina, et pendant quelques secondes, un silence de mort régna sous le porche. Pas une voiture ne passait sur la route, pas un oiseau ne pépiait dans l'arbre. Anna se tassa sur sa chaise, regrettant de ne pouvoir s'échapper sans que personne ne la remarque. Elle était coincée, et c'était sa faute.

Puis Dorothy regarda Elizabeth, et dit en souriant :

— Te souviens-tu de cette chanson, Lizzie ? Ton père et moi, on dansait dessus dans le salon.

Elizabeth poussa un léger cri derrière la main qu'elle avait pressée contre sa bouche, et son visage se crispa. Les larmes roulant sur ses joues, elle se précipita vers sa mère et s'assit à côté d'elle sur le canapé, puis elle lui prit la main et chuchota :

— Oui, je me souviens, Maman.

Rachel marmonna :

— Merde alors !

Puis elle se retourna et courut dans la maison, probablement pour avertir le reste de la famille.

Anna avait terriblement envie de pleurer, et elle inspira profondément pour tenter de se reprendre. Peut-être était-ce dû au soudain éveil de Dorothy, ou à l'expression indéchiffrable de Gabe qui la fixait. Elle aurait voulu revenir deux semaines en arrière, avant de se voir assignée à travailler avec Gabe, avant de commencer à se comporter comme cette personne impulsive qu'elle ne reconnaissait pas.

— On devrait peut-être leur laisser quelques minutes ? prétexta Anna pour se lever, avant de trébucher en passant devant Gabe et de s'enfuir dans la maison.

Elle sentait qu'il la suivait, mais elle pressa le pas dans le couloir. Elle ne savait pas où elle allait ; ce n'était pas comme si elle pouvait se cacher quelque part. Mais elle continua à marcher jusqu'à ce qu'il la prenne par le coude, la tirant doucement pour qu'elle se retourne face à lui.

— Comment savais-tu que la musique allait raviver sa mémoire comme ça ?

Anna se dandina, mal à l'aise, et regarda la main de Gabe sur son bras.

— Je… je ne le savais pas. (Elle devait lutter pour empêcher sa voix de trembler.) Pas vraiment. Enfin, une fois, j'ai lu dans un livre de neurosciences que les récepteurs du cerveau qui réagissent à la musique sont les derniers à se détériorer en cas d'Alzheimer. Alors j'ai pensé que les CD l'aideraient peut-être à retrouver quelque chose.

Anna gardait les yeux baissés sur ses pieds. Elle n'avait pas remarqué ce trou dans sa chaussette.

— Tu as lu ça dans un livre de neurosciences ?

Ça avait l'air encore plus bizarre quand c'était lui qui le disait à voix haute.

— Euh, oui.

Gabe resta silencieux, et quand elle leva les yeux, il la regardait d'une étrange manière.

— Quoi ? demanda-t-elle avec méfiance.

— Rien. Tu es juste… inattendue.

Anna n'avait aucune idée de ce qu'il voulait dire par là, et elle craignait trop de lui demander. Elle s'éclipsa dans le bureau pour rassembler ses affaires, et quand ce ne fut plus possible d'éviter ce moment, elle alla à reculons jusqu'à la cuisine pour dire au revoir.

La conversation s'interrompit quand elle entra. De toute évidence, ils parlaient d'elle.

Elle resta sur le seuil, et finalement, Rachel brisa le silence.

— C'était vraiment dingue.

— Tu es comme la femme géniale du livre qu'on lit sur Helen Keller à l'école ! s'exclama Leah en sautillant.

John la prit à part et lui dit qu'elle n'imaginait pas l'importance de ce qui s'était passé pour Elizabeth, et qu'ils n'oublieraient jamais ce qu'elle avait fait.

Et tandis que Gabe s'apprêtait à la raccompagner, Elizabeth la serra dans ses bras de toutes ses forces. Puis elle pressa la main d'Anna et dit :

— S'il te plaît, reviens la semaine prochaine. Tu es la bienvenue ici, tu le seras toujours.

Anna serra la main d'Elizabeth, se sentant translucide et fragile, comme les feuilles dans un jardin après les premières gelées. Une bourrasque aurait pu la déchirer. Elle mourait d'envie de revenir la semaine prochaine. Elle mourait d'envie d'avoir un endroit où elle serait toujours la bienvenue.

Gabe resta silencieux pendant le trajet de retour jusqu'à son appartement. Anna regardait par la fenêtre et se rongeait l'ongle du pouce en se demandant à quoi il pensait. Il se gara devant chez elle, et en se baissant pour ramasser son sac à dos, elle coula un regard vers lui, cachée derrière ses cheveux.

— Merci de m'avoir raccompagnée.

Elle allait sortir, et sursauta lorsqu'il lui toucha le bras.

— Anna.

Elle s'arrêta, la main sur la poignée de la portière.

— Oui ?

— Merci de ce que tu as fait pour ma grand-mère.

— Merci de…

De quoi ? *D'être gentil avec moi ? De faire attention à moi ?* Misère, elle était si reconnaissante qu'on lui ait manifesté un tant soit peu de gentillesse ; qu'est-ce que cela disait d'elle ?

— Merci de m'avoir présenté ta famille. Ils sont vraiment super.

— Certains jours, c'est vrai, admit-il avant de lui adresser un sourire ironique. Ils sont très fans de toi. Ma mère m'a clairement fait comprendre que si je ne te ramenais pas avec moi dimanche prochain, je pouvais autant ne pas venir du tout.

Une chaleur se diffusa en elle. *Fais attention*, la mit en garde une petite voix au fond d'elle, mais elle ouvrait déjà la bouche pour répondre.

— J'adorerais revenir la semaine prochaine.

Malgré ses heures tardives à la supérette le lundi soir, Anna se leva aux aurores pour retrouver Gabe à la bibliothèque avant leur cours du mardi. Ils trouvèrent un coin tranquille dans l'un des salons où ils purent discuter de leur projet et planifier les recherches qu'ils feraient le dimanche chez les parents de Gabe, avant le dîner en famille.

Le dimanche était son jour de congé de la supérette, où elle rattrapait habituellement son retard dans ses études, mais le temps passé avec les Weatherall allait empiéter sur le reste de son travail. Pour compenser, elle allait devoir se lever tôt le reste de la semaine afin d'étudier avant de partir au lycée. Elle décida que ce n'était pas bien grave ; elle pourrait dormir une fois admise à la fac.

Quand Anna arriva en classe avec Gabe ce mardi-là, les filles avec qui il s'asseyait toujours lui firent signe pour qu'il les rejoigne. Il commença à se diriger vers elles, puis s'arrêta brusquement, ce qui fit trébucher l'étudiant derrière lui et le força à se pousser pour éviter la collision.

Le regard de Gabe alla du siège isolé au milieu du groupe de filles à Anna, puis se détourna d'elle.

Anna se tenait à côté de lui, mal à l'aise. *Ah oui, c'est vrai.* Même s'ils avaient des rapports amicaux quand ils travaillaient sur leur projet, ce n'était pas comme s'ils étaient vraiment amis. Surtout quand il y avait de jolies étudiantes dans les parages, avec leurs longs cheveux brillants.

Chaque fois qu'elle apercevait Gabe sur le campus, il était entouré de gens élégants et beaux, deux adjectifs auxquels elle ne correspondait absolument pas. Certes, elle était grande, mais elle était maigre, presque dépourvue de poitrine, avec des cheveux brun terne qu'elle coupait elle-même. Elle n'avait ni le temps ni l'argent de mettre en valeur ses pommettes hautes et ses grands yeux noisette avec du maquillage. Et elle ne pourrait jamais faire passer ses vêtements de seconde main pour les tenues à la mode que portaient les filles de l'université.

De toute façon, elle ne souhaitait pas que Gabe l'assimile aux filles avec lesquelles il flirtait en permanence. Jamais de la vie.

Anna bafouilla qu'elle le verrait plus tard et se précipita vers un siège vide de l'autre côté de la salle. Rien de tout cela n'avait d'importance. La priorité était de réussir leur projet, d'obtenir un A, et de se rapprocher un peu plus d'une bourse complète pour l'université, puis pour l'école de médecine. Un pas de plus vers une vie meilleure.

Avant qu'elle ne puisse la refouler, l'image d'un escalier branlant qui s'enfonçait vers une cave sombre lui revint en mémoire.

Ce serait aussi un pas de plus pour s'éloigner de tout ça.

Elle n'allait pas laisser Gabe la distraire.

Anna s'assit et plongea la tête dans son sac à dos, faisant mine de chercher quelque chose d'important pour ne pas être tentée de loucher sur lui, de l'autre côté de la salle.

Quelqu'un la bouscula, l'arrachant à ses pensées. Elle leva les yeux et vit Gabe qui lui souriait en se glissant sur le siège à côté du sien. Anna regarda furtivement de l'autre côté, aperçut l'expression choquée des amies de Gabe, puis elle baissa les yeux sur son bureau pour dissimuler son sourire.

Chapitre 5

Gabe se carra dans son siège tandis que le curseur tournait sur l'ordinateur de son père. Candidature, relevés de notes, scores au GRE, lettre de motivation. Encore un clic, et voilà, sa dernière candidature était partie.

Après toute l'énergie qu'il y avait consacrée cet automne, il s'attendait à des feux d'artifice, de la musique, ou quelque chose de ce genre. Mais non. Juste un message automatique : *Merci pour votre candidature. Vous recevrez bientôt un e-mail de confirmation.*

Ce n'était pas grave. Il savait qu'il verrait Anna plus tard, et qu'elle ferait preuve de l'enthousiasme espéré. C'était marrant : cette fille maladroite et timide avec laquelle il avait du mal à discuter sans avoir envie de l'étrangler était devenue celle qui l'avait le plus soutenu au sujet de son doctorat. Elle avait lu ses dissertations, suggéré des modifications intelligentes et l'avait même encouragé à postuler pour des bourses dont il jugeait l'obtention peu probable.

Au début, ils avaient passé tous les mardis matin et les dimanches après-midi à travailler sur leur projet.

Mais à mesure que celui-ci prenait forme, ils n'avaient plus vraiment eu besoin de se voir chaque semaine. Cependant, Gabe avait pris l'habitude de fréquenter Anna et il aimait discuter avec elle.

Il savait que ses amis étaient troublés de le voir passer autant de temps avec elle. Les mecs de sa fraternité aimaient bien plaisanter, l'appeler *ta petite amie* et le taquiner sur son goût pour les femmes plus jeunes. Il ignorait ces railleries surtout parce qu'il ne voulait pas leur donner la satisfaction de le voir s'énerver.

Anna était au lycée, et il ne l'aurait jamais, au grand jamais, considérée autrement que comme une petite sœur. Mais il trouvait dommage que la plupart des gens ne voient que la surface, cette fille timide et négligée cachée derrière ses cheveux, et ne prennent pas la peine de faire sa connaissance et de découvrir à quel point elle était brillante et drôle. Il avait honte d'avoir failli faire la même erreur.

Gabe poussa le fauteuil sous le bureau et se rendit à la cuisine pour se servir une tasse du café que sa mère préparait avant d'aller marcher au parc. Il aurait pu envoyer ses candidatures de chez lui, mais la connexion Internet de ses parents était plus fiable puisque eux ne téléchargeaient pas de porno, contrairement à ses colocs. Il rit dans sa barbe. En tout cas, il espérait que ses parents ne téléchargeaient pas de porno.

Il allait retourner dans le bureau pour ranger ses affaires quand son père entra dans la cuisine. Gabe ne s'attendait pas à le voir avant l'après-midi.

Son père marqua un arrêt, probablement aussi surpris que son fils de le croiser ici.

— Gabe ! Je pensais voir ta mère. Je croyais que vous arriveriez plus tard, Anna et toi.

— Je suis juste venu pour envoyer mes candidatures. Je ne vais pas tarder à aller chercher Anna.

— Tu soumets tes candidatures aujourd'hui ? s'étonna son père.

Gabe poussa un soupir.

— Je viens de le faire.

— Tu ne m'avais pas dit que tu t'en occuperais aujourd'hui.

— Ah bon ? Je pensais l'avoir fait. La semaine dernière, ou…

Oui, c'était un mensonge. Il ne voulait pas que son père le harcèle à ce sujet, alors il avait appelé à la maison avant de venir ce matin, pour s'assurer que John n'était pas là.

— Eh bien, félicitations, dit son père en lui donnant une tape dans le dos. Alors, qu'est-ce que tu vas faire maintenant ?

— Comment ça, qu'est-ce que je vais faire ? J'attends qu'on me réponde pour savoir si je suis pris.

— Et si tu ne l'es pas ? Tu as regardé des offres d'emploi ? Tu ne devrais pas prévoir des entretiens ?

Gabe ouvrit la bouche, puis la referma. Bon Dieu. Il avait envoyé ses candidatures il y avait cinq minutes à peine. Son père pensait-il qu'il ne serait pas accepté ? Ou craignait-il, s'il desserrait son étreinte ne serait-ce qu'une minute, que Gabe ne se mette à arracher des planchers et à poser des cloisons de BA13 comme son frère ? Que dirait John à ses amis golfeurs si ses fils finissaient prolétaires tous les deux ?

Ce n'était pas comme si Matt faisait n'importe quoi.

Il était à la tête de sa propre entreprise, gagnait bien sa vie, et il était très demandé. Mais il avait renoncé à la médecine, et son père ne s'en était jamais remis.

À la surprise générale, Matt avait choisi une carrière d'artisan. Tout était prévu pour qu'il s'inscrive à la prépa médecine de Johns Hopkins quand il avait été pris pour un job d'été dans une entreprise de rénovation. Il y avait beaucoup de travail dans les quartiers en cours de gentrification. Il avait appris à installer des placards de cuisine et à reproduire des moulures anciennes ; il avait un vrai talent pour cela, et Gabe se souvenait encore du bonheur de son frère cet été-là, débarrassé de la pression qui pesait sur ses épaules de fils aîné : fini les 20 sur 20, les examens à passer haut la main.

Une fois que Matt avait décidé de reporter son entrée à l'université pour démarrer sa propre entreprise, les attentes de leur père s'étaient tournées vers Gabe. Tout à coup, John avait commencé à lui mettre la pression pendant le dîner pour qu'il révise ses examens et voulait discuter avec lui de son avenir.

Gabe était bien conscient qu'étudier l'économie à l'université du coin n'était pas tout à fait au même niveau que la médecine à Hopkins, du moins aux yeux de son père. Mais cela faisait plaisir à sa mère qu'il reste proche de chez eux, et il avait rejoint la même fraternité que celle que son père avait intégrée à Yale.

John Weatherall avait toujours rêvé que l'un de ses enfants suive ses traces et fasse médecine. Gabe voulait faire plaisir à son père, mais au bout du compte, il s'était retrouvé à éviter de rentrer à la maison pendant sa première année à l'université, et à changer de sujet quand son père voulait parler de son cursus.

Et puis, l'affaire avait été pratiquement conclue avec ce C en chimie organique. Gabe n'avait jamais obtenu autre chose que des A auparavant, ni depuis. Mais bizarrement, il ne parvenait pas à comprendre ces histoires de structures de résonance et mécanismes de réaction en chimie organique.

C'était presque comme s'il *essayait* de ne pas réussir, avait remarqué son père, quand la note était tombée.

Gabe ne suivait pas de cours de psychologie, si bien qu'il ignorait ce que Freud aurait dit à ce sujet.

Et voilà que son père revenait à la charge.

— Il est encore temps de retenter la chimie organique au semestre prochain. Juste pour te laisser le choix.

Gabe devait se trouver une échappatoire.

— Je dois aller chercher Anna, elle va m'attendre.

Son père hocha la tête. Au moins, à propos d'Anna, il n'avait rien à redire.

— Bien sûr. On pourra en reparler plus tard.

Super. J'ai hâte.

Gabe roula jusque chez Anna. Il était en avance, alors il resta dans la voiture et attendit. La porte de l'immeuble s'ouvrit, et un homme d'âge moyen avec des cheveux gras et une barbe de trois jours sortit. Il alluma une cigarette et ouvrit une canette de bière.

De la bière à onze heures et demie du matin.

Gabe plissa les yeux en regardant la maison. Cet homme était probablement un autre locataire. Gabe espéra qu'il n'était pas le petit ami de la mère d'Anna, ou quelque chose comme ça.

L'homme retourna à l'intérieur, et quelques minutes plus tard, Anna sortit. Elle courut jusqu'à la voiture et ouvrit la portière. L'air froid de novembre le frappa tandis qu'elle se glissait sur le siège.

— Salut ! Tu as passé une bonne matinée ?

— Oui. J'ai juste bossé les cours.

— Vous vivez seules ici, ta mère et toi ? s'enquit-il en inclinant la tête vers la maison.

— Oui. Pourquoi ?

— Je sais pas. Tu ne parles jamais de ton père.

Elle détourna le regard.

— Je ne l'ai jamais rencontré.

Ça n'avait pas l'air si horrible, de ne pas avoir de père. Pourtant Gabe se sentit très nul à cet instant. Son père était quelqu'un de bien, et Gabe l'aimait. Seulement, il aurait bien voulu qu'il lui lâche un peu la grappe de temps en temps.

Anna se tourna vers lui.

— Et toi, au fait, ta matinée ? Ça y est, tu as envoyé tes candidatures ?

Il démarra la voiture et s'affaira à vérifier les rétroviseurs. L'enthousiasme qu'il avait ressenti plus tôt s'était évaporé.

— Ouais.

— C'est génial, Gabe ! Tu as fini ?

— Ouais.

— Attends qu'ils t'acceptent *tous*, il faudra que tu décides où tu veux aller.

Voilà, ce n'était pas compliqué. Pourquoi son père ne pouvait-il pas réagir ainsi ?

— Moui, on verra, éluda-t-il en s'insérant dans la circulation, concentré sur la voiture devant eux.

Anna ne dit rien, mais il sentait son regard sur lui.

— Qu'est-ce qui t'arrive ? demanda-t-elle après quelques minutes de silence.

— Comment ça ? Rien.

Elle se pencha pour lui tapoter la main, qu'il serrait sur le volant.

— Tu peux relâcher un peu ta poigne, il ne va pas s'envoler.

Il pila au feu rouge et se tourna vers elle.

— J'ai envoyé toutes mes candidatures aujourd'hui, et tu sais ce que m'a dit mon père ? Le premier truc ? « Et si tu n'es pas pris ? »

Elle poussa une exclamation de surprise.

— Et juste après, tu sais sur quoi il a embrayé ? *Médecine.* (Le feu passa au vert, et il appuya sur l'accélérateur, s'engageant dans le carrefour.) Quand je réfléchissais aux écoles auxquelles je voulais postuler, il insistait pour que je ne vise que les meilleures. Pas question de jouer la sécurité et de tenter Penn State, ou Michigan. On dirait presque qu'il n'a pas envie que je sois accepté, parce que, alors, il pourrait recommencer à me mettre la pression pour que je fasse médecine.

— Hé, dit-elle en lui secouant le bras. Arrête-toi. Tu conduis comme un taré.

Gabe vira brusquement et s'arrêta sur le côté de la route, puis il se passa la main dans les cheveux.

— Désolé.

— Tu sais quoi ? N'y allons pas aujourd'hui. Chez tes parents.

— Vraiment ?

Il n'était pas prêt pour une autre conversation avec son père. Il y avait de fortes chances pour qu'il finisse par dire quelque chose de désagréable qu'il regretterait plus tard.

— Vraiment. Tu peux conduire sans nous tuer ? Je vais t'emmener quelque part.

Il lui jeta un coup d'œil en coin.

— Où ça ?

— Tu verras.

Elle lui indiqua la route de l'université, mais au dernier moment, elle le fit tourner à droite sur une route sinueuse derrière le campus. Quand elle lui dit de se garer, il arrêta la voiture devant un grand bâtiment en forme de dôme, fait de verre et d'acier : le conservatoire Phipps, avec sa serre et ses jardins botaniques.

— Tu es venu ici récemment ? demanda-t-elle d'une voix empreinte d'excitation.

— Euh, pas depuis une sortie scolaire en CM1, je crois.

— Vraiment ? Tu sais qu'on peut y entrer gratuitement avec nos cartes d'étudiant ?

Il avait vaguement conscience d'avoir accès aux musées et à tout un tas de trucs en tant qu'étudiant, mais il avait généralement d'autres choses à faire de son temps libre.

Le vent glacial les pénétra jusqu'aux os lorsqu'ils sortirent de la voiture. Difficile de croire que jusqu'à la semaine précédente, on était encore en automne. À présent, les nuages gris à l'horizon semblaient annonciateurs de neige. Anna n'avait pas remonté la fermeture éclair de son manteau, mais elle en serra les pans autour d'elle et ils coururent vers l'entrée du bâtiment.

Ils prirent leur billet à l'accueil, puis Anna le conduisit jusqu'à un immense dôme, rempli d'arbres et de fleurs. Au centre, des jardiniers installaient des sapins de Noël et suspendaient des poinsettias pour les fêtes.

— Tu devrais emmener ta grand-mère ici. Je parie que ça lui plairait, médita Anna.

Gabe s'arrêta. Mince, pourquoi n'y avait-il pas pensé ? Bien sûr que sa grand-mère adorerait.

— C'est une excellente idée. Tu devrais venir avec nous.

— Vraiment ?

Anna avait développé une relation particulière avec la grand-mère de Gabe depuis le dimanche où elle lui avait apporté de la musique. Dorothy s'était à nouveau repliée dans son propre monde depuis, mais elle s'animait quand Anna s'asseyait avec elle sous le porche.

— Oui, allons-y la semaine prochaine.

Elle le gratifia de ce sourire qui illuminait tout son visage, puis le conduisit à travers d'autres salles jusqu'à une porte qui portait un panneau « Forêt tropicale ».

Il faisait frais dans les autres salles, mais celle de la forêt tropicale était un véritable sauna, et l'humidité imprégna les joues de Gabe rougies par le vent et ses doigts encore gourds. Ils déambulèrent le long d'un chemin bordé de palmiers et de bananiers, de bougainvilliers roses et d'oiseaux de paradis orange et violets. Après avoir traversé un pont au-dessus d'une mare qui regorgeait de plantes aquatiques et de carpes koï, ils tournèrent à droite derrière une hutte en chaume où étaient exposées des épices tropicales.

Gabe avait l'impression qu'ils étaient arrivés au

bout, mais Anna lui lança de nouveau ce sourire radieux et emprunta un petit sentier menant à un bosquet d'arbres. Repoussant quelques feuilles géantes, elle disparut derrière. Intrigué, il la suivit.

Après s'être frayé un chemin à travers les feuilles de palmier, il parvint de l'autre côté et s'arrêta net.

Anna était assise sur un banc de pierre au milieu d'une petite clairière, entourée de fleurs tropicales. Le vacarme des systèmes de ventilation, des autres visiteurs qui passaient à côté et des bruits d'oiseaux tropicaux diffusés par les haut-parleurs était plus faible ici. S'il n'avait pas su qu'il était au milieu de la ville, Gabe aurait facilement pu croire qu'il était perdu quelque part dans une jungle.

— Ouah…

— N'est-ce pas ? C'est mon endroit préféré. J'aime bien venir lire ici.

Il s'assit sur le banc à côté d'elle.

— Merci de m'avoir fait découvrir ton coin secret.

— Je peux te faire confiance ? demanda-t-elle en plissant les yeux. Tu ne ramèneras pas de fille ici pour l'embrasser, d'accord ?

Il rit, car il aurait pu l'envisager. Sauf que c'était un endroit trop spécial pour être partagé avec n'importe qui, et il se serait senti mal de faire ça à Anna.

— Jamais. Je te le promets.

Ils restèrent assis là un moment, au chaud, au calme. La tension quitta les épaules de Gabe, et il leva la tête vers le dôme de verre au-dessus de lui. D'un gris pâle et terne, le ciel fourmillait de petits flocons de neige tournoyants qui scintillaient lorsqu'au contact du verre tiède ils se transformaient en gouttelettes d'eau.

Après quelques minutes, la voix d'Anna rompit le silence.

— Si ça peut te rassurer, je pense que tu ferais un mauvais médecin.

Il laissa échapper un rire surpris et tourna la tête vers elle, s'attendant à voir un sourire blagueur sur son visage. Elle lui rendit son regard, impassible.

Était-elle sérieuse ? Connaissant Anna, probablement. Sans qu'il comprenne bien pourquoi, cette honnêteté lui donnait envie de rire.

— Eh bien, merci, je suppose. Ça ne me rassure pas vraiment, mais j'apprécie l'effort, hoqueta-t-il en essayant vainement de contenir son rire.

— Je ne voulais pas être insultante !

— Bien sûr.

— Non, vraiment ! insista-t-elle avant de lui donner un coup de coude. Arrête de rire. Ce que je voulais dire, c'est qu'en réalité médecin, c'est un métier d'introverti. Je sais qu'il faut avoir un bon contact avec les patients et tout, mais on passe surtout beaucoup de temps plongé dans les livres et les dossiers médicaux. Tu te vois passer huit heures par jour à disséquer un cadavre au sous-sol d'une école de médecine ?

Il frissonna ostensiblement.

— Non, hein ? reprit-elle. Je vois comment tu es en classe. Tu es dans ton élément quand tu peux participer à une grande discussion ou débattre d'une théorie quelconque. Dès que McGovern dit quelque chose de controversé, tu frémis d'excitation. Toi, ce qui t'irait bien, ce serait de bosser dans un *think tank* économique où tu pourrais être l'expert qui propose des théories géniales. Et qui débat ensuite avec les autres experts.

Il la fixa. *Mince alors*. Elle avait raison. Et il se sentit mieux à l'idée que ce n'était pas parce qu'il décevait les espoirs de son père qu'il se trompait pour autant de chemin.

Il sourit et la poussa gentiment d'un coup d'épaule.

— Et qu'est-ce que ça dit de toi, alors ? Tu veux être médecin, mais tu aimes le débat, toi aussi.

Elle le poussa en retour.

— Seulement avec toi. Tous les autres me prennent pour une fille timide qui s'entendrait sans doute très bien avec les cadavres.

Il croisa son regard, et tous deux éclatèrent de rire. Mais au fond de lui, quelque chose le tracassait. C'était presque comme si elle *voulait* que les gens pensent ça. Pas le coup des cadavres, bien sûr. Mais quelques mois plus tôt, il ne se serait jamais douté qu'Anna était l'une des personnes les plus intelligentes de leur classe. Elle n'était pas vraiment timide ; elle l'avait prouvé dès le premier jour où elle l'avait remis à sa place. Alors pourquoi ne parlait-elle pas davantage ? Pourquoi n'était-ce pas elle qui débattait des théories économiques ? Ou au moins, pourquoi ne levait-elle pas la main quand elle connaissait la réponse ?

Ils avaient passé tellement de temps ensemble ces derniers mois qu'à force il s'était mis à considérer Anna comme une bonne amie. À certains égards, il la connaissait très bien, mais à d'autres, pas du tout. Sa famille, par exemple. Elle avait dit n'avoir pas connu son père, mais elle parlait rarement de sa mère ; il savait seulement qu'elle travaillait dans une maison de retraite. Et Anna n'avait jamais vraiment évoqué d'amis ou d'activités avec des camarades du lycée. Gardait-elle autant ses distances là-bas que sur le campus ?

Il jeta un coup d'œil vers elle, et elle lui répondit par un petit sourire.

— Je suis contente qu'on se soit retrouvés à travailler ensemble sur ce projet.

— Moi aussi, mouflette.

Il lui donna un autre coup d'épaule affectueux.

Peut-être s'imaginait-il trop de choses. Anna était extrêmement intelligente et concentrée sur ses études. Après tout, toutes les adolescentes n'aimaient pas s'égosiller sans fin sur leurs amitiés et les fêtes où elles se rendaient. Il n'y avait qu'à voir Rachel. Elle passait ses week-ends dans des manifestations politiques, ou à faire du bénévolat dans un refuge pour femmes victimes de violences.

S'il se passait quelque chose d'important dans la vie d'Anna, elle lui en parlerait. Ils étaient suffisamment amis à présent pour qu'elle puisse se confier à lui.

Chapitre 6

Une bise glacée fouettait le manteau usé d'Anna ; elle plaqua son bonnet sur sa tête pour éviter qu'il ne s'envole. Peut-être neigerait-il plus tard. Alors qu'elle observait les nuages cendrés dans le ciel, un léger frisson la traversa. Un vrai dîner de Noël autour d'une grande table, avec de la neige dehors : voilà qui aurait l'air tout droit sorti d'un film. Ce n'était clairement pas quelque chose qu'elle avait déjà vécu dans la vraie vie.

Lorsque la mère de Gabe lui avait demandé quels étaient ses projets pour Noël, Anna avait été tellement décontenancée qu'elle avait bafouillé qu'elle et sa mère prévoyaient une journée tranquille à la maison. Elizabeth les avait immédiatement invitées à dîner, et Anna ne savait pas comment dire non, ne voulait pas dire non, même si elle aurait dû dire non.

Une autre rafale de vent souffla, et elle croisa les bras contre sa poitrine. Les manches remontaient sur ses poignets. Elle allait devoir en acheter un nouveau bientôt, et cette idée ternissait sa joie du Noël qui s'annonçait. Les manteaux étaient chers, même d'occasion, même chez Goodwill. Elle soupira et chassa cette pensée lorsque la voiture de Gabe se gara. Elle courut dehors et bondit sur le siège passager. La chaleur de la voiture et le sourire de Gabe dissipèrent ses pensées maussades.

— Joyeux Noël !

— Joyeux Noël ! Ta mère arrive ?

Le sourire d'Anna s'évanouit.

— Oh, hum. Non. Désolée. Elle ne va pas pouvoir venir.

— Ah bon ? Tout va bien ?

— Oui, oui. Elle… (Anna regarda ses mains en débitant l'excuse qu'elle avait préparée à l'avance.) Elle a dû aller au travail. Une de ses collègues était malade, et ils lui ont demandé de la remplacer. Ça m'embête, c'était tellement gentil de la part de tes parents de l'inviter, et puis ta mère va avoir cuisiné trop de choses du coup…

— T'inquiète. Tu sais qu'elle cuisine toujours pour un régiment de toute façon. Elle en emballera une part pour que tu la rapportes à ta mère. (Gabe lui donna un petit coup d'épaule compatissant.) Et puis, tu sais quoi ? Je suis content que tu viennes, toi. Sinon tu aurais passé Noël toute seule pendant que ta mère était au boulot…

— Ouais.

Anna haussa les épaules. Elle ne voulait plus parler de sa mère.

La neige commençait à tomber dru quand ils arrivèrent devant la porte des Weatherall. Elizabeth avait décoré la maison de guirlandes et de lumières blanches. Des bougies scintillaient sur la cheminée, et un sapin haut de trois mètres remplissait un coin du salon.

Anna réprima un cri en le découvrant. C'était vraiment comme dans un film. La neige tombait en gros flocons par la fenêtre, recouvrant le jardin et scintillant sur les branches des arbres.

La famille se rassembla autour de la gigantesque table des Weatherall, qui était couverte de plus de plats qu'Anna en avait jamais vu. Après le dîner, ils jouèrent à un jeu de mime endiablé qui, étant donné qu'il s'agissait des Weatherall, était plus compétitif qu'il n'aurait dû l'être.

Anna s'enivrait de cette ambiance de fête, plus heureuse qu'elle ne l'avait jamais été. Une seule fois, une petite voix vint lui rappeler qu'un jour elle le regretterait. Qu'elle souffrirait atrocement quand elle se retrouverait de nouveau seule. Anna repoussa la petite voix.

Au moins elle aurait de bons souvenirs, ce dont elle n'avait pu se prévaloir jusque-là.

Il était presque minuit quand Gabe la raccompagna chez elle. Ils riaient encore de leurs mimes de la soirée quand il se gara devant chez elle. Alors qu'Anna s'apprêtait à remercier Gabe pour ce merveilleux Noël, elle aperçut quelqu'un assis devant son immeuble, et son rire s'éteignit.

C'était un homme, affalé sur le vieux canapé que quelqu'un avait essayé de faire passer pour du mobilier de jardin. Ses pieds reposaient sur une caisse en plastique. Anna le regarda prendre une bouffée de sa cigarette et la souffler lentement. La fumée s'élevait en volutes autour de lui, éclairée par la lueur ambrée du porche.

L'estomac d'Anna se noua : c'était Don, son propriétaire, qui vivait dans l'appartement du rez-de-chaussée. Elle faisait de son mieux pour l'éviter en général ; il lui était même arrivé de descendre par l'escalier de secours à l'arrière du bâtiment quand elle entendait sa voix dans le couloir.

Anna fit un grand sourire à Gabe et attrapa son sac. Si elle se dépêchait, elle pourrait se faufiler dans la maison avant que Gabe ne remarque l'homme. Mais alors qu'elle ouvrait la portière, Don se leva, tirant le sweat-shirt des Pittsburgh Steelers qui était remonté sur sa panse avant d'ouvrir une canette de bière.

— Je vais te raccompagner, marmonna Gabe en saisissant la poignée de sa portière.

— Oh, euh, t'inquiète, bafouilla Anna. C'est juste notre propriétaire. Il n'est pas méchant.

— Je te raccompagne, répéta Gabe d'un ton ferme, et Anna sut qu'il était inutile de discuter.

Résignée, elle sortit de la voiture et gravit les marches du porche escortée de Gabe. Elle salua Don d'un petit signe de tête. Peut-être que l'esprit des fêtes avait suffisamment réchauffé son cœur pour qu'il la laisse tranquille ?

Mais non, c'était trop espérer. Ils étaient presque à la porte d'entrée quand Don surgit devant eux.

— Hé, l'intello, elle est où ta mère ? grogna-t-il d'une voix épaissie par la cigarette.

Anna le toisa.

— Elle travaille.

Don se gratta le ventre et prit une gorgée de son Iron City.

— J'espère bien qu'elle travaille, parce qu'elle m'a encore arnaqué sur le loyer ce mois-ci.

Anna jeta un coup d'œil à Gabe, qui observait leur échange en fronçant les sourcils.

— Je… (Elle se redressa et prit sa voix de gestion-d'un-client-énervé-à-la-supérette.) Je suis sûre que c'était une erreur. On vous apportera ce qui manque d'ici la fin de la semaine.

Anna essaya de contourner Don, mais avant qu'elle ait pu s'avancer vers la porte, il tendit la main et la referma sur son bras. Grimaçant, elle essaya de se libérer. Malgré la douleur qui lui transperçait l'épaule, sa première pensée fut : *Oh non, pitié, pas devant Gabe.*

En moins d'une seconde, Gabe s'interposa, repoussant Don pour l'écarter.

— Ne la touchez pas !

Don fit un pas en arrière, examina la veste Patagonia de Gabe, son Levi's luxueux et ses baskets à la mode. Puis il se tourna vers Anna en ricanant.

— Je vois que tu t'es trouvé un gosse de riche. T'as toujours pensé que t'étais mieux que nous tous dans le quartier, hein ? Eh ben tu me dois toujours le reste de mon loyer, et je le veux maintenant. Cent dollars.

Il tendit sa patte crasseuse, comme si elle allait sortir la somme de sa poche et la lui remettre aussitôt.

Mais bien sûr.

Elle n'avait pas ces cent dollars, et elle ne serait payée que dans quelques jours. Frottant son bras là où Don l'avait empoignée, elle lança un coup d'œil furtif à Gabe. Elle aurait donné n'importe quoi pour qu'il n'assiste pas à cette conversation.

— Vous les aurez d'ici vendredi.

— Vendredi, c'est trop tard. Je les veux demain, sinon je vous fous dehors.

— Mais… c'est Noël, plaida Anna. Les banques ne seront pas ouvertes. Vous pouvez sûrement nous laisser un jour de plus…

Ou trois. Mais elle s'en occuperait plus tard, quand Gabe ne serait plus là pour assister à la scène.

— Bah, foutaises ! Il a bon dos, Noël, fut la réponse de Don.

Gabe sortit son portefeuille de sa poche.

— Combien avez-vous dit ? Cent dollars ?

— Non ! (Mortifiée, Anna saisit le bras de Gabe et essaya de repousser son portefeuille.) Gabe, je n'ai pas besoin de ton argent. Je gère.

Mais Don tendait déjà la main pour prendre les billets. Il les compta ostensiblement, puis les fourra dans sa poche.

— Ça devrait couvrir ce qui manquait. Soyez pas en retard le mois prochain.

Gabe tira Anna vers la porte, et elle le suivit ; que pouvait-elle faire d'autre ? Se battre avec Don pour lui arracher l'argent et le rendre à Gabe ?

— Tu n'avais pas à faire ça, murmura-t-elle. (Elle était heureuse d'être en colère car c'était la seule chose qui l'empêchait de pleurer. Elle enfonça la clé dans la serrure.) Il exagérait juste pour faire le malin devant toi. J'avais la situation en main.

Anna poussa la porte d'entrée, et une odeur de tabac froid les enveloppa. Il y avait aussi une autre odeur, forte et aigre. Anna se sentit oppressée en imaginant ce que Gabe devait penser de l'immeuble.

Un vieux papier peint en lambeaux tapissait l'entrée, cloquant et plissant sur les murs comme si ceux-ci avaient contracté une espèce de maladie. Des taches d'humidité marbraient le plafond depuis l'hiver où les tuyaux avaient éclaté à cause du gel, et une ampoule nue oscillait au-dessus d'eux, projetant d'inquiétantes ombres jaunâtres sur les murs.

Anna monta les escaliers d'un pas lourd, Gabe sur ses talons, et s'arrêta sur le palier.

— Je te rembourserai vendredi, marmonna-t-elle.

— Je me fiche de l'argent. Je veux juste que ce type arrête de te harceler.

Anna lui lança un regard noir.

— J'avais la situation en main.

Elle était impolie, mais c'était plus fort qu'elle. La colère la préservait de l'humiliation qu'elle ressentait.

Avant que Gabe ait pu répondre, elle lui tourna le dos et se dirigea vers la porte de son appartement. Elle lutta avec la serrure, qui coinçait toujours, mais elle n'avait pas l'intention de se plaindre au propriétaire. Elle ignora Gabe qui s'appuyait contre le mur à côté d'elle.

— Écoute, dit-il. Peut-être que tu aurais pu gérer ça toute seule. Mais tu n'étais pas *obligée*.

Anna se concentra sur la serrure récalcitrante, baissant la tête pour qu'il ne voie pas ses yeux se remplir de larmes. Elle devait se reprendre. Si elle commençait à pleurer maintenant, ce serait sans doute le moment le plus humiliant de sa vie. Et puis, Gabe commencerait à poser des questions auxquelles elle n'était pas prête à répondre.

Après quelques secousses agressives, la serrure céda

d'un coup, et Anna poussa la porte pour entrer. Elle se retourna vers Gabe, n'entrebâillant pas la porte plus que de la largeur de son corps.

— Merci pour ce merveilleux Noël… et pour ton aide avec le propriétaire. Passe une bonne nuit.

Mais Gabe ignora son invitation à s'en aller.

— Je n'aime pas te laisser seule avec ce connard en bas. Est-ce qu'il avait déjà fait ça avant ?

— Fait quoi ?

— Te malmener comme ça ?

Anna ferma les yeux. Quel cauchemar.

— Ce n'est pas la première fois, n'est-ce pas ?

Gabe fit un pas vers elle, et Anna rapprocha un peu plus la porte de son épaule, espérant qu'il ne pourrait pas voir à l'intérieur.

— Merde, Anna… Ta mère est au courant ?

— Quoi ? Non. Écoute, il ne m'a pas malmenée. Il a…

Il avait quoi ? Y avait-il une explication raisonnable à toute cette scène qui n'aurait pas poussé Gabe à appeler la police ?

— Il était ivre, et c'est Noël.

Gabe la regarda d'un air perplexe.

— Je ne vois pas le rapport.

— Je veux dire, il n'est pas ivre normalement. Il fêtait sans doute Noël, et il a un peu exagéré. Je suis aussi surprise que toi.

Il ne semblait pas la croire une seconde, et la frustration d'Anna grandissait. Elle était devenue experte pour détourner l'attention, ces dernières années. Pourquoi fallait-il que ce soit Gabe qui la démasque ?

— Je devrais peut-être rester jusqu'à ce que ta mère

rentre ? (Il se pencha pour la regarder dans les yeux.) On pourra lui raconter ce qui s'est passé.

— Non !

Elle regretta immédiatement le désespoir qui perçait dans sa voix tandis que Gabe reculait d'un pas, surpris. Mais il était hors de question qu'il vienne traîner dans son appartement délabré pour attendre sa mère.

— Elle va rentrer tard, et je suis vraiment fatiguée. Je t'assure, le propriétaire est inoffensif. Et je vais mettre le verrou, juste au cas où.

Comme Gabe hésitait, elle se composa une expression calme et neutre.

S'il te plaît. S'il te plaît, va-t'en.

Elle ignorait ce qu'elle ferait s'il refusait de bouger. Finalement, il hocha la tête, et le soulagement l'envahit.

— Tu m'appelleras si tu as besoin de quelque chose ?

— Bien sûr... Encore merci. Pour tout.

Avant qu'il n'ait pu changer d'avis, Anna ferma la porte. Elle l'entendit faire quelques pas, puis s'arrêter. Elle secoua la chaînette du verrou et tourna celui-ci avec plus de force que nécessaire pour que le bruit résonne dans le couloir. Ensuite, elle colla son oreille contre la porte et l'écouta s'éloigner lentement dans l'escalier.

Elle jeta son manteau sur une chaise en soupirant, enfila son pull en laine épaisse et les vieilles pantoufles de papy qu'elle portait tout l'hiver pour limiter les factures de chauffage. Puis elle alluma la lumière et promena son regard dans l'appartement lugubre. L'intérieur n'était guère mieux que l'extérieur. Elle essayait de le maintenir propre et soigné, mais il n'y avait rien à faire pour la moquette fanée, ni pour les placards marron enduits de quarante ans de vernis bon marché, ni pour la fumée de cigarette qui avait laissé des taches jaunâtres sur les murs.

Elle grimaça en imaginant Gabe ici, attendant que sa mère rentre en frissonnant sur le canapé bosselé à motif écossais, vestige des années 1980. Que penserait-il en comparant ce trou à la maison chaleureuse et accueillante qu'ils venaient de quitter ? Et que ferait-il quand il se rendrait compte que la mère d'Anna ne rentrerait jamais ?

Chapitre 7

Quelques semaines plus tard, Gabe entra dans la maison de ses parents et enleva ses chaussures dans le hall tandis que la voix de son père résonnait depuis le salon :

— Il faut que tu commences à t'entraîner au MCAT pendant ta troisième année, pour pouvoir le passer au printemps.

— D'accord, répondit Anna. C'est vrai que ça pourrait m'aider.

Gabe entra dans le salon et trouva son père et Anna assis sur le canapé, John penché en avant pendant qu'Anna griffonnait quelque chose dans un cahier. La mère de Gabe l'avait envoyé au magasin acheter un oignon pour le dîner de ce soir, et apparemment, Anna s'était retrouvée à parler avec son père en attendant qu'il revienne.

— Ensuite, tu dois envoyer ta candidature principale dès que le portail est ouvert, continua John.

— Entendu, dit Anna en notant l'information.

— Ensuite… Tiens, voilà Gabe. Je ne t'ai pas entendu rentrer.

Son père le salua d'un signe de tête.

— Comment ça va ? demanda Gabe en s'appuyant au chambranle de la porte.

— Anna et moi discutions de l'école de médecine. Tu savais qu'elle prévoit d'y postuler après la fac ?

Évidemment que Gabe le savait. Il avait passé au moins deux jours par semaine avec elle au cours des cinq derniers mois, et c'était un sujet très important pour elle.

— Oui, je crois en avoir entendu parler, répondit Gabe, incapable de dissimuler une pointe de sarcasme dans sa voix.

Mais cela n'avait pas d'importance, car c'était le sujet préféré de John, et il s'était déjà retourné vers Anna.

— Comme je le disais, ensuite, tu recevras le formulaire de candidature secondaire.

Anna adressa un bref sourire à Gabe, pour lui montrer qu'*elle* l'avait entendu, puis elle ajouta les informations de John à sa liste. De toute évidence, c'était juste pour faire plaisir à son père, car Gabe savait qu'elle avait déjà étudié en long et en large le processus d'admission à l'école de médecine. Une minute plus tard pourtant, quand John proposa de décortiquer quelques questions d'entretien avec elle, elle ouvrit de grands yeux pleins d'espoir. Peut-être n'était-elle pas seulement polie.

— Vraiment ? Vous feriez ça pour moi ? demanda-t-elle, le souffle coupé.

— Bien sûr ! répondit son père en lui souriant. Je pense que tu as beaucoup de potentiel.

Anna se mordit la lèvre et cligna des yeux.

— Ce serait formidable.

John hocha la tête.

— Viens à la maison plus tôt dimanche prochain, et nous en parlerons à ce moment-là. (Il se leva enfin et se tourna vers Gabe.) Je vous laisse travailler, maintenant.

Anna se leva également, son cahier serré contre sa poitrine.

— Merci beaucoup. Ça me... (Elle se tut, fixant ses chaussettes à rayures.) Ça me touche énormément.

John partit, et Anna rangea ses affaires pour qu'ils puissent aller s'installer dans le bureau, de l'autre côté du couloir.

— Tu crois que ton père était sincère ? dit-elle soudain, sourcils froncés. Qu'il veut vraiment me conseiller ?

Gabe inclina la tête, surpris par la question.

— Il ne l'aurait pas proposé sinon.

Au contraire, son père était même un peu trop désireux de l'aider alors qu'il aurait dû se mêler de ses affaires. Mais Gabe chassa immédiatement cette pensée. Anna n'avait pas de père, et sa mère travaillait comme une dingue pour joindre les deux bouts. Il n'y avait probablement aucun adulte dans la vie d'Anna pour l'aider avec ses candidatures, et s'il en jugeait par le nombre de fois où il l'avait trouvée à minuit en train de travailler à la bibliothèque, aucun adulte pour lui prêter vraiment attention de manière générale.

Gabe se promit de prendre son père à part et de le remercier d'avoir aidé Anna. C'était vraiment gentil de sa part. Peut-être évoquerait-il aussi l'incident avec son propriétaire, juste pour avoir son avis. Ces dernières semaines, l'image de ce type agrippant le bras d'Anna avait donné des palpitations à Gabe chaque fois qu'il y avait repensé.

— Hé, Anna, dit Gabe en la suivant vers le bureau de son père. Je peux te demander un truc ?

— Quoi donc ? répondit-elle en lâchant son sac sur une chaise.

— On sera bientôt le 1er février. Ton loyer ne va pas tarder à tomber, et je me demandais si le propriétaire t'ennuyait encore.

Anna se figea, son visage virant au cramoisi.

— Non. (Elle lui tourna le dos pour sortir son livre d'économie de son sac et le posa d'un geste sec sur le bureau.) Don avait bu parce que c'était Noël. Je t'ai dit qu'il n'était pas comme ça d'habitude.

— Et le loyer de ce mois-ci ? Est-ce que vous avez besoin de…

— Non.

— D'accord, euh… Bon, si jamais tu as le moindre…

Il avait mis pas mal d'argent de côté en travaillant l'été dernier pour la société de construction de son frère. Si cette somme pouvait dissuader le propriétaire de s'en prendre à Anna, il serait heureux de tout lui donner.

— Tout va bien pour nous. Tout est rentré dans l'ordre.

— T'es sûre ? Parce que…

Anna se retourna brusquement pour lui faire face, mains sur les hanches.

— Sérieusement, Gabe. C'est gentil de t'inquiéter pour moi. Mais je te promets que c'était juste un malentendu. Ma mère s'en est occupée, et tout va bien maintenant.

— Ah bon ? Alors, tu lui as raconté comment il t'a coincée devant l'entrée ? Et… comment il t'a attrapée ? grimaça-t-il.

Anna regarda par-dessus son épaule.

— Oui, soupira-t-elle. Je lui ai dit.

— Qu'est-ce qu'elle a fait ?

— Elle est allée lui parler, éluda Anna avec un geste dédaigneux de la main. Il ne nous embêtera plus.

Gabe n'était pas convaincu. Il avait vu l'œil torve de Don, entendu la raillerie dans sa voix, et rien de tout cela n'était dû à l'abus de vin chaud. Ce type avait l'alcool mauvais, et il était probablement malveillant même quand il n'avait pas bu. Gabe redoutait ce qui se passerait si Anna et sa mère étaient à nouveau en retard pour le loyer.

— Vous avez tout réglé pour ce mois-ci ? Mais le mois prochain, vous aurez assez ?

— Gabe, dit Anna d'une voix mesurée. Je suis touchée par ta préoccupation, mais… (Elle promena son regard dans le bureau spacieux de John.) Je crois que tu n'as jamais vécu avec un budget serré et que tu n'as aucune idée de ce que c'est. Pour nous, ça, c'est *normal*. (Elle rougit de plus belle, et Gabe réalisa combien cet aveu lui coûtait.) On s'en sort toujours, et on n'a pas besoin que d'autres personnes interviennent. Tout va bien. Alors s'il te plaît, laisse tomber, d'accord ?

Gabe la regarda presser ses mains contre ses joues écarlates. Elle survivait ainsi avec sa mère depuis bien plus longtemps que les quelques mois où il était apparu dans sa vie, et peut-être Anna avait-elle raison. Elles n'avaient pas besoin qu'il vienne les sauver. Il finit par hocher la tête.

— D'accord.

Il respecterait son souhait et laisserait tomber. Pour le moment. Mais il garderait un œil sur Don, et si cette ordure s'approchait à nouveau d'Anna, il ne resterait certainement pas les bras croisés. Il ne faisait pas du tout confiance à ce type.

Chapitre 8

Quelques dimanches de plus s'étaient écoulés quand Anna entra dans la cuisine des Weatherall afin de proposer son aide pour le dîner, et y trouva Elizabeth plongée dans une pile de livres de recettes.

Elizabeth leva vers elle une mine chiffonnée.

— Imagine un peu : Leah vient de me dire qu'elle est censée apporter des biscuits pour la fête de printemps demain à l'école. Tu te rends compte ?

Anna fit une grimace exagérée.

— Demain ? C'est serré.

— Tu as tout à fait raison, dit Elizabeth en riant. J'étais en train de chercher une recette pour préparer un petit quelque chose.

Naturellement, Elizabeth n'aurait jamais envisagé d'envoyer Leah à l'école avec des biscuits industriels, même la veille de la fête.

— Je peux donner un coup de main ?

Anna s'installa sur le tabouret le plus proche et prit un livre de cuisine, désireuse d'aider. Elizabeth avait été très accueillante ces derniers mois, invitant Anna à dîner tous les dimanches. Anna n'avait pas encore trouvé de moyen de la remercier vraiment autrement qu'en offrant son aide pour le dîner. Et encore, d'une certaine manière, c'était plus pour son propre bénéfice que pour celui d'Elizabeth, car il n'y avait presque aucun endroit où Anna aurait préféré passer son temps que dans cette cuisine chaleureuse et accueillante.

— Vous avez fini de travailler, Gabe et toi ?

Anna désigna la porte du jardin.

— Matt l'a traîné dehors pour jouer au basket dans l'allée.

— Dans ce cas, si ça ne te dérange pas… (Elizabeth ouvrit l'un des livres de recettes qu'elle tenait et le fit glisser vers Anna.) Si tu peux préparer cette pâte, je vais commencer le dîner pendant ce temps.

Dans le monde d'Anna, les biscuits venaient d'un paquet où il était écrit « Chips Ahoy », aussi elle lut et relut la recette tachée de beurre, vérifiant deux fois les quantités pour chaque ingrédient. Elle finit par obtenir un saladier plein de pâte qu'elle aplatit au rouleau et découpa avec des emporte-pièces en forme de fleurs et de poussins tout en discutant avec Elizabeth.

— La semaine prochaine, c'est le dimanche de Pâques, lui rappela Elizabeth, tout en hachant un petit tas de fines herbes. J'espérais que ta mère pourrait se joindre à nous pour le dîner. Crois-tu qu'elle puisse être disponible ?

— Euh…

Anna garda les yeux rivés sur ses biscuits, se concentrant pour les saupoudrer de sucre coloré.

Cette invitation n'aurait pas dû la surprendre. Après tout, ils avaient aussi invité sa mère à Noël.

— Je pense qu'elle devra probablement travailler.

Il y a toujours beaucoup de travail à la maison de retraite, les jours fériés.

Combien de temps continueraient-ils à croire à cette excuse ?

Elizabeth hocha la tête.

— Tu pourrais peut-être lui demander de regarder son planning pour voir s'il y a un autre jour où elle pourrait venir ? On aimerait vraiment la rencontrer. N'importe quel dimanche nous conviendrait.

À l'idée de sa mère ici, riant avec tout le monde autour de la table des Weatherall, apprenant à connaître cette famille qui était devenue si importante pour elle, une crevasse douloureuse s'ouvrit dans le cœur d'Anna.

Sa mère ne viendrait jamais dîner.

Et bientôt, le projet avec Gabe serait terminé, et les dîners du dimanche prendraient fin aussi. Le simple fait d'y penser lui faisait horreur, mais elle savait que c'était mieux ainsi.

Chaque fois qu'elle venait dans cette maison, s'asseyait à cette table, se permettait un peu plus d'intimité avec un membre de la famille, elle mettait son avenir en danger. Plus elle faisait durer ce plaisir en passant du temps chez les Weatherall, comme si elle méritait la gentillesse qu'ils lui témoignaient, plus ils voulaient en savoir sur elle et sur sa mère. Plus ils posaient de questions.

Des questions dont les réponses pourraient ruiner sa vie. Heureusement, une minuterie au-dessus de la cuisinière bipa, alertant Anna que sa première fournée de biscuits était prête. Avec un soupir de soulagement, elle se précipita vers le four. Elle sortit une plaque de cuisson et la posa sur le comptoir, repoussant un pot de décorations sucrées d'un coup de coude.

— Ils ont l'air magnifiques, commenta Elizabeth avec un sourire.

Anna recula et contempla les sablés dorés, scintillants de sucre rose et jaune. Elle pouvait se vanter d'un score parfait à son GPA et de plus d'une douzaine de crédits universitaires à son actif, mais si elle débordait de fierté, c'est parce que Leah aurait de beaux biscuits pour sa fête.

Un instant plus tard, Gabe débarqua pour se laver les mains et aider à préparer une salade, bientôt suivi de Rachel et Leah. Anna prépara une nouvelle fournée de biscuits en espérant que l'arrivée de la fratrie ferait oublier à Elizabeth l'invitation à dîner de sa mère.

Rachel s'accouda au plan de travail et examina les biscuits d'Anna.

— Ils ont l'air extra, dit-elle en prenant une fleur encore fumante, qu'elle fit passer d'une main à l'autre pour ne pas se brûler.

Elle en prit une bouchée, mais avant même d'avoir commencé à mâcher, elle eut un haut-le-cœur affreux et se précipita vers l'évier.

Agrippée au bord du plan de travail, Rachel haleta et toussa, recrachant le biscuit avant de prendre un essuie-tout pour se frotter la langue.

Anna écarquilla les yeux.

— Ça va, Rachel ? Tu t'es brûlée ?

Elizabeth toisait sa fille avec désapprobation.

— Vraiment, Rachel. Tu ne crois pas que tu en fais un peu trop ?

Rachel était face à l'évier, épaules tremblantes, et

Anna craignit que la brûlure soit sérieuse. Mais avant qu'elle ait pu s'approcher d'elle, Rachel se retourna et s'effondra à moitié sur le plan de travail. Lentement, Anna réalisa que Rachel n'était pas pliée en deux de douleur, mais de rire.

Perplexe, elle se tourna vers Gabe, qui haussa les épaules.

— Qu'est-ce que… ? commença Rachel avant que l'hystérie la reprenne. (Elle inspira profondément et fit une nouvelle tentative.) Qu'est-ce qu'il y a dans ces biscuits ?

Anna baissa les yeux sur la plaque où ses beaux biscuits refroidissaient.

— Comment ça ?

Gabe s'approcha de l'îlot central, prit un biscuit et l'examina. Il le porta à sa bouche et en mordit prudemment un coin. Sa réaction ne fut pas aussi spectaculaire que celle de Rachel, mais il se précipita tout de même pour recracher la bouchée dans un essuie-tout.

— Quoi ? Qu'est-ce qui ne va pas ?

Anna sentait le rouge lui monter aux joues. Gabe pinça les lèvres et eut la courtoisie de cacher son sourire.

— Hum… Serait-il possible que tu aies utilisé du sel au lieu du sucre ?

— Non !

Anna passa en revue mentalement les ingrédients qu'elle avait trouvés dans les bocaux en verre du cellier. La poudre blanche dans le grand bocal ne pouvait être que de la farine, et la matière sableuse du bocal à côté de la farine était du sucre. N'est-ce pas ? Ça ressemblait à du sucre. Mais maintenant qu'elle y pensait, elle n'y avait pas goûté, pas plus qu'elle n'avait regardé dans les autres bocaux. Et qu'est-ce qu'elle y connaissait en pâtisserie ? Horrifiée, elle plaqua la main sur sa bouche.

Gabe échoua à réprimer son rire plus longtemps et s'écroula à côté de Rachel, hilare. Chancelante, Anna essaya de chasser la brûlure qui lui piquait les yeux.

— Allez, ça suffit maintenant, vous avez assez ri, intervint Elizabeth. (Elle traversa la pièce pour rejoindre Anna et passer un bras autour de son épaule.) Ce n'est pas grave. Ne t'en fais pas, la réconforta-t-elle.

— Je suis tellement désolée, murmura Anna.

Tous ces ingrédients gaspillés, sans parler du fait qu'elle n'avait pas aidé Elizabeth, au contraire. Elle savait que c'était ridicule d'être aussi contrariée par une fournée de biscuits, mais elle était anéantie.

— J'aurais dû vous dire que je n'y connaissais rien en pâtisserie. Mais je voulais aider, bégaya-t-elle en essuyant ses joues humides.

— C'est ma faute. Je ne t'ai pas prévenue que les deux bocaux se ressemblaient, dit Elizabeth en lui pressant l'épaule. Rassure-toi, ça aurait pu arriver à n'importe qui.

— Ne sois pas triste, s'écria Leah en accourant pour serrer ses bras autour de la taille d'Anna. On va faire d'autres biscuits ensemble, je vais t'apprendre !

Anna rit entre ses larmes.

— Vraiment ?

— C'est une excellente idée, approuva Elizabeth. Et si on laissait Gabe et Rachel nettoyer ce bazar et finir de préparer le dîner ? suggéra-t-elle en leur lançant un regard éloquent. Nous trois, pendant ce temps, nous pourrons suivre une leçon de pâtisserie.

Anna recula pour regarder Elizabeth dans les yeux.

— Je ne veux pas vous embêter.

— Bien sûr que non, tu ne nous embêtes pas ! Ça nous ferait très plaisir, n'est-ce pas, Leah ?

Leah hocha la tête avec enthousiasme.

— On va bien s'amuser !

Anna se lava les mains, et elles se mirent au travail, mesurant les ingrédients pour une nouvelle fournée. Et c'est vrai qu'Anna s'amusait bien. Elle passa un très bon moment, à travailler dans la cuisine avec Elizabeth qui lui donnait des conseils de pâtisserie et Leah qui l'aidait à décorer les biscuits. Cela lui rappela l'époque où elles étaient toutes les deux, elle et sa mère.

Elle n'avait alors aucun moyen de deviner que la vie pouvait basculer en un instant. Mais désormais, elle le savait.

Elle balaya la cuisine du regard, déterminée à savourer chaque instant tant qu'elle en avait encore l'occasion.

Chapitre 9

Un après-midi de fin avril, Gabe avait garé sa voiture devant l'immeuble d'Anna, et son regard errait autour du porche. Il avait continué à surveiller Don lorsqu'il venait chercher Anna pour travailler sur leur projet, et une ou deux fois, il l'avait repéré en train de fumer sur les marches de l'entrée. Mais Anna sortait de l'immeuble et montait dans la voiture sans même un regard pour Don, et elle affirmait qu'il ne l'avait pas ennuyée depuis Noël.

D'ici quelques mois, Gabe ne serait plus là pour veiller sur Anna, alors il espérait que sa mère avait réglé la situation une fois pour toutes.

C'était étrange de penser qu'il ne la verrait plus aussi régulièrement, ni ne saurait ce qui se passait dans sa vie. Six mois plus tôt, Gabe avait été contrarié d'apprendre qu'Anna serait sa binôme pour ce projet, et à présent il redoutait presque le moment où ils auraient fini de se disputer à propos de théories économiques et de savoir à qui était le tour d'analyser un tableau de données. Début avril, il avait envoyé son formulaire d'inscription à l'université de Chicago. À l'automne, il commencerait le programme conjoint de master-doctorat et travaillerait comme assistant diplômé pour l'un des professeurs les plus prestigieux de son domaine. Mais parfois, il se demandait s'il trouverait là-bas quelqu'un avec qui il travaillerait aussi bien qu'avec Anna.

Il jeta un autre coup d'œil à l'entrée de l'immeuble. Anna ne se trouvait pas à l'endroit habituel, alors Gabe sortit pour l'attendre. Il s'approcha de l'allée, mais s'arrêta brusquement en percevant les éclats d'une dispute à l'intérieur. Quelqu'un criait, et ça ressemblait beaucoup à Anna.

Gabe se précipita vers les escaliers, donna un coup d'épaule contre la porte d'entrée, et se prit les pieds dans un livre qui avait été posé là pour bloquer la fermeture. Emporté par son élan, il fit claquer bruyamment la porte contre le mur. Anna et le propriétaire ne lancèrent pas même un regard dans sa direction.

— Vous savez très bien que le compte y était ! hurlait Anna tandis que Gabe faisait irruption.

Elle se tenait à l'autre bout du couloir, mains sur les hanches, une expression meurtrière sur le visage.

Don avait le bras appuyé sur le mur devant elle, l'empêchant de sortir.

— Ce que je sais, c'est qu'il n'y avait que deux cents dollars dans l'enveloppe. Ça veut dire que tu m'en dois encore deux cents.

Don tituba vers elle, et elle recula d'un bond, heurtant le mur derrière elle.

Gabe s'avança et poussa Don sur le côté pour rejoindre Anna.

— Hé, qu'est-ce qui se passe ?

Anna continuait de fusiller Don du regard.

— Je vous ai vu ouvrir l'enveloppe et regarder dedans !

— Ouais, mais j'ai pas compté, répliqua Don, qui bafouillait très nettement. Quand j'suis rentré chez moi plus tard, j'ai compté et là, j'ai vu qu'y avait pas le compte.

— Vous mentez ! Il n'y a plus le compte parce que vous vous êtes servi entre-temps !

— Ah ouais ? Et comment tu vas le prouver ?

Don prit une bouffée de sa cigarette et souffla la fumée dans sa direction.

Anna avait un bras croisé sur son estomac et l'autre pressé contre sa bouche. Voyant les larmes qui menaçaient de couler sur ses joues, Gabe sentit un cratère se former dans ses tripes. Il tendit la main vers elle.

— Anna ?

Elle fixait Don comme si elle ne l'entendait pas.

— Je vous ai… on vous a tout donné. C'était le montant total. Je… on ne peut pas vous payer davantage.

Gabe se tourna vers Don.

— C'est encore pour le loyer ?

— C'est ça. (Ce fut soudain comme si une ampoule s'allumait dans la tête de Don.) T'as de l'argent sur toi ?

Finalement, Anna s'aperçut de la présence de Gabe, et elle se retourna brusquement.

— Ne t'avise pas de lui donner de l'argent ! Je l'ai déjà payé ! Il ment !

Gabe jaugea Don, à peu près certain qu'il était ivre. Autant lui payer ce qu'il voulait pour qu'il laisse Anna tranquille. Mais Anna le tuerait s'il sortait son portefeuille. Il secoua la tête.

— Écoutez, quand la mère d'Anna rentrera, elle viendra régler ça avec vous.

— Y a intérêt. Elle est où ta mère, l'intello ?

— Elle est au travail.

— Elle pourrait bien être au cirque, je m'en tamponne. Je veux mon argent. Et t'as pas réglé le total ce mois-ci.

— Si, je l'ai réglé !

— Eh ben, on dirait qu'on a trois options, bredouilla Don en levant ses gros doigts. Un, tu peux me payer l'argent que tu dois. Deux, je peux te foutre dehors. Ou trois…

Il marqua une pause tandis que son visage rougeaud se fendait d'un sourire répugnant.

Gabe voyait assez bien où il voulait en venir. Il prit Anna par le coude et la tira vers la porte.

— Sortons d'ici, Anna.

Don tendit la main pour attraper le bras de la jeune fille, mais il visa mal et trébucha en avant. Le type n'était pas simplement éméché, il était saoul comme un cochon.

— Ou trois, articula-t-il avec difficulté. Passe chez moi plus tard ce soir, et je te montrerai un moyen facile de gagner quelques centaines de dollars. J'espère que ta mère t'a appris ses astuces.

Sans réfléchir, Gabe se retourna brusquement et plaqua Don contre le mur. La cigarette vola hors de sa bouche et tomba sur le sol.

— Espèce de sale pervers, elle n'a que seize ans ! s'écria-t-il en écrasant son avant-bras sur la poitrine de Don, le plaquant au mur.

— Arrête, Gabe ! cria Anna en tirant sur son bras, mais il la repoussa et ne lâcha pas le propriétaire.

— Lâche-moi ! se débattit Don.

Il pesait au moins vingt-cinq kilos de plus que Gabe,

mais Gabe le dépassait d'une tête et il était en bien meilleure forme.

— Ne t'avise pas de la toucher, gronda Gabe d'une voix basse, en appuyant encore plus fort.

— Gabe, arrête maintenant, dit Anna en lui tirant de nouveau le bras. Gabe ! S'il te plaît.

La façon dont elle dit « s'il te plaît », comme si elle pouvait à peine respirer, lui fit tourner la tête vers elle.

— S'il te plaît. Allons-nous-en, chuchota-t-elle, l'air plus triste que jamais.

Quelque chose remua dans sa poitrine, et il hocha la tête.

D'une secousse, il repoussa Don et prit le bras d'Anna.

— Allons-y.

Il la conduisit rapidement vers l'extérieur.

Don ramassa sa cigarette et les suivit, trébuchant jusqu'à la rampe du porche.

— Tu ferais bien de me rendre mon argent, sinon j'vais venir le chercher !

La menace dans sa voix était tranchante.

Ils plongèrent dans la voiture, et Gabe démarra sans attendre pour quitter les lieux au plus vite. Quelques rues plus loin, il vira sur le côté et freina brusquement. Puis il se tourna pour la regarder.

— Anna.

Elle était assise, bras croisés, la tête rentrée dans ses épaules osseuses.

— Anna, répéta-t-il d'une voix plus douce. Je sais que ta mère travaille beaucoup, mais pourquoi ce n'est pas elle qui s'occupe de ces trucs-là ? Tu n'es qu'une enfant. Ça ne devrait pas être ton problème.

Le cœur d'Anna se serra.

— Je ne suis pas une enfant.

— Tu as seize ans. Tu ne devrais pas avoir affaire à ce connard.

— Ce connard, ce n'est rien à côté de ce que j'ai pu vivre. (Elle le regarda enfin.) Je n'ai *jamais* été une enfant.

Il sentait bien qu'il ratait quelque chose, mais quoi ? Il étudia le visage d'Anna à la recherche d'un indice.

— De quoi tu parles ? Qu'est-ce qui t'est arrivé ?

De toute évidence, quelque chose de sombre et de dur. Mais elle se tourna pour regarder par la fenêtre.

— Rien. Laisse tomber.

Quoi que ce fût, il détestait l'idée qu'elle soit seule à l'affronter. Il lui tendit la main pour prendre la sienne.

— Hé…

Elle affirmait ne pas être une enfant, mais à cet instant, elle ressemblait vraiment à unc petite fille perdue. Elle avait une expression craintive, et elle était si maigre que ses vêtements paraissaient presque suspendus à elle.

Il s'en voulut de la façon dont il l'avait empoignée pour l'entraîner loin de Don. Il aurait pu lui faire mal.

Elle dégagea brusquement sa main.

— Est-ce qu'on peut arrêter de parler de ça, s'il te plaît ? Je gère, d'accord ? Parlons de notre projet.

— Je m'en fous totalement, de notre projet.

— Eh bien, pas moi ! C'est tout ce qui compte pour moi. Alors lâche l'affaire.

Gabe ouvrit la bouche pour répliquer, puis la referma. Elle le fixait, bras croisés, et il la connaissait suffisamment pour deviner qu'il n'arriverait pas à ses fins. Pour l'instant. Il secoua la tête et démarra la voiture. Elle n'ouvrit pas la bouche de tout le trajet.

À leur arrivée chez les parents de Gabe, Anna alluma l'ordinateur sans un mot et parcourut leur présentation. Ils discutèrent de quelques petites modifications dans la mise en page, mais sa voix était plate et dénuée d'émotion, comme si elle n'en avait pas grand-chose à faire. Dès qu'ils eurent terminé, elle quitta la pièce pour parler à Rachel, et il se dirigea vers la cuisine pour aider sa mère à préparer le dîner.

Gabe ramena Anna chez elle, soulagé que le propriétaire ne soit nulle part en vue. Il avait insisté pour la raccompagner jusqu'à son appartement et lui fit promettre de verrouiller la porte et de raconter à sa mère ce qui s'était passé. Peut-être qu'il gaspillait sa salive. Visiblement, mettre sa mère au courant ne changeait rien, et il avait le sentiment qu'Anna ne lui avait pas tout raconté.

Il avait passé plus de temps avec elle au cours des deux derniers semestres qu'avec n'importe lequel de ses amis, mais il ne savait toujours pas grand-chose de sa vie. Il était assez évident qu'elle était pauvre. Outre les querelles avec le propriétaire concernant le loyer, il y avait l'immeuble miteux, et le fait qu'elle travaillait presque tous les soirs à la supérette en plus de ses études.

Sa famille n'avait jamais rencontré la mère d'Anna après qu'elle leur avait fait faux bond au dîner de Noël. Malgré leurs invitations successives, Anna trouvait toujours des excuses. Il était étrange que sa mère ne s'inquiète pas que sa fille de seize ans soit dehors à des heures aussi tardives, ou qu'elle ne désire pas rencontrer l'étudiant avec qui Anna passait autant de temps.

Et puis, il y avait le propriétaire. Son comportement avec Anna était perturbant, mais ses menaces et ses répugnants sous-entendus sexuels semblaient carrément dangereux.

En rentrant chez lui, Gabe se demanda s'il aurait dû appeler la police, tout à l'heure. Après tout, le propriétaire était ivre et avait menacé Anna, et elle était mineure. Mais c'était la parole du propriétaire contre la leur, et aucun crime avéré n'avait eu lieu. Gabe ne voulait pas énerver le type et le pousser à s'en prendre à Anna la prochaine fois qu'elle rentrerait seule, tard dans la nuit.

Non, faire intervenir la police ne donnerait rien de bon. Il avait besoin de réponses. Des réponses qui l'aideraient à s'assurer qu'Anna était en sécurité et que quelqu'un veillerait sur elle quand il aurait quitté la ville.

Le lendemain matin, Gabe gara sa voiture devant la maison de retraite où Anna avait dit que sa mère travaillait. Elle n'en avait parlé qu'une fois, lorsque Elizabeth avait demandé s'il s'agissait de celle qu'ils avaient brièvement envisagée pour Dorothy. Pour une raison ou une autre, il avait jugé important de mémoriser le nom de l'endroit.

Et voilà qu'il y était.

Gabe franchit les portes en verre du hall et sourit à la femme assise à la réception. Elle devait avoir la cinquantaine, avec des cheveux courts grisonnants et un cardigan bleu pâle. Elle posa le téléphone et se recoiffa à son approche.

— Je parie qu'on vous dit tout le temps que la

couleur de votre pull fait ressortir vos yeux, attaqua Gabe en s'appuyant nonchalamment à son bureau.

Il avait un peu honte de sa flatterie sans vergogne, mais il n'avait pas le choix. La femme laissa échapper une sorte de gloussement de collégienne, et le sourire de Gabe s'élargit encore.

— Je me demandais si vous pourriez m'aider.

— Eh bien, je vais essayer, mon chou.

— Je cherche une femme qui travaille ici. Je crois qu'elle est aide-soignante. Son nom, c'est Campbell.

— Campbell ? s'étonna la réceptionniste. Vous en êtes sûr ? Je ne connais aucune aide-soignante de ce nom-là. Elle travaille ici depuis longtemps ?

Gabe n'en avait aucune idée.

— Eh bien, laissez-moi jeter un coup d'œil à l'annuaire du personnel. Peut-être que j'oublie quelqu'un. (Elle sortit un classeur d'un tiroir et fit glisser son doigt le long d'une liste de noms.) Hmmm, voyons… Callahan… Cataldo… Non, il n'y a pas de Campbell ici.

Il ne s'y attendait pas.

— Vous en êtes sûre ?

— Désolée, mon chou. Elle serait là, sinon, dit-elle en tapotant le classeur.

— J'étais certain d'être au bon endroit, marmonna Gabe.

— Et quel est son prénom ? Elle travaille peut-être sous son nom de jeune fille ?

Il n'en avait aucune idée. Il aurait peut-être dû mieux préparer son coup avant de débarquer ici sans la moindre information. Mais Anna était si secrète et renfermée ; il n'avait pas tellement eu le choix.

Le sourire séducteur de la réceptionniste se fit compatissant.

— Je peux vous demander pourquoi vous essayez de retrouver une femme dont vous ne connaissez même pas le nom ?

— Euh… C'est la mère d'une amie. Peut-être qu'une des aides-soignantes a déjà parlé de sa fille ? Anna ? Seize ans ?

C'était un peu désespéré comme tentative. La femme secoua la tête.

— Désolée, ça ne me dit rien.

Gabe soupira.

— Eh bien, merci quand même.

Frustré, il se tourna pour partir. Peut-être que la mère d'Anna avait un nom de famille différent, en effet. Ou peut-être qu'elle ne travaillait pas là du tout. Ses recherches ne mèneraient nulle part, à moins qu'il ne réussisse à obtenir un peu plus d'informations de la part d'Anna.

Ouais, bonne chance, mon gars.

Tandis que Gabe se dirigeait vers la sortie, la réceptionniste le héla. Il se retourna, et elle fit signe à une femme entre deux âges qui poussait un vieil homme dans un fauteuil roulant.

— Peut-être que Barbara pourra vous aider. Elle travaille ici depuis près de vingt ans, elle connaît tout le monde.

Gabe s'avança vers Barbara, plein d'espoir. La réceptionniste pointa Gabe du doigt.

— Ce jeune homme recherche la mère d'une amie. Une certaine Campbell. Elle a une fille qui s'appelle…

Elle s'interrompit et l'interrogea du regard.

— Anna.

— Vous voulez parler de Deb Campbell ? s'étonna Barbara.

Oui ! Peut-être ? Il se rapprocha, empressé.

— Est-ce qu'elle a une fille ?

— Oui, Deb a une fille, qui s'appelle Anna.

Gabe expira l'air qu'il retenait.

— Est-ce qu'elle travaille aujourd'hui ?

Barbara secoua la tête.

— Je suis désolée, vous devez vous tromper. Deb ne travaille plus ici depuis peut-être cinq ou six ans. Sa fille devait avoir une dizaine d'années à l'époque.

Une minute.

— Depuis cinq ou six ans ?

Barbara confirma d'un signe de tête. Gabe était sûr qu'Anna avait mentionné cet endroit, mais peut-être avait-il mal entendu.

— Dans ce cas, savez-vous dans quelle maison de retraite elle est allée après être partie d'ici ?

Barbara cligna des yeux.

— Oh, non. Elle n'a pas pu trouver un autre emploi d'aide-soignante après…

Elle jeta un coup d'œil à son patient en fauteuil roulant, puis à sa collègue de l'accueil.

— Après quoi ?

Barbara grimaça, et les fines rides autour de ses yeux se creusèrent.

— S'il vous plaît ? insista Gabe. C'est vraiment important que je la retrouve.

Barbara hésita encore un moment, puis poussa un soupir fataliste.

— Je suppose que ce n'est pas un secret. Et c'était

il y a longtemps. Deb n'a pas pu retrouver un emploi d'aide-soignante parce qu'elle a été renvoyée pour avoir volé des antidouleurs à des patients.

Les muscles de Gabe se raidirent.

— Oh. Aïe…

— Nous étions d'anciennes camarades de lycée, pour tout vous dire. Ce n'était pas sa première fois, cette histoire d'antidouleurs. Elle avait un problème d'addiction. J'ai essayé de la convaincre de suivre une cure de désintoxication, mais il faut que la personne veuille vraiment changer, vous voyez ?

Gabe hocha la tête, toujours occupé à digérer toutes ces informations. La mère d'Anna avait été accro aux médicaments. Ou peut-être l'était-elle encore, et Anna le cachait depuis tout ce temps. Il eut mal au cœur en songeant à ce qu'elle endurait au quotidien. À tout ce à quoi elle devait faire face, toute seule. Il aurait aimé qu'elle ait suffisamment confiance en lui pour lui en parler.

— Nous sommes restées en contact pendant un certain temps, ajouta Barbara en regardant fixement le hall. Mais d'après les dernières rumeurs que j'ai entendues dans le quartier, Deb avait déménagé. Quelque part vers l'ouest, je crois ? En Californie peut-être. C'était il y a un bon moment. Je n'ai plus de nouvelles depuis, mais j'espérais que ce serait un nouveau départ pour elle. (Elle marqua une pause, scrutant le visage de Gabe.) Est-ce que sa fille a des problèmes ?

La mère d'Anna était en *Californie ?* Mais enfin ?… Comment était-ce possible ?

Mais ça tenait debout, en fin de compte. Cela expliquait pourquoi sa mère n'était jamais là, pourquoi elle avait laissé Anna se débrouiller avec leur propriétaire, pourquoi elle se fichait complètement que sa fille soit à la bibliothèque jusqu'à une heure du matin avec un inconnu. Parce qu'elle avait mis les voiles. Et cela expliquait aussi pourquoi Anna était si secrète au sujet de sa vie à la maison. Avoir un parent accro aux antidouleurs était une chose, mais ne pas avoir de parent du tout, c'était encore plus compliqué. Comment Anna pouvait-elle vivre toute seule ? Qui payait le loyer et les factures ?

Barbara s'éclaircit la gorge. Elle le regardait d'un drôle d'air, probablement parce qu'il était en train de marmonner pour lui-même. Elle avait demandé si Anna avait des problèmes. *Oui*. Mais il ne savait pas du tout à quel point ils étaient graves, ni quels autres secrets elle gardait.

— Oh non. Tout va bien pour Anna. J'espérais juste voir sa mère pour lui parler de… (Il lança à Barbara son sourire le plus charmeur et lui raconta la première histoire qui lui vint à l'esprit.) C'est bête. C'est bientôt l'anniversaire d'Anna, et on préparait une surprise, expliqua-t-il en se forçant à rire. Merci pour les renseignements. Je dois y aller, j'ai bientôt cours.

Barbara parut satisfaite de cette explication.

— Bien sûr. Dites-lui de me donner un coup de fil si vous la voyez. J'aimerais bien savoir comment elle va.

— Oh, absolument. C'est promis. Merci encore !

Gabe se dirigea vers le hall. Il salua Barbara en essayant de paraître décontracté, mais il faillit se prendre une plante en pleine face. Il adressa un ultime sourire à Barbara, puis contourna la plante en hâte pour se précipiter vers la sortie.

Chapitre 10

Dès qu'Anna ouvrit la porte de son appartement plongé dans l'obscurité, elle sut que l'électricité avait été de nouveau coupée. Jurant et trébuchant dans le noir, elle se cogna la tête contre le placard en cherchant une bougie sous l'évier de la cuisine. Elle venait de l'allumer et de la poser sur la table basse quand on frappa à la porte. Le cœur d'Anna fit un bond alors que l'image du propriétaire surgissait dans son esprit. En rentrant, elle lui avait donné l'argent qu'il prétendait ne pas avoir eu, même si elle savait très bien que c'était faux. Mais elle ne pouvait pas le prouver, et se passer d'électricité pendant quelque temps n'était rien comparé à une expulsion : elle n'aurait nulle part où aller.

Anna prit une profonde inspiration. Don était probablement chez lui à se réjouir de sa bonne fortune. Il la laisserait tranquille pendant quelques semaines, du moins jusqu'au prochain loyer.

On frappa de nouveau, et le cœur d'Anna se serra douloureusement. Avant qu'elle ait pu l'empêcher, la pensée de sa mère avait jailli.

Non. Sa mère ne frapperait pas, n'est-ce pas ?

Même après tout ce temps ? C'était probablement juste Mme Janiszewski, la vieille dame du dessus. Parfois, Anna l'aidait pour certaines choses, et Mme Janiszewski apportait des biscuits pour la remercier. Ces biscuits seraient les bienvenus puisqu'elle n'avait presque rien à manger dans l'appartement. En plus de la facture d'électricité en retard, le gros de son budget pour la nourriture était allé à Don ce mois-ci.

Anna ouvrit la porte, et fut frappée de stupeur.

Ce n'était pas Mme Janiszewski.

Gabe se tenait dans l'embrasure de la porte, la faible lumière fluorescente du couloir derrière lui faisant paraître ses cheveux d'un noir bleuâtre. Que faisait-il ici ?

— Gabe ! Comment es-tu entré dans l'immeuble ? s'étonna Anna qui s'appuya sur le chambranle tout en refermant la porte contre son épaule.

— Quelqu'un a encore bloqué la porte avec un livre, grogna-t-il. Bonjour la sécurité. Je te suggérerais bien d'en parler au propriétaire, mais j'ai comme l'impression qu'il n'en aura rien à carrer. Je peux entrer ?

— Euh…

Oh là là. Non. Anna jeta un coup d'œil derrière elle. La flamme de la bougie solitaire vacilla sur la table. Elle n'avait vraiment pas envie qu'il entre. Surtout pas maintenant.

— Ce n'est pas le moment idéal, là…

— Là, c'est parfait, répliqua Gabe, et avant qu'elle ait pu l'en empêcher, il la frôla en passant devant elle pour entrer.

Elle prit une grande inspiration. Le remue-ménage dans son estomac n'avait rien à voir avec la faim qui la tenaillait.

Gabe se tenait au milieu du salon, clignant des yeux pour s'habituer à l'obscurité. Un avantage de l'électricité coupée était qu'au moins il ne pouvait pas examiner le trou à rats où il se trouvait.

— Pourquoi il fait si sombre ici ?

Gabe s'avança vers le mur et tâtonna pour trouver un interrupteur. Il appuya dessus, mais rien ne se passa. Il essaya alors une lampe posée sur un meuble d'appoint.

— Pourquoi est-ce qu'il n'y a pas d'électricité ?

— Ça reviendra d'ici quelques jours.

Ou le mois prochain. Dieu merci, c'était le printemps, sinon elle aurait gelé à mort.

— Pourquoi il n'y en a pas, là tout de suite ?

Anna croisa les bras et le fusilla du regard. De quel droit se pointait-il comme ça chez elle pour aboyer ce genre de questions ?

Gabe lui rendit son regard noir jusqu'à ce qu'elle finisse par détourner les yeux. *Salaud.*

— Je n'ai pas pu payer la facture, d'accord ? J'ai dû donner l'argent au propriétaire, sinon il allait me mettre dehors.

— *Te* mettre dehors ? Et ta mère ?

Ah oui.

— Oui, nous mettre dehors, je veux dire.

— Mmh-hm.

Gabe s'éloigna vers la chambre et se tint sur le pas de la porte, scrutant l'obscurité.

— Et là, elle est au travail ?

— Oui, répondit Anna prudemment.

— À la maison de retraite ?

— Euh, oui.

— Vraiment ? (Gabe fit volte-face pour la regarder.) C'est marrant, parce que j'y suis passé tout à l'heure, et ils m'ont dit qu'elle ne travaillait plus là depuis des années.

Anna pâlit brusquement et s'agrippa au dossier du canapé pour ne pas tomber.

— Tu as… Quoi ?

— Où est ta mère ? murmura Gabe.

— Elle… ça ne te regarde pas, balbutia Anna. De quel droit tu fouilles dans ma vie ?

— Anna. Où est-elle ?

Il parlait à présent d'une voix douce, ce qui rendait la situation encore pire, bizarrement. Elle détourna le regard. *Il savait.* Ça ne servait plus à rien de nier.

— Je ne sais pas, d'accord ?

— Comment ça, tu ne sais pas ?

Il la fixait sans ciller.

Allait-il vraiment l'obliger à tout expliquer ? Elle agita la main en l'air.

— Elle est partie. Elle a quitté la ville. La dernière fois que j'ai eu de ses nouvelles, elle était en Californie.

— Quand est-elle partie ?

— Il y a un moment.

Anna pressa ses mains contre ses tempes, sentant monter la migraine. *C'est pas vrai.*

Gabe attendait, immobile, inflexible. Elle soupira.

— Ça fait deux ans.

Gabe recula d'un pas.

— Alors, tu vis ici toute seule depuis deux ans ? (Anna haussa les épaules.) Et le loyer, les factures et tout ça ?

— Je travaille à la supérette depuis mes treize ans. Ils me payent au noir.

— Enfin, Anna !

Ce n'était pas comme si elle avait le choix. Pourquoi la regardait-il comme si c'était sa faute ?

— Qu'est-ce que ça peut te faire ? On va l'avoir, notre A, pour notre projet. Ne t'inquiète pas parce que ma vie est compliquée. Ça n'a pas encore gâché mes études.

— Je ne m'inquiète pas pour une note, s'irrita Gabe.

— Pour quoi, alors ?

La voix montait peu à peu.

— Là tout de suite, je ne sais pas trop.

— Eh bien, arrête ! s'écria Anna en frappant le dossier du canapé du plat de la main. C'est ma vie, ça ne te regarde pas !

— Ça me regarde quand un mec ivre te menace et que je dois intervenir pour qu'il te lâche !

— Personne ne t'a demandé de le faire !

Gabe faisait les cent pas dans le salon.

— Tu sais, pour une fille intelligente, tu es incroyablement bête, là.

— Parce que je ne veux pas que tu fouines dans mon dos et que tu foutes la merde ! Si quelqu'un découvre que ma mère… (Anna baissa la voix. Les murs de la vieille maison n'étaient pas si épais.) Écoute, ma mère n'est plus là, et je me débrouille toute seule. Comment tu penses que ça va se terminer ? Et moi, qu'est-ce qui va m'arriver, à ton avis ?

Il pila.

— Je ne sais pas, Anna. Mais tu ne peux pas continuer à vivre comme ça.

Elle le dévisagea, incrédule. Était-il vraiment si innocent ?

— Tu es sérieux ? Et qu'est-ce que tu suggères, alors ? Quelles sont mes options, à ton avis ?

— Tu n'as pas d'autre famille ?

Anna se rappela le jour où on le lui avait attribué comme binôme en classe, quand elle le considérait comme un petit garçon choyé qui n'avait jamais connu l'adversité.

— Ma mère a fui sa famille quand elle avait seize ans. Et en ce qui concerne mon père… (Elle rit, car l'idée même d'avoir un père était absurde.) Eh bien, tu peux choisir. C'était peut-être un médecin marié avec qui ma mère a eu une liaison quand elle travaillait à la maison de retraite. Ou peut-être l'un des nombreux minables qui sont passés dans sa vie. Ou si ça se trouve, je suis la fille de son dealer. Qui sait, hein ?

Gabe la dévisagea longuement.

— Je parie sur le médecin.

— Eh bien, merci. Ça m'aide beaucoup.

Ils se regardèrent en chiens de faïence à travers le salon, jusqu'à ce que Gabe se retourne brusquement, saisisse la bougie sur la table et se dirige vers la cuisine. Il ouvrit violemment la porte du réfrigérateur. Anna songea à lui crier d'arrêter, mais cela n'aurait servi à rien. Elle resta les bras ballants tandis que Gabe passait en revue le réfrigérateur vide, puis quelques placards remplis de vaisselle dépareillée et de casseroles cabossées.

Il s'arrêta quand il trouva une conserve de petits pois solitaire et une boîte de macaronis au fromage premier prix.

— Tu n'as pas d'électricité. Et c'est tout ce qu'il y a à manger ici ? (Elle pinça les lèvres et se borna à fixer le reflet de la bougie vacillante sur la fenêtre.) Et puis il y a ton propriétaire. Qui sait ce qui pourrait arriver, quand tu rentres tard toute seule ? Tu n'es pas en sécurité ici.

— Je remplirai le frigo quand je serai payée, dans quelques jours.

Mais ce n'était pas tout à fait vrai. Elle devait économiser la majeure partie de cet argent pour le loyer. Et la facture d'électricité. Elle repoussa cette pensée.

— L'électricité, c'est juste temporaire.

— Et le propriétaire ?

— Je gère.

— Comment ça, tu gères ? Tu vas raquer à chaque fois qu'il t'escroque ? Ou tu vas lui offrir les « services » qu'il veut à la place du fric ? interrogea Gabe d'une voix épaisse de dégoût.

Comment osait-il prendre ce ton hautain alors qu'il ne connaissait rien à la vie, rien à la survie ? Rien !

— Peut-être que je vais le faire, oui ! S'il le faut !

Si le ton montait encore, les voisins pourraient entendre, mais elle n'en avait plus rien à faire. Ce ne serait pas la première fois qu'ils entendraient des disputes venant de son appartement. D'habitude, ils se contentaient de monter le son de leur télévision pour couvrir le bruit.

— Il me reste un an. *Un an*. Alors j'aurai presque dix-huit ans, et j'aurai terminé le lycée. Si j'arrive à tenir encore un an, je *sais* que je peux obtenir une bourse pour mes études. C'est ma seule chance. (Sa voix se refroidit tandis qu'elle le toisait.) Mais tu n'as aucune idée de ce que ça peut faire. Tu n'as jamais dû travailler pour obtenir quoi que ce soit, tes parents t'ont toujours tout donné. Alors ne viens pas me faire la leçon.

Gabe recula, sonné. La colère d'Anna fusait sans qu'elle puisse la contrôler.

— Tu peux arrêter de me traiter comme si j'étais ton œuvre de charité maintenant. Je n'ai pas besoin de toi. Je me suis toujours débrouillée toute seule.

— Tu plaisantes ? s'échauffa Gabe. Tu penses que je passe du temps avec toi par charité ?

— Je ne sais pas. Je m'en fiche. Laisse-moi tranquille.

— Anna…

Elle se retourna vers lui et hurla :

— Maintenant, sors de chez moi, sinon je te jure que j'appelle la police !

Elle mentait. Aucun risque qu'elle appelle la police : la première chose qu'ils feraient serait de lui demander où était sa mère. Gabe devait le savoir aussi, mais il ne discuta pas. Il ne bougeait pas, serrant le poing, tandis qu'un muscle tressautait dans sa mâchoire. Il finit par reposer la bougie sur la table basse et sortit de l'appartement en claquant la porte derrière lui.

Anna s'écroula sur le canapé, le dîner oublié, son appétit disparu. La douleur pulsatile derrière son front se transforma en migraine carabinée à mesure que la gravité de la situation lui apparaissait. Non seulement Gabe savait qu'elle avait menti au sujet de sa mère, mais elle n'avait aucune idée de ce qu'il allait faire de cette information.

Et s'il faisait quelque chose de stupide, comme la signaler aux services de protection de l'enfance, en croyant qu'il la protégeait ? Il ignorait à quel point cela ruinerait sa vie. Comme elle était toujours mineure, ils l'enverraient vivre dans une famille d'accueil qu'elle ne connaissait pas et en qui elle ne pourrait pas avoir confiance. Mais ce n'était même pas le pire.

Le pire, c'était ce qui pourrait surgir si quelqu'un commençait à fouiller le passé de sa mère. Le passé d'Anna.

Les secrets terribles qui pourraient être découverts.

Une demi-heure plus tard, Anna était assise au même endroit sur le canapé, fixant la lueur tremblante de la bougie, l'esprit en ébullition. Elle sursauta quand quelqu'un frappa à la porte.

Gabe avait-il déjà appelé la police ? Ou peut-être un voisin s'était-il plaint au propriétaire à propos des cris ?

Il n'y avait nulle part où se cacher. Elle n'avait pas verrouillé la porte, elle n'était même pas sûre d'avoir tourné la clé, si bien que n'importe qui pouvait entrer. Les mains tremblantes, elle se leva et tira la porte.

Gabe se tenait dans le couloir, cette fois-ci avec deux sacs de courses dans les mains.

Elle se prépara à une autre dispute avec lui, mais Gabe se contenta de lui fourrer les sacs dans les bras, puis il tourna les talons et repartit sans dire un mot.

Anna resta sur le seuil en écoutant ses pas résonner dans les escaliers, puis la porte d'entrée qui claquait derrière lui. Elle referma ensuite la porte et la verrouilla. Ses jambes la portèrent jusqu'au canapé et, dans la lumière faible de la bougie, Anna sortit les articles des sacs pour les poser sur la table. Une miche de pain. Une boîte de crackers. Trois pots de beurre de cacahuète. Une dizaine de conserves de soupe, de haricots et de légumes. Un sachet de pommes.

Anna s'adossa aux coussins du canapé et fixa la nourriture étalée sur la table basse, sans même prendre la peine d'essuyer les larmes qui ruisselaient sur ses joues.

Chapitre 11

Le lendemain, Gabe attendit l'arrivée d'Anna à leur table habituelle de la bibliothèque. Il tria quelques notes sans vraiment les regarder, consulta maintes fois l'heure sur son téléphone. Au moment de se rendre en classe, elle n'était toujours pas là, et son inquiétude commençait à monter.

Elle ne répondait pas au téléphone, et il n'avait aucun moyen de savoir si elle n'était pas chez elle ou si sa ligne avait été coupée, comme l'électricité.

Anna n'aurait jamais manqué un cours une semaine avant la date de remise de leur projet. Il scruta les autres étudiants qui entraient dans la salle de classe, mais elle n'était nulle part. Lorsque la Dr McGovern se dirigea vers l'avant de la salle pour commencer le cours, Gabe s'agita sur sa chaise, espérant qu'elle apparaîtrait.

Sa voisine le regarda d'un drôle d'air, alors il prit une profonde inspiration et s'efforça de se concentrer sur le cours.

Après ce qui lui parut une éternité, la Dr McGovern cessa son monologue et donna cinq minutes de pause à la classe. Gabe fit claquer son ordinateur en le refermant, attrapa son sac et fut le premier à sortir de la salle. Là, il composa de nouveau le numéro d'Anna.

Pas de réponse.

Par-dessus son épaule, il jeta un coup d'œil à la salle de classe où il était censé retourner. Sa décision était prise : il s'élança vers la sortie du bâtiment. Une fois dehors, il dut s'arrêter brusquement sur le sentier, manquant de percuter la personne qu'il cherchait.

— Anna, souffla-t-il, hors d'haleine.

— Salut.

Ses grands yeux noisette étaient cernés de parme, lui évoquant une créature des bois prise de frayeur.

— Pourquoi tu n'étais pas en classe ?

— Et toi ?

Il leva les paumes dans un geste interrogateur.

— Tu n'étais pas à la bibliothèque ce matin.

— Oui, euh… Désolée. (Anna donna un coup de pied dans un caillou sur le chemin, hésitante.) J'avais besoin de réfléchir un peu.

— Et ça ne t'a pas traversé l'esprit de m'appeler pour me prévenir ? Pour éviter que je me fasse du souci ?

Anna parut presque surprise.

— Je pensais que tu étais fâché, comme je t'ai menti. Et à cause de ce que je t'ai dit hier soir.

— Pour info, oui, je suis un peu fâché. (Il détestait qu'elle lui ait menti, qu'elle ne lui ait pas fait davantage confiance. Il fallait néanmoins manquer singulièrement de cœur pour ne pas la comprendre.) Mais ça ne veut pas dire que je n'en ai rien à faire de toi.

Anna se rapprocha d'un pas.

— J'aurais dû te prévenir, pour ce matin. Pour être honnête, je suis juste…

Elle fourra les mains dans les poches de son sweat à capuche.

— Juste quoi ?

Anna pinça les lèvres. Quand elle reprit la parole, sa voix n'était plus qu'un murmure.

— Je n'ai pas l'habitude que quelqu'un se soucie de moi, marmonna-t-elle à l'adresse de ses pieds. Maintenant que tu connais ma vie.

— Est-ce qu'on peut s'asseoir quelque part pour discuter ?

Il regarda autour d'eux. Un muret de pierre bordait le côté le plus éloigné de la pelouse, à l'écart des chemins qui sillonnaient le campus. Personne ne les dérangerait là-bas.

Elle hocha la tête et le suivit à travers l'herbe. Ils posèrent leurs sacs à dos et s'installèrent côte à côte sur le muret. Anna fixait ses genoux ; ses cheveux tombaient devant son visage, dissimulant son expression affligée.

Gabe se pencha en avant pour croiser son regard.

— Anna, ta situation est beaucoup plus grave que ce que je pensais. J'ai besoin de comprendre ce qui se passe vraiment.

Elle posa ses coudes sur ses genoux et se frotta le front comme si elle sentait venir un mal de tête. Pour quelqu'un d'aussi secret, elle était parfois ridiculement transparente. De toute évidence, elle soupesait ses options avant de décider ce qu'elle allait lui dévoiler.

— J'ai besoin de la vraie version, dit-il avant qu'elle n'invente une autre fiction de sa vie, comme celle qu'elle lui avait servie pendant des mois.

Anna se voûta.

— Ce n'est pas une mauvaise personne, tu sais.

— Ta mère ?

— Oui. Il y a des gamins à l'école qui l'appelaient la droguée, la junkie, des trucs comme ça. Je les entendais chuchoter quand je traversais les couloirs.

Elle tritura son collier en or. Gabe ne lui avait jamais demandé d'où venait ce bijou, mais il avait sa petite idée à présent.

Anna laissa tomber les mains sur ses genoux.

— Mais le pire, c'était la façon dont ils le disaient, comme si ma mère était un monstre, et par association, moi aussi.

Les adolescents pouvaient être si terribles. Gabe n'avait pas été du genre à harceler les autres au lycée, mais avec le recul, il n'était probablement pas assez intervenu pour défendre ceux qui l'étaient, comme Anna. Un vif regret le transperça.

— Mais ce n'était pas un monstre. Pas du tout, reprit Anna. Elle a une addiction. C'est une maladie. Ses parents, eux, c'étaient vraiment des monstres. Pas étonnant qu'elle ait tourné comme ça. Elle avait toutes ces cicatrices sur les bras, et un jour elle m'a expliqué que quand ses parents étaient en colère contre elle, ils la brûlaient avec leurs cigarettes. Ma mère ne m'a jamais fait ce genre de choses.

L'horreur se retourna dans les tripes de Gabe. Quelle terrible épreuve pour sa mère. C'était inimaginable. Mais il réalisa aussi que dans l'intervalle, la norme d'Anna pour son enfance était devenue : *Moi au moins, on ne m'a pas infligé de brûlures de cigarettes.* Sa mère l'avait laissée seule, livrée à elle-même, et Anna s'empressait encore de la défendre.

— Comment c'était quand elle était là ? Est-ce qu'elle était tout le temps défon…

Il se tut, retenant sa colère. Anna n'avait vraiment pas besoin qu'on remue le couteau dans la plaie.

— Tu sais quoi, se ravisa-t-il, tu n'es pas obligée de répondre à ça. Ça n'a pas d'importance.

Anna resta silencieuse si longtemps qu'il se demanda si elle l'avait seulement entendu. Finalement, elle se tourna pour lui faire face.

— Non. Elle n'était pas défoncée tout le temps. Pas au début. Après s'être enfuie de chez ses parents, elle a travaillé dur pour prendre sa vie en main. Elle a obtenu un diplôme d'équivalence à la fin du lycée, et elle a suivi une formation d'aide-soignante. Et puis elle est tombée enceinte de moi. Mon père n'a jamais été dans le champ. Mais elle, c'était une bonne maman. Sincèrement. (Elle lui décocha un regard implorant.) Même si ça n'a pas l'air d'être le cas en ce moment. Et je sais qu'elle m'aime.

Il fut frappé par l'utilisation du présent : « Elle m'aime. » La certitude qui brillait dans les yeux d'Anna lui broyait le cœur, et il ne pouvait se résoudre à lui signaler toutes les preuves du contraire.

— Évidemment, dit-il, souhaitant que ce soit moins faux qu'il ne le croyait.

— J'ai beaucoup de bons souvenirs d'elle, poursuit Anna, le regard flottant au loin. Elle me lisait des histoires avant de dormir. Il y a eu des fêtes d'anniversaire, avec des gâteaux et des vermicelles de sucre. Elle m'emmenait au zoo…

Elle saisit de nouveau le pendentif qu'elle portait

autour du cou, et Gabe vit qu'il avait la forme d'une demi-lune, avec un motif floral gravé dessus.

— C'est ma mère qui me l'a donné, elle a l'autre moitié. Elle ne l'enlève jamais. Ils s'emboîtent comme des pièces de puzzle.

Il aurait voulu tendre la main pour la réconforter, mais ne sachant pas si ce serait bizarre, il se contenta de se pencher jusqu'à ce que son épaule effleure la sienne.

— Je ne sais pas exactement quand elle a commencé les médicaments. J'étais probablement trop jeune pour m'en rendre compte au début… J'avais peut-être huit ou neuf ans quand elle s'est blessée au dos en aidant un patient à sortir de son fauteuil roulant, mais la maison de retraite s'en fichait bien. Puisqu'elle ne pouvait plus travailler, ils l'ont renvoyée.

Gabe cligna des yeux. Anna ne semblait pas savoir que sa mère avait été renvoyée pour avoir volé des antidouleurs. Il ne put se résoudre à l'accabler davantage en le lui avouant.

— Il y avait ce gars, Rob, qui lui apportait des pilules pour son mal de dos. Mais elle ne pouvait pas toujours le payer, alors parfois elle faisait des choses pour lui. Elle lui rendait service, ou… tu vois, dit-elle en rougissant de la gorge jusqu'aux sourcils. Ils mettaient la télé à fond et ils disparaissaient dans la chambre. (Elle se décala sur le muret pour pouvoir se détourner de lui.) Elle était prête à tout tellement elle souffrait. Et puis, ce n'est pas comme si les gens se bousculaient pour aider une mère célibataire fauchée et accro à l'oxycodone. Ce n'est pas une mauvaise personne.

Gabe la prit par l'épaule – bon sang, elle était tellement maigre – et la fit doucement pivoter jusqu'à ce qu'elle le regarde en face.

— Je ne porte pas de jugement, Anna, d'accord ?

— Comment le pourrais-tu, Gabe ? Tu viens de cette famille parfaite, tes parents sont merveilleux. S'ils savaient… (Elle ferma les yeux et secoua la tête.) S'ils savaient tout… Je ne leur en voudrais pas de ne plus vouloir de moi chez eux.

Il serra son épaule plus fort.

— Anna, tu plaisantes, j'espère. Tu vis dans des conditions vraiment difficiles. Personne ne peut te reprocher quoi que ce soit.

Il se sentait écrasé par le poids de toutes ces épreuves. Il ne pouvait même pas imaginer ce qu'elle devait ressentir en les ayant vécues.

— Je suis épaté par la façon dont tu as donné le change pendant si longtemps. Il n'y a rien qui pourrait changer mon estime pour toi.

Elle se pencha en arrière et le regarda de biais, comme si elle voulait le croire sans y arriver tout à fait.

— Je ne crois pas que tu le penses vraiment.

Gabe plissa les yeux, essayant de déchiffrer son expression.

— Il y a autre chose que tu ne m'as pas dit ?

— Non, dit-elle en détournant promptement le regard. Je veux juste dire que ma vie doit sembler tellement sordide.

Mais Gabe n'était pas convaincu. Les mains d'Anna tremblaient, et elle ne le regardait pas.

— Tu peux tout me dire, tu sais. C'est en rapport

avec ta mère ? Ou… il s'est passé quelque chose d'autre avec ton propriétaire ?

Anna secoua la tête.

— Non, je ne l'ai pas recroisé.

Gabe pouvait encore sentir le souffle chaud et alcoolisé de l'homme sur son visage lorsqu'il l'avait poussé contre le mur pour l'écarter d'Anna.

— Tu sais que ce n'est qu'une question de temps, n'est-ce pas ? Il ne va pas te lâcher. Surtout s'il sait que tu vis seule dans cet appartement.

— Il ne le sait pas.

De cela non plus, Gabe n'était pas convaincu.

Anna prit une grande inspiration et souffla lentement.

— Le truc, c'est que… (Elle rencontra enfin son regard.) Rob n'était pas le seul à venir. Ma mère avait tout un tas de mecs. Ils apportaient de l'argent et de la drogue. C'étaient des types plutôt brutaux, et il y avait des disputes violentes quand ils étaient défoncés. Ou bien ma mère était dans les vapes, et je me retrouvais seule dans l'appartement avec ces étrangers.

Gabe entendait le sang battre sourdement dans ses veines, affluer vers sa tête.

— Est-ce qu'ils ont… Est-ce que tu… balbutia-t-il tandis que la sueur coulait dans son dos.

Anna avait l'âge de sa petite sœur à l'époque. L'imaginer petite fille, comme Leah, se retrouvant seule avec les types louches que sa mère ramenait à la maison lui donnait envie de démolir le muret sur lequel il était assis.

— Non ! Non. Gabe, je ne te dis pas ça pour que tu penses…

Elle s'interrompit, pressant les paumes contre ses tempes.

— Je te le dis parce que je veux que tu comprennes que je peux gérer des types comme Don. Je fais attention à moi depuis longtemps. Je sais que mon quartier n'est pas le plus sûr…

Elle se tut brusquement tandis que deux filles de leur cours d'économie mondiale passaient devant eux. Elles saluèrent Gabe, et il leur fit un petit signe de tête avant de détourner les yeux pour éviter qu'elles ne s'arrêtent. Il ne se voyait pas du tout discuter des fêtes de fin de semestre ou d'autres sujets qu'elles pourraient vouloir aborder. Soudain, toutes les petites histoires de la vie du campus auxquelles il avait consacré tant de temps et d'énergie semblaient incroyablement superficielles et idiotes, comparées à la vie qu'Anna avait vécue.

Elle suivit les filles du regard jusqu'à ce qu'elles aient disparu dans le bâtiment d'économie, puis elle continua.

— Tout est sous contrôle, Gabe. Je sais comment rentrer chez moi la nuit, quelles rues emprunter, et qui éviter. J'ai une bombe au poivre dans mon sac. Mon propriétaire est généralement trop ivre pour marcher droit. Il est inoffensif, et je n'ai pas peur de lui.

Gabe la regarda comme s'il la voyait pour la première fois. Elle n'exagérait pas quand elle lui avait dit n'avoir jamais été une enfant. Anna pouvait donner l'impression d'être docile et effacée de prime abord, mais elle était la personne la plus forte qu'il connaissait. Il ne doutait pas une seconde qu'elle sache se débrouiller. Mais merde. Il ne voulait pas qu'elle continue de porter tout ça sur ses épaules. En tout cas, pas toute seule.

— Tu sais pourquoi ta mère est partie ?

— Je…

Les épaules d'Anna se contractèrent. Elle reprit son pendentif entre ses doigts et détourna la tête.

Gabe sentit une béance s'ouvrir en lui. Elle ne lui racontait pas toute l'histoire.

— Anna ? Tu peux me parler, l'encouragea-t-il doucement.

Elle replaça ses cheveux derrière son oreille, et Gabe entrevit le chagrin dans ses yeux. Lorsqu'elle parla enfin, sa voix était rauque et hésitante.

— Au bout d'un moment, ce n'était plus seulement des antalgiques qu'elle prenait… Tout notre argent partait dans la drogue, et on était complètement fauchées. Ma mère avait un petit ami qui nous aidait à payer le loyer et à acheter un peu de nourriture. Mais il y avait toujours un prix…

Anna croisa ses bras grêles, comme s'ils pouvaient la protéger de la douleur.

Gabe se rapprocha d'elle. Ils étaient en face du bâtiment d'économie, et il y avait des gens qu'il connaissait partout sur le campus. Certains des potes de sa fraternité pouvaient passer par là et les voir. Gabe devrait peut-être encaisser quelques réflexions plus tard, mais il s'en fichait. Il passa son bras autour des épaules d'Anna et l'étreignit.

Elle s'appuya contre lui, et son corps se détendit.

— Un soir, je suis rentrée, et… (Sa voix se brisa avant la fin.) Et ma mère avait rempli une valise, elle a dit qu'elle partait en Californie. Elle avait un travail là-bas, l'occasion de gagner assez d'argent pour ne plus avoir à compter sur des types comme ça. (Anna prit une profonde inspiration et expira lentement.) Elle a dit qu'elle partait en Californie pour nous, mais qu'elle reviendrait.

Gabe imaginait très bien quel genre de travail avait pu attirer la mère d'Anna en Californie. Aide-soignante, ça ne payait sûrement pas grand-chose. Et si elle était capable d'accueillir des dealers sous son toit en présence de sa fille mineure, il était prêt à parier que le travail en question était illégal.

Anna inspira profondément avant de reprendre son récit.

— Il s'est écoulé quelques semaines, et puis elle n'est pas revenue. Elle a téléphoné quelques fois, elle promettait d'envoyer de l'argent, mais elle ne l'a jamais fait. Et puis… (Sa tête s'inclina vers l'avant, comme si elle n'avait plus la force de la garder relevée.) Et puis elle a arrêté de m'appeler.

— Tu crois qu'elle est…

Gabe se tut. *Qu'elle est quoi ?* Il ne voyait pas comment formuler la question. Ni même quelle question poser exactement. *Qu'elle est morte ? En prison ? Qu'elle vit toujours en Californie sans toi ?* Il n'y avait aucun scénario qui ne lui brisait pas le cœur. Finalement, il opta pour :

— Est-ce que tu sais ce qui lui est arrivé ?

— Non, dit Anna en essuyant les larmes qui mouillaient ses joues. Je vérifie tout le temps les registres d'arrestations et de décès. Il n'y a jamais eu aucune trace d'elle. Mais je ne peux pas déposer un signalement de personne disparue avant d'avoir dix-huit ans, sinon quelqu'un pourrait se rendre compte de mon existence. (Elle frissonna.) Si ça arrivait, ils me placeraient en famille d'accueil.

Gabe savait que les familles d'accueil n'avaient pas toujours bonne réputation, mais tout de même, il devait y avoir aussi beaucoup de familles gentilles. Et puis dans son appartement délabré, menacée par l'inquiétant propriétaire, Anna n'était pas dans une situation franchement plus enviable.

— C'est encore possible qu'elle revienne, insista Anna d'une voix tremblante, tandis qu'une autre larme coulait sur sa joue. Je dois juste tenir encore un peu.

Gabe en avait mal au ventre. Malgré tout ce qu'elle avait enduré, Anna continuait de penser que sa mère reviendrait. Il espéra vivement qu'elle avait raison. Mais en vérité, il n'y croyait pas une seconde.

Gabe la serra plus fort contre lui, et quelque chose s'alluma en lui, comme un instinct farouche : il fallait qu'il protège cette fille mystérieuse qui était devenue si importante pour lui. Tandis qu'elle réprimait un autre sanglot, il reconnut sa façon d'essayer de se ressaisir et d'être forte, comme d'habitude. Il eut envie de lui dire que ce n'était pas grave si elle craquait. Qu'elle n'était plus seule.

Mais il hésitait à présent. Avant de lui promettre quoi que ce soit, il devait trouver comment être fidèle à sa parole. Elle avait beau jurer que tout était sous contrôle, cela le tuait de savoir qu'elle devait se promener avec du spray au poivre et planifier son itinéraire pour éviter les voyous du quartier. De savoir que personne ne s'assurait jamais qu'elle était bien rentrée chez elle. Qu'elle n'avait plus que la peau sur les os, à force de devoir choisir entre payer le loyer et acheter à manger.

D'ici quelques mois, la suite de ses études l'éloignerait de Pittsburgh, et il ne pouvait envisager de partir avant de s'être assuré qu'elle serait en sécurité pour de bon.

Chapitre 12

Anna se pencha vers Gabe et respira le parfum boisé qui lui était désormais familier. Si elle pouvait simplement rester là, blottie contre lui, tout irait bien. Juste pour un petit moment.

La voix de Gabe résonna contre sa joue.

— Je suis tellement désolé, Anna. Je ne me doutais de rien.

— Personne ne se doute de rien. Il ne faut pas que ça se sache.

— Elle te manque ?

Elle eut un hoquet, et d'autres larmes lui piquèrent les yeux. Chaque jour, à chaque minute, sa mère lui manquait. Le son de sa voix, son sourire, l'habitude qu'elle avait de collecter les blagues loufoques des résidents de la maison de retraite pour faire rire Anna. Même après que sa mère avait commencé à se droguer, il y avait eu de bons moments, du moins au début. La fois où Anna, malade, n'était pas allée à l'école, et où elles avaient passé la journée sur le canapé à manger de la glace en regardant de vieux films. Leurs promenades du soir à travers les voies ferrées pour aller jeter des cailloux dans la rivière.

Anna serra le pendentif autour de son cou.

Elle n'oublierait jamais l'anniversaire où sa mère lui avait offert ce collier. Elle lui avait expliqué que toutes les deux, elles étaient liées pour toujours, tout comme les deux moitiés du pendentif. Anna fixait le bijou à présent. Parfois, ce collier était la seule chose qui repoussait les ténèbres lors de ces nuits froides passées seule dans l'appartement.

— Oui. Elle me manque.

Elle se réveillait encore chaque matin en espérant que cette journée serait celle où sa mère rentrerait. Et chaque soir avant de se coucher, elle pensait : *Peut-être qu'elle rentrera demain.*

Mais une année s'était écoulée, et puis deux. C'était une torture, chaque jour, de se demander ce qui avait pu arriver à la personne qui comptait le plus dans sa vie, à la seule famille qu'elle avait jamais eue. C'était une angoisse sans cesse renouvelée de se demander où était sa mère, si elle avait peur, si elle avait mal.

Quand l'addiction avait vraiment pris le dessus, leurs rôles s'étaient inversés. C'était Anna qui s'occupait de sa mère, l'aidant à se mettre au lit, lui faisant couler un bain. Elle se revoyait fouiller dans son sac, espérant y trouver des billets d'un dollar pour acheter des conserves de soupe à la supérette. La mère d'Anna n'avait jamais faim, mais Anna s'asseyait avec elle sur le canapé et l'encourageait gentiment à prendre quelques bouchées. Même quand la drogue l'emmenait ailleurs, elle évoquait d'une voix à peine intelligible sa tendresse pour Anna, répétant qu'elle ne savait pas ce qu'elle ferait sans elle.

— Je vais la retrouver, dit Anna. Elle a besoin de moi.

Les muscles de Gabe se crispèrent, et il lui jeta un regard en biais.

— Et toi, alors, de quoi as-tu besoin ? Tu n'arrêtes pas de dire que ce n'est pas sa faute. Mais ça fait deux ans que tu vis toute seule. À qui la faute, alors ?

À moi. C'est ma faute.

Anna pinça les lèvres pour éviter de le dire à voix haute. En voyant l'inquiétude qui plissait le visage de Gabe, en sentant son bras solide qui la soutenait, elle mourait d'envie de fermer les yeux et de pleurer sur son épaule, comme une petite fille. Elle aurait voulu lui confier son fardeau, et le laisser le porter un moment.

Mais cela aurait été beaucoup trop dangereux, Anna le savait très bien. Elle lui en avait déjà révélé plus qu'elle n'aurait dû. S'il savait à quel point elle ne méritait pas son attention, le souci qu'il se faisait pour elle… À contrecœur, elle s'écarta de lui et glissa au pied du muret pour lui faire face.

— Ce dont j'ai besoin, c'est que tu me fasses confiance. Je sais ce que je fais. Tu ne diras rien à personne, hein ?

— Je…

Il grimaça, rechignant à la regarder dans les yeux. Elle fut prise de panique.

— Gabe. S'il te plaît ! (Elle détestait devoir le supplier, elle détestait que son avenir soit entre ses mains.) Tu sais combien j'ai travaillé dur. Si je tiens le coup, je sais que je pourrai obtenir des bourses pour la fac. Je pourrai emménager dans une résidence du campus d'ici un peu plus d'un an. Mais si quelqu'un découvre ma situation maintenant, qui sait où on m'enverra ?

— Je sais, Anna. Mais…

— Gabe, je sais que tu veux me protéger, mais je te jure, je peux me débrouiller. Promets-moi. S'il te plaît.

Gabe grimaça et se frotta la nuque. Il ouvrit la bouche pour dire quelque chose, mais la referma aussitôt. Elle perdait le contrôle, et cela la terrifiait.

Finalement, il soupira en se passant une main dans les cheveux.

— Cette discussion n'est pas terminée, Anna. Je sais que tu penses que ton propriétaire bluffe, mais honnêtement, vu les interactions que j'ai eues avec lui, je crois que tu te trompes.

— Je ferai plus attention. Je te le promets.

Gabe sauta du muret.

— Écoute, on a raté pratiquement tout le cours, alors si on s'en allait ? On peut aller chez mes parents, peaufiner les derniers détails de notre projet et dîner tranquillement.

Anna se détendit, soulagée. C'était exactement ce qu'il leur fallait. Revenir à leur bonne vieille routine et oublier tout ça.

— D'accord. Allons-y.

Il lui fit signe de passer devant lui, en direction du parking où il garait généralement sa voiture.

Anna s'engagea sur le sentier avant de s'arrêter brusquement pour se tourner vers lui.

— Gabe ?

— Oui ?

— Merci.

Il lui sourit en inclinant la tête. Anna se retourna et se remit en chemin. Gabe était le meilleur ami qu'elle ait jamais eu. Elle pouvait lui faire confiance pour garder ce secret.

Cet après-midi-là, ils travaillèrent une dernière fois sur leur projet. Il ne restait plus qu'à le présenter à la classe la semaine suivante. Mais Anna n'avait aucune hâte que cela se termine, aussi elle s'attarda dans le bureau de John en examinant les moindres détails. Comme Gabe suggérait une répétition de plus, leur troisième, sans doute que lui non plus n'était pas pressé.

Quand ils ne trouvèrent plus rien d'autre à faire, Gabe se rendit à la cuisine pour leur préparer des sandwichs, et Anna se laissa tomber dans le fauteuil de lecture. Elle promena son regard dans la pièce qui était devenue si familière ces derniers mois. C'était vraisemblablement l'une des dernières fois qu'elle s'y trouvait. Leur projet était terminé, et elle n'aurait plus de raisons de venir dîner. Gabe partirait étudier à Chicago dans quelques mois, et elle se concentrerait sur les examens et les demandes d'universités. Sans oublier son travail à la supérette et ses efforts continuels pour rassembler suffisamment d'argent pour le loyer et les factures, mois après mois.

À cette perspective, elle s'affaissa dans le fauteuil. Ce projet d'économie avait été un moyen inattendu d'échapper à sa vraie vie, mais tout cela était terminé. L'année suivante se profilait devant elle sans les mardis matin avec Gabe ni les dîners dominicaux avec les Weatherall. La majeure partie de sa vie avait été solitaire, mais jusqu'à ce moment précis, elle n'avait pas réalisé à quel point elle était seule.

Anna était tellement perdue dans ses pensées qu'il lui fallut dix minutes avant de se rendre compte que Gabe n'était pas revenu dans le bureau.

Peut-être ses parents étaient-ils rentrés du travail en passant par la porte de derrière. Gabe avait dû se mettre à discuter avec eux dans la cuisine. Anna soupira et se leva pour aller les saluer. *Fini de se lamenter aujourd'hui.* Elle était déterminée à profiter de ces derniers jours avec les Weatherall. Elle aurait amplement le temps d'être triste plus tard.

Anna quitta le bureau et se dirigea vers la cuisine. La voix grave de Gabe résonnait dans le couloir, suivie de murmures de John et Elizabeth. Elle avait vu juste : ils étaient rentrés à la maison. Anna s'arrêta net lorsqu'elle entendit le mot « inquiète » prononcé par Elizabeth, et la réponse de John qui évoquait « des ennuis ». Quel que soit le sujet dont ils parlaient, cela avait l'air grave, et Anna songea qu'il valait peut-être mieux ne pas les interrompre.

Elle s'apprêtait à rebrousser chemin vers le bureau quand elle entendit Gabe prononcer son nom.

Anna se figea. C'était d'*elle* qu'ils parlaient. Elle se rapprocha sans bruit de l'entrée de la cuisine.

— Je pense que Gabe devrait lui dire, dit Elizabeth à voix basse.

— Je suis d'accord, dit John. Ce sera plus facile si ça vient de lui.

— Il faut qu'elle sache qu'elle ne peut pas continuer comme ça.

Anna se plaqua la main sur la bouche pour étouffer une exclamation. Elle savait exactement de quoi il s'agissait. Ils se préparaient à lui tendre une embuscade. Elle avait fait confiance à Gabe, et il était allé tout déballer à ses parents. Anna fixa le sol tandis que ses larmes menaçaient de déborder. Cette trahison lui faisait presque aussi mal que le fait de réaliser qu'elle était sur le point de perdre tout ce pour quoi elle s'était tant démenée.

— Et puis, d'une certaine façon, ce sera un soulagement, continua Elizabeth.

Un soulagement ? Oh mon Dieu. On y était. C'était le moment où ils allaient parler des services de protection de l'enfance et des familles d'accueil comme si de rien n'était, comme si elle pouvait s'y sentir en sécurité. *Comme si ce n'était pas la fin de tout.*

Elle avait commis la plus grosse erreur de sa vie en faisant confiance à Gabe. En leur faisant confiance, à eux tous. Et le pire, c'était qu'elle l'avait toujours su.

Anna tourna les talons et se précipita aussi silencieusement que possible dans le bureau. Là, elle s'arrêta pour graver la scène en elle. L'ordinateur sur le bureau affichait toujours la présentation sur laquelle elle et Gabe travaillaient quelques instants plus tôt.

Tous les sacrifices qu'elle avait faits, les heures innombrables de travail qu'elle avait investies dans ce projet, espérant qu'il serait le ticket pour son avenir, pour des bourses et une chance d'avoir une vie meilleure. Une vie comme celle des Weatherall.

Comme c'était ironique de penser que c'étaient eux qui allaient tout faire échouer.

Elle ne serait pas là pour faire cette présentation. Elle n'aurait pas le A qui l'attendait, et toutes les épreuves, les nuits blanches, les heures passées à lutter contre le sommeil dans les rayonnages de la bibliothèque, tout cela n'aurait servi à rien. Ce n'était pas seulement ce cours d'économie mondiale qui partait en fumée, mais tout ce pour quoi elle avait travaillé ces dernières années. Si elle partait maintenant, elle deviendrait une élève décrocheuse, une fugueuse, une sans-abri. Quelle université voudrait d'un cas pareil ?

Ce serait fini.

Mais si elle restait ici, ce serait fini aussi. On la kidnapperait pour l'envoyer en famille d'accueil, où elle serait trimballée d'un endroit à l'autre sans avoir son mot à dire. Elle serait une statistique dans un système qui ne se souciait pas des pauvres comme Anna ou sa mère. Sinon, quelqu'un serait intervenu depuis bien longtemps pour les aider toutes les deux.

Anna sentit soudain son cœur se cabrer de terreur en réalisant autre chose. Et si les policiers débarquaient et commençaient à poser des questions ? Quelqu'un pourrait peut-être remonter jusqu'à elle et sa mère, lors de ce fameux après-midi…

Anna secoua la tête, comme si cela pouvait chasser cette pensée de son esprit. *S'ils découvrent ce que j'ai fait, ils m'enverront dans des endroits bien pires qu'une famille d'accueil.* Ce serait fini, peu importait le chemin qu'elle choisirait. Mais si elle fuyait, il lui resterait au moins une chance.

Anna attrapa son sac à dos et le jeta sur son épaule. Ses mains tremblaient, et ses jambes menaçaient de ne plus la porter, mais elle devait continuer, continuer à avancer.

Comme tu l'as toujours fait.

Aussi discrètement que possible, Anna ouvrit la porte d'entrée et quitta la maison des Weatherall. Pour de bon.

Une fois dans la rue, elle détala, tournant à la première intersection et filant dans une ruelle où elle serait moins susceptible d'être repérée si on se mettait à la chercher. Elle continua de courir sans destination précise, traversant le dédale de ruelles jusqu'à ce que ses poumons brûlent et que ses mollets demandent grâce. Haletante, elle s'arrêta en trébuchant et s'appuya contre le mur d'un garage. Pendant quelques instants, elle ne put rien faire d'autre que reprendre sa respiration, agrippée au mur de brique. Enfin, lorsque son rythme cardiaque commença à revenir à la normale, elle s'assit sur le trottoir et se concentra du mieux qu'elle put.

Et maintenant ?

Elle ne pouvait pas retourner chez elle. Ce serait le premier endroit où ils la chercheraient. Elle n'aurait pas été surprise s'ils avaient déjà remarqué son absence et se dirigeaient là-bas en ce moment même.

Anna croisa les bras sur son torse, frissonnant soudain malgré la sueur qui dégoulinait dans son dos. Allait-elle abandonner cet appartement pour toujours ? Il était vieux et délabré, mais c'était le seul foyer qu'elle n'avait jamais connu. Toutes ses affaires étaient dans cet appartement. La plupart n'avaient aucune valeur – il y avait des années que sa mère avait vendu tout ce qu'elle avait pu – mais ce qui restait lui appartenait. Ses livres préférés, son baladeur CD, le lapin en peluche avec lequel elle dormait quand elle était petite. Et puis, il y avait des photos de sa mère. Pas beaucoup, mais quelques-unes, prises avant la naissance d'Anna.

Pouvait-elle prendre le risque de retourner chez elle sans se faire voir pour récupérer ces choses-là ?

C'était trop dangereux. Elle devait tout abandonner. Heureusement, elle avait appris depuis longtemps à ne jamais trop s'attacher aux choses matérielles.

Si seulement elle avait pu appliquer le même principe aux gens, elle n'aurait pas été dans ce pétrin.

Réfléchis. Où peux-tu aller ?

Elle n'avait personne. *Personne.*

Sauf…

Anna attrapa le pendentif autour de son cou.

Elle saisit son sac à dos sur le trottoir à côté d'elle et fouilla la poche latérale pour y repêcher un petit morceau de papier plié. Il avait été blanc autrefois, mais après avoir passé deux années dans ce sac, il avait viré au gris crasseux et se déchirait aux plis. Anna pouvait cependant toujours lire l'adresse écrite dessus. Et de toute façon, elle la connaissait par cœur depuis longtemps.

1908 Capp Street, San Francisco, Californie

Chapitre 13

— Il y a un car de nuit pour Chicago qui part dans deux heures, dit l'employée derrière le comptoir en tapant quelque chose sur son ordinateur. Vous voulez un billet ?

Anna jeta un coup d'œil par-dessus son épaule. N'importe quel car qui lui permettrait de quitter la ville au plus vite ferait l'affaire. De Chicago, elle pourrait facilement acheter un billet pour San Francisco.

Elle sortit la pochette en tissu élimé qu'elle gardait toujours avec elle : c'était plus sûr que de la laisser à la maison où le propriétaire pourrait la trouver. Elle contenait 518,92 dollars. Tout l'argent qu'elle possédait. Elle avait prévu de payer son loyer le lendemain, mais Don n'aurait pas son dû cette semaine, ni peut-être jamais.

— Oui, s'il vous plaît.

Semblait-elle aux abois ? La femme se demanderait-elle si elle était assez âgée pour acheter un billet ? Anna se redressa et décocha à la guichetière son sourire le plus assuré, faisant glisser sa carte universitaire sur le comptoir.

— Voici ma pièce d'identité.

Personne ne s'attendrait à ce qu'une étudiante ait moins de dix-huit ans.

La femme jeta tout juste un coup d'œil à sa carte tout en entrant les informations dans l'ordinateur. Pendant l'opération, Anna se retourna pour parcourir de nouveau la gare routière du regard. Une jeune mère était assise à côté du distributeur automatique, consultant son téléphone pendant que son enfant essayait d'atteindre les bonbons de la machine. Un sans-abri dormait sur un banc à côté d'un chariot rempli de ses affaires. Et dans une guérite à l'autre bout du hall, un agent de sécurité feuilletait un magazine.

Personne ne semblait le moins du monde intéressé par elle, et c'était exactement ce qu'Anna voulait.

Encore deux heures, et elle serait partie pour de bon.

Tandis qu'Anna payait son billet, son estomac gargouilla. Elle n'avait rien mangé depuis des heures. Elle s'approcha du distributeur, et la mère tendit la main vers son enfant.

— Viens ici, mon chéri. Laisse passer la jeune fille.

L'enfant, un garçon de trois ou quatre ans, se tourna vers sa mère.

— Est-ce que je peux avoir des M&M's ? demanda-t-il, plein d'espoir.

Sa mère se leva et le prit dans ses bras, le calant sur sa hanche.

— Pas maintenant, chaton, soupira-t-elle en passant une main sur ses yeux rouges et fatigués. Je n'ai pas d'argent pour ça. (Elle secoua la tête, et le néon ingrat au-dessus d'elle sembla accentuer les plis d'inquiétude autour de sa bouche.) Je suis désolée, chuchota-t-elle en écartant une boucle de cheveux qui tombait sur le visage du garçonnet. Quand on arrivera chez grand-mère, elle aura peut-être une friandise pour toi.

Elle parlait d'une voix apaisante, mais son visage semblait tendu, incertain.

Le regard d'Anna tomba brièvement sur les chaussures éculées de la femme, puis remonta le long du vieux survêtement gris, jusqu'à l'enfant. Au lieu de faire une crise comme elle s'y attendait, le petit posa sa tête sur l'épaule de sa mère et hocha la tête, presque comme s'il était résigné.

— C'est pas grave, maman.

La mère sourit tristement et caressa à nouveau la tête de l'enfant. Le cœur d'Anna se serra. Toute la scène lui était douloureusement familière. La mère au bout du rouleau qui essayait de garder la tête hors de l'eau, l'enfant qui la rassurait pour qu'elle n'ait pas l'air si triste. Anna serra le pendentif dans son poing. *Ça aurait pu être ma mère et moi, il y a dix ans*. Tout comme ce petit garçon, Anna avait su, elle aussi, que sa mère avait du mal, que chaque jour était une lutte. Anna avait fait tout son possible pour faciliter les choses, et cela n'avait pas été suffisant.

Mais à présent, elle avait peut-être une chance de la retrouver et de tout arranger. Du moins, c'est ce qu'elle aimait imaginer. C'était moins douloureux que d'envisager une autre issue.

Anna toucha de nouveau la pochette qui contenait son argent. Elle avait besoin de chaque centime. D'un autre côté, elle s'en sortait tant bien que mal depuis des années, et quelques dollars ne feraient pas une grande différence.

— Je peux offrir une friandise à votre fils ? murmura-t-elle à la femme, et le garçon redressa la tête.

La bouche de la femme s'ouvrit.

— Oh, vous n'avez pas à…

— S'il vous plaît ? insista Anna. (Elle se tourna vers la machine distributrice, glissa de l'argent dedans, et choisit des M&M's, un Snickers et un paquet de chips.) Tenez, dit-elle en tendant les deux friandises chocolatées à la femme.

Et puis, avant qu'elle ne puisse changer d'avis, Anna fourra un billet de cinq dollars dans la paume de la femme avant de s'échapper à travers le hall en glissant le sachet de chips dans la poche de sa veste.

Elle trouva un siège, mangea les chips, et s'adossa à la chaise en vinyle bon marché pour attendre. L'épuisement la submergea comme une vague, et elle ferma les yeux.

Elle commençait à sombrer dans le sommeil lorsque le son strident d'un téléphone retentit de l'autre côté du hall. Anna se redressa, les yeux grands ouverts.

L'agent de sécurité posa son exemplaire du magazine *People* et décrocha le combiné d'un téléphone noir à l'ancienne. Anna était trop loin pour entendre la conversation, mais elle le regarda hocher la tête, une fois, puis deux. Et soudain il leva les yeux et les braqua sur Anna. Son cœur bondit dans sa poitrine, et elle recula sur sa chaise, comme si ces deux centimètres supplémentaires entre eux allaient l'aider à échapper à son attention.

Le gardien hocha la tête en réponse à ce que disait la personne à l'autre bout du fil, puis reposa lentement le combiné sur son socle, continuant de l'observer de loin.

Anna se leva et s'engouffra dans un couloir où un

panneau indiquait les toilettes. Une fois en sécurité dans les sanitaires réservés aux femmes, elle croisa les bras sur sa poitrine et s'appuya contre le mur du fond. Cet agent savait-il qui elle était ? Était-ce pour cette raison qu'il l'avait regardée si intensément ? Était-elle simplement paranoïaque ?

La porte des toilettes s'ouvrit, et le cœur d'Anna bondit à nouveau, avant de constater que c'était seulement la mère et son petit garçon à qui elle avait parlé plus tôt. La femme lui sourit et poussa son fils dans une cabine.

— Excusez-moi, dit Anna. Avez-vous vu l'agent de sécurité près de la porte des toilettes quand vous êtes entrée ?

La femme cligna des yeux de surprise, puis son visage s'adoucit, et elle sembla comprendre. Elle devait probablement savoir que quand on est seule, on ne peut jamais baisser la garde.

— Il était à son poste il y a une minute. (La femme ouvrit la porte des toilettes et jeta un coup d'œil dans le couloir.) Il n'y a personne, là.

Anna souffla d'un coup.

— Merci.

Sans doute juste un peu de paranoïa, donc. Cet appel téléphonique pouvait venir de n'importe qui. Peut-être était-ce la femme de l'agent, qui lui demandait de rapporter une brique de lait en rentrant chez eux. Il n'y avait aucune raison de penser qu'il l'avait repérée. Anna consulta sa montre. Encore une demi-heure, et elle serait en route pour Chicago. Et de là, elle irait à San Francisco, où personne ne penserait jamais à la chercher.

Elle quitta les toilettes et se dirigea dans le couloir. À l'entrée de la salle d'attente, elle jeta un coup d'œil vers la guérite de l'agent. Il était assis à sa place, confortablement installé, de nouveau absorbé par son magazine. Anna se détendit.

Oui, clairement un bon coup de paranoïa.

Elle fit une halte au distributeur et prit une bouteille d'eau pour la route. Alors qu'elle la glissait dans son sac, elle sentit une présence derrière elle. Avant qu'elle ait pu réagir, la personne la saisit par le bras et la fit basculer en arrière.

Chapitre 14

— Aïe ! Lâchez-moi ! cria Anna en se débattant pour se libérer.

Des doigts puissants s'enfoncèrent dans son bras à travers sa veste ; soudain, on la traînait à travers le hall.

— À l'aide !

Elle rua pour se défaire de son agresseur. En se tortillant pour le voir, elle aperçut l'éclat d'un brassard doré sur une manche bleu marine.

L'agent de sécurité la guettait donc bien depuis tout à l'heure !

Il avait clairement l'avantage, avec son mètre quatre-vingts de muscles, et tandis qu'il la tirait vers sa guérite, Anna se demanda s'il allait lui arracher le bras. Débordant d'adrénaline, elle changea de tactique, et au lieu de tirer en arrière, elle poussa de tout son poids dans sa direction, enfonçant son coude sous sa cage thoracique.

L'homme grogna de surprise, et relâcha sa prise une seconde. Anna saisit l'occasion, se libérant d'une secousse et pivotant pour lui asséner un coup de pied au tibia.

— Merde ! rugit l'agent.

Avant qu'elle ne comprenne ce qui se passait, il plongea, la plaquant au sol. Elle vola sur le côté, son épaule heurtant le sol en béton avec un craquement. L'air fut chassé de ses poumons, et elle pressa frénétiquement ses mains sur le sol, essayant de se redresser, luttant pour se dégager de la prise de l'agent. Mais il était sur elle, la maintenant au sol.

Haletant, elle cherchait de l'air.

— Lâchez-moi ! S'il vous plaît, lâchez-moi !

C'était trop. Le poids de son corps sur elle. Le sentiment d'impuissance. C'était trop familier. Elle revoyait presque l'escalier descendant vers cette cave, des années plus tôt. Elle sentait presque l'humidité s'infiltrer dans son corps fiévreux.

— S'il vous plaît !

Je ne peux plus respirer.

— Hé !

Une voix forte résonna de quelque part à travers le hall, la ramenant brutalement au présent. Soudain, Gabe fut là, repoussant l'homme, aidant Anna à se relever.

— Ça va ?

— Non ! s'écria-t-elle en reculant pour s'écarter de lui, tremblant de la tête aux pieds. Non, ça ne va pas ! C'est toi qui l'as appelé ?

Elle s'appuya sur une chaise, à bout de souffle, mais une douleur fulgurante lui traversa l'épaule.

— Anna, dit doucement Gabe en s'approchant. Qu'est-ce qui t'a pris de t'enfuir comme ça ?

Elle se redressa brusquement. Le fait d'avoir été malmenée par l'agent de sécurité laissait une sensation de brûlure dans sa chair, qui se transforma en un feu irradiant tout son corps. Elle était en colère. Une colère noire, violente.

— *Qu'est-ce qui t'a pris de révéler mes secrets à ta famille ?*

— Je n'avais pas le choix. Tu sais que je devais le faire.

— Tu n'avais *rien* à faire !

Les larmes montèrent de nouveau, et sa colère flamba de plus belle. Elle essuya ses joues mouillées, prit une profonde inspiration et regarda Gabe droit dans les yeux.

— Je te déteste, Gabe. Je te déteste, et je ne te le pardonnerai jamais.

À sa grande satisfaction, Gabe tressaillit. Parfait. Elle voulait le blesser. Elle aurait voulu plonger la main dans sa poitrine et arracher son cœur, comme il l'avait fait avec le sien. Mais cela aurait nécessité qu'il se soucie d'elle. Et s'il s'était sincèrement soucié d'elle, il n'aurait jamais pu la trahir de cette manière.

L'agent de sécurité fit un pas en avant et tenta de l'attraper à nouveau.

— Écoutez, je ne sais pas ce qui se passe ici, mais on m'a dit que les tuteurs de cette fille viendraient la chercher.

— Je vous interdis de me toucher, siffla Anna.

— Ils seront là d'une seconde à l'autre, intervint Gabe en se plaçant devant l'agent. Ils sont en train de garer la voiture.

— Anna ! appela une voix familière depuis l'autre bout du hall.

Anna leva les yeux et vit John et Elizabeth qui se précipitaient vers elle.

— Ça va, mon poussin ? s'inquiéta Elizabeth en la prenant par les bras, l'examinant d'un air soucieux.

Avant qu'Anna ait pu réagir, la mère de Gabe la serrait dans ses bras.

Pendant un bref instant, Anna ferma les yeux et se laissa aller. Elle était tellement fatiguée. Tellement fatiguée. Mais alors, la douleur foudroya de nouveau son épaule, et elle se rappela pourquoi ils étaient tous là. Elle se dégagea violemment.

— Je continuerai à m'enfuir. Vous devrez m'enfermer jusqu'à mes dix-huit ans. Mais je ne me laisserai pas faire !

— Anna, écoute-nous s'il te plaît. Tu veux bien ?

Gabe lui tendait la main dans un geste pacificateur, ce qui eut l'effet inverse sur elle. Elle le haïssait tellement.

L'agent de sécurité se tourna vers John.

— Vous êtes les tuteurs ?

John hocha la tête.

— Oui, c'est nous.

— Vous êtes certains d'être habilités à la prendre en charge ? se méfia subitement l'agent, et une décharge de panique remonta l'échine d'Anna.

Soudain, être laissée à la garde des Weatherall ne lui parut pas aussi terrible que de rester avec ce type. Et s'il la plaquait de nouveau au sol ? Et si elle ne parvenait pas à s'échapper ? Il risquait d'insister pour la traîner au poste de police afin de régler l'affaire. On risquait de l'enfermer pour de bon jusqu'à ses dix-huit ans.

Ou plus.

Oh là là. Elle ne pouvait pas se permettre de laisser les flics fouiner dans sa vie.

Mais avant qu'elle ait pu paniquer davantage, John avait tendu la main pour serrer fermement celle de l'agent.

— Merci beaucoup pour votre aide. Ma femme et moi vous sommes très reconnaissants. On va prendre la suite maintenant.

De la part de n'importe qui d'autre, ces paroles n'auraient peut-être pas eu le même effet. Mais venant d'un homme comme John, grand, distingué et habitué à obtenir ce qu'il voulait, personne n'allait contester. Surtout pas l'agent de sécurité, qui se frottait encore le tibia là où Anna l'avait frappé.

Il avait probablement hâte que cette gamine devienne le problème de quelqu'un d'autre.

— D'accord, dit-il finalement, confirmant les soupçons d'Anna en levant les mains comme si cette situation était une fuite de produits toxiques et qu'il préférait rester à l'écart. Bon courage.

Et il repartit vers le poste de sécurité.

— Chérie…

La voix d'Elizabeth était douce, mais Anna se raidit. Les gens ne prenaient ce ton que pour dire quelque chose que l'on ne voulait pas entendre.

— Manifestement, tu as compris que Gabe nous avait tout raconté.

Anna pinça les lèvres et acquiesça muettement, craignant que sa voix ne la trahisse.

— Tu te doutes que nous sommes très inquiets, poursuivit Elizabeth en posant la main sur le bras d'Anna. Outre le fait que tu es très jeune pour vivre seule, on a cru comprendre que tu avais aussi des problèmes avec ton propriétaire.

Anna retira vivement son bras.

— Gabe raconte n'importe quoi. J'avais la situation bien en main jusqu'à ce qu'il arrive.

— Anna, gronda Gabe en s'adossant au mur. *Écoute*, s'il te plaît.

Elle lui jeta un regard dur.

— Tu es une fille intelligente, dit John d'une voix basse. Tu sais que tu ne peux pas continuer à vivre de cette manière.

— Vous n'êtes pas mes parents. Ce n'est pas à vous de statuer sur mon sort.

— Tes parents n'ont pas l'air disponibles pour statuer sur quoi que ce soit, fit observer John.

Mortifiée, Anna sentit ses yeux se remplir à nouveau de larmes.

— Vraiment, John, tu ne nous aides pas, le réprimanda Elizabeth.

Gabe s'écarta du mur.

— Je voudrais parler une minute avec Anna, aboya-t-il.

Ce n'était pas vraiment une requête, et Gabe n'avait rien à envier à son père en matière d'autorité.

Anna aurait été impressionnée si elle ne l'avait pas autant détesté.

John et Elizabeth échangèrent un regard, puis cette dernière fit un signe de tête.

— On sera juste là.

Gabe les regarda s'installer sur un banc près du distributeur automatique, puis il pointa du doigt la chaise en vinyle la plus proche.

— Assieds-toi.

— Ne me donne pas d'ordre.

Gabe poussa un énorme soupir, ferma les yeux et se passa une main dans les cheveux.

— D'accord. Tu veux bien t'asseoir, s'il te plaît ?

— OK.

Anna se laissa tomber sur la chaise et il vint s'asseoir à côté d'elle, si près qu'elle aurait pu gifler son beau visage.

Gabe se tourna pour lui faire face.

— Où pensais-tu aller ?

— Ça ne te regarde pas.

— Bon, d'accord…

Avant qu'elle puisse l'arrêter, Gabe se pencha au-dessus d'elle et attrapa le billet de car qui dépassait de la poche latérale de son sac. Il le retourna dans ses mains.

— Chicago ? Qu'est-ce qu'il y a à Chicago ?

Anna tenta de récupérer le billet, mais il le tenait hors de portée. Elle ne savait pas pourquoi elle se fatiguait. Elle n'avait plus aucune chance de monter dans ce car à présent. Mais ce morceau de papier débile froissé entre les mains de Gabe semblait avoir été son dernier espoir. Son dos se voûta.

— J'allais chercher ma mère.

Gabe leva les yeux, surpris.

— À Chicago ? Je croyais qu'elle était en Californie.

— Oui, c'est ça. Enfin, je crois. Je ne sais pas, avoua Anna en regardant ses mains. Je pense qu'elle pourrait être à San Francisco.

— Donc, tu allais prendre un car pour Chicago, puis de là, pour San Francisco ? (Elle hocha la tête.) Et ensuite ? Tu prévoyais de te promener dans la ville à sa recherche ?

Anna redressa la tête.

— Quoi ? Non. Je ne suis pas idiote. J'ai une adresse.

— Vraiment ?

Anna hissa son sac à dos sur ses genoux et en sortit le morceau de papier chiffonné.

— Elle me téléphonait, au début. Après être partie. Son numéro s'affichait sur le téléphone. Je l'ai noté et j'ai fait une recherche inversée. Les appels venaient d'une maison de Mission District, à San Francisco.

Gabe tendit la main et prit délicatement le papier, qu'il ouvrit en lissant les plis.

— Capp Street.

Anna hocha la tête. Combien de fois avait-elle googlé cette adresse et fixé le petit point sur la carte, en se demandant si c'était là que vivait sa mère. Il y avait 4 146 kilomètres entre son appartement de Pittsburgh et cette adresse à San Francisco.

— Et qu'est-ce que tu espérais, une fois que tu l'aurais trouvée ? demanda Gabe en repliant le papier avant de le lui rendre.

— J'espérais obtenir des réponses. Où elle était, pourquoi elle avait disparu.

Anna se mordit la lèvre. Ça sonnait juste. Elle voulait des réponses. Mais elle voulait tellement plus que ça aussi.

— J'espérais…

J'espérais pouvoir réparer les dégâts que j'ai causés. J'espérais tout arranger.

Finalement, elle se contenta de hausser les épaules.

— Je ne sais pas. Si elle se drogue toujours, peut-être que je pourrai l'aider. La convaincre de rentrer à la maison.

Peut-être était-elle vraiment idiote. Le scepticisme qu'elle lisait sur le visage de Gabe suggérait qu'elle l'était, en tout cas. Il supposait probablement, comme tout le monde, que sa mère était une épave qui ne valait pas la peine d'être sauvée. Mais Gabe ne la connaissait pas comme Anna la connaissait.

Et ce qu'il ignorait aussi, c'est que sa mère ne serait jamais partie si Anna n'avait pas été là.

— Écoute, ma mère est allée en Californie parce qu'elle avait une chance de nous offrir une vie meilleure. Je ne sais pas ce qui s'est passé ensuite, mais je n'ai pas d'autre choix que de croire qu'elle est toujours là-bas. Que je peux toujours la ramener ici. Tu comprends ? (Elle s'appuya sur l'accoudoir de la chaise.) Et si c'était ta mère qui disparaissait ? Que ferais-tu ?

Elle savait qu'il irait jusqu'au bout du monde pour la retrouver.

— D'accord, soupira Gabe. Mais qu'est-ce que tu ferais si tu ne la trouvais pas, une fois là-bas ? Qu'est-ce que tu aurais fait ?

— Je…

Anna détourna le regard.

— Tu n'as pas réfléchi jusque-là, pas vrai ?

Anna rougit parce que, en effet, elle n'était pas allée si loin. Ou peut-être que si, mais qu'elle avait simplement repoussé l'idée que sa mère pourrait ne pas être là. Car depuis des années, elle comptait sur cette adresse, cette maison de Capp Street à San Francisco, à exactement 4 146 kilomètres de son appartement à Pittsburgh.

Mais elle ne devait d'explication à personne, et surtout pas à Gabe. Il l'avait trahie, et il recommencerait. Anna se leva d'un bond.

— Excuse-moi, je dois vraiment aller aux toilettes.

Gabe eut le culot de rire.

— Bien essayé, mouflette, dit-il en lui saisissant le poignet pour la faire se rasseoir. Je garde un œil sur toi pour le moment.

Anna retira sa main pour qu'il la lâche.

— Tu ne pourras pas me retenir éternellement contre ma volonté.

— Je n'essaie pas de te retenir contre ta volonté, Anna. J'essaie de te dire que tu n'as pas à aller en famille d'accueil. Mes parents veulent que tu viennes vivre avec eux.

Anna tourna brusquement la tête, et ses mains s'arrimèrent aux accoudoirs de sa chaise, car elle avait soudain besoin d'un point d'ancrage.

— Ils… quoi ? bégaya-t-elle.

— Ils ont beaucoup d'espace, et tu pourrais continuer à suivre tes cours à l'université. Rien ne changerait, sauf que tu serais en sécurité avec eux.

— Ils veulent que je vienne vivre avec eux, répéta Anna, qui n'aurait jamais, pas une seconde, imaginé une chose pareille. Je…

Elle n'avait aucune idée de ce qu'elle devait dire, et le silence s'étira dans l'étroit espace entre eux.

Anna jeta un coup d'œil à Elizabeth et John de l'autre côté de la pièce, puis de nouveau à Gabe.

— Mais… Pourquoi ? réussit-elle enfin à chuchoter.

L'expression de Gabe s'adoucit.

— Ils tiennent à toi, mouflette. On tient tous à toi. Bien que tu ne nous facilites pas franchement la tâche en ce moment, ironisa-t-il.

Anna essaya d'avaler la boule qui se nouait dans sa

gorge. Elle n'avait jamais eu aussi envie de croire à ce que Gabe lui disait. C'était ce qu'elle avait passé tant de temps à désirer secrètement ces derniers mois. Une famille comme celle de Gabe. Un vrai foyer.

Elle aurait dû avoir l'impression d'avoir gagné au loto.

Sauf qu'elle avait plutôt le sentiment de se tenir au bord d'une falaise.

Parce que les Weatherall n'étaient pas vraiment sa famille, et Anna savait qu'il valait mieux ne jamais retomber dans cette illusion. Elle avait survécu en apprenant à ne jamais compter sur personne d'autre qu'elle-même ; et quand elle avait stupidement laissé quelqu'un s'approcher, voilà où ça l'avait menée.

Anna jeta un coup d'œil à Gabe. Il pensait la protéger. Mais en massant son épaule endolorie, elle sentait encore le poids de l'agent de sécurité la plaquant au sol, la piégeant sous lui comme si elle était un animal sauvage. Anna bascula en avant sur sa chaise, essayant de chasser la scène de son esprit. Mais elle avait été marquée au fer rouge, et elle ne le pardonnerait jamais à Gabe.

Sa situation dans cet appartement était loin d'être parfaite, mais elle était chez elle. Elle avait gagné le droit de décider ce qui lui arrivait. Et Gabe le lui avait confisqué en la dénonçant à ses parents.

— Anna, va t'installer chez eux, insista Gabe. Tu n'es pas obligée de te débrouiller toute seule pour tout. Je sais que c'est ce que tu crois, mais ce n'est pas vrai. Tu peux leur faire confiance. Et je sais que tu es en colère contre moi. Mais tu peux me faire confiance aussi.

Ses yeux argentés pénétraient à travers ses défenses, et elle recula dans sa chaise pour les éviter. « Fais-moi confiance » était une chose si facile à dire pour lui. Il avait grandi dans une famille aimante qui le choyait. Elle en revanche n'était qu'un chat errant, qui avait traîné assez longtemps dans les parages pour qu'ils aient pitié d'elle et se mettent à la nourrir.

Ils ne voulaient pas vraiment d'elle. Et pourquoi en aurait-il été autrement ? Elle avait chassé sa propre mère.

Gabe l'étudiait avec une intensité silencieuse qui lui donna l'impression d'être mise à nu. Elle se trémoussa, déportant son regard vers le mur derrière lui. Anna ne lui ferait jamais, jamais plus confiance, ni à sa famille. Mais si elle ne les suivait pas, les travailleurs sociaux se pointeraient et appelleraient la police. Et s'ils faisaient le lien entre sa mère et ce type ?

Et s'ils découvraient qu'Anna était présente ce jour-là ?

Elle sursauta lorsque Gabe lui toucha le bras.

— C'est ta meilleure option, mouflette.

Anna savait que c'était vrai. Elle n'avait pas assez d'argent pour rester en cavale, et bêtement, elle avait indiqué à Gabe où la chercher si elle s'enfuyait quand même. Les larmes qu'elle retenait coulèrent.

— Je n'arrive pas à croire que tu m'aies trahie comme ça, murmura-t-elle en essuyant ses joues humides avec sa paume. Je ne te le pardonnerai jamais, Gabe. *Jamais*.

Gabe se pencha en avant, la regarda droit dans les yeux.

— Ça m'est égal que tu me pardonnes ou non. Ce qui compte pour moi, c'est que tu sois en sécurité.

Et ce fut tout. Il avait gagné.

— On va parler à mes parents ? dit-il en lui tendant la main pour l'inviter à se lever. Voir comment on s'organise pour récupérer tes affaires ?

Pour la première fois, la réalité de ce déménagement lui apparut. Maintenant qu'il n'était plus question d'aller à San Francisco (et il se passerait peut-être des années avant qu'elle puisse atteindre cette maison de Capp Street), son appartement délabré était le seul endroit qui la reliait encore à sa mère.

Anna ignora la main tendue de Gabe.

— Et ma mère ?

— Anna, tu ne peux pas prendre un car pour San Francisco. Tu le sais, non ?

Il la regardait avec pitié.

— Bien sûr que je le sais. Mais… (Anna tordit la lanière de son sac à dos entre ses mains.) Mais si elle revient, et que je ne suis pas là ?

Elle détestait le tremblement qui altérait sa voix, parce qu'il trahissait ce minuscule espoir.

Il la regarda de biais. Elle savait ce qu'il pensait. Sa mère était partie depuis deux ans. Il ne croyait pas qu'elle reviendrait jamais. *Mais il n'en sait rien*. Sa mère avait dit qu'elle reviendrait.

Je ne pars pas longtemps. Avec ce travail je vais gagner assez d'argent pour qu'on ne puisse plus jamais nous faire de mal. Ne t'inquiète pas, ma puce. Je vais nous faire une belle vie.

Elle était toujours quelque part là-bas. Sinon, Anna l'aurait su. Elle l'aurait senti.

— Comment est-ce qu'elle pourra me retrouver ? Ce n'est pas comme si je pouvais laisser une adresse au propriétaire.

— Eh bien…

Il hésitait ; elle savait qu'il essayait de la ménager.

Elle sentit ses joues s'embraser. Sa mère à lui n'avait jamais dû l'abandonner, alors il ne savait pas ce que c'était d'attendre son retour. De se tourmenter en songeant à ce qui avait pu lui arriver.

Gabe pianotait sur l'accoudoir.

— Il n'y a pas un voisin sympa dans l'immeuble ?

— Mme Janiszewski. Elle vit au-dessus de chez nous.

— Très bien, on lui laissera le numéro de mes parents quand on ira récupérer tes affaires.

Alors, ça y était. En un tournemain, on avait décidé de toute sa vie pour elle. Pendant des années, elle avait désespérément voulu quitter cet appartement minable et échapper à l'horrible propriétaire. Mais il aurait fallu que ce soit selon ses propres termes. Pas ceux de Gabe. Elle contrôlait si peu de choses dans sa vie, et il lui avait pris ça aussi. Si elle n'emménageait pas chez les parents de Gabe, ils appelleraient les services de protection de l'enfance. Qui la baladeraient d'un endroit à l'autre comme un bagage jeté dans la soute d'un car.

Anna savait bien qu'entre aller vivre chez les Weatherall ou finir ballottée dans le système, ce serait stupide de ne pas choisir les Weatherall. Au moins, elle pourrait continuer à aller à ses cours ; d'ici un an, elle serait en route pour l'université et elle partirait pour de bon. Et peut-être alors pourrait-elle vraiment se rendre à San Francisco, retrouver sa mère et réparer ses bêtises.

Elle irait chez les Weatherall, mais elle ne pardonnerait jamais à Gabe, et ne se fierait plus jamais à sa famille. Parce qu'elle était assez intelligente pour le savoir : leur faire à nouveau confiance pourrait lui faire plus de mal que n'importe quel propriétaire glauque, que n'importe quel foyer d'accueil douteux.

Chapitre 15

Gabe était assis dans un fauteuil en lin bleu près de la cheminée, et faisait mine d'être absorbé par le livre qu'il avait attrapé au hasard dans la bibliothèque de ses parents. En réalité, il regardait Anna tourner les pages d'un vieil album en cuir pendant que sa grand-mère pointait un doigt déformé par l'arthrose vers une photographie sépia, avec un sourire qui accentuait les rides autour de sa bouche.

— Benjamin, dit Dorothy, d'une voix enrouée parce qu'elle s'en servait peu.

— Vu votre sourire, je parie que c'était votre frère préféré, commenta Anna en aplatissant un coin corné de la photographie.

Gabe devina l'image d'une petite fille en robe de marin et chaussettes hautes, à côté d'un garçonnet en costume de tweed et casquette assortie. Il avait regardé cette photo des dizaines de fois depuis qu'il était enfant, mais il n'avait jamais pensé à le faire en compagnie de sa grand-mère. Anna, si. Elle avait interrogé Dorothy sur chaque photo de l'album et en quelques mois, elle en avait appris davantage sur la vie de la vieille dame que Gabe durant toute sa vie.

Gabe était encore émerveillé qu'Anna ait pris le temps de trouver comment sortir sa grand-mère de son silence. Mais s'il était parfaitement sincère, peut-être n'était-ce pas tant les informations qu'elle avait glanées dans un manuel de neurosciences qui l'impressionnait. Peut-être était-ce simplement Anna.

Lorsqu'elle avait emménagé chez les parents de Gabe quelques mois plus tôt, Anna avait déniché ces vieux albums photos dans le salon. Dorothy et elle les parcouraient lentement depuis, reconstituant peu à peu l'enfance de la vieille dame. Bien qu'elle reconnût rarement sa famille d'aujourd'hui, Anna avait découvert qu'elle avait des souvenirs très nets de personnes de son passé. Et même si Dorothy ne parlait pas beaucoup, Anna parvenait très bien à communiquer avec elle.

Dorothy commença à arracher les bouloches de sa jupe, signe qu'elle était fatiguée et n'allait pas tarder à se retirer dans son propre monde. Anna s'en rendit compte immédiatement et referma l'album photo.

— On regardera les autres plus tard, d'accord ? dit-elle.

Dorothy tapota la jambe d'Anna, et les bagues en diamant scintillèrent sur sa main parsemée de taches de soleil. Elle avait souvent ce genre de geste ces derniers temps : tapoter la jambe d'Anna, lui serrer une main, écarter les cheveux de son visage. Dorothy s'attachait à Anna, même si elle ne savait pas qui était Anna. Et il était clair, à en juger par le regard d'Anna, que cet attachement était réciproque.

Gabe retourna à son livre, cueilli par l'émotion. C'était un tel soulagement de voir Anna à l'aise et détendue, heureuse même, au lieu de l'épuisement où elle se trouvait presque constamment depuis qu'il la connaissait. Depuis qu'elle vivait chez ses parents, elle avait pris du poids, les cernes sous ses yeux avaient disparu, et elle souriait beaucoup plus facilement à tout le monde.

Enfin, à tout le monde, sauf à Gabe.

À lui, Anna réservait un mélange de silence, de regards noirs et d'hostilité ouverte. D'une certaine manière, Gabe comprenait. C'était lui qui avait gratté l'allumette et mis le feu à son ancienne vie. Malgré les preuves évidentes du contraire, Anna croyait toujours qu'elle ne risquait rien avec son propriétaire, et il n'y avait aucun moyen de la raisonner. Elle avait juré de ne jamais pardonner à Gabe, et le moins qu'on puisse dire, c'est qu'elle tenait parole. Cela faisait dix minutes qu'il était dans la même pièce qu'elle, et elle faisait comme si elle n'avait même pas remarqué sa présence.

Malgré tout, il continuait d'essayer.

— Alors, mouflette, comment se passent tes cours ? demanda-t-il en posant son livre.

Il avait obtenu son diplôme de second cycle au printemps et partirait à Chicago le mois prochain ; Anna, quant à elle, s'était inscrite à des cours d'été. En temps normal, elle en aurait parlé avec lui, lui aurait demandé conseil pour son devoir de mi-session, des choses comme ça. Au lieu de quoi : silence radio.

— Qu'est-ce que ça peut te faire ? répliqua-t-elle vertement.

Avec un grand sourire, il se leva pour s'approcher d'elle.

— Tu devrais faire attention à ces vilaines grimaces

que tu fais, tu sais. Ton visage pourrait rester figé comme ça. Tu serais bien embêtée.

Anna ne put retenir un demi-sourire, et Gabe ressentit une pointe de triomphe. C'était de loin la réaction la plus encourageante qu'il avait réussi à obtenir de tout l'été. Elle voulut cacher son sourire, mais c'était trop tard. Gabe savait qu'il avait réussi à mettre un pied dans la porte. Il fit mine de rouler des épaules en s'étirant, comme s'il venait de la battre au bras de fer.

— Je savais que mes blagues te manquaient.

— Tu parles.

Anna leva les yeux au ciel, et la porte de prison réapparut aussitôt.

Gabe la dévisagea un moment, puis s'affala dans le fauteuil en face de la table basse.

— Anna, écoute. Je voulais te parler de quelque chose. J'ai discuté avec ma nouvelle conseillère à Chicago, et elle a suggéré que j'assiste à la conférence de Hastings sur l'économie et la justice sociale cet automne.

En réalité, sa conseillère lui avait suggéré diverses conférences, dont celle-ci. Il l'avait choisie pour une raison très spécifique.

Anna haussa les épaules.

— D'accord.

Sa voix suintait de *Qu'est-ce que ça peut bien me faire ?* C'était vraiment une professionnelle de la rancune.

Il aurait été admiratif si toute cette animosité n'avait pas été dirigée contre lui. Et si leur ancienne amitié ne lui avait pas tant manqué.

— La conférence est à San Francisco.

Anna redressa la tête. Ce détail-là avait retenu son attention.

— Vraiment ? demanda-t-elle, le souffle coupé.

— Oui. Alors, je me disais que tu pourrais peut-être me donner cette adresse que tu avais trouvée pour ta mère. Et je pourrais y aller pour vérifier.

En un instant, tout un arc-en-ciel d'émotions traversa son visage : surprise, terreur et, finalement, espoir.

— Vraiment ? Tu es sérieux ? Tu ferais ça pour moi ?

Elle se recroquevilla sur elle-même en se tordant nerveusement les mains. Pourquoi semblait-elle si surprise ? Croyait-elle vraiment qu'il avait révélé son secret parce qu'il se fichait d'elle ? Ne comprenait-elle pas que c'était tout le contraire ?

— Bien sûr que je le ferais, Anna, rétorqua-t-il. Qu'est-ce que… tu crois que je me moque de toi ?

Anna cligna des yeux.

— Non. Je… Je suis désolée. Je sais que non. C'est juste que j'ai du mal à y croire. Je pensais qu'il se passerait encore des années avant que je puisse aller là-bas pour la retrouver.

Gabe se frotta la nuque. Il avait des réserves à ce sujet. Pour quelqu'un d'aussi perspicace en général, Anna semblait sujette à un énorme angle mort, s'agissant de sa mère. Du point de vue de Gabe, cette femme avait abandonné son enfant, point final. Quoi qu'elle soit partie chercher en Californie, ce n'était pas une vie meilleure pour Anna. Gabe doutait de pouvoir rapporter la moindre bonne nouvelle de cette expédition. Mais Anna avait à présent dix-sept ans, et dans moins d'un an, elle aurait terminé le lycée. Peut-être valait-il mieux qu'elle apprenne la vérité afin de pouvoir tourner cette page de sa vie.

— Je devrais pouvoir prendre une pause entre les sessions de la conférence, lui dit-il. Je t'appellerai dès que j'arriverai là-bas.

— Merci, Gabe. Vraiment. C'est tellement important pour moi.

Et elle le gratifia de son premier vrai sourire depuis des mois.

Gabe quitta les chaises pliantes en plastique alignées dans la salle de conférences de l'hôtel et vérifia son emploi du temps. Il avait une pause de deux heures avant le dîner organisé à dix-huit heures, et d'après le concierge de la réception, il fallait compter environ trente minutes de marche depuis l'hôtel du centre-ville jusqu'à Mission District. Il n'aurait pas de meilleure fenêtre de tir, a priori.

Pourquoi cela le rendait-il soudainement nerveux ? Peut-être était-ce le regard d'Anna, plein d'anticipation et d'espoir, quand elle lui avait remis l'adresse soigneusement recopiée sur un bristol avec le nom de sa mère, *Deborah Campbell*. Il le connaissait déjà grâce à son enquête à la maison de retraite au printemps. Cette fois-là, il avait découvert une bombe à retardement. Il espérait que les résultats seraient différents aujourd'hui.

Une demi-heure plus tard, il arpentait Mission Street. Le quartier était en pleine gentrification ; des immeubles modernes et des cafés branchés se succédaient le long du trottoir, à côté de restaurants mexicains et de friperies vintage qui semblaient être là depuis l'époque où les vêtements qu'elles vendaient étaient neufs. La mère d'Anna marchait-elle dans cette même rue, s'offrant des tacos dans l'échoppe aux fresques colorées, dénichant un pull de seconde main dans le magasin appelé L'Avant-Dernier Cri ?

Honnêtement, il ne s'attendait pas vraiment à la trouver à l'adresse écrite sur le bristol. Mais il espérait que ce qu'il pourrait découvrir aiderait au moins Anna à tourner la page. À l'intersection de Mission Street et de la 19e Rue, Gabe tourna à gauche et continua jusqu'au poteau où était fixé un panneau de rue noir et blanc qui indiquait « Capp St. ».

Gabe vérifia le numéro et leva les yeux vers les bâtiments. De ce côté du pâté de maisons se trouvait une petite épicerie avec des fleurs et des fruits exposés dans des paniers le long du trottoir. Il y avait écrit « 1906 » en lettres délavées sur l'auvent rouge, au-dessus du magasin ; l'adresse qu'Anna lui avait donnée – 1908 – devait donc se trouver juste au coin de la rue.

Il passa devant l'épicerie, tourna dans Capp Street, puis s'arrêta sur le trottoir. Devant lui se dressait une clôture de chantier qui entourait une maison grise de deux étages. Le bâtiment semblait abandonné. Gabe s'approcha, passa ses doigts à travers le maillon de la chaîne et considéra la maison. La façade en stuc de style espagnol semblait en assez bon état, contrairement au reste. La porte du garage bâillait comme si elle était sortie de ses rails, des planches de contreplaqué bouchaient la plupart des fenêtres à l'étage, et une série de fissures lézardaient les marches en ciment qui menaient à une porte d'entrée au cadre fendu et à la couleur fanée.

Et puis cette porte s'ouvrit, et un homme d'âge

moyen à l'allure dynamique sortit. Il portait une chemise fine à carreaux bleus rentrée dans un pantalon de costume gris. Gabe cligna des yeux, éberlué. Il ne savait pas à quoi il s'attendait, mais pas à cet homme en tout cas. L'homme ferma la porte et descendit les escaliers en regardant où il mettait les pieds.

— Excusez-moi, lui lança Gabe.

L'homme leva les yeux.

— Oui ? Je peux vous aider ?

— J'espère. Euh, est-ce que vous êtes le propriétaire de cette maison ? Je me demandais si vous aviez des informations. Je cherche, euh, une amie… Je crois qu'elle a peut-être vécu ici.

Ce fut au tour de l'homme d'être surpris.

— Vous avez une amie qui vivait dans cette maison ? Ça me paraît difficile à croire.

Gabe enfonça la main dans la poche de son propre pantalon de costume, se rappelant qu'il était habillé pour développer son réseau professionnel à une conférence d'économie, et non pour explorer des bâtiments abandonnés. Il chercha une excuse pour expliquer sa présence ici, et opta finalement pour la vérité.

— En fait, c'est la mère de mon amie que je cherche. Elle a disparu il y a quelques années. D'après sa fille, cet endroit est sa dernière adresse connue. Comme je venais à San Francisco, je lui ai dit que j'y passerais.

— Ah, fit l'homme en hochant la tête, comme s'il comprenait mieux.

Il retourna vers le portail attaché à la clôture et fit signe à Gabe de s'avancer.

— Entrez… Cliff Desmond, ajouta-t-il en tendant la main à Gabe.

— Gabe Weatherall.

— Je ne suis pas le propriétaire ; je suis l'agent immobilier. Cette maison est sous contrat, et la vente sera finalisée demain. Je suis juste passé faire une dernière inspection.

— Depuis combien de temps est-elle dans cet état ?

— Ça, je ne peux pas vraiment le dire. Manifestement, ça fait des années qu'elle n'est plus entretenue. Ma cliente l'a achetée aux enchères, à la ville. Elle l'a gardée pendant environ un an, jusqu'à ce que les prix s'envolent. Ç'aurait été fou de refuser de vendre, à ce prix-là.

— Qui l'a achetée, alors ?

— Un promoteur immobilier. Je crois qu'il prévoit de démolir la maison pour construire un loft à la place.

Gabe n'était pas surpris.

— J'ai entendu dire qu'il y avait beaucoup de projets de ce genre à San Francisco en ce moment.

— Oui, dit Cliff en souriant de toutes ses dents bien blanches et bien alignées. Je ne m'en plains pas. C'est excellent pour les affaires.

— Y a-t-il un moyen de savoir qui vivait dans cette maison avant que la ville récupère le dossier ?

— De ce que j'en sais, il y avait des squatteurs ici avant. Vu le contenu de la maison, ça semble évident, d'ailleurs.

— C'est vrai, dit une voix derrière eux. C'étaient des squatteurs.

Gabe se retourna. Devant lui se tenait un homme aux cheveux gris, plutôt petit, qui balayait le trottoir devant l'épicerie un instant plus tôt.

— Ah oui ? Vous savez quelque chose sur eux ?

L'homme s'appuya sur son balai.

— Tout ce que je sais, c'est que c'était une *crackhouse* ici, avant.

Gabe haussa les sourcils.

Le commerçant secoua la tête avec une grimace de dégoût.

— Entre la drogue et la prostitution, c'était le défilé permanent. Ils volaient dans mon magasin et ils faisaient leurs overdoses sur le trottoir. Bon débarras !

— Si je me base sur l'état et le contenu de la maison, je peux à peu près confirmer tout ça, dit Cliff d'une voix plus douce. Je suis désolé pour votre amie.

Il avait l'air réellement désolé, contrairement à l'épicier. Gabe lui lança un regard reconnaissant.

Le commerçant frappa son balai contre le sol.

— Je ne dis pas que le bruit et les engins de construction vont me plaire, mais c'est une très bonne nouvelle pour le quartier, ces promoteurs qui vont démolir la maison pour construire un loft tout neuf. On a des familles qui vivent ici, avec des jeunes enfants. Ce n'était pas un quartier sûr.

— Est-ce que, par hasard, vous connaissiez certaines des personnes qui venaient ici ?

Gabe fouilla dans sa poche et sortit la photo qu'Anna lui avait donnée. Les couleurs étaient passées, un peu trop jaunes. La jeune femme sur l'image arborait une veste en jean délavé et une permanente des années 1980. La photo avait sans doute été prise avant la naissance d'Anna. Gabe savait qu'il était peu probable que Deb Campbell ressemble encore à cette personne après deux décennies d'une vie très difficile, mais c'était tout ce qu'il avait.

— Elle s'appelle Deb.

L'épicier jeta à peine un coup d'œil à la photo.

— Je ne faisais attention à ces gens que quand ils montaient dans une voiture de police. Ou dans une ambulance en route pour la morgue.

Gabe inspira profondément, mais avant qu'il ne puisse répondre, Cliff intervint.

— Merci pour votre aide, dit-il au commerçant avant de lui tourner le dos. Écoutez, jeune homme, je ne sais rien de cette histoire, mais vous devez être quelqu'un de bien pour venir ici chercher la mère de votre amie.

— Merci, soupira Gabe, défait. Elle espérait enfin obtenir des réponses.

— Et vous pensez que ça va lui en donner ?

— Non. Je crois que ça ne fera que soulever encore plus de questions.

Cliff fit un geste vers les marches qui s'effritaient.

— Eh bien, si ça peut aider, vous êtes le bienvenu pour jeter un œil dans la maison. Il reste des objets personnels que des gens ont abandonnés, et les promoteurs ne veulent rien de tout ça. Ils ont déjà réservé une benne à ordures pour après-demain.

— Vraiment ? C'est sans danger d'entrer là-dedans ?

— Eh bien… Je dois vous prévenir que ce n'est pas beau à voir. Mais structurellement, la maison est parfaitement sûre. Venez.

L'intérieur était sombre à cause des fenêtres condamnées, avec seulement quelques petits éclats de lumière qui s'infiltraient entre les planches. Une odeur de fumée flottait dans l'air, pas de la fumée de cigarette, quelque chose de plus âcre. Une *crackhouse*, avait dit l'épicier. Peut-être était-ce le crack que Gabe sentait. Alors qu'il progressait dans la maison, une odeur plus aigre prit le dessus, comme si quelqu'un avait renversé du lait sur les vieux canapés défoncés du salon, et n'y avait plus touché pendant des semaines, ou peut-être des années.

Gabe pouvait voir que la maison avait été magnifique autrefois, avec son parquet massif et ses moulures autour des portes, mais il était probablement encore à l'école élémentaire la dernière fois que quelqu'un avait fait un brin de ménage ici.

En haut d'un escalier étroit, Cliff montra à Gabe trois chambres, chacune encombrée de quelques meubles en bois poussés contre les murs et de matelas recouverts de draps sales. Des vêtements débordaient des commodes, et des emballages de nourriture, des bouteilles de bière et d'autres déchets jonchaient le sol. Gabe et l'agent immobilier entrèrent dans la première chambre en évitant soigneusement le lit, et Gabe se dirigea vers un bureau sous la fenêtre tandis que Cliff s'approchait de la commode.

— Comment s'appelle la mère de votre amie, déjà ? interrogea Cliff en farfouillant dans une pile de papiers qui se trouvait sur le meuble.

— Deborah Campbell.

— Il y a des reçus ici, des anciennes factures, mais rien avec ce nom, dit-il en reposant les documents.

Tandis que Cliff ouvrait le couvercle d'une boîte à chaussures, Gabe examina les tiroirs du bureau. Il n'y avait pas grand-chose, d'autres papiers, une poignée de trombones poussiéreux et des stylos desséchés. Tout cela pouvait être là depuis des décennies.

Il vérifia la date sur une facture ; 1990. Bien avant un éventuel passage de la mère d'Anna entre ces murs.

Ils passèrent à la chambre suivante, et Cliff se dirigea à nouveau vers la commode, tandis que Gabe s'occupait du bureau. Il n'y avait rien de plus que dans la première chambre. Juste un tas de déchets que les promoteurs enverraient sans regret à la décharge. Malgré tout, Gabe continuait de chercher. Il ouvrit un dernier tiroir, et recula en ravalant un cri.

— C'est pas vrai !

Cliff se retourna.

— Qu'est-ce qu'il y a ?

Gabe fixa les cuillères tordues et noircies, les sacs en plastique vides et les aiguilles sans capuchon qui gisaient au fond du tiroir.

— Rien, euh… Je suppose que quelqu'un se piquait ici.

Cliff hocha la tête.

— Oui, il y a du matériel aussi dans la salle de bains.

Gabe se voûta.

— Je ne sais même pas ce que je cherche. Je veux dire, ce n'est pas comme si une femme qui a abandonné sa fille pour vivre dans un endroit comme celui-ci avait gardé des photos de famille, ou bien, je ne sais pas, un journal intime, ou quelque chose comme ça, dit-il en refermant violemment le tiroir du bureau. Si la mère d'Anna était bien ici, c'était probablement juste pour la drogue, ou…

Gabe baissa les yeux vers le matelas au sol. Il préférait ne pas y penser. Pauvre Anna.

Ils visitèrent rapidement la dernière chambre, mais

n'y trouvèrent que les mêmes vieux vêtements, des draps tachés et d'autres ordures.

Une fois de retour dans la rue, Gabe tendit la main à Cliff.

— Merci beaucoup de m'avoir laissé jeter un coup d'œil. C'était important pour moi.

— Je suis désolé que vous n'ayez rien trouvé, dit l'agent en lui serrant la main.

— Bah ! Même rien, c'est déjà plus d'information que ce qu'on avait avant.

Cliff lui tapota gentiment l'épaule.

— Votre amie a de la chance de vous avoir.

Gabe retourna vers la 19e Rue et tourna dans Mission Street, où il s'appuya contre un mur de brique, sous l'enseigne d'une boutique de prêteur sur gages.

— Zut, marmonna-t-il, découragé. Qu'est-ce que je vais lui dire ?

Anna avait eu tellement d'espoir. Mais elle devait forcément savoir que leurs chances étaient minces. Il sortit son téléphone de sa poche et appela Anna à son nouveau numéro de portable. Elle répondit dès la première sonnerie.

— Allô ?

Il eut le cœur serré en entendant l'enthousiasme dans sa voix. Avait-elle guetté son appel ?

— Salut, mouflette. C'est Gabe.

— Salut. Comment ça va ?

Gabe fourra sa main libre dans sa poche tandis que le vent se levait.

— Quelqu'un a oublié de prévenir San Francisco que techniquement on était encore en été.

— Oh, pauvre chou ! se moqua-t-elle.

Gabe l'imaginait très bien levant les yeux au ciel. Il sourit malgré lui.

— Comment se passe la conférence ?

— Anna... (Gabe se balança d'un pied sur l'autre.) Je suis allé à l'adresse que tu m'as donnée pour chercher ta mère.

— Et ?...

Sa voix était pratiquement inaudible.

Gabe prit une profonde inspiration, prêt à tout lui raconter : la maison délabrée, les déchets, le matériel d'injection. Mais quand il ouvrit la bouche, il se sentit incapable de lui décrire ce qu'il avait vu. Si la mère d'Anna avait bel et bien vécu dans cette maison, elle avait certainement pris part aux activités illicites qui s'y tenaient. Le commerçant avait laissé entendre que les gens y vivant avaient souvent fini en prison... ou à la morgue. Mais tout cela n'était que spéculation. Il n'y avait vraiment aucune preuve de la présence de Deb Campbell dans cette maison, ni même dans cette ville. Chercher à qui appartenait un numéro de téléphone sur Internet n'était pas une science exacte.

Anna avait traversé tellement d'épreuves ; vu les circonstances, ce serait encore plus dur de ne pas savoir ce qui était arrivé à sa mère. Elle s'imaginerait le pire.

— Je suis désolé, Anna, dit Gabe doucement. La maison a été vendue à un promoteur. Elle est vide. Plus personne n'y vit.

— Oh. D'accord.

Elle semblait tellement déçue !

— Je suis désolé, répéta-t-il.

— Mais est-ce qu'il y avait... (Anna s'interrompit, soupirant.) Laisse tomber.

— Non, dis-moi ?

— Est-ce qu'il y avait quelqu'un que tu aurais pu interroger à son sujet ? Peut-être un voisin qui la connaissait ? Est-ce que tu as montré sa photo ?

Gabe s'éloigna du mur et commença à faire les cent pas.

— J'ai parlé à un type dans une épicerie à côté, mais il ne se souvenait pas d'elle.

Ce n'était pas exactement un mensonge. Le commerçant ne se souvenait pas de la mère d'Anna.

— Apparemment, la maison est vide depuis des années.

Ce n'était pas un mensonge non plus.

Gabe repassa devant la vitrine de la boutique de prêt sur gages, où s'étalaient les trésors d'autres personnes : quelques guitares acoustiques, des montres disposées sur un plateau miroir, une série de vieux bijoux, le tout aligné sous un néon clignotant qui promettait *Achat or paiement comptant*. Il n'y avait rien dans cette maison que quiconque aurait voulu sauver, encore moins vendre. Pour le voisinage, c'était mieux qu'elle soit démolie. C'était mieux de repartir de zéro.

Il se remit à arpenter le trottoir. Anna resta silencieuse si longtemps qu'il se demanda s'ils avaient été coupés.

— Anna ? Tu es toujours là ?

Finalement, il l'entendit prendre une inspiration.

— On savait qu'il y avait peu de chances pour que ça donne quelque chose.

— Oui, on le savait. Je suis quand même désolé.

Un plateau de velours bleu dans la vitrine du prêteur

sur gages attira son attention, étincelant de bijoux en or.

— Merci d'y être allé, Gabe, dit Anna.

— Ne me remercie pas. Je n'ai rien fait.

— Mais si. Et tu n'imagines pas ce que ça veut dire pour moi.

Sa voix se brisa sur la fin, et elle s'éclaircit la gorge.

Et puis, soudain, le cœur de Gabe fit un bond. Parce que là, dans la vitrine du prêteur sur gages, se trouvait un collier qui paraissait incroyablement familier. Il s'approcha. *Est-ce que ce serait possible ?* Le pendentif avait la même forme de demi-lune avec un motif similaire gravé à sa surface. Mais la vitrine était trop poussiéreuse pour bien voir.

— Écoute, dit Gabe en s'efforçant de garder un ton neutre, il faut que je retourne à la conférence.

— Bien sûr. Merci encore.

Dès qu'ils eurent raccroché, Gabe se précipita dans la boutique du prêteur sur gages.

Une femme d'un certain âge vêtue d'un sweat-shirt des San Francisco 49ers leva les yeux.

— Bonjour, je peux vous renseigner ?

— Oui, s'il vous plaît, dit Gabe avec un geste vers la vitrine. Il y a un collier, là-bas, que j'aimerais voir.

La femme retira le présentoir à bijoux de la vitrine et le posa sur le comptoir.

— Tenez. Lequel vous intéresse ?

Gabe souleva délicatement le petit collier en or. Le cœur battant, il posa le pendentif dans sa paume pour mieux le regarder. *C'est forcément le sien*. Il n'y avait pas d'autre explication. Que chez un prêteur sur gages, à deux pas de l'endroit où la mère d'Anna avait peut-être vécu, se trouve le même collier qu'Anna portait tous les jours de sa vie ? Il était impossible de conclure à une simple coïncidence.

— Il est joli, n'est-ce pas ? C'est de l'or véritable, précisa la vendeuse.

Gabe passa un doigt sur le pendentif. Il y avait une sorte de fleur gravée à la surface, et il était assez sûr que le motif correspondrait aux lignes du pendentif qu'Anna portait. Réunis côte à côte, les deux pendentifs formeraient un disque.

— Savez-vous d'où il vient ? Qui vous l'a vendu ?

— Je ne pose pas de questions, répondit la femme en secouant la tête.

Comment ce bijou s'était-il retrouvé ici ?

Mais Gabe avait le sentiment qu'il savait comment. Il repensa aux aiguilles et au reste du matériel dans le tiroir du bureau. S'ils étaient assez désespérés, les gens étaient capables de tout. Même de vendre leur bijou le plus précieux.

Celui qui va avec le pendentif de leur fille.

Le poing de Gabe se referma sur le collier.

— Combien en voulez-vous ?

La femme observa les vêtements soigneusement repassés qu'il portait pour la conférence.

— Cent dollars.

— Je vous en donne cinquante.

— D'accord.

Le fait qu'elle accepte si facilement son offre rendait la situation encore pire. Ce collier avait-il donc si peu de valeur aux yeux de la mère d'Anna, pour qu'elle l'ait vendu trois fois rien ?

La femme sortit un bloc de reçus avec le nom du

magasin en haut, inscrivit quelques détails sur le collier, le montant, puis arracha la feuille du bloc. Elle glissa le reçu dans le fond d'une petite boîte garnie de velours et posa le collier dessus.

Quelques secondes plus tard, Gabe était sur le trottoir, la boîte bon marché à la main. Il fallait qu'il appelle Anna pour lui dire. Cependant, quelque chose le retint. Combien de fois l'avait-il vue saisir ce pendentif pour frotter son pouce contre la surface gravée ? C'était généralement quand elle était nerveuse ou contrariée par quelque chose, et le collier était évidemment une source de réconfort pour elle. C'était sa connexion avec sa mère. Les motifs s'emboîtaient comme un puzzle, et depuis tout ce temps, elle avait cherché la pièce manquante.

Comment pourrait-il lui annoncer que sa mère avait vendu sa moitié à un prêteur sur gages ? Que ce bijou signifiait si peu pour Deb Campbell alors qu'il comptait plus que tout pour Anna ? Il ne pouvait pas dire ce genre de choses par téléphone.

Gabe fourra la boîte en velours dans sa poche et remonta Mission Street pour retourner à son hôtel. Il avait commencé son programme de troisième cycle à Chicago ce mois-ci et ne rentrerait chez ses parents qu'aux vacances d'hiver. Mais ce n'était que dans quelques mois. Il valait mieux rapporter le collier à la maison et le donner à Anna en main propre. Il pourrait alors lui raconter tout ce qu'il avait appris sur sa mère.

Chapitre 16

Anna tapota son livre de maths du bout de son crayon et regarda l'horloge. L'avion de Gabe en provenance de Chicago avait atterri ce matin-là, et il serait à la maison pendant une semaine entière pour les vacances d'hiver. Encore une heure de cours, et elle le retrouverait, pour la première fois depuis son départ pour l'université. Elle avait acquis un téléphone portable cet automne-là, et ils échangeaient des textos en continu, généralement des commentaires décalés sur leur journée, ou des histoires pour se faire rire l'un l'autre. Ces choses dont ils parlaient quand ils travaillaient sur leur projet l'année passée. C'était presque comme s'il était toujours là.

Presque.

Anna se pencha dans son sac à dos, comme si elle cherchait un crayon, et alluma son téléphone portable pour relire leurs échanges de la veille.

Donc, j'ai aidé ta mère à faire le ménage dans ta chambre en prévision de ton retour. J'ai trouvé une pile d'anciens catalogues *Victoria's Secret* et une bouteille

à moitié pleine de Jim Beam sous le lit,
vestiges de ton adolescence dépravée.
Tu seras ravi d'apprendre que j'ai réussi
à les évacuer avant que ta mère ne les
voie. Tu es toujours parfait à ses yeux.
De rien.

Merci de veiller sur moi, mouflette.
Mais tu aurais dû garder le Jim Beam.
On ne sait jamais quand on risque d'en
avoir besoin.

Ne t'inquiète pas, j'ai chopé plein
de trésors... comme ta photo de classe
de CM2 que j'ai trouvée dans un tiroir
– celle où tu avais un appareil dentaire
et une coupe mulet – au cas où j'aurais
besoin de te faire chanter.

Dieu merci, tu n'as pas trouvé les photos
de seconde, quand j'étais en plein dans
ma phase « nu sous ma salopette ».

Oh, je les ai trouvées. Matt et Rachel sont
en train de faire monter les enchères.

Mince.
Je pars pendant un malheureux semestre,
et tu me trahis déjà.

Anna leva les yeux ; son professeur de calcul la dévisageait d'un air mécontent. Serrant les lèvres pour cacher son sourire, elle fourra le téléphone au fond de son sac à dos et fit de son mieux pour donner l'impression qu'elle se concentrait sur le cours.

Lorsque Gabe avait dévoilé à ses parents qu'elle vivait seule, Anna s'était sentie tellement trahie qu'elle avait juré de ne plus jamais lui adresser la parole. Mais elle avait dû admettre que vivre avec John et Elizabeth s'avérait finalement plutôt… sympa. Pour la première fois, elle se couchait le soir sans se demander comment elle allait payer le loyer ou trouver l'argent pour la facture d'électricité. Elle ne guettait plus les bruits étranges à l'extérieur, elle ne sortait plus du lit dans l'obscurité pour vérifier les serrures. Et elle avait pu réduire ses heures de travail à la supérette pour se concentrer davantage sur ses études.

Mais ce qui l'avait fait revenir sur sa décision au final, c'était quand Gabe était allé vérifier cette maison à San Francisco. Elle n'oublierait jamais sa voix lorsqu'il lui avait dit que la maison était vide et qu'ils allaient bientôt la démolir. Pendant une seconde, elle avait eu le souffle coupé en apprenant que l'adresse à laquelle elle s'accrochait depuis des années, son seul espoir de retrouver sa mère, s'était révélée être une impasse. Mais ensuite, Gabe avait repris la parole pour lui dire qu'il était désolé, comme si cela signifiait quelque chose pour lui aussi.

Pour la première fois, elle avait eu l'impression que quelqu'un d'autre se souciait de ce qui était arrivé à sa mère. L'impression qu'elle n'était pas seule. Cela avait tout changé. Comment pouvait-elle rester en colère contre lui après ça ?

Et voilà qu'il allait être là, en chair et en os, quand elle rentrerait du lycée. Anna avait environ un million de choses à lui dire, des histoires qu'elle avait gardées pour les lui raconter de vive voix. Et puis elle avait pris une grande décision concernant l'université l'année prochaine, et s'il y avait quelqu'un à qui elle tenait à en faire part, c'était bien Gabe. Son choix ne le surprendrait probablement pas. Le fait qu'il soit allé voir la maison de Capp Street lui avait prouvé qu'il la comprenait.

Enfin, la cloche sonna, et Anna se leva précipitamment pour sortir, sans même prendre la peine d'enfiler son manteau. Elle courut pour attraper le bus, ses pieds crissant sur l'herbe gelée de la cour tandis que les premiers flocons de neige de l'année tournoyaient autour d'elle.

Quand Anna arriva chez les Weatherall, elle entendit la voix grave de Gabe qui résonnait dans le couloir. Elle se précipita dans la cuisine, le cœur battant, et s'arrêta net en le voyant assis avec Elizabeth et Leah autour de l'îlot.

Gabe leva les yeux et l'aperçut.

— Anna !

Il sauta de son tabouret et se dirigea vers elle pour l'étreindre. Elle le serra en retour, sentant son corps se détendre tandis que les quatre derniers mois d'absence s'évanouissaient.

— On a un paquet de trucs à se raconter, mouflette, dit-il en reculant pour pouvoir la regarder dans les yeux.

— Je veux tout savoir sur l'université, sourit-elle.

— Et moi, j'ai besoin d'un rapport sur tes candidatures pour la fac. Mais il y a autre chose dont je voulais te parler. C'est import…

Il fut interrompu par une voix dans le couloir.

— La fête peut commencer : je suis arrivée !

Rachel prit une pose dans l'encadrement de la porte, tout sourire.

— Salut, frangin. Bienvenue à la maison !

— La fête peut commencer : *je* suis arrivé.

Matt apparut dans l'encadrement derrière Rachel et la bouscula d'un coup d'épaule taquin.

Rachel riposta en lui enfonçant son coude dans les côtes, et Matt tendit une main clairement destinée à lui ébouriffer les cheveux. Rachel esquiva en se baissant puis leva la main.

— Attends une minute ! Pourquoi est-ce qu'on s'attaque l'un l'autre alors qu'on pourrait s'en prendre à Gabe ?

Matt inclina la tête en se frottant le menton, l'air exagérément pensif.

— Excellente observation, ma chère.

Anna s'ôta précipitamment de leur chemin tandis que Matt et Rachel fondaient sur Gabe pour le bourrer joyeusement de coups de poing.

— Argh ! À l'aide, Anna ! Leah !

Anna jeta un coup d'œil à Leah.

— Devrions-nous intervenir ?

Leah poussa un soupir de vieille femme qui supportait ces bêtises depuis cinquante ans.

— Je suppose que oui.

Anna et Leah attrapèrent chacune une main de Gabe pour le tirer vers une sécurité fictive. Dans le fouillis de bras, de jambes, de frères et de sœurs, Gabe trébucha et atterrit contre Anna. Elle respira une bouffée de son parfum boisé, ce parfum qui lui était devenu si familier, celui qui persistait toujours sur le vieux sweat-shirt qu'elle lui avait piqué dans l'armoire de sa chambre d'enfant. Pendant un instant, les jambes d'Anna flageolèrent, et ce n'était pas à cause de la bousculade. Elle garda la tête baissée pour l'observer à la dérobée, remarquant comment le mouvement faisait briller ses yeux bleu argenté.

Elle l'avait toujours trouvé beau. Mais contrairement au reste de la population féminine, elle se sentait généralement immunisée face à son charme. Étant donné qu'il ne cherchait pas à l'impressionner comme il le faisait avec des filles de son âge, il ne lui avait jamais caché ses défauts. Par exemple, sa manie exaspérante de faire cliqueter son stylo encore et encore lorsqu'il réfléchissait à un problème. Ou son habitude de chanter comme une casserole par-dessus la radio dans la voiture. L'apparence physique de Gabe avait cessé d'être la première chose qu'Anna remarquait, après qu'elle avait eu l'occasion de rire du béguin embarrassant qu'il avait eu pour sa baby-sitter en CM2.

Mais de temps en temps, quand il lui souriait depuis le siège du conducteur ou s'étirait en arrière sur sa chaise, muscles tendus contre son tee-shirt, sa beauté la faisait chavirer.

Anna fit le tour de l'îlot de cuisine. Tandis que le chaos entre frères et sœurs continuait de tourbillonner autour d'elle, elle se concentra sur la préparation d'une tasse de thé, qu'elle porta jusqu'à la banquette où Dorothy aimait s'asseoir quand il faisait trop froid pour rester sous le porche.

Dorothy sourit et tapota sa main quand Anna posa la tasse devant elle. L'énergie calme de la vieille femme ancrait toujours Anna quand elle se sentait déboussolée. Elle n'aurait jamais imaginé se lier d'amitié avec une femme de quatre-vingts ans ; elle n'avait pas connu ses grand-mères ni jamais fréquenté personne de beaucoup plus âgé qu'elle. Elle était fascinée par la vie entière que Dorothy avait vécue.

Elle leva les yeux quand Gabe se glissa sur la banquette en face d'elle.

— Salut, Mamie. (Il se tourna vers Anna.) Alors, mouflette, ça donne quoi l'université ?

De l'autre côté de la pièce, Leah sauta en l'air en battant des mains.

— Dis-lui, Anna !

Gabe lui saisit gentiment le poignet.

— Dis-moi, Anna.

— Eh bien…

Anna baissa les yeux vers la table. La Dr McGovern lui avait écrit une lettre de recommandation incroyable, et l'université lui avait offert une bourse intégrale pour ses études de médecine avec cursus accéléré. La lettre était arrivée plus tôt dans la semaine ; les Weatherall s'étaient tellement réjouis pour elle !

Bien sûr, ils pensaient qu'elle accepterait l'offre et resterait à Pittsburgh.

Mais Anna ne leur avait pas parlé de l'autre lettre.

L'offre qu'elle avait réellement l'intention d'accepter.

Ils risquaient d'être déçus. Anna craignait que John, surtout, ne soit contrarié. Il était tellement enthousiaste quand Anna avait envisagé de suivre le programme accéléré. Beaucoup de ses collègues à l'hôpital étaient professeurs là-bas. Les Weatherall pourraient ne pas comprendre.

Gabe comprendrait, cependant. Il l'avait prouvé

quand il était parti à la recherche de sa mère. Mais elle ne pouvait pas lui dire maintenant, devant tout le monde.

— Euh… commença Anna, les yeux rivés à la table. J'ai été acceptée à l'université, et ils m'ont offert une bourse complète.

— Merde alors ! se réjouit Gabe. C'est incroyable. Et ce sont eux qui ont le meilleur programme, non ?

Anna hocha faiblement la tête.

Rachel se fraya un chemin jusqu'à la banquette à côté de Gabe.

— Ils lui donnent une allocation pour les livres, plus le logement gratuit dans la résidence d'honneur aussi. (Elle sourit à Anna.) Ils veulent *vraiment* l'avoir chez eux !

Elizabeth les rejoignit, tapotant la main d'Anna.

— Tu sais que si elle le souhaite, nous serions ravis qu'Anna reste ici avec nous, plutôt que de prendre une chambre d'étudiante.

Anna leva les yeux. *Vraiment ?* Son regard se promena autour de la table ; tout le monde s'était entassé sur les petites banquettes, riant, se bousculant les uns les autres. Puis il glissa vers Dorothy, dont la main reposait sur la sienne. Et si elle acceptait l'offre d'Elizabeth ? Et si elle disait oui et… restait simplement ici ?

Gabe lui fit un clin d'œil.

— Anna doit vivre sur le campus ; sinon, comment va-t-elle se saouler et rentrer ivre morte des fêtes étudiantes ?

Anna redescendit sur terre. Bien sûr qu'elle ne pouvait pas rester avec les Weatherall. Ils en avaient déjà trop fait pour elle. Et puis, elle avait un plan à suivre.

— Ouais, j'ai hâte. J'adore passer mes soirées debout dans des sous-sols humides à boire de la bière tiédasse dans un gobelet en plastique, déclara-t-elle d'un ton pince-sans-rire.

Gabe éclata de rire.

— J'espère que les fraternités auront le bon goût de te proposer des cocktails plutôt !… (Son visage devint plus sérieux.) Félicitations, mouflette. Tu as réussi.

Anna déglutit péniblement, se rappelant l'époque pas si lointaine où entrer à l'université semblait être un rêve inaccessible. À présent, ce rêve l'attendait juste au coin de la rue. Il y avait tellement de choses qu'elle voulait dire à Gabe. Combien elle était reconnaissante de ces dix-huit derniers mois, avec lui et sa famille.

D'autant plus qu'elle allait partir, et qu'elle ne savait pas quand elle reviendrait.

Chapitre 17

Le lendemain matin, Anna se réveilla dans la maison silencieuse et se dirigea vers la cuisine pour lancer la cafetière. Elle prit une tasse dans le placard et vit Gabe apparaître à la porte du jardin, l'air d'un mannequin pour Adidas. La sueur avait transformé ses cheveux en vagues couleur d'ébène, et lorsqu'il ôta sa veste de survêtement pour la jeter sur le banc près de la porte, Anna constata que son tee-shirt moite de transpiration collait à sa poitrine.

Oh waouh.

Elle s'approcha de l'îlot pour dissimuler son pantalon de pyjama et le même tee-shirt taché de peinture qu'elle portait le jour où elle l'avait rencontré. Mais il semblait complètement indifférent à son apparence, et lui sourit tout en sortant une autre tasse. Bien sûr qu'il ne se rendait compte de rien. Il ne pensait pas à elle de cette manière.

— Tu es sorti courir ? demanda-t-elle, enfonçant une porte ouverte.

— Oui, le temps à Pittsburgh est tellement doux comparé à Chicago, tu n'imagines pas.

Anna saisit la perche qu'il lui tendait involontairement.

— En effet, je n'imagine pas. Je n'ai jamais quitté Pittsburgh, à part une fois pour un voyage scolaire en Virginie-Occidentale.

Elle ne mentionna pas que la fois où elle avait été le plus près de quitter la ville était sa tentative ratée de partir pour la côte ouest au printemps dernier. La tentative interrompue par Gabe et par cet agent de sécurité qui aurait pu jouer en défense chez les Steelers.

— Ça viendra, dit Gabe.

Le café avait terminé de goutter dans la cafetière, et Gabe en versa une tasse, y ajouta un peu de lait, puis la tendit à Anna.

— Tu veux toujours travailler dans un organisme international un jour ? La Croix-Rouge ou Médecins sans frontières, quelque chose comme ça ?

Anna prit une gorgée de son café. Il était exactement comme elle l'aimait. Gabe s'en souvenait depuis tous les rendez-vous matinaux qu'ils s'étaient donnés lorsqu'ils travaillaient sur leur projet.

— Carrément. Mais… Je vais avoir l'occasion de voyager avant, tu sais.

— Vraiment ? dit Gabe en remplissant l'autre tasse. Un voyage scolaire ?

— Non. C'est… l'université. (Anna posa sa tasse sur le comptoir et le regarda dans les yeux.) J'ai postulé à l'UCSF. Et j'ai été acceptée.

Il posa lentement sa tasse de café sur le comptoir.

— UCSF. Comme dans… Université de Californie, à San Francisco.

— On l'applaudit bien fort pour cette bonne réponse ! s'exclama-t-elle avec sa meilleure voix de présentatrice de jeu télévisé, mais sa blague tomba complètement à plat.

— Pourquoi ?

— Pourquoi… quoi ?

— Pourquoi tu veux aller là-bas ?

Si elle ne le connaissait pas, elle aurait pu le croire indifférent. Mais elle le connaissait. Et elle avait vu ce petit frémissement dans sa mâchoire. Ce n'était pas tout à fait la réaction à laquelle elle s'attendait.

— Parce que c'est une bonne opportunité, et eux aussi m'ont offert une bourse et le logement.

— Mais ce n'est pas un programme accéléré, là-bas, n'est-ce pas ? Tu devrais faire la licence en entier, puis être acceptée à l'école de médecine.

— Ils… oui, dit Anna en serrant les mains autour de sa tasse. Mais c'est un bon cursus. Et je sais que je serai prise à l'école après la licence.

Gabe se détacha du comptoir et croisa les bras.

— Donc, tu es acceptée dans le meilleur programme, dans une ville où il y a des gens qui se soucient de toi, et tu vas aller suivre un cursus moins bien à plus de trois mille kilomètres d'ici, où tu devras repartir de zéro. Encore une fois, je te pose la question : pourquoi ?

— Je n'aurai pas à repartir de zéro, protesta Anna. Ils accepteront de transférer la plupart de mes crédits, donc je n'aurai pas à tout recommencer. Et ils ne sont pas moins bien. Ils sont juste différents.

Elle croisa les bras, rembrunie. Comment avait-elle pu se tromper à ce point sur le soutien que Gabe lui manifesterait ? *Est-ce qu'il voulait seulement me faire plaisir, cet automne, en m'aidant à chercher ma mère ?*

— Peut-être que j'ai simplement envie de changer, de découvrir le monde. Ça t'a déjà traversé l'esprit ? Non, tu n'y as pas pensé. Tu es trop occupé à décider ce que je devrais faire de ma vie sans me consulter. (Anna lui lança un regard furieux.) Une fois de plus !

Gabe la fixa sans ciller, assez longtemps pour qu'elle se sente mal à l'aise. Finalement, il secoua la tête et soupira.

— Anna, ta mère t'a abandonnée. Tu ne la trouveras pas à San Francisco.

Tout le corps d'Anna devint brûlant.

— Ce n'est pas pour ça que je choisis l'UCSF, c'est…

Mais elle mentait, et bien sûr, il le savait.

— Tu sais bien que si. (Il s'assit sur le tabouret de bar en face d'elle.) Écoute, je n'essaie pas de décider ce que tu devrais faire de ta vie.

— Ah oui ? J'aurais cru, pourtant.

— J'essaie de t'empêcher de faire une erreur, parce que tu crois que tu vas trouver là-bas quelque chose qui n'y est pas. (Gabe passa une main dans ses cheveux humides de transpiration.) Anna, il y a quelque chose que je dois te dire. Je ne t'ai pas raconté tout ce qui s'est passé quand je suis allé à l'adresse que tu m'avais donnée.

Le cœur d'Anna s'emballa dans sa poitrine.

— Quand j'ai parlé à ce commerçant, il m'a dit qu'avant que la maison ne soit abandonnée, c'était…

Il s'interrompit et détourna le regard.

— Quoi ? le pressa Anna, dont les mains commençaient à trembler. Dis-moi.

— C'était… en gros, il a dit que c'était un repaire de

toxicomanes et de prostituées. Je suis allé à l'intérieur, Anna. (Une ombre passa sur son visage.) C'était… pas très beau à voir.

— Pourquoi est-ce que tu ne me l'as pas dit ? murmura Anna.

— Je ne voulais pas le faire au téléphone. Et on ne sait pas vraiment si ta mère y a vécu. On ne sait rien de ce qui lui est arrivé après son départ, sauf qu'elle t'a appelée depuis un numéro qui était peut-être celui de cette… de cette maison.

Anna attrapa le collier à son cou. Un réflexe.

— Ce n'est pas un secret que ma mère était toxicomane.

Les yeux de Gabe dérivèrent vers son pouce qui caressait le motif gravé sur le pendentif. Sa main retomba sur ses genoux.

— Je sais. Et c'est pour ça que je suis inquiet. Qu'elle ait vécu dans cette maison, ou qu'elle n'y ait pas vécu… Dans les deux cas, je ne veux pas que tu rates ta meilleure opportunité pour aller chercher quelque chose qui n'existe peut-être que dans ta tête.

Comment pouvait-elle lui expliquer ? Ici, c'était sa famille à lui, son foyer ; il n'y avait jamais eu une minute où il n'avait pas été chez lui dans cette maison. Elle, les Weatherall l'avaient accueillie parce qu'elle n'avait nulle part où aller. Anna fixa le fond de sa tasse de café. Sa mère était là-bas, et après toutes ces années à se tourmenter sur ce qui avait pu lui arriver, Anna était enfin parvenue à tout mettre en place pour le découvrir. Pour pouvoir peut-être, enfin, retrouver sa mère.

— Si ma mère vivait bien dans cette maison, si elle est en danger, si elle se drogue encore… eh bien, c'est d'autant plus important pour moi d'y aller, murmura Anna. Pour l'aider.

Gabe lui lança un regard en coin.

— Il faudrait d'abord que tu la trouves. Comment comptes-tu y arriver ? Et tu sais qu'on ne peut aider que les gens qui veulent être aidés.

— Peut-être que tu devrais suivre ton propre conseil, rétorqua Anna.

— Qu'est-ce que tu veux dire ?

— Je veux dire que je ne t'ai pas demandé de m'aider.

Gabe recula légèrement.

— Ça ne semblait pas te poser de problème quand j'étais à San Francisco en train de visiter un repère de drogués. Mais tout à coup, tu ne veux plus de mes conseils.

Anna blêmit. *Repère de drogués*. Au fond de lui, c'était ainsi qu'il considérait la mère d'Anna. Elle ne s'étonnait pas que les élèves de l'école utilisent des termes horribles et méprisants comme celui-ci. Venant de Gabe, elle ne s'y attendait pas. Mais elle aurait dû savoir qu'une personne comme lui, avec une famille comme les Weatherall, ne pourrait jamais vraiment comprendre.

— J'espérais avoir ton soutien, Gabe. Mais j'avais tort, visiblement.

— Écoute, si tu avais une seule bonne raison de choisir l'UCSF, je te soutiendrais.

Comme si sa propre mère n'était pas une bonne raison. Comme si la vie sordide et abîmée que Gabe semblait lui imaginer la disqualifiait d'emblée. Anna secoua la tête.

— Tu sais quoi ? Tu parles exactement comme ton père, là.

— Pardon ?

— Ce n'est pas comme si moi, je prévoyais d'emménager dans un repère de drogués, Gabe. J'ai une bourse intégrale pour l'UCSF. C'est une bonne fac. Mais ce n'est pas suffisant. Tu n'arrives même pas à imaginer pourquoi je ne voudrais pas suivre le chemin parfait que tu me préconises.

Les couleurs qu'il avait en revenant de son footing disparurent de son visage.

— Après tout ce que je t'ai dit sur ma relation avec mon père, je n'en reviens pas que tu me balances ça.

— Après tout ce que je t'ai dit sur ma mère, je n'en reviens pas que tu veuilles que je l'oublie ! Comme si elle ne méritait pas que je m'occupe d'elle, que je me fasse du souci pour elle.

— Enfin, Anna ! (La paume de Gabe s'abattit sur la table, la faisant sursauter.) Je ne veux pas que tu l'oublies. Je veux que tu te donnes la priorité, à toi et à ton avenir, plutôt qu'à cette personne qui n'en avait tellement rien à carrer qu'elle t'a laissée en plan.

Anna eut un hoquet. Gabe s'éloigna de l'îlot, jurant entre ses dents. Il ouvrit la bouche pour dire quelque chose, mais elle leva une main tremblante pour l'arrêter.

— Peut-être que ma mère n'est pas vraiment le sujet, dit Anna, luttant pour garder une voix calme, serrant un poing contre sa poitrine. Peut-être que j'ai envie d'un nouveau départ. Peut-être que je veux juste foutre le camp d'ici, et que j'en ai enfin l'occasion, dit-elle en repoussant sa tasse et en sautant au bas du tabouret.

Elle passa à côté de lui en le bousculant, mais au lieu de la laisser partir, il la rattrapa par le bras.

— Anna, attends.

Son parfum familier flottait autour d'elle, encore plus fort après son jogging, creusant une nouvelle fissure dans son cœur. Elle se dégagea avant d'être tentée de faire quelque chose de stupide, comme se rapprocher de lui.

— Laisse-moi tranquille, Gabe.

— D'accord, dit-il en reculant. On peut en reparler plus tard…

— Non. Je ne veux pas en reparler. (Elle prit une inspiration.) Je ne veux plus te parler du tout. Jamais. Ça… (Elle agita une main entre eux.) C'est terminé.

Sur ces paroles, elle tourna les talons et quitta la pièce en courant.

Cette fois-ci, Gabe la laissa partir, et elle lui en fut reconnaissante. Parce qu'il ne comprendrait jamais. Et elle ne pourrait jamais lui expliquer pourquoi tout était sa faute.

Pourquoi une décision qu'Anna avait prise lors d'un jour fatidique avait chassé sa mère.

Gabe pensait qu'elle devait passer à autre chose. Et tant qu'elle lui laisserait une place dans sa vie, il reviendrait à cette conclusion, encore et encore. Ce n'était qu'une preuve supplémentaire qu'elle prenait la bonne décision en choisissant l'université de San Francisco. Parce qu'elle ne trouvait pas sa place ici.

Et elle ne la trouverait jamais.

Chapitre 18

De retour dans sa chambre d'enfant, Gabe ouvrit sa valise et sortit la boîte en velours avec le collier qu'il avait acheté dans la boutique du prêteur sur gages à San Francisco. Il fixa la fleur gravée sur l'or. Depuis qu'Anna était rentrée la veille, il avait essayé de vérifier discrètement celui qu'elle portait. Il ne faisait aucun doute que le pendentif qu'il avait en main était le même que le sien, en miroir. Savait-elle que chaque fois qu'elle parlait de sa mère, sa main venait machinalement toucher le bijou ?

Gabe avait prévu d'emmener Anna prendre un café plus tard dans la journée pour lui donner le deuxième collier. Il s'était promis de lui avouer tout ce qu'il avait fait lors de son passage à San Francisco, de la fouille de la maison abandonnée à sa découverte dans la boutique du prêteur sur gages. Elle serait blessée, elle aurait le cœur brisé. Mais Gabe espérait qu'elle pourrait enfin tourner la page et classer l'affaire, dans la mesure du possible.

Cette idée semblait ridicule à présent.

Anna n'était pas plus prête à classer l'affaire que Gabe ne l'était à devenir médecin pour faire plaisir à son père. Il n'en était pas revenu quand elle avait commencé à évoquer son installation à San Francisco. Elle avait bien essayé de prétendre que cela n'avait rien à voir avec sa mère, mais cela avait clairement *tout* à voir avec elle. Anna croyait sincèrement qu'elle allait retrouver sa mère et… il laissa échapper un rire incrédule.

Et la sauver.

La femme qui avait abandonné sa fille de quatorze ans, qui l'avait laissée sur le carreau sans se poser de questions. Ce stupide collier n'était qu'une preuve supplémentaire de sa trahison : elle avait mis en gage l'amour d'Anna pour se défoncer.

Mais Anna ne le verrait pas de cette façon.

Gabe secoua la tête. Il ne pouvait pas lui donner ce collier. Peut-être avait-elle raison, peut-être essayait-il d'aider quelqu'un qui ne voulait pas de son aide. Mais même si elle le détestait, même si elle ne lui parlait plus jamais, Gabe savait qu'il faisait ce qui était juste.

Ce collier était une preuve solide que sa mère avait bien été dans cette maison à San Francisco et qu'Anna avait eu raison depuis le début. Si un simple numéro de téléphone googlé était suffisant pour l'inciter à laisser tomber son meilleur choix universitaire, à laisser derrière elle les gens qui se souciaient vraiment d'elle, et à partir à l'autre bout du pays… que lui inspirerait la découverte de ce collier ? Poursuivrait-elle encore longtemps le fantôme de sa mère ?

Et que sacrifierait-elle en chemin ?

PARTIE II

Chapitre 19

Trois ans plus tard

— Hé Anna, attends ! lança une voix grave tandis qu'Anna sortait de son cours de biologie avancée.

Sa binôme de laboratoire et colocataire, Sofia, regarda par-dessus son épaule et donna un coup de coude à Anna. Celle-ci se retourna ; un autre de leurs camarades de classe, Sam Briggs, s'approchait. Il s'arrêta à quelques pas d'elle, et Anna dut incliner la tête en arrière pour le regarder dans les yeux. Sam était grand, bien au-delà du mètre quatre-vingts à en juger par la façon dont il la surplombait, et large d'épaules, avec une peau brune et des yeux noirs.

— Beau travail, dit Sam avec un grand sourire, dévoilant une rangée de dents blanches parfaitement alignées.

Anna savait qu'il avait été impressionné par l'expérience qu'elle venait de réussir en classe.

— Merci.

Elle lui rendit son sourire avec assurance. À présent qu'elle était dans sa dernière année de licence à l'UCSF et qu'elle attendait d'un jour à l'autre sa lettre d'acceptation à l'école de médecine, Anna ne s'encombrait pas de fausse modestie. Elle et Sam se disputaient fréquemment la première place dans les cours qu'ils suivaient ensemble, et bien que leur rivalité fût amicale, elle devait admettre qu'elle aimait sortir gagnante.

— Sinon, dit Sam en changeant son sac à dos d'épaule, est-ce que par hasard tu es libre ce samedi ? J'ai pensé qu'on pourrait peut-être se voir et parler d'autre chose que de division cellulaire, pour une fois.

Le coude de Sofia s'enfonça de nouveau dans les côtes d'Anna.

— Euh… Il faudra que je vérifie mon emploi du temps.

— D'accord, cool. Envoie-moi un texto, dit Sam avant de les saluer de la main. À plus tard !

Dès qu'il eut disparu, Sofia se tourna vers Anna.

— Je savais que tu lui plaisais ! Tu vas sortir avec lui ?

Anna se mordit la lèvre.

— Peut-être.

— Mais il te plaît, lui ?

Anna hésita, puis esquissa un sourire.

— Peut-être.

Sam était grand et musclé, avec des traits parfaitement ciselés qui faisaient même ciller leurs professeurs quand il répondait correctement à une question en classe, ce qui avait tendance à arriver fréquemment. Il était indubitablement intelligent, et il avait postulé dans pratiquement les mêmes écoles de médecine qu'Anna, ce qui leur faisait un point commun. Mais ce n'était pas seulement l'emploi du temps d'Anna qui la retenait de sortir avec lui. Il y avait quelque chose chez Sam, cette assurance qui frisait l'arrogance, qui lui rappelait quelqu'un. Quelqu'un qu'elle avait passé les trois dernières années à essayer d'oublier.

Anna suivit Sofia hors du bâtiment, et elles s'arrêtèrent à l'intersection des chemins où elles se séparaient généralement après le cours de biologie.

— On se voit pour le dîner ? vérifia Sofia. C'est mardi, c'est mexicain !

— Bien sûr.

San Francisco était célèbre pour ses restaurants mexicains, et toutes deux s'étaient donné pour mission d'en essayer autant que possible. Tout avait commencé lors de leur premier cours de biologie ensemble, où Sofia lui avait avoué qu'elle avait le mal du pays et que la cuisine de sa mère lui manquait, là-bas au Texas. Au fil des ans, elles avaient transformé ces dîners en un rituel hebdomadaire.

— C'est à ton tour de choisir le resto, rappela Anna.

— On ira quelque part dans Mission District, répondit Sofia en feignant d'être excédée. Puisque c'est ton quartier prééééféré !

En effet, elles atterrissaient souvent dans ce quartier lorsque c'était à Anna de choisir le restaurant. C'était réellement là qu'on dégustait la meilleure cuisine mexicaine de toute la ville. Et c'était aussi le quartier idéal pour observer les gens. Surtout quand on cherchait quelqu'un de précis.

Mais Sofia n'était pas au courant de ce détail.

— Parfait, confirma Anna. On se retrouve à la maison à dix-huit heures.

Sofia partit à son cours suivant, et Anna se dirigea

vers la bibliothèque. Il s'était écoulé moins de dix secondes quand elle entendit la voix de Sofia l'appeler :

— Hé !

Anna se retourna pour regarder son amie.

— Quoi ?

— Tu devrais dire oui à Sam. Il est vraiment super.

Anna rit. Avec un geste évasif, elle se retourna et reprit sa route. Sofia était une bonne amie, mais Anna ne savait pas comment lui expliquer pourquoi elle hésitait à sortir avec Sam. Aucun de ses camarades de fac ne savait rien de Gabe, ni des Weatherall. Anna avait dit à tout le monde que sa mère était décédée et qu'elle avait été élevée par un membre éloigné de la famille. C'était plus facile que de raconter la vérité.

À mi-chemin de la bibliothèque, son téléphone vibra. Elle le sortit de son sac : c'était un texto de Sam.

> Tu as vérifié ton emploi du temps pour samedi ?
> Ça t'irait si je passais te chercher à dix-neuf heures ?

Anna sourit. D'où lui venait ce culot ? Mais elle devait admettre qu'elle était flattée de l'intérêt qu'il lui manifestait. C'est vrai qu'il était super, et elle aurait été bête de l'éconduire simplement parce qu'il lui rappelait Gabe.

Même après toutes ces années de silence.

Anna était toujours en contact avec le reste de la famille Weatherall. Elle savait que Gabe travaillait sur sa thèse de doctorat à l'université de Chicago. Mais ils ne s'étaient plus parlé depuis son année de terminale. Depuis qu'il avait refusé de la soutenir dans son choix d'aller à l'UCSF et de chercher sa mère.

Mais Sam n'était pas Gabe, et elle n'était plus une adolescente avec un béguin à sens unique. *Sam ne te traitera pas comme une enfant ; il ne prétendra pas savoir ce qui est le mieux pour toi, il n'essaiera pas de te dire quoi faire. Il ne trahira pas ta confiance.* Et même s'il le faisait, elle ne serait pas prise de court, car elle prendrait garde à ne pas trop s'attacher. Elle avait appris cette leçon il y a longtemps.

Avant de trop réfléchir, elle commença à écrire.

Tu es libre pour dîner ce soir ?
Tu aimes la cuisine mexicaine ?

J'adore. À ce soir.

Anna sourit et rangea le téléphone dans son sac. Elle avait hâte de passer la soirée avec lui. Et la présence de Sofia serait une bonne manière de limiter l'intimité, si besoin.

Mais pour l'instant, elle devait réviser pour son examen de chimie.

Elle montait les marches de la bibliothèque quand elle sentit à nouveau son téléphone vibrer. Cette fois, ce n'était pas juste un texto. Était-ce Sam qui l'appelait ? Peut-être voulait-il avoir l'adresse du restaurant.

Mais ce n'était pas le numéro de Sam. Elle stoppa brusquement sur les marches et attrapa la rampe pour ne pas perdre l'équilibre. C'était le dernier numéro auquel elle s'attendait.

Même si elle avait délibérément effacé le contact de son téléphone, elle n'avait pas pu se résoudre à le bloquer. Et elle avait eu beau faire de son mieux pour l'oublier, elle ne pouvait pas ne pas reconnaître son numéro. Il lui avait envoyé des messages pendant des mois après qu'elle avait cessé de lui parler, mais comme elle ne répondait pas, il avait fini par abandonner. Désormais, il ne lui écrivait plus qu'une fois par an, en juin, le jour de son anniversaire :

Je te souhaite un merveilleux anniversaire.
Tu me manques. Toujours.

Mais on n'était pas en juin, là. On était un mardi ordinaire de septembre.

C'était peut-être un appel de fond de poche. Il lui suffisait de le renvoyer vers sa messagerie, et puis elle se rendrait à la bibliothèque pour réviser son examen, comme prévu. Au lieu de quoi, elle continua de fixer ce numéro qui illuminait son téléphone. Parce qu'en vérité, lui aussi lui manquait. La perspective d'entendre sa voix fit battre son cœur un peu plus fort.

Juste au moment où elle s'apprêtait à appuyer sur le bouton pour répondre, le téléphone cessa de sonner. Anna laissa retomber sa main avec un soupir.

Une partie d'elle aurait voulu répondre, juste pour lui dire à quel point elle se débrouillait bien, et à quel point il s'était trompé. Elle adorait sa fac, elle avait d'excellents professeurs, et des amis comme Sofia. Elle avait même été invitée à participer à des missions médicales bénévoles avec des enseignants et des étudiants en médecine pendant les vacances scolaires. Ils se rendaient dans des régions du monde où les besoins médicaux étaient considérables, et installaient des cliniques temporaires dédiées à la santé des femmes, où ils leur proposaient des examens, des soins et des consultations. C'était une opportunité formidable pour acquérir de l'expérience, et un honneur d'être invitée en tant qu'étudiante de premier cycle.

Comme l'UCSF avait accepté les crédits qu'Anna avait acquis au lycée, elle avait pu sauter une année : elle commencerait donc l'école de médecine l'année suivante, et n'était finalement pas tellement en retard par rapport au programme accéléré de Pittsburgh.

J'ai bien fait de choisir San Francisco, voulait-elle lui dire. Même si elle n'avait pas encore retrouvé sa mère. À San Francisco, personne ne savait qu'elle était cette gamine qui avait failli se retrouver à la rue. Personne ne savait rien d'autre que ce qu'elle choisissait de raconter.

Anna secoua la tête. Quel serait l'intérêt de dire tout ça à Gabe ? Il y avait longtemps que leur amitié avait pris fin, c'est une page qu'elle avait tournée. Elle réussit à s'en convaincre tout au long de son ascension jusqu'aux larges portes en bois de la bibliothèque. Et puis, juste avant qu'elle y entre, son téléphone sonna de nouveau.

Elle répondit dès la première sonnerie.

— Allô ? demanda-t-elle prudemment.

— Salut, moufl… Hum, je veux dire, Anna. C'est Gabe.

— Salut, répondit-elle, à bout de souffle, ou peut-être pas, elle ne savait pas.

Est-ce que ça s'entendait ?

— Je suis étonné que tu répondes à des numéros inconnus.

— Bien que tu sois un drôle de numéro, tu ne m'étais pas inconnu.

Son demi-rire se fit entendre à travers le téléphone.

— D'accord, eh bien, je suis surpris que tu ne m'aies pas supprimé de tes contacts.

Anna pressa les lèvres l'une contre l'autre. Elle n'était pas près d'admettre qu'elle l'avait bien supprimé, mais qu'elle reconnaissait toujours son numéro. Ou que son petit rire familier lui remuait drôlement les entrailles. Elle se redressa.

— Tu m'appelles pour une raison particulière ?

— En fait, oui. (À distance, Anna l'entendit pousser un soupir.) C'est au sujet de ma grand-mère. Je voulais te prévenir qu'elle est décédée, tôt ce matin.

— Oh. Oh, Gabe… Je suis tellement désolée, dit Anna en sentant ses yeux s'embuer.

Dorothy déclinait depuis longtemps, et au cours des dernières années, elle s'était complètement retirée à l'intérieur d'elle-même. Même les coups de fil d'Anna n'avaient pas réussi à l'en faire sortir.

La vieille femme avait récemment été admise en unité de soins palliatifs, si bien qu'Anna ne tombait pas vraiment des nues. Malgré tout, la réalité de sa mort faillit la faire tomber à la renverse. Elle réprima un sanglot.

— Les funérailles auront lieu samedi, dit Gabe. J'espérais que tu pourrais venir.

Anna s'appuya contre le mur de brique, reconnaissante d'être retenue par quelque chose d'aussi solide. Elle voulait honorer la mémoire de Dorothy et être là pour soutenir Elizabeth et le reste de la famille. Mais à l'idée de retourner à Pittsburgh, de retourner sur les lieux de sa vie passée, elle ressentait diverses émotions qui étaient moins mélangées que tout bonnement réduites en purée. Elle essaya de gagner du temps :

— Eh bien…

— S'il te plaît ? Ça toucherait beaucoup ma mère… Et moi, aussi. Enfin, je sais que ça, tu t'en fiches.

Anna s'éloigna du mur.

— Bien sûr que je ne m'en fiche pas, Gabe. Je ne m'en suis jamais fichue. C'était toi qui… (Elle referma la bouche. Dorothy venait de décéder, ce n'était pas le moment d'avoir cette conversation.) Laisse tomber.

— Écoute, mouflette. (Zut, elle était furieuse de constater combien elle aimait entendre ce stupide surnom dans sa bouche.) Leah a préparé ton ancienne chambre. Viens aux funérailles de ma grand-mère, reste pour le week-end, et tu pourras m'envoyer paître en personne. En souvenir du bon vieux temps.

Anna essuya ses joues humides.

— Ah évidemment, si tu me prends par les sentiments…

Il rit de nouveau.

— À bientôt, alors, Anna.

Anna n'était pas préparée aux émotions qui la submergèrent quand elle retrouva enfin les Weatherall. Elle était arrivée en taxi depuis l'aéroport, juste à temps pour le dîner du vendredi. Quand elle pénétra dans ce chaos familier de la cuisine, ils se rassemblèrent autour d'elle, avec un tel brouhaha qu'un étranger regardant par la fenêtre aurait pu penser qu'elle venait de rentrer de la guerre. Qu'est-ce qui lui avait pris de rester si loin, si longtemps ?

Après avoir été serrée dans les bras de Rachel et soulevée de terre par Matt, Anna dut répondre à John qui voulait tout savoir sur ses candidatures pour l'école de médecine, et Elizabeth missionna Rachel pour lui apporter à boire et à manger. Puis Leah, qui était presque aussi grande qu'Anna désormais, vint lui parler du bal d'automne qui se préparait à l'école.

Finalement, Anna se tourna vers Gabe, qui était resté en retrait près de la cuisinière où il préparait le dîner.

— Salut, mouflette, dit-il en s'essuyant les mains sur le vieux tablier de sa mère qu'il avait noué autour de sa taille.

— Salut.

Ses yeux rencontrèrent les siens, de ce bleu argenté si semblable à la brume qu'elle voyait flotter sur la baie de San Francisco lors de ses joggings matinaux. Elle allait courir dans le parc de Golden Gate quand le souvenir de ces yeux lui faisait trop mal.

— Je suis vraiment content que tu sois venue.

Anna prit une inspiration hachée.

— Je suis tellement désolée pour ta grand-mère. (Elle regarda la banquette où Dorothy avait l'habitude de s'asseoir.) C'était une femme incroyable.

— Oui, c'est vrai. Et elle pensait la même chose de toi.

Anna posa une main sur sa bouche pour contenir un sanglot, submergée par les souvenirs qui tournoyaient autour d'elle dans cette cuisine. En trois secondes, Gabe était devant elle, et l'instant d'après, elle était dans ses bras, enveloppée dans son parfum familier. Elle se laissa aller, pressant sa joue contre son torse fidèle. Et même si cela lui faisait mal de l'admettre, même si elle aurait vraiment préféré ne pas ressentir ça… elle avait le sentiment d'être enfin chez elle.

*

Anna lissa la jupe de sa robe en crêpe noire, tentant sans trop y croire de faire disparaître les plis du tissu qui avait eu le temps de se froisser entre la maison funéraire, l'église et le cimetière par ce temps anormalement chaud. Il semblait juste que l'enterrement de Dorothy tombe un beau jour d'été indien, avec les oiseaux qui gazouillaient dans les arbres et les dernières fleurs qui resplendissaient au jardin.

Le temps était si semblable à ce jour de fin septembre où elle avait rencontré Dorothy pour la première fois que l'odeur de l'herbe fraîchement coupée avait fait jaillir de nouvelles larmes aux yeux d'Anna, tandis que le cercueil de Dorothy était descendu en terre.

À présent, de retour chez les Weatherall, elle se frayait un chemin à travers les invités qui s'étaient rassemblés pour célébrer la vie de la vieille dame. Elle captait des bribes sur le travail de Dorothy en tant que bénévole pour la vie politique locale, et sa place de soprano dans la chorale de son église. Anna aurait aimé s'arrêter pour écouter, mais elle était une étrangère parmi les proches de Dorothy. Est-ce que quiconque ici savait quoi que ce soit sur cette jeune fille que les Weatherall avaient accueillie pendant un an ?

Sous prétexte de débarrasser quelques verres à vin égarés, Anna s'échappa dans la cuisine. Elle y trouva

Elizabeth, qui avait une allure élégante dans sa robe en lainage noir, ses cheveux blonds relevés en chignon banane. Un simple observateur aurait pu penser qu'Elizabeth tenait bien le coup. Mais Anna repéra son collant filé et la créole manquante à son oreille gauche. Son inquiétude grandit tandis qu'Elizabeth restait devant le réfrigérateur ouvert, regardant fixement son contenu. Anna s'approcha, desserra sa prise sur la porte du réfrigérateur et le referma doucement.

Elizabeth cligna des yeux.

— Oh, Anna, ma chérie. Je ne t'ai même pas entendue entrer.

— Je peux t'apporter quelque chose ? Peut-être une assiette avec de quoi grignoter ?

Elle secoua la tête.

— Merci, mais ça va. Je suis juste un peu fatiguée.

— Bien sûr que tu es fatiguée. (Anna passa un bras autour d'Elizabeth et la dirigea vers un tabouret à l'îlot de la cuisine.) Et si tu te reposais un peu ?

Elizabeth s'assit et tapota le siège à côté d'elle.

— S'il te plaît, assieds-toi avec moi. Je suis vraiment contente que tu aies pu rentrer à la maison.

Anna sourit tristement à Elizabeth.

— Moi aussi. Dorothy était une femme incroyable. Je suis tellement heureuse d'avoir pu la connaître.

— Elle t'adorait.

D'un coup, les yeux d'Anna brûlèrent à nouveau, et elle les tamponna promptement. Elle avait lu quelque part qu'en cas de deuil on ne devait jamais pleurer sur l'épaule des plus affectés par la disparition, mais plutôt sur celle de personnes en dehors du cercle intime.

Même si elle appartenait à cette deuxième catégorie, Anna se sentait aussi triste que la première.

Son chagrin devrait donc attendre jusqu'à ce qu'elle s'échappe dans sa chambre, ou mieux encore, jusqu'à ce qu'elle embarque dans un avion pour repartir à San Francisco. Alors, elle pourrait pleurer la perte de l'une des seules relations authentiques de sa vie. Où elle s'était sentie… en sécurité.

Dorothy n'avait rien su du passé d'Anna, ni d'où elle venait. Elle avait confié ses souvenirs à la jeune fille et n'avait jamais essayé de la changer… ni de la sauver. À certains égards, ces moments avec Dorothy rappelaient à Anna les premiers temps avec sa mère, avant qu'elle ne commence à se droguer. Avant que tout ne s'effondre.

— Je l'adorais aussi, réussit-elle à murmurer.

Elizabeth lui adressa un sourire empreint de chagrin, tendant la main pour ramener une mèche de cheveux derrière l'oreille d'Anna. *Exactement comme le faisait Dorothy*. Son cœur se replia sur lui-même.

— J'avais l'intention de le faire plus tard, dit Elizabeth en se levant de sa chaise, mais puisque tu es là maintenant… il y a quelque chose que j'aimerais te donner.

Elle ouvrit un tiroir dans le meuble de l'autre côté de la pièce, et sortit une petite boîte en velours. Puis elle se rassit à côté d'Anna et posa la boîte devant elle.

Anna ne parvenait pas le moins du monde à imaginer ce qui se trouvait dedans. Ni pourquoi Elizabeth la lui donnait aujourd'hui, plutôt que n'importe quel autre jour. Elle souleva lentement le couvercle.

Soigneusement fichée dans le velours noir, une

bague en diamant capta un rayon de lumière et scintilla. Anna la reconnut immédiatement. Tout le temps où elle avait côtoyé Dorothy, la vieille dame avait porté cette bague ancienne à la main droite. Grâce aux albums de photos, Anna savait que ce bijou était un cadeau du mari de Dorothy pour leur tout premier anniversaire de mariage.

Elle posa l'écrin sur la table, leva les yeux vers Elizabeth.

— Je ne comprends pas.

Elizabeth avait dit qu'elle voulait lui donner quelque chose. Elle ne voulait sûrement pas dire cette bague ? Mais Elizabeth agita la main vers la boîte.

— Elle aurait voulu que tu l'aies.

Une partie d'Anna avait envie de prendre cette belle bague ancienne, de la serrer contre sa poitrine et de la garder pour toujours. Au lieu de cela, elle secoua la tête. Anna n'y connaissait rien en bijoux, mais elle voyait sans peine que la bague avait de la valeur.

— Oh, Elizabeth. Je ne pourrais pas, vraiment, s'excusa-t-elle en poussant l'écrin vers elle.

— Bien sûr que si, insista Elizabeth en le repoussant dans l'autre sens. Tu n'imagines pas à quel point ça a été important pour moi que tu passes autant de temps avec elle. Quand tu la faisais revenir parmi nous, alors que chaque jour elle s'éloignait un peu plus…

Sa voix se brisa, et Anna sentit les larmes monter pour la centième fois ce jour-là.

Elle prit la bague, la regarda longuement, et tout lui revint : le contact de cette main parcheminée contre la sienne, l'odeur de lilas qui flottait sous le porche, les voix de Frank Sinatra et de Dean Martin. Ces moments avaient été si précieux pour elle.

Mais ensuite, Anna remarqua les cernes sous les yeux d'Elizabeth, et les rides de chagrin autour de sa bouche. Elizabeth venait de perdre sa mère après une longue maladie. Elle était épuisée, vulnérable, et surtout, elle n'avait pas les idées claires. Si Anna prenait cette bague, elle ne pourrait jamais la regarder sans se demander si Elizabeth regrettait de la lui avoir donnée.

— C'est très gentil d'avoir pensé à moi, mais vraiment, je ne peux pas accepter.

— Prends la bague, Anna, résonna la voix de Gabe depuis l'autre bout de la pièce.

Anna sursauta et se retourna : il était debout dans l'encadrement de la porte, bras croisés. Il inclina la tête vers l'écrin.

— Elle aurait vraiment voulu que tu l'aies.

Anna secoua la tête de nouveau. Cette bague était un bijou de famille onéreux, et elle n'était pas de la famille. Sa main saisit machinalement le pendentif en or autour de son cou. Cette demi-lune gravée était son héritage. Elle était certes plus modeste qu'un diamant ancien, mais l'autre moitié était quelque part là-bas. Elle n'avait pas renoncé à la retrouver – à retrouver sa mère.

— Merci, mais je ne peux pas la prendre, Elizabeth. Cette bague est unique, et tu devrais la donner à l'une de tes filles. (Elizabeth ouvrit la bouche pour protester, mais Anna referma résolument la boîte.) S'il te plaît. Donne-la à Leah, ou à Rachel.

Elizabeth soupira.

— Ce n'était sans doute pas le meilleur moment

pour discuter de ça. Je la garderai dans le coffre au cas où tu changerais d'avis.

— Ça n'arrivera pas.

— Anna…

La voix de Gabe était teintée de désapprobation, et Anna lui lança un regard dur pour lui signifier que la discussion était close. Il était toujours si sûr de savoir ce qui était le mieux pour elle. Mais ce n'était pas parce qu'il la considérait encore comme une enfant qu'elle en était une.

— Excusez-moi, dit-elle en glissant de son tabouret pour s'échapper dans le salon avant que Gabe ne puisse argumenter.

Elle fit le tour de la table basse, alignant les plateaux d'amuse-gueules, balayant les miettes dans sa main et faisant de son mieux pour rester occupée. Du coin de l'œil, elle observa une femme du même âge qu'Elizabeth, qui étreignait une étudiante aux cheveux et aux traits similaires. La femme plus âgée était probablement la mère de la jeune fille, ou peut-être une tante. Tandis qu'elles s'embrassaient, Anna réalisa qu'il n'y avait dans sa vie personne qui lui ressemblait, ou qui se souvenait ne serait-ce que d'une histoire de son enfance. Personne qui la connaissait depuis toute petite. Une partie d'elle savait qu'il était inutile de ressentir cette tristesse vis-à-vis de sa mère, après toutes ces années, mais c'était plus fort qu'elle.

Tôt ce matin-là, avant que quiconque dans la maison ne soit réveillé, Anna avait enfilé un legging et des baskets. Si on l'avait surprise en train de sortir en douce, elle aurait dit qu'elle allait faire un jogging. Au lieu de quoi, elle s'était précipitée sur Forbes Avenue et avait pris un bus pour Lawrenceville. Elle avait erré dans son ancien quartier, mi-curieuse, mi-prête à affronter l'assaut des souvenirs. La vieille pharmacie familiale était désormais un Rite Aid, et la supérette où elle travaillait avait été vendue à un couple branché qui avait installé un bar à smoothies au fond.

Anna ne savait pas à quoi s'attendre en se rendant à son ancienne adresse, mais elle fut surprise de découvrir la bâtisse condamnée, et les résidents partis. Mme Janiszewski avait plus de quatre-vingts ans quand Anna vivait ici. Peut-être était-elle partie en maison de retraite, ou bien elle était décédée. Et Anna ne pouvait pas imaginer où Don, le propriétaire, avait atterri. En prison, s'il y avait une justice dans ce monde. Mais la vision du bâtiment déserté perturbait Anna. Elle avait beau savoir que c'était probablement pour le mieux (cet endroit n'était qu'un tas d'amiante noir de moisissures que menaçait le risque d'incendie), c'était encore un autre fil la reliant à sa mère qui se détricotait lentement. Anna savait que les chances de la retrouver un jour diminuaient d'année en année.

Ces trois ans à San Francisco n'avaient rien donné, bien qu'Anna fût allée au commissariat pour faire un signalement de personne disparue dans l'heure suivant l'atterrissage de son avion. Elle avait tout essayé : elle avait frappé aux portes de Capp Street, elle était allée dans des refuges pour sans-abri et y avait distribué la photo de sa mère. Combien de fois avait-elle scruté des visages inconnus dans la rue, cherchant une ressemblance ? Combien de femmes entre deux âges avait-elle suivies dans les magasins ?

— Salut.

La voix de Gabe la tira de ses pensées, et elle se retourna pour lui faire face.

— On peut parler ?

— Je ne prendrai pas cette bague, Gabe.

Il leva les mains comme s'il était mis en joue par la police.

— Je ne suis pas là pour te harceler à propos de la bague. Je me mêle officiellement de mes oignons.

— Ce n'est tellement pas ton style.

L'air réjoui, il prit son coude pour la conduire vers un coin tranquille.

— Je veux parler de toi et moi.

Anna fit un pas en arrière.

— Finalement, ce serait peut-être plus intelligent de parler de la bague.

— Anna… Ça fait trois ans qu'on ne s'est pas parlé. Je voulais te dire que je suis désolé. Et j'ai eu tort, à l'époque, à propos de tes choix. Mon père m'a dit que l'UCSF te plaisait vraiment.

Anna hocha la tête.

— Je suis désolé de ne pas t'avoir soutenue dans ta décision d'aller là-bas, et de ne pas t'avoir laissé l'espace pour choisir ce qui était le mieux. (Il se passa une main sur le visage, l'air sombre.) J'ai tellement regretté mon attitude, ces trois dernières années.

Face à sa tristesse, Anna se souvint de ses messages. *Tu me manques. Toujours.* Pourquoi ne lui avait-elle jamais répondu ? À présent qu'il était là, devant elle, tout cela lui semblait si mesquin.

— Je suis désolée de n'avoir jamais répondu à tes messages.

Gabe pencha la tête pour la regarder.

— J'aimerais en savoir plus sur ta fac. Mais que ce soit toi qui me racontes, cette fois.

Anna n'avait pas eu d'amitié semblable à celle de Gabe depuis le lycée, quand ils étaient juste tous les deux à se disputer et à rire en travaillant sur leur projet. Peut-être avait-elle surréagi en le chassant de sa vie. Si elle ne l'avait pas fait, auraient-ils partagé trois ans d'amitié, plutôt que de silence ?

— J'adorerais te raconter.

— Vraiment ? (Un sourire illumina son visage, faisant briller ses yeux argentés.) Et ta mère ? Tu as fini par trouver des informations ?

Anna secoua la tête en repensant à la bâtisse condamnée, aux rues de son passé.

— Non, murmura-t-elle. Rien.

— Je suis désolé.

Elle avait cherché pendant trois ans et n'avait rien, pas le moindre indice. Elle avait vingt ans, et elle était seule depuis six ans, plus ou moins. Sa mère était partie. Pourquoi cela continuait-il de l'obséder ? Pourquoi semblait-elle incapable de laisser tomber ? Elle avait dit à ses amis de la fac que sa mère était morte. Et c'était probablement vrai. Mais tant qu'elle ne saurait pas avec certitude ce qui s'était passé, elle ne tournerait jamais vraiment la page.

— Anna ? Tu veux en parler ?

Tant qu'elle ne saurait pas ce qui s'était passé, elle serait toujours la gamine de quatorze ans qui avait chassé sa mère. Anna se força à sourire.

— Non. C'est du passé. En fait, je pense qu'on devrait convenir de ne plus jamais parler de ma mère.

Gabe plissa le front. Il parut sur le point de dire quelque chose, puis se ravisa.

— D'accord. Je me mêle de mes oignons, lâcha-t-il enfin, comme s'il essayait de se convaincre lui-même. On n'est pas obligés de parler de ta mère, mais on se parle à nouveau, hein ?

Gabe lui sourit avec ce charme auquel elle n'avait jamais pu résister. Son cœur se serra. Était-ce la véritable raison qui expliquait son manque d'enthousiasme vis-à-vis de Sam ?

— D'accord, répondit-elle enfin. On se parle à nouveau.

Mais laisser Gabe revenir dans sa vie ne signifiait pas qu'elle lui ferait de nouveau confiance. Elle ne lui livrerait jamais ses secrets, décida-t-elle, frémissante. Ni son cœur.

Chapitre 20

Trois ans plus tard

Quand le taxi de Gabe s'arrêta, la maison était illuminée comme à Noël et la fête battait son plein. Les voitures des convives étaient garées jusque loin dans la rue et débordaient de l'allée, si bien que le taxi dut déposer Gabe à plusieurs numéros de la maison de ses parents.

À tous ceux qui étaient arrivés tôt pour le mariage de Matt et Julia, les Weatherall avaient proposé de passer à la maison pour des cocktails, et il semblait que la plupart des invités avaient accepté l'invitation.

En tant que témoin de son frère, Gabe aurait dû arriver plus tôt dans la journée pour aider à préparer la fête, mais son vol en provenance de Washington avait été annulé. C'était exaspérant d'arriver en retard pour un si grand événement ; s'il avait accepté ce poste de chercheur à l'Institut Hastings, c'était en partie pour être plus proche de sa famille.

Il était sur le point d'abandonner l'idée de trouver un autre vol et de prendre sa voiture pour faire les quatre heures de route jusqu'à Pittsburgh, quand Anna lui avait envoyé un SMS.

Toujours en attente à Reagan ?

Malheureusement oui.

Ça n'a rien donné de flirter avec l'agent d'escale pour doubler tout le monde ?

Il a soixante-deux ans et quatre petits-enfants, m'a-t-il dit.

Ha ha. Bon, je sais que tu es dégoûté de ne pas être là pour aider, mais tout est sous contrôle, Rachel et moi on gère. Elle fait briller l'argenterie, et je me suis portée volontaire pour aller à l'autre bout de la ville chercher une caisse de cabernet, le préféré de ton père.

Ça le tuerait de servir juste un merlot ?

Je pense que ça pourrait, oui.

Je suis content que tu sois là, mouflette.

Détends-toi, prends un verre au bar de l'aéroport, et on se retrouve bientôt.

Gabe avançait lentement dans la file, souriant à la lecture de ses messages. Il entendait presque le ton ironique et taquin d'Anna. Il pensait ce qu'il avait dit : il était vraiment content qu'elle soit chez ses parents, et pas seulement parce qu'elle était une présence calme au milieu du chaos du mariage. Cela faisait sept ans qu'il avait rencontré Anna lors de ce projet en binôme, et il n'avait jamais eu d'autre amitié comme celle-ci. Avec Anna, il pouvait parler, elle le faisait rire, elle le comprenait tout en étant intransigeante avec lui. Elle était presque une sœur pour lui. Et la barre était haute, étant donné sa proximité avec Matt, Leah et Rachel.

Malgré tout, entre son nouveau travail à Washington et Anna qui était en troisième année de médecine à Stanford, ils ne s'étaient pas vus depuis les funérailles de sa grand-mère. Leurs conversations téléphoniques avaient lieu tard le soir, quand lui s'apprêtait à se coucher, et qu'elle prenait une pause au milieu de ses révisions. Pendant ses congés, Anna continuait à accompagner des missions médicales bénévoles à l'étranger, et n'était donc pas revenue à Pittsburgh. Gabe avait d'ailleurs brièvement craint qu'elle ne puisse pas venir au mariage.

Parfois, il se demandait si Anna se coupait délibérément d'eux, si son bénévolat n'était pas en partie une excuse pour éviter les vacances et les fêtes de famille. Peut-être était-ce son enfance qui la hantait toujours. Ou peut-être voulait-elle simplement y échapper. Il aurait seulement préféré que cela n'implique pas de vouloir échapper à sa famille aussi.

— Ça nous fera quarante dollars, dit la voix du chauffeur de taxi, interrompant ses réflexions.

Gabe lui tendit un billet de cinquante dollars et descendit sur le trottoir. Le crépuscule tombait, et les lampadaires s'allumèrent tandis qu'il se dirigeait vers la maison de son enfance. À mi-chemin, Gabe ralentit en voyant une silhouette sous le porche, à demi étendue sur la balancelle. Il s'arrêta dans l'allée et plissa les yeux. C'était peut-être une femme, peut-être de son âge, d'après ce qu'il pouvait en juger dans l'obscurité croissante, mais qu'il ne connaissait pas.

Elle avait une jambe repliée sous elle tandis que l'autre pendait hors de la balancelle, poussant le sol de son pied nu. Le balancement doux faisait remonter sa robe sur sa cuisse, dévoilant de longues jambes fines. Puis la jeune femme se déplaça sur son siège, et ses cheveux épais et ondulés cascadèrent sur son épaule.

L'étrange désir lui vint d'emmêler ses doigts dans cette chevelure.

Était-elle une amie de Julia venue pour le mariage ? S'étaient-ils déjà rencontrés auparavant ? Il n'avait jamais été aussi déstabilisé par une parfaite inconnue, que de surcroît il distinguait à peine.

Gabe secoua la tête. *Je dois juste être fatigué.* La journée avait été longue, et il allait encore falloir qu'il fasse la fête pendant plusieurs heures.

Il ajusta sa cravate et remonta l'allée. Lorsqu'il atteignit les marches du porche, il s'arrêta.

— Bonsoir ? murmura-t-il.

La jeune femme leva les yeux. Alors il la reconnut, et cette révélation le percuta comme un trente-six tonnes.

— Anna ? réussit-il à balbutier.

— Gabe ! s'écria-t-elle en se levant, le visage éclairé d'un sourire radieux. Je ne savais pas si tu réussirais à arriver avant ce soir.

Pendant un instant, il ne put que la dévisager. Curieusement, il avait l'impression de voir Anna pour la première fois. Comment se faisait-il qu'elle soit à la fois exactement la même, et pourtant complètement différente ? Dix mètres plus tôt, il n'aurait jamais deviné qu'elle était cette gamine maladroite et dégingandée qu'il considérait comme une sœur. C'était bien la preuve qu'elle n'était plus une enfant, qu'il n'y avait rien de maladroit chez elle, et qu'elle n'était *certainement pas* sa sœur.

Il essaya de refouler cette pensée.

— J'ai réussi à obtenir une place sur un autre vol plus tôt que prévu. Anna, tu es…

Anna baissa les yeux sur sa tenue et lissa un pli de la jupe.

— Quoi ? s'inquiéta-t-elle avant de se mordre la lèvre.

Quelque chose se contracta dans le ventre de Gabe. *Tu es… très belle.* Gabe secoua la tête pour se remettre les idées en place. Bon sang. C'était Anna. *Ressaisis-toi !*

— Tu as bonne mine, acheva-t-il piteusement, sans parvenir à détacher son regard.

— Merci.

Elle sourit et remit une mèche de cheveux brillants derrière son oreille. L'espace d'une seconde, il eut le souffle coupé. Puis le sourire d'Anna s'élargit.

— Et toi, tu es toujours aussi vilain.

Il ravala un petit rire, et le monde bascula de nouveau dans la normalité.

— J'attends encore que ça s'améliore avec l'âge, dit-il avec un haussement d'épaules exagéré.

Anna s'appuya sur la rambarde du porche et feignit de prendre l'air compatissant.

— Hélas. J'ai toujours espéré que tu développerais une personnalité pour compenser…

Gabe éclata de rire et monta précipitamment les marches du porche pour la serrer dans ses bras.

— Ça me fait plaisir de te voir, mouflette.

Gabe passa tout le week-end à couler des regards furtifs en direction d'Anna quand elle regardait ailleurs. Le lendemain soir, au dîner de répétition, elle était tout aussi sublime qu'à la soirée cocktail, vêtue cette fois d'une robe d'été rose et de sandales à brides. Mais ce n'était pas seulement une question de vêtements. Même le matin du mariage, dans la cuisine de ses parents, il fut troublé en la voyant en vieux tee-shirt et pantalon de pyjama à carreaux.

Quand il réalisa qu'il la regardait fixement, il s'échappa de la cuisine et monta à l'étage pour prendre une douche.

Quand il redescendit, Anna et ses sœurs étaient déjà parties pour le mariage, et il ne les reverrait pas avant la cérémonie. Pour l'instant, il devait s'assurer que son frère et les autres garçons d'honneur étaient à leur place, et que le garçonnet porteur des anneaux ne les ferait pas tomber dans les toilettes.

Le mariage de Matt et Julia avait lieu dans une vieille grange en pierre avec de hauts plafonds aux poutres apparentes, du parquet en pin rustique et d'énormes portes de grange qui laissaient entrer la brise estivale. La cérémonie commença, et Gabe fut saisi par l'émotion face à l'expression de Matt lorsque Julia remonta l'allée centrale. Julia était magnifique dans sa robe de mariée, avec ses longs cheveux sombres savamment torsadés. Cependant, Gabe soupçonna qu'elle aurait pu être habillée d'un sac-poubelle sans que Matt le remarque, tant il la couvait d'un regard transi. Quant à Julia, elle souriait à Matt comme s'il s'agissait d'une blague entre eux.

C'était l'exemple que son frère aîné lui avait donné : son amoureuse était aussi sa meilleure amie.

Le regard de Gabe dériva vers les invités. Il repéra Anna, et comme si elle l'avait senti, leurs regards se croisèrent. Elle le fixa sans ciller, et il en oublia de respirer. Un instant passa, puis un autre ; il avait l'impression de se faire piétiner le thorax par des chevaux lancés au galop. Heureusement, l'officiant s'avança pour commencer la cérémonie, et ils détournèrent tous les deux le regard. Gabe inspira si fort que le garçon d'honneur à sa gauche lui lança un regard interloqué.

Durant le reste de la cérémonie, il garda les yeux rivés sur Matt et Julia qui prononcèrent leurs vœux avant d'échanger leurs alliances. Après les photographies et le dîner, Gabe dansa avec sa mère et fit le tour de toutes les dames plus âgées, qui gloussaient en portant la main à leur cœur quand il les conduisait sur la piste de danse. Ensuite, il s'incrusta entre Leah et un cousin de Julia pour danser avec eux. Désormais adolescente, Leah se comportait comme si Gabe lui faisait honte, même s'il savait qu'elle était secrètement heureuse de son retour à la maison.

Enfin, Gabe s'échappa avec une bière et prit une minute pour lui-même, appuyé contre un poteau en bois qui soutenait le toit vieux de plusieurs siècles. Sur la piste de danse, Matt et Leah se déhanchaient sur un tube des années 1980, et au bar, Rachel et sa nouvelle petite amie – une camarade de sa fac de droit nommée Aaliyah – buvaient des shots flambés.

Ensuite, Gabe repéra ses parents sur la piste de

danse, et il ne put s'empêcher de rire. Son père dansait si mal que sa mère était littéralement pliée de rire, au point qu'elle parvenait de moins en moins à danser. Plus elle riait, plus le style de son père devenait épouvantable ; ils terminèrent avec un tel fou rire qu'ils ne pouvaient plus danser du tout. Il était rare de voir John assez détendu pour faire l'imbécile comme cela. Gabe savait que sa mère était la seule personne capable de faire s'exprimer le clown en lui.

Il se rendit compte que ses parents avaient toujours été un autre exemple de relation solide et heureuse. Pourquoi, à vingt-huit ans, Gabe n'avait-il encore rien connu d'approchant ?

Quand la chanson se termina, son père vint lui donner une bourrade chaleureuse.

— Très bien, ton discours !

Une douce chaleur envahit Gabe. Il avait répété ce discours pendant des semaines et savait qu'il l'avait réussi, déclenchant quelques rires au début, puis des larmes d'émotion pendant la partie sentimentale à la fin. Mais parfois, il était encore cet enfant qui avait besoin de l'approbation de son père.

— Merci. Ça me touche beaucoup.

— Ton frère a l'air heureux.

— Il l'est.

Gabe se demanda comment son père le vivait. Plus d'une décennie après que Matt eut abandonné l'école de médecine, il était difficile de l'imaginer faire autre chose que construire des maisons. Mais son père regrettait-il toujours ce qui aurait pu être ? Il semblait s'être adouci depuis l'arrivée d'Anna, qui, elle, avait toujours rêvé de devenir médecin.

Gabe prit une gorgée de sa bière et scruta la foule jusqu'à trouver Anna, assise seule à une table à quelques pas de la piste de danse. Elle avait retiré ses chaussures à talons hauts et agitait ses orteils enfin libres.

Zut. Elle n'était pas redevenue une adolescente maladroite durant les quelques heures où il avait regardé ailleurs. Il aurait préféré, car les sentiments qu'il éprouvait pour elle étaient bizarres et inconfortables… et peut-être un peu intrigants.

— Tu devrais retourner sur la piste de danse.

Son père fit un signe de tête en direction d'Anna, et le visage de Gabe s'embrasa. Son père soupçonnait-il les sentiments de Gabe envers Anna ? Était-ce flagrant ?

Non, se rassura Gabe. Son père avait toujours été protecteur envers Anna, et il avait simplement remarqué qu'elle était assise seule. Il aurait fait la même chose pour Leah.

La musique pop s'estompa, et les premières notes d'une ballade lente s'élevèrent. Son père lui donna une autre tape dans le dos et se dirigea vers sa femme, à l'autre bout de la salle. Les jambes de Gabe le conduisirent vers Anna avant que son cerveau ne réalise pleinement ce qu'il faisait. Il n'avait pas fait dix mètres qu'il s'arrêta brusquement dans l'allée entre deux tables. Un autre cousin de Julia – Kyle, ou Cal, ou quelque chose comme ça – s'était approché d'Anna. Il se pencha vers elle pour lui dire quelque chose qui la fit rire. Puis il lui tendit la main, Anna la prit, et Kyle-ou-Cal la conduisit sur la piste de danse. Il lui murmura quelque chose à l'oreille, et elle rit de nouveau.

Gabe avait brièvement fait la connaissance du

cousin de Julia à la soirée cocktail de l'avant-veille. Il supposait, en toute objectivité, que le type était bel homme, si on aimait le genre joueur de crosse blond propret. Kyle-ou-Cal avait dit à Gabe qu'il passait un MBA à l'UCLA pour pouvoir travailler un jour dans l'entreprise de son père. Gabe essaya de se rappeler le type d'entreprise dont il s'agissait ; comptabilité, peut-être ? Le gars semblait un peu fade pour quelqu'un d'aussi intéressant qu'Anna, mais bon.

Gabe se tenait bêtement dans l'allée, se débattant avec les sentiments qui bouillonnaient en lui. D'accord, peut-être était-il un peu jaloux. Il n'avait jamais vu Anna avec un homme auparavant. Il n'avait même jamais pensé à elle de cette manière. Elle était probablement sortie avec d'autres étudiants à San Francisco, mais c'était un sujet qu'ils n'avaient jamais vraiment abordé, ni dans leurs échanges de messages ni au téléphone.

Par-dessus la jalousie, il y avait de la surprise, et peut-être un léger soulagement. Que s'était-il figuré, en allant proposer à Anna de danser un slow devant toute sa famille ? Ils en auraient fait tout un plat ! Ce n'était pas parce qu'il traversait ce moment d'égarement vis-à-vis d'Anna que c'était une bonne idée d'en faire quelque chose.

À ce moment-là, quelqu'un le bouscula par-derrière. En se retournant, il se retrouva face à une jolie brune qui se rattrapa à son bras pour retrouver l'équilibre. Elle se présenta comme une amie de fac de Julia, Nadia, puis se pencha un peu plus près pour le complimenter sur son discours.

Gabe jeta un coup d'œil à Anna. Elle dansait

toujours, enlacée avec l'autre. Gabe revint à Nadia, à ses yeux sombres et à ses lèvres pulpeuses.

Il passa le reste de la soirée à danser avec Nadia, prenant bien soin de ne pas regarder Anna et Kyle-ou-Cal qui s'étaient installés dans un coin sombre pour discuter. Matt et Julia quittèrent la fête pour leur lune de miel, et les invités commencèrent à partir au compte-gouttes. Gabe prit la main de Nadia tandis qu'ils se dirigeaient vers la sortie à leur tour, s'arrêtant brièvement sous le porche pour qu'elle sorte ses clés de voiture de son sac à main. C'est alors qu'Anna poussa la porte et l'aperçut.

— Gabe ! On te cherchait, Rachel et moi. Tu viens avec nous ou tu rentres avec tes parents ?

Kyle-ou-Cal avait-il pris le numéro d'Anna ? Il était idiot s'il ne l'avait pas fait. À cet instant, Nadia trouva ses clés et se glissa à côté de lui.

— C'est bon, euh… (Il s'éclaircit la gorge.) J'ai déjà un moyen de rentrer.

Le regard d'Anna glissa de Gabe à Nadia, puis revint vers Gabe.

— Oh. D'accord.

Malgré la lumière chiche, Gabe vit les joues d'Anna rosir. Elle lui fit un sourire pincé.

— Amusez-vous bien.

Elle salua Nadia d'un signe de tête et, sans un mot de plus, se dirigea vers le chemin éclairé qui menait au parking.

Il la suivit du regard pendant quelques secondes de plus avant de se tourner vers sa cavalière. C'était mieux comme ça.

Chapitre 21

Trois ans plus tard

Lorsque Anna descendit l'escalier de son appartement au deuxième étage et ouvrit la porte d'entrée, une décharge électrique lui parcourut le corps. Car là, sur le pas de la porte, d'une beauté nonchalante dans son jean et sa chemise aux manches retroussées, se tenait Gabe.

Il lui sourit, et elle oublia de regarder où elle mettait les pieds. Comme elle trébuchait sur le paillasson, il tendit la main pour la rattraper, et la seconde d'après, elle était collée à son torse, enveloppée dans son odeur familière.

Elle expira fébrilement.

— Salut, dit-il en souriant. Je sais que ça fait un bail, mais tu n'es pas obligée de te jeter à mes pieds.

Trois ans. Cela faisait presque trois ans depuis la dernière fois qu'elle avait vu Gabe, au mariage de Matt et Julia. Rien en lui n'avait apparemment changé. Qu'est-ce qu'il lui avait manqué ! Elle ne s'en était pas rendu compte avant de le trouver là, sur le pas de sa porte, plaisantant comme à l'accoutumée.

Ils n'avaient pas choisi délibérément de laisser passer autant de temps sans se voir. Mais Gabe grimpait régulièrement les échelons dans sa carrière de chercheur à l'Institut Hastings, et il était toujours entre deux avions pour faire du conseil ou présenter ses recherches dans des conférences. Quant à Anna, son internat en gynécologie obstétrique à San Francisco lui faisait enchaîner des semaines de cent heures. Elle avait à peine le temps de se laver les cheveux, alors planifier une visite sur la côte est…

Mais à présent que Gabe était devant elle avec son habituel sourire espiègle, elle ne comprenait plus comment ils avaient pu laisser passer autant de temps. Il avait proposé plusieurs fois de lui rendre visite, mais les dates n'étaient jamais compatibles avec l'emploi du temps d'Anna. Gabe l'avait appelée la semaine passée et s'était offert de venir la voir au débotté pour son anniversaire ; quand Anna avait réalisé que, pour une fois, elle avait quelques jours de congé consécutifs, elle avait dit oui.

Et voilà qu'il était là.

Anna attrapa son bras et le tira dans l'immeuble.

— Entre, entre ! Pas trop fatigué du voyage ?

— Non, ça va. J'ai l'habitude.

Il la suivit dans l'escalier jusqu'à son appartement.

— C'est mignon, ici, dit-il, faisant lentement le tour pour admirer le parquet de bois brillant et la hauteur sous plafond. Tout est d'époque, non ?

Il caressa les moulures autour d'une porte, l'air appréciateur.

— Oui, le bâtiment date de 1880.

Alors qu'Anna tentait de voir la pièce à travers les yeux de Gabe, un souvenir remonta brusquement, celui du jour où il était venu chez elle pour la première fois. À l'époque, elle avait été tellement mortifiée à l'idée qu'il voie où elle habitait.

Il lui semblait qu'il s'était écoulé une éternité depuis.

Désormais, Anna vivait en colocation avec une autre interne dans cet appartement ensoleillé, au deuxième étage d'un petit immeuble victorien. Étant donné leurs horaires irréguliers, Anna ne voyait pas souvent sa colocataire en dehors du travail, mais elles s'efforçaient de dîner ensemble quand elles le pouvaient, et Anna la considérait comme une amie. L'appartement était en grande partie meublé avec les possessions des internes de l'hôpital qui avaient vécu là avant elles, mais Anna avait rempli le bow-window de plantes fleuries qui lui rappelaient Dorothy chaque matin, lorsqu'elle venait s'y asseoir pour boire son café.

Cet appartement n'avait rien d'exceptionnel, mais il était chaleureux et accueillant, et surtout, il n'avait rien à voir avec son taudis d'autrefois à Lawrenceville, où elle s'était sentie si seule et si démunie.

Elle regarda Gabe poser son sac de voyage près du canapé. Elle avait du mal à croire qu'il était dans sa vie depuis dix ans maintenant. Même si elle ne l'avait pas vu depuis une éternité, ils se parlaient souvent au téléphone le soir, quand elle allait à pied à l'hôpital prendre sa garde, et que lui, trois heures plus tard sur la côte est, se préparait à aller se coucher. Ils se racontaient ce qui se passait dans leur vie, et malgré la distance, il semblait que rien n'avait changé entre eux.

Gabe leva alors les yeux, ces yeux couleur d'orage assombris par quelque chose qu'elle avait du mal à interpréter, et un courant électrique la traversa de nouveau.

Admettons. Presque *rien n'a changé entre nous.*

Parfois, pendant les moments les plus intimes de leurs conversations, elle se demandait s'ils aborderaient un jour ce long regard qu'ils avaient échangé au mariage de Matt et Julia.

Ce long regard… assez proche de celui qu'ils échangeaient à présent.

Gabe se passa une main dans les cheveux, les faisant se dresser de manière familière, et Anna sentit son cœur vaciller. Bien sûr, elle avait fréquenté d'autres hommes, mais personne d'autre que Gabe n'avait jamais provoqué chez elle un tel numéro de gymnastique émotionnelle.

Se berçait-elle d'illusions en pensant qu'il ressentait la même chose ?

Peut-être, car l'instant d'après, il lui avait tourné le dos pour sortir une veste de son sac.

— On va dîner ? J'ai entendu dire que la cuisine mexicaine est excellente ici.

Anna pivota pour attraper sa veste accrochée près de la porte. Ils sortirent de l'immeuble, et elle le conduisit vers le coin de la rue.

Son appartement était situé juste au nord du Golden Gate Park Panhandle, dans un joli quartier résidentiel peuplé de jeunes familles et de couples qui promenaient des chiens sur la bande d'herbe de l'autre côté de la rue. Il était à environ deux kilomètres du centre médical de l'université, de sorte qu'Anna se rendait souvent au travail à pied.

Gabe savait que lorsqu'elle avait une garde de nuit, elle partait généralement une fois le soir tombé, et c'est ce moment qu'il choisissait pour l'appeler. Il ne le disait pas, mais elle se doutait qu'il n'était pas tranquille en la sachant seule dans la nuit. Au bout de dix ans, Gabe s'inquiétait toujours pour elle, même s'il avait appris à ne plus lui dire quoi faire. Peut-être avait-il enfin compris qu'elle n'était plus une enfant.

Anna lui lança un coup d'œil furtif ; elle se surprit à souhaiter ardemment qu'il l'ait compris.

En marchant, elle lui parlait du quartier et lui montrait les coins célèbres : l'angle de Haight et Ashbury, le Castro Theater… Bientôt, ils traversèrent Dolores Park et arrivèrent à la 19e Rue.

— C'est le meilleur quartier pour la cuisine mexicaine, lui dit Anna en le guidant vers le cœur de Mission District.

Ils étaient presque arrivés au restaurant qu'Anna avait choisi lorsque Gabe pila sur le trottoir. Anna s'arrêta à côté de lui.

— Tout va bien ?

Gabe tourna le dos aux cafés et aux boutiques vintage qui bordaient la rue principale pour scruter une ruelle perpendiculaire. Son regard s'arrêta sur un panneau un peu plus loin. Bien sûr, Anna le reconnut immédiatement. Capp Street. Il y avait toujours la même épicerie à l'angle, avec un tout nouveau store qui ondulait sous la brise. Probablement pour signaler l'amélioration générale du quartier depuis la disparition des repères de drogués et l'arrivée des promoteurs immobiliers.

Anna vivait dans la baie de San Francisco depuis des années maintenant. Elle n'était plus bouleversée par ce secteur, par ces rues, par les fantômes qui les traversaient. Un loft moderne en chrome et verre occupait l'emplacement de l'ancienne maison de Capp Street.

Elle était passée devant des centaines de fois et n'y pensait même plus.

Mais Gabe aussi était déjà venu ici, il y a longtemps. Et il s'en souvenait évidemment. Pendant une seconde, il hésita, et Anna pensa qu'il allait vouloir se rendre là-bas. Au lieu de quoi, il lui adressa un sourire exagérément lumineux suivi d'un haussement d'épaules.

— Tout va bien.

Ils ne parlaient jamais de son espoir de retrouver sa mère. Elle lui avait demandé de ne plus aborder le sujet, et il avait respecté son souhait. Mais il y pensait évidemment.

S'il savait combien il y avait peu à en dire.

Ils continuèrent à suivre Mission Street, et puis Gabe pila de nouveau. Cette fois, Anna le vit fixer la vitrine d'un prêteur sur gages. Elle examina les objets exposés sans deviner ce qui attirait son attention. Les quelques guitares électriques ? La série de montres en or ? Le plateau de velours où des bijoux anciens étaient rassemblés ?

— Qu'est-ce qu'il y a ?

Il secoua la tête comme s'il essayait de se remettre les idées en place.

— Rien.

Anna observa le visage de Gabe. Les petites rides autour de ses yeux s'étaient creusées, sa mâchoire était serrée.

— Tu es sûr que tu n'es pas trop fatigué ? On aurait peut-être dû se faire livrer.

Gabe se détourna de la vitrine.

— Ça va. (Il lui offrit son bras pour marcher et la gratifia d'un autre sourire de pub pour dentifrice.) J'ai hâte de goûter ces tacos dont tu m'as parlé.

Chapitre 22

— Alors, dit Gabe en s'installant à une table en terrasse sur Mission Street, j'ai loué une voiture pour qu'on puisse jouer les touristes et découvrir de beaux points de vue. (Il gardait les yeux sur Anna pour ne pas être tenté de fixer la boutique du prêteur sur gages, un peu plus loin derrière elle.) Enfin, pour que *tu* joues les touristes. Moi, je suppose que j'en suis vraiment un.

Anna rit.

— Je pense que je pourrais en être une aussi. J'ai honte de le dire, mais je n'ai pas exploré les environs autant que j'aurais dû. On ne visite jamais vraiment les sites touristiques de sa ville, jusqu'à ce que quelqu'un arrive d'ailleurs et nous y incite.

— Eh bien, je suis toujours ravi d'être là pour t'inciter.

— Et peut-être qu'un de ces jours je te rendrai la pareille en venant faire du tourisme à Washington.

Gabe se demanda si elle le pensait vraiment. Il savait qu'elle était très occupée. L'internat en gynécologie obstétrique, ce n'était pas du gâteau, même pour quelqu'un d'aussi brillant qu'Anna. Mais parfois, ses excuses semblaient être… eh bien, des excuses.

— Tu sais que tu es toujours la bienvenue.

Elle suivit du doigt une entaille dans la table usée du café, et presque comme pour acquiescer, elle murmura :

— Je ne sais vraiment pas pourquoi on passe autant de temps sans se voir.

Vraiment pas ? Il lui avait proposé de venir une demi-douzaine de fois avant qu'elle n'accepte enfin. C'était encore et toujours la même rengaine. Chaque fois qu'il se rapprochait trop d'Anna, une barrière apparaissait entre eux, comme ces volets roulants qui empêchent les voleurs d'entrer dans un magasin.

Comme cette omerta à propos de sa mère. Le sujet était comme un éléphant géant assis à leur table, et cette satanée Capp Street était juste là, à dix pas. Il aurait été normal qu'ils en parlent. Il voulait savoir si elle avait fini par trouver la moindre trace de sa mère. Il voulait savoir comment elle se sentait à ce sujet. Il voulait la serrer dans ses bras pour la consoler de tout chagrin que sa mère pourrait encore lui causer.

Il détestait être écarté de ce sujet.

Et il détestait lui cacher des choses. Le collier acheté au prêteur sur gages était au fond de son tiroir à chaussettes depuis près de dix ans. Mais Anna avait cessé de lui parler pendant trois ans, et ça avait été affreux. S'il lui racontait cette histoire de collier, lui adresserait-elle encore la parole ?

Mais si, au contraire, il gardait le secret, ne serait-elle pas encore plus blessée si elle finissait par le découvrir ? Elle méritait de connaître la vérité, mais puisqu'elle refusait de parler de sa mère, comment pourrait-il deviner si elle voulait vraiment tout savoir ?

Gabe fixa le visage qui n'avait cessé de le troubler depuis l'instant où elle avait ouvert sa porte d'entrée. Cela n'avait rien à voir avec le fait qu'elle était tombée dans ses bras en trébuchant. Bon an mal an, il avait fini par se convaincre que ce qu'il avait ressenti pour elle au mariage de son frère n'avait été qu'un moment d'égarement. Mais dès qu'il l'avait revue, il avait su. Et il savait qu'elle ressentait la même chose.

Une mèche de cheveux bruns glissa souplement sur la joue d'Anna, et sans réfléchir, Gabe tendit la main pour la replacer derrière son oreille. Elle releva la tête, et son sourire s'évanouit lentement. Quand leurs regards se croisèrent, l'étincelle désormais familière crépita entre eux. Gabe détourna rapidement les yeux, s'affairant à ranger les couverts à côté de son assiette.

Tant que je ne lui aurai pas dit la vérité, je serai coincé, obligé de faire comme s'il n'y avait rien entre nous.

Et si je lui dis tout, je la perdrai.

Il s'éclaircit la gorge.

— Eh bien, tu ferais mieux de venir vite à Washington, parce que je n'y suis plus que pour quelques mois.

— Ah bon ? Où vas-tu ?

— J'ai reçu une offre pour enseigner à l'université de Pittsburgh. Professeur titulaire dans le département d'économie.

— C'est merveilleux, Gabe ! Tes parents doivent être tellement heureux !

— Oui, et moi aussi. Être si près de ma famille…

Il n'alla pas plus loin.

Quand il était étudiant, alors que ses comparses

dormaient pour se remettre de leurs excès du samedi soir, lui allait dîner chez ses parents le dimanche. Et il ne l'avait jamais regretté. Il avait passé une décennie au loin pour construire sa carrière, mais à présent il était en position de décider, et il avait choisi un aller simple pour rentrer chez lui.

Anna se pencha vers lui.

— Ils ont toujours tellement compté pour toi.

Bien sûr, si quelqu'un pouvait comprendre, c'était Anna. Elle faisait partie de cette famille, même si elle ne semblait pas toujours le croire.

Anna leva son verre d'eau pour trinquer.

— Félicitations pour ton nouveau poste, docteur Weatherall. Maintenant que tu vas travailler aux côtés de McGovern, peut-être que tu vas enfin prendre le temps de lire son livre ennuyeux à mourir.

Gabe rit en se remémorant cette conversation avec Anna, à l'époque où ils avaient commencé à travailler ensemble sur leur projet.

Ça ne semblait pas si lointain. Anna l'avait épaté à l'époque, et c'était toujours le cas.

— Pas question, s'esclaffa-t-il. Tu vas devoir me le résumer.

— Oh Seigneur, je pense que je l'ai refoulé, dit Anna en levant les yeux au ciel. Mais si toi, tu écris un livre ennuyeux, je te promets de le lire en entier, puis de venir m'asseoir sur le canapé inconfortable de ton bureau pour en discuter avec toi.

— Ça vaudrait la peine d'écrire un livre juste pour que tu viennes sur mon canapé, répliqua Gabe avant d'entendre comment la phrase sonnait. Euh, enfin !… Je ne voulais pas…

Évidemment qu'il voulait. *Imbécile.*

Anna ne répondit pas, et quand Gabe eut enfin le courage de la regarder, il réalisa qu'elle ne l'avait tout bonnement pas entendu. Elle avait les yeux rivés sur un point derrière lui, au-dessus de son épaule, et son sourire s'affaissait. Que regardait-elle ?

Il se retourna sur sa chaise, mais n'aperçut rien d'anormal. Les gens se promenaient en se tenant la main ou en regardant leur téléphone, et à côté du trottoir, les voitures s'arrêtaient au feu rouge, et redémarraient au feu vert. Gabe se retourna. Anna avait une expression intense, fiévreuse.

— Anna ? Qu'est-ce qui t'arrive ?

— C'est… je… bégaya-t-elle.

Et avant qu'il ne comprenne ce qui se passait, elle se leva de table et s'élança sur le trottoir.

— Anna, attends ! s'écria Gabe, mais Anna continua à courir, slalomant entre les piétons comme si elle avait pris quelqu'un en filature.

Il se leva pour la suivre, mais à cet instant, le serveur arriva avec leur commande.

— Euh, désolé, bafouilla Gabe. On revient tout de suite.

Il fouilla dans sa poche pour sortir de l'argent tout en s'efforçant de garder un œil sur Anna. Elle avait parcouru une cinquantaine de mètres, et elle était…

Mais ?

Anna venait de toucher l'épaule d'une femme aux longs cheveux poivre et sel.

Qu'est-ce qu'elle fabrique ? Qui est cette femme ?

Le temps que Gabe baisse les yeux pour jeter de l'argent sur la table, Anna et l'inconnue avaient disparu. Il se précipita dans leur direction. Arrivé au croisement, il s'arrêta à l'endroit où il les avait vues quelques instants auparavant, tournant sur lui-même pour chercher Anna.

— Je suis là, dit une voix, si bas qu'il faillit ne pas l'entendre.

Anna était avachie contre le mur d'une agence bancaire, et la mystérieuse femme était hors de vue.

— Ah, dit-il en s'arrêtant pour reprendre son souffle. Ça va ?

Elle hocha la tête.

— Qu'est-ce qui s'est passé ?

Anna se redressa.

— Rien, rien. On devrait y retourner, dit-elle en se dirigeant vers le restaurant. Désolée d'être partie comme ça.

— Attends… (Gabe l'attrapa par le bras, la fit pivoter pour croiser son regard.) Qui était cette femme ?

Son regard darda de nouveau derrière l'épaule de Gabe, mais cette fois, il était sombre, fermé.

— Personne, en fin de compte.

— Mais qui croyais-tu que c'était ?

Anna prit une profonde inspiration, tremblante, puis expira lentement.

— Ma mère.

Sa mère ? Gabe recula d'un pas en arrière, stupéfait.

— Ta mère vit ici ? Tu lui as parlé ?

— Non. Je n'ai aucune idée d'où elle se trouve, dit Anna en tordant un peu la bouche. Je pensais juste…

Elle se tut, donna un coup de pied à un caillou sur le trottoir avec la pointe de sa basket.

— Et ça t'arrive souvent ? De courir dans la rue après quelqu'un qui ressemble à ta mère ?

— Non. Jamais, dit-elle sans croiser son regard.

— J'aurais aimé savoir que tu la cherchais toujours.

— Je ne la cherche pas.

Du menton, il désigna l'endroit sur le trottoir où Anna avait abordé l'étrangère.

— Sûre ?

— Oui, sûre.

Gabe posa les mains sur ses épaules. Il aurait voulu qu'elle le regarde.

— Anna, parle-moi.

Elle se détourna de lui, mais il eut le temps de lire la douleur dans ses yeux.

— Laisse tomber, Gabe.

Il secoua la tête. Cela faisait plus d'une décennie que la mère d'Anna l'avait abandonnée. Il avait toujours cru qu'Anna ne voulait plus en parler parce qu'elle avait renoncé à l'idée de la retrouver. Parce qu'elle avait fait une croix sur cet espoir, et qu'en parler n'aurait fait que rouvrir de vieilles blessures. Mais ces blessures n'avaient jamais cessé de suppurer.

Elle n'a pas tourné la page.

En la regardant s'assombrir, Gabe dut reconnaître que lui non plus n'aurait peut-être pas tourné la page à sa place. Que ressentait-on lorsqu'on ignorait si notre mère était vivante ou morte ? Lorsqu'on se demandait si elle était en danger, ou blessée… ou si elle se souciait si peu de sa progéniture qu'elle avait simplement poursuivi sa vie ? *Qu'est-ce que ça te ferait de vivre avec ça, jour après jour ?*

Ce n'était pas étonnant qu'Anna soit si renfermée.

Et en réalisant cela, Gabe sentit un poids peser sur lui. Si c'était ainsi qu'elle réagissait en apercevant une femme qui ressemblait à sa mère dans la rue, comment vivrait-elle l'histoire du collier ?

Le lendemain matin, Gabe ne mentionna pas ce qui s'était passé la veille, et Anna n'en parla pas non plus. C'était son anniversaire, et Gabe avait prévu de traverser le pont du Golden Gate pour aller explorer Marin County en voiture. Anna lui avait dit y être allée seulement quelques fois ; tandis qu'ils remontaient l'autoroute, il observa avec bonheur le kaléidoscope d'excitation et d'émerveillement sur son visage à la vue des séquoias et des falaises qui surplombaient l'océan Pacifique.

Après une randonnée au milieu des arbres centenaires de Muir Woods, ils se dirigèrent plus au nord vers Stinson Beach, où ils descendirent jusqu'au rivage et s'assirent sur un morceau de bois flotté, enfonçant leurs orteils dans le sable. C'était une nuit inhabituellement chaude pour la Californie du Nord, et la pleine lune scintillait sur l'eau. À l'exception d'un couple en promenade avec un chien qui tirait sur sa laisse, ils avaient la plage pour eux seuls.

— Alors, hésita Gabe, comment ça se fait que tu passes ton anniversaire avec moi plutôt qu'avec ton nouveau mec ?

Il savait par Leah qu'Anna fréquentait un autre interne de l'hôpital. Certes, Anna n'avait pas mentionné son existence de toute la journée. Mais Gabe n'évoquait jamais non plus les femmes avec qui il sortait. Les années passant, ils avaient abordé pratiquement tous les sujets, sauf celui-ci. D'une certaine manière, c'était plus facile comme ça.

Anna prit une poignée de sable et le regarda glisser entre ses doigts.

— Ce n'est pas vraiment mon mec. Juste quelqu'un que je vois quand on a le temps… ce qui n'arrive pas très souvent.

Quelque chose remua dans la poitrine de Gabe.

— Il ne t'en a pas voulu de passer tes rares jours de congé avec moi ?

Anna haussa les épaules, et Gabe eut l'intuition qu'il avait vu juste.

— Le meilleur ami bat n'importe quel nouveau pseudo-mec de toute façon, déclara-t-elle en le regardant avec un demi-sourire. Et je n'aurais pas voulu manquer ça. C'était vraiment une journée géniale.

— Joyeux anniversaire, mouflette. (Gabe lui donna une petite tape sur l'épaule.) Vingt-six ans, c'est une étape, tu sais.

Anna fronça les sourcils et le regarda de biais.

— Dans un délire astrologique genre lune montante, peut-être. Mais d'après mon calendrier, il me semble que vingt-six ans, c'est un anniversaire tout à fait quelconque.

Il éclata de rire.

— Tu penses vraiment que je lis les horoscopes ?

— J'ai toujours pensé que tu avais une profondeur cachée.

Elle lui décocha un sourire, et pour la centième fois de la journée, il fut frappé par l'effet qu'Anna lui faisait.

C'était comme si une lumière s'était allumée dans

une pièce sombre, et qu'il pouvait enfin la voir clairement. Comment avait-il pu mettre tant d'années à remarquer la façon dont ses grands yeux bruns étincelaient ? Il secoua la tête.

— Vingt-six ans, c'est une étape parce que je t'ai rencontrée quand tu avais seize ans.

Anna sourit lentement, comme si elle se remémorait ces jours-là. Se souvenait-elle de ces heures passées à travailler sur leur projet avec autant de tendresse que lui ? Était-elle aussi reconnaissante que cela les ait conduits à cet instant ?

— Je détestais être la plus jeune à l'époque, dit Anna pensivement. Mais regarde-nous maintenant ! Moi, je suis toujours dans la fleur de l'âge. Quant à toi… (Elle feignit de prendre l'air accablé.) Tu es un vieil homme à présent.

À ces mots, il se leva, la hissant avec lui.

— Oh, tu vas le regretter !

— Ah oui, qu'est-ce que tu vas faire ? le provoqua-t-elle.

Il désigna les vagues qui déferlaient sur le rivage.

— Tu t'es baignée, depuis que tu es à San Francisco ?

Elle secoua lentement la tête.

— Non.

La prenant doucement par les coudes, il recula pour la tirer vers l'eau.

— Et tu ne crois pas qu'il est temps ?

— Gabe, dit-elle calmement, comme si elle essayait de raisonner un jeune enfant, tu sais bien que c'est l'océan Pacifique ici ? En Californie du Nord ?

— Et alors ?

— Alors, l'eau est à douze degrés, maximum.

Imperturbable, il la tira de quelques pas de plus vers le rivage.

— On va juste plonger très vite.

— On va juste se retrouver très vite en hypothermie.

Le rire secouait les épaules de Gabe tandis qu'une vague s'écrasait derrière eux, envoyant de l'eau glacée sur leurs pieds nus. Anna glapit et tenta de reculer, mais Gabe tenait bon. Lorsqu'elle parut comprendre qu'elle n'irait nulle part ainsi, elle cessa de se débattre et le regarda, muette, inclinant la tête avec un air de défi. Brusquement, elle s'élança sur lui, épaule en avant, pour le frapper en pleine poitrine.

— Eh !

Gabe faillit perdre l'équilibre, mais parvint à pivoter pour esquiver de justesse l'assaut d'Anna qui l'aurait culbuté dans les vagues. Emportée par son élan, Anna le frôla, et – *Merde !* – il réalisa qu'elle allait tomber dans l'eau. À la dernière seconde, il la rattrapa par la taille et la tira vivement contre lui.

— Bien essayé, mouflette !

Et puis, son rire s'éteignit. Parce qu'elle était serrée contre lui, son visage à quelques centimètres du sien.

Anna le regardait avec des yeux immenses, et l'air entre eux s'épaissit. Il sentait le cœur de quelqu'un battre à tout rompre, mais il ne savait pas si c'était le sien, celui d'Anna, ou les deux. Elle se mordit la lèvre, et Gabe éprouva un désir qu'il n'avait jamais ressenti auparavant pour Anna. Une seconde de plus et, collée à lui comme elle l'était, elle allait le deviner aussi.

Gabe percevait la chaleur d'Anna à travers l'air froid venu de l'océan. Il la serra davantage, admirant son beau visage, et leva sa main libre pour caresser sa joue. Leurs bouches se rapprochaient lentement.

Et puis, tout lui revint. Le sujet qu'il évitait délibérément depuis la veille. Depuis presque une décennie.

Il ne pouvait pas faire ça. Pas avec cet énorme secret entre eux.

Il soupira en laissant retomber sa main.

— Anna, dit-il en luttant pour maîtriser sa voix. Je ne peux pas…

Elle écarquilla les yeux et recula en titubant. Ses joues prirent une teinte rose pivoine.

— Oh, euh, bien sûr. Bien sûr que tu ne peux pas. C'est… On n'est pas…

Gabe se rapprocha d'elle.

— Attends, Anna. Ce n'est pas toi. Ce n'est pas nous. Il faut que je te parle de quelque chose. À propos de ta mère… Hier soir, dans la rue…

Il y avait la boutique d'un prêteur sur gages. Il y a un secret que je ne t'aï jamais dit.

Elle pressa une main contre ses joues en feu.

— S'il te plaît, quoi que tu t'apprêtes à dire, ne le dis pas.

— Je dois te le dire.

— Non, tu n'es pas obligé, Gabe.

Elle croisa les bras sur son torse, et il la vit frissonner. Était-ce à cause du vent frais ou de cette conversation ? Tout ce qu'il voulait, c'était la prendre dans ses bras et lui promettre que tout irait bien. Qu'ils trouveraient une solution ensemble. Mais il ne savait pas si c'était la vérité.

— Je sais à quel point j'ai dû avoir l'air dérangé, à

courir après cette pauvre femme dans la rue. Quoi que tu veuilles me dire, je suis déjà au courant.

— Non, je ne pense pas.

— Je sais que je cherche un fantôme, depuis tout ce temps. Soit ma mère est morte dans un squat, soit elle a refait sa vie sans jamais prendre la peine de me contacter. Dans tous les cas, je suis aussi bien sans cette information.

Son regard se porta derrière lui, vers les vagues qui s'écrasaient sur le rivage.

Gabe observa son visage anxieux et sentit son cœur se vriller. Si c'était sincèrement ce qu'elle ressentait, il ne pouvait pas lui parler du collier. Cela ne ferait qu'aggraver sa douleur.

Anna remonta la plage. Il la suivit.

— Je sais que je dois passer à autre chose. Je dois avancer.

Anna s'arrêta au morceau de bois flotté où ils s'étaient assis et se baissa pour ramasser ses chaussures dans le sable, laissant ses cheveux tomber sur son visage pour qu'il ne puisse pas voir ses yeux. Une fraction de seconde, Gabe revit l'adolescente d'autrefois qui se terrait dans sa coquille.

— C'est pour ça que je vais m'en aller.

— T'en… t'en aller ? Comment ça ?

— Je déménage, Gabe. (Elle se redressa enfin et le regarda.) J'ai reçu une offre pour partir en Jordanie et travailler dans les camps de réfugiés syriens là-bas. Dès que j'aurai terminé mon internat l'année prochaine, je partirai.

— Tu déménages… (Il articulait difficilement.) Au Moyen-Orient ?

Anna hocha la tête.

— Il est temps que je parte d'ici et que j'avance dans ma vie.

— Tu peux quitter San Francisco et avancer dans ta vie sans aller à l'autre bout de la planète, tu sais. (Il se rapprocha pour lui faire face.) Pourquoi ne pas rentrer à la maison ?

— Parce que ce sera pareil qu'ici, là-bas. Ce sera même pire. Je regarderai toujours par-dessus mon épaule.

— Anna. Ce n'est pas avancer dans ta vie, ça. C'est fuir ta vie.

Il tendit la main pour prendre la sienne, mais elle recula imperceptiblement, évitant son contact. Le cœur de Gabe tangua.

— S'il te plaît, est-ce qu'on peut en parler ?

— Il n'y a rien à dire, Gabe. Et cette conversation est terminée.

Elle le regardait à présent droit dans les yeux, mais son regard était sombre, distant, à jamais inaccessible.

C'est alors qu'il sut que c'était vraiment fini.

Elle partait. Et il ne pouvait rien faire d'autre que la regarder s'en aller.

Chapitre 23

Un an plus tard

Anna rangea ses derniers vêtements dans son sac à dos de randonnée et vérifia que son passeport et ses billets d'avion étaient bien dans son bagage à main. Elle était à Pittsburgh, chez les Weatherall, pour une dernière nuit avant son vol prévu à 7 heures du matin. Il la conduirait à New York, puis ce serait Paris, et enfin Amman, en Jordanie. À partir de là, elle prendrait des cars pour se rendre à Irbid, une petite ville du nord, où elle retrouverait d'autres médecins qui offraient un accompagnement périnatal aux réfugiées syriennes.

Mais pour l'instant, elle était chez elle. Quoi que « chez elle » puisse signifier. Elle avait promis à Gabe qu'elle resterait un long week-end avant de s'envoler pour la Jordanie. Ce n'était pas deux semaines de bénévolat cette fois. Cette fois, Anna partait s'installer à l'autre bout du monde, laissant derrière elle tous ceux qu'elle aimait. Bien sûr, ils resteraient en contact, mais les connexions téléphoniques et Internet étaient capricieuses, et il ne serait pas facile de revenir en cas de problème.

Pendant un bref instant, elle fut tentée de prendre un emploi à Pittsburgh, de revenir pour de bon ici pour être proche de tout le monde, comme Gabe l'avait suggéré. Mais Gabe avait toujours été ce gamin intelligent, populaire, avec une enfance heureuse et une famille aimante. Il ne se rendait pas compte de ce que ça faisait d'être dans un endroit qui rappelait constamment un passé qu'on voulait oublier. Il n'imaginait même pas pourquoi un endroit où personne ne savait rien de votre vie pouvait être attirant.

Anna vérifia une dernière fois son sac à dos, puis descendit au rez-de-chaussée, trop nerveuse pour dormir. Gabe et le reste de la fratrie étaient passés plus tôt pour le dîner, et ils s'étaient déjà dit au revoir. À présent, John et Elizabeth dormaient, et la maison était plongée dans l'obscurité, à l'exception de la lueur d'une petite lumière au-dessus de l'évier qu'Elizabeth laissait toujours allumée dans la cuisine. Anna se dirigea dans le couloir, toujours familière de cet espace de ses années d'adolescence.

La vague de mélancolie qu'elle avait bridée toute la soirée s'abattit enfin tandis qu'elle franchissait la porte d'entrée pour s'avancer dans la nuit fraîche du printemps. Le porche des Weatherall lui rappelait toujours Dorothy, surtout à cette période de l'année, avec le jardin en pleine explosion végétale et les senteurs florales qui flottaient dans l'air. Anna ferma les yeux et se remémora sa première rencontre avec la vieille femme sur un air de Frank Sinatra. À l'époque, elle n'imaginait pas combien sa relation avec Dorothy et le reste de la famille changerait aussi profondément sa vie.

Elle s'installa sur le petit canapé en osier et son regard dériva dans l'obscurité du jardin. L'air avait cette lourdeur métallique typique qui précède l'orage ; au loin, le tonnerre grondait. Une paire de phares fendit l'obscurité tandis qu'une voiture passait dans la rue silencieuse. Lorsqu'elle ralentit pour s'engager dans l'allée, Anna se redressa sur son siège.

Qui pouvait donc passer à minuit ?

Le conducteur coupa le contact, la plongeant dans la pénombre. Elle cligna des yeux pour s'accoutumer, et manqua un battement de cœur lorsqu'elle reconnut la voiture.

C'était celle de Gabe.

Il descendit et se dirigea vers la maison. Elle ne put s'empêcher d'admirer sa façon de se mouvoir, souple et fluide. Elle l'avait toujours trouvé beau, et ça n'avait pas changé. À le voir ici, alors qu'elle s'apprêtait à partir à des milliers de kilomètres de là, elle déglutit et refoula ses larmes avec difficulté. Comment allait-elle réussir à vivre le prochain chapitre de son existence sans leur conversation constante par texto, ni le son de sa voix au téléphone chaque fois qu'elle voulait l'entendre ?

— Salut, dit-elle d'une voix rauque. Tu as oublié quelque chose ?

Plus tôt dans la journée, lorsque toute la famille était là, elle avait regretté de ne pas avoir quelques minutes seule avec lui. Peut-être avait-il ressenti la même chose.

— Non, je n'ai rien oublié, dit-il en s'arrêtant en

haut des escaliers. Je pensais juste que tu serais peut-être encore réveillée.

Elle lui fit un sourire ironique pour cacher ses yeux brûlants.

— Je n'arrivais pas à dormir. Tu veux t'asseoir ?

Il s'assit à côté d'elle et la regarda pendant un long moment. Finalement, il lui fit un sourire en coin et se pencha pour heurter son épaule contre la sienne.

— Docteure Anna Campbell, prête à changer le monde. Qui l'eût cru, quand tu étais cette ado insupportable qui galérait en économie mondiale, jusqu'à ce que je vienne te sauver la mise ?

Elle roula des yeux.

— C'est ça, fainéant. Tu serais encore en train d'essayer d'avoir la moyenne à ce cours si je n'avais pas été là. Heureusement que tu es beau, parce que tu es bête à bouffer du foin.

Gabe rit et secoua la tête.

Ils restèrent assis en silence, observant les éclairs dans le lointain. Au bout d'un moment, Gabe lui prit la main et la serra. Anna sentit une vague de chaleur inattendue remonter le long de son bras et se lover dans sa poitrine.

Quand il parla, sa voix avait perdu toute trace de taquinerie.

— Je suis vraiment fier de toi, Anna.

Il garda sa main dans la sienne, et Anna passa son pouce sur les callosités de sa paume. Peut-être était-ce parce qu'elle partait et ignorait quand elle le reverrait ? Elle avait besoin qu'il comprenne ce qu'il représentait pour elle.

— Toi aussi, tu n'étais qu'un gamin quand on s'est

rencontrés. La plupart des étudiants auraient ignoré une fille avec un caractère comme le mien. Mais pas toi. Tu as changé ma vie.

— Je n'ai rien fait, Anna. Je t'ai juste encouragée. C'est toi qui as tout fait. C'est toi qui t'es construit cette vie.

Anna secoua la tête. Parfois, juste avant de s'endormir, elle se réveillait brutalement, repensant à cet appartement minable, à ce propriétaire répugnant. Que serait-il arrivé si Gabe n'avait pas découvert sa situation ? Aurait-elle survécu une autre année dans cet endroit, avec Don qui la harcelait et l'électricité coupée en plein hiver ? À présent qu'elle n'était plus une adolescente aux abois, elle voyait bien le danger qu'elle avait couru.

Elle sentit que Gabe avait les yeux posés sur elle, mais ne put lui rendre son regard.

— Hé, dit Gabe en posant une main sur sa joue pour tourner doucement son visage vers lui. Tu sais, tu es la personne la plus forte, la plus résiliente que j'aie jamais rencontrée. Et quelles que soient les circonstances, je sais que tu serais arrivée là où tu es maintenant.

Elle le fixa, happée par ses yeux argentés. Le temps d'une respiration, tout à coup, le reste du monde s'effaça, et l'espace entre eux devint le seul endroit sur Terre.

Lorsqu'elle se repasserait la scène plus tard, ce qu'elle ferait bien sûr un million de fois, elle ne saurait jamais avec certitude s'il s'était penché vers elle, ou si c'était elle qui s'était avancée vers lui.

Mais tout à coup, ils s'embrassèrent.

C'était léger au début, presque hésitant. Puis Anna

se pressa davantage contre lui et le baiser se fit plus intense. Gabe l'enlaça en la serrant plus fort. Les mains d'Anna glissèrent autour de son cou et agrippèrent le col de sa chemise tandis qu'ils s'embrassaient plus profondément.

Il était tellement familier, son odeur, le ton de sa voix. Mais en même temps, ses bras qui la tenaient tout contre lui, la chaleur de sa bouche contre la sienne, tout cela était nouveau, inconnu et excitant.

Ils continuèrent à s'embrasser ainsi pendant ce qui aurait pu être une minute ou une heure ; Anna avait perdu toute notion du temps. Puis Gabe s'adossa à l'accoudoir du canapé et l'attira sur lui.

Elle l'embrassa encore, impérieusement, tout en tâtonnant pour déboutonner sa chemise. Il lui retira son gilet et glissa la main sous son tee-shirt. Elle gémit légèrement lorsque sa paume se fraya un chemin sur sa peau brûlante. Elle se mit à embrasser son visage, puis son cou. Il renversa la tête en arrière, et murmura son nom.

En l'entendant, Anna fut brutalement ramenée à la réalité.

S'ils ne s'arrêtaient pas *immédiatement*, ils n'allaient pas s'arrêter du tout. Elle se dégagea et retourna maladroitement à l'autre bout du canapé, haletante. Fermant les yeux, elle se détourna, comme si cela pouvait l'empêcher de le regarder. Elle pressa une main contre sa bouche où, quelques instants plus tôt, se trouvait celle de Gabe. Sa barbe de trois jours lui avait irrité les joues.

— Anna… murmura-t-il d'un ton rauque.

— Non… S'il te plaît. Ne dis rien.

Elle quitta le canapé et se dirigea vers l'extrémité du porche pour mettre de la distance entre eux. Elle croisa les bras en frissonnant, regrettant la chaleur de Gabe.

Non. Arrête.

Elle partait le lendemain pour une destination lointaine. Comment avait-elle pu laisser cela se produire ?

Gabe s'assit au bord du canapé, les coudes appuyés sur ses genoux, et il se passa la main dans les cheveux. Il leva les yeux, et elle se força à ne pas détourner le regard.

— Je… je devrais aller me coucher, dit-elle d'une voix tremblante en se rapprochant de la porte. J'ai un taxi qui vient me chercher à quatre heures du matin pour m'emmener à l'aéroport.

Gabe se leva à son tour ; il était trop près. Trop irrésistible, avec ses cheveux en bataille et sa chemise à moitié déboutonnée. Anna recula d'un pas.

— Laisse-moi t'y conduire moi-même.

— Non… Tout est déjà planifié.

Ils restèrent là sans rien dire, et c'était affreux. Insupportable. Gabe fourra les mains dans ses poches arrière comme s'il ne savait pas trop quoi faire d'autre avec. Anna avait l'impression que quelqu'un lui avait enfoncé un couteau dans la poitrine et siphonnait lentement l'air de ses poumons. Il fallait qu'elle parte avant de ne plus en être capable du tout.

Voilà. C'étaient des adieux. Il fallait que ce soient des adieux.

Anna se jeta sur lui, le serrant de toutes ses forces.

— Au revoir, Gabe, chuchota-t-elle.

Ses bras se refermèrent autour d'elle.

— Sois prudente, murmura-t-il, le visage enfoui dans ses cheveux.

Les larmes lui serrèrent la gorge, et elle sut qu'elle ne pourrait plus parler sans pleurer.

Elle s'écarta puis courut dans la maison et referma doucement la porte derrière elle. Elle appuya son front contre le cadre et ferma les yeux. Le tonnerre gronda de nouveau.

Elle écarta le rideau de la fenêtre et jeta un coup d'œil dehors. Tandis qu'un éclair déchirait le ciel, elle vit Gabe retourner vers sa voiture. Il s'arrêta et regarda la maison, puis ouvrit la portière de sa voiture et y monta. Comme il reculait dans l'allée, la lumière de ses phares éclaira brièvement la pièce. Alors qu'il disparaissait dans la rue, la pluie commença à tomber.

PARTIE III

Chapitre 24

Quatre ans plus tard

Anna était déjà épuisée lorsqu'elle se fraya un chemin à travers le marché en plein air jusqu'à la porte d'entrée de son immeuble. L'escalier étroit menant à son appartement, au quatrième étage, semblait se moquer d'elle. Le gravir équivalait à une descente aux enfers, mais à l'envers. La température augmentait d'au moins deux degrés à chaque volée de marches, l'étouffant lentement jusqu'à ce qu'elle arrive en nage et haletante dans son appartement.

Elle laissait toujours ouverte la porte du balconnet, et bien que l'appartement fût encore un four, il y faisait légèrement plus frais que dans le couloir. Avec le ventilateur suspendu au plafond, la température baissait encore de quelques degrés, et si Anna enlevait sa chemise et s'affalait sur le canapé sans plus bouger d'un orteil, elle pouvait presque reprendre son souffle.

Immobile, les yeux fermés, elle s'efforça de mettre son cerveau en veille. À quatre étages de hauteur, les bêlements des chèvres, les disputes des hommes qui jouaient au backgammon et la rumeur des femmes qui marchandaient un poulet ou un tapis persan se mêlaient en un bruit de fond qui montait par la porte ouverte. Le parfum d'encens et d'oignons frits venant de l'appartement voisin était capiteux mais réconfortant, après ces quelques semaines passées dans les camps de réfugiés où l'accès à l'hygiène était toujours une gageure.

Bien qu'elle fût basée dans un hôpital à Irbid, qui prenait en charge les réfugiés arrivés de Syrie, elle se relayait avec les autres médecins pour se rendre à la frontière sud, où ils travaillaient sous des tentes médicales montées à la hâte dans les camps de réfugiés. Ces expéditions étaient épuisantes, et au début, elle trouvait du répit à rentrer dans son appartement étouffant. Dernièrement toutefois, c'était devenu plus déprimant qu'autre chose.

Son travail consistait à aider des bébés à naître dans un monde qui lui rappelait constamment que les hommes étaient capables du pire envers leurs semblables. La plupart du temps, elle courbait l'échine, continuait son travail et tâchait de ne pas trop y penser. Ses collègues étant confrontés aux mêmes tragédies quotidiennes, les accabler de sa tristesse n'aurait été bénéfique pour personne.

Elle aurait aimé pouvoir parler à Adrien. Ils sortaient ensemble depuis plus d'un an, si l'on pouvait appeler « sortir ensemble » l'habitude de préparer le dîner puis de partager le même lit quelques soirs par semaine. Mais Adrien était chirurgien et avait toujours travaillé dans des zones de guerre. Au bout de dix ans, il considérait les gens comme des ensembles d'organes à réparer et ne prêtait plus attention aux tragédies.

Gabe semblait sentir l'épuisement d'Anna et lui en avait parlé lors de leur dernière conversation téléphonique. Mais elle ne pouvait pas lui raconter le genre de problèmes avec lesquels elle jonglait alors qu'il était à presque dix mille kilomètres de distance. Elle ne pouvait pas parler des femmes dont les maris étaient emprisonnés ou assassinés, et qui fuyaient leur domicile avec une ribambelle d'enfants et d'autres bébés en route. Ni de celles qui avaient été enlevées et violées par des groupes terroristes avant de réussir à s'échapper pour arriver au camp de réfugiés. Ni de toutes les mères et de tous les bébés qu'elle avait perdus, des femmes et des enfants qui auraient survécu facilement aux complications de l'accouchement avec des interventions médicales courantes aux États-Unis, mais qu'elle n'avait pas pu sauver ici avec les équipements médicaux dont elle disposait.

Elle ouvrit les yeux et fixa le ventilateur qui tournait au plafond. Pour ce qui était d'éteindre son cerveau, on repasserait. Elle se redressa, poussa un profond soupir, puis s'arracha du canapé pour repêcher son téléphone au fond de son sac. Le Wi-Fi fonctionnait plutôt bien ces derniers temps, et les notifications apparurent immédiatement. Trois appels vidéo manqués de Gabe, en l'espace de trois minutes. Elle ouvrit sa boîte de réception et cliqua sur le dernier message de Gabe.

Et puis elle cessa de respirer.

Anna, je suis terriblement désolé de te dire ça par écrit. Mon père a fait une crise cardiaque. Il jouait au golf avec un ami, et il s'est effondré. Heureusement, son ami est médecin, et il a commencé les compressions thoraciques tout de suite. Le SAMU est arrivé en trois minutes. Il est en salle d'opération en ce moment. Je te tiens au courant dès que j'aurai des nouvelles.

Les mains tremblantes, Anna appuya sur le bouton pour appeler Gabe, mais le signal devait être perturbé car le téléphone ne sonna pas. Elle se leva, fit les cent pas dans l'appartement, puis essaya à nouveau. Toujours rien.

La panique monta comme si c'était elle qui faisait une crise cardiaque. Elle était à dix mille kilomètres de là. Et Internet ne fonctionnait pas. Elle écrivit un texto à Gabe, mais la petite barre bleue qui indiquait l'envoi du message semblait bloquée à mi-parcours. Anna aurait voulu être là-bas, avec lui.

Elle aurait voulu être là-bas avec lui.

Anna recommença à tourner comme un lion en cage, vérifiant compulsivement son téléphone et s'efforçant de garder son sang-froid. Rien, rien, rien.

Peut-être pourrait-elle appeler Adrien. Il ne pourrait pas faire grand-chose, sauf être avec elle, mais au moins elle ne serait pas seule. Elle s'apprêtait à composer son numéro quand elle s'arrêta. Devoir tout lui expliquer, qui était qui, pourquoi c'était important… c'était trop épuisant.

Elle lui avait parlé des Weatherall, bien sûr. Mais elle avait l'impression qu'il n'écoutait pas vraiment. Si elle l'appelait maintenant, il énumérerait sans doute une liste de questions sur la crise cardiaque. *John avait-il perdu connaissance ? Quel était l'intervalle de temps entre les symptômes ? S'agissait-il de l'artère coronaire antérieure gauche ou droite ?* Des questions auxquelles elle n'avait pas de réponses et qui ne servaient à rien alors que tout ce qu'elle voulait, c'était que quelqu'un la prenne dans ses bras.

Elle ne pouvait pas parler à Adrien alors que tout ce qu'elle voulait, c'était Gabe. Enfin, heureusement, son téléphone vibra.

On vient de parler au médecin.
Il y avait un blocage complet de l'artère coronaire, et ils ont fait une angioplastie par ballonnet. Ils ont dit que ce serait long, mais qu'il récupérerait.
Il est en train de se réveiller, ma mère est avec lui.
Je te tiens au courant.

Et puis, juste après le premier, un deuxième message apparut.

Tu me manques tellement.

Anna respira profondément pour calmer son cœur en pleine cavalcade.

Tu me manques aussi.

Elle éteignit son téléphone et alla se coucher.

Cette nuit-là, elle rêva qu'elle était dans la cuisine

des parents de Gabe, entourée de toute la famille. Dorothy était assise à côté d'elle sur la banquette, et de l'autre côté de la pièce, Gabe la regardait en lui souriant.

Quand elle s'éveilla, Anna se sentit plus reposée qu'elle ne l'avait été depuis des mois.

*

Quelques jours plus tard, Anna était de nouveau en pleine ascension transpirante des escaliers de l'immeuble lorsque son téléphone se mit à vibrer de manière insistante. Gabe avait envoyé quelques nouvelles de John au cours des derniers jours, mais la connexion aléatoire de son téléphone rendait la communication chaotique.

Anna sortit son téléphone de sa poche, s'attendant à voir le nom de Gabe clignoter sur l'écran, mais il s'agissait d'un numéro inconnu. Un numéro de San Francisco.

Anna monta les dernières marches à vive allure, puis s'arrêta devant sa porte d'entrée et décrocha, haletante.

— Allô ?

— Bonjour, dit une voix masculine inconnue. Je cherche à joindre Anna Campbell.

Les épaules d'Anna se relâchèrent. Après toutes ces années, une petite partie d'elle espérait toujours entendre la voix de sa mère. Abandonnerait-elle un jour cet espoir ?

— C'est moi, répondit-elle, légèrement intriguée.

L'indicatif régional signifiait qu'il s'agissait probablement de quelqu'un de l'université. Chaque année, Anna recevait des e-mails de collecte de fonds pour l'association des anciens élèves. Peut-être faisaient-ils simplement suite à son dernier don.

— Madame Campbell, je suis l'agent Deacon, du département de police de San Francisco.

Anna s'accrocha à la poignée de sa porte pour rester debout. Ce n'était pas sa mère. Mais était-ce l'autre appel qu'elle avait attendu toute sa vie ?

— Oui ? réussit-elle enfin à articuler.

— Vous êtes venue il y a plusieurs années pour déposer un signalement de personne disparue concernant une certaine Deborah Campbell ? Il s'agit de votre mère, c'est bien ça ?

— Oui. (La vision d'Anna devint floue.) C'est ça. Vous avez des nouvelles ?

— Eh bien, je n'en suis pas tout à fait sûr… J'ai fouillé quelques vieux dossiers de personnes non identifiées, et j'ai peut-être trouvé quelque chose. Nous avions une femme dont le corps a été retrouvé dans un parc de Tenderloin il y a des années. Elle n'avait pas de papiers sur elle, mais elle correspond à la description de votre signalement. Même âge approximatif, d'origine caucasienne, cheveux brun foncé et yeux marron foncé.

Anna s'adossa à la porte et glissa jusqu'à terre.

— Comment savoir si c'est bien elle ?

— Vous pouvez soumettre un échantillon d'ADN pour que nous puissions éventuellement l'identifier.

L'odeur d'encens flottait depuis l'appartement voisin, lui rappelant qu'elle était à des milliers de kilomètres de là.

— Je ne suis pas à San Francisco actuellement. Y aurait-il un moyen de le faire quand même ?

— Je peux vous donner les informations, il y a des laboratoires partout dans le pays. Ils feront le test et nous le comparerons à l'échantillon qui a été prélevé quand la personne était à la morgue.

La morgue.

Sa mère avait-elle été à la morgue ? Et où était-elle maintenant ? Probablement dans une tombe anonyme quelque part. La voix de l'agent Deacon l'interrompit dans ses réflexions.

— Madame Campbell ?

— Je suis désolée. Je ne suis pas sur le territoire en ce moment… Je travaille à l'étranger.

— Serez-vous de passage bientôt ? En vacances ?

Anna songea à la crise cardiaque de John. À son rêve dans la cuisine des Weatherall. Au sourire de Gabe. Pourrait-elle prendre quelques semaines de congé ?

— Il va falloir que je m'organise.

— D'accord. J'ai votre adresse e-mail, je vous enverrai les informations pour le test, et vous pourrez me dire ce qu'il en est.

Ils se saluèrent, mais juste avant de raccrocher, Anna pressa de nouveau le téléphone contre son oreille.

— Attendez !

— Oui ?

— Comment est-elle morte ?… La femme dans le parc ?

À travers le téléphone, Anna entendit des papiers qu'on remuait.

— D'après le dossier, un arrêt cardiaque apparemment.

Anna se redressa.

— C'était… ce n'était pas une overdose ?

— Non. Il y avait une petite quantité d'opiacés dans son sang. Le rapport dit que cela correspond à une dose normale pour la gestion de la douleur. Mais ce n'est pas la cause du décès.

— Et quand l'avez-vous trouvée ? À quelle date ?

L'agent de police feuilleta le rapport pendant un instant.

— Alors, voyons voir…

Il lui indiqua la date qu'il avait trouvée.

C'était arrivé seulement quelques semaines après que sa mère fut partie. Juste au moment où ses appels téléphoniques avaient cessé.

Le sang d'Anna battait dans ses tempes. Cela pourrait-il expliquer pourquoi elle n'était jamais revenue ? Peut-être que son silence n'avait rien eu à voir avec la drogue et toutes les autres choses terribles qu'Anna avait imaginées au fil des années. Peut-être que sa mère avait vraiment prévu de faire le travail qui l'avait emmenée à San Francisco, puis de revenir vers Anna. Et par un retournement cruel du destin, elle était morte dans ce parc sans pièce d'identité sur elle, si bien qu'Anna n'avait eu aucun moyen de le savoir.

Peut-être… peut-être que sa mère n'avait jamais eu l'intention de la quitter pour toujours.

Chapitre 25

Anna ouvrit les yeux et se retourna pour regarder l'horloge : il était huit heures du matin. Elle ne se souvenait pas de la dernière fois où elle avait dormi aussi tard. Chaque matin pendant quatre ans, elle s'était réveillée juste avant le lever du soleil au son de l'adhan, l'appel à la prière islamique, que diffusaient les haut-parleurs de la mosquée locale. Peu après, les bruits de la ville qui s'éveillait commençaient à monter à sa fenêtre : la femme d'à côté qui préparait le petit déjeuner pour sa famille, un autre voisin qui battait un tapis sur son balcon, les commerçants qui installaient leurs étals sur le marché.

Anna s'assit dans son lit et tendit l'oreille, mais à part une voiture qui passait de temps en temps devant la maison des Weatherall et un oiseau qui pépiait dans un arbre, elle n'entendait que le silence. L'agitation d'Irbid lui manquait, surtout les appels à la prière, cinq fois par jour. Elle n'avait été élevée dans aucune tradition religieuse ou spirituelle, mais lorsque l'appel retentissait, elle se retrouvait à arrêter tout ce qu'elle faisait pour envoyer une pensée silencieuse à Dieu, à Jésus, à Allah, ou à quiconque là-haut qui pourrait veiller sur elle.

Anna adressa l'une de ces petites prières à ce moment-là, heureuse d'être rentrée chez elle sans encombre, et reconnaissante envers les Weatherall pour leur accueil. Après lui avoir fait la surprise de venir la chercher à l'aéroport, Gabe l'avait emmenée chez ses parents. Son ancienne chambre n'avait pas changé depuis le lycée.

Et puis, Anna formula une prière de plus, cette fois-ci pour sa mère. Où qu'elle fût, Anna espérait qu'elle savait que sa fille ne l'avait jamais oubliée, qu'elle n'avait jamais abandonné l'idée de la retrouver. D'une main, elle serra le pendentif en or autour de son cou. L'idée que sa mère était vraiment partie avait beau être déchirante, Anna y avait trouvé un certain réconfort, aussi. Le pire avait toujours été le doute. Le fait de ne pas savoir. Et tous les scénarios terribles qu'elle avait imaginés.

Peut-être était-elle enfin sur le point de trouver les réponses qu'elle avait passé la moitié de sa vie à chercher.

Anna quitta son lit, se brossa les dents et descendit. Lorsque Gabe l'avait ramenée de l'aéroport la nuit dernière, il était plus de deux heures du matin, et John et Elizabeth dormaient. Elizabeth avait laissé un petit mot lui demandant de les réveiller quand elle rentrerait, mais avec la crise cardiaque de John quelques semaines plus tôt, Anna savait qu'ils avaient besoin de repos.

Elle s'arrêta sur le seuil de la cuisine et les contempla tous les deux, assis sur des tabourets de bar, penchés sur la grille de mots croisés du journal. John avait toujours été si fort, si solide ; il était difficile de croire qu'il avait failli mourir deux mois plus tôt. Après sa crise cardiaque, il s'était remis en un temps record et semblait toujours dix ans plus jeune que ses soixante-cinq ans. Mais le fait est qu'Elizabeth et lui vieillissaient, et devenaient plus fragiles. John avait pris sa retraite de chirurgien un an plus tôt parce que sa vue n'était plus ce qu'elle était. Et Elizabeth s'était cassé le bras en tombant quelques mois auparavant. Elle portait toujours une attelle à la main gauche.

Le cœur d'Anna se serra en les voyant.

Elle était revenue à Pittsburgh pour qu'un test ADN lui donne des réponses sur sa mère. Mais si elle était tout à fait honnête, c'était aussi pour eux qu'elle était rentrée. Ils étaient tellement importants pour elle – John, Elizabeth et toute la famille – même après tout ce temps, même avec la distance. La perspective de perdre sa mère – pour de bon, cette fois-ci – avait mis en évidence son affection pour les Weatherall.

Anna déglutit avec difficulté en entrant dans la pièce.

— Bonjour !

John repoussa le journal, et Elizabeth bondit de son tabouret pour aller embrasser Anna.

— Oh, ma chérie, enfin tu es rentrée, Dieu merci ! s'exclama Elizabeth, remettant les cheveux d'Anna derrière son oreille, tenant ses joues dans ses mains, reculant d'un pas pour mieux la regarder. Regarde-toi. Tu es toute maigre. John, donne-lui un roulé à la cannelle.

— Elle a l'air parfaite, dit John en passant un bras protecteur autour de l'épaule d'Anna. Laisse-la au moins s'asseoir avant de commencer à te tracasser. Elizabeth est devenue une experte en tracasserie ces derniers temps, ajouta-t-il en chuchotant.

Anna rit.

— Et c'est une chance pour toi, non ?

John poussa un soupir exagéré.

— Je pensais que toi, au moins, tu serais de mon côté.

Le visage d'Anna devint sérieux.

— Je sais que nous, les médecins, nous sommes toujours les derniers à prendre soin de nous-mêmes. Alors tu ferais bien de faire exactement ce qu'on te dit.

— Tsss… Je savais que j'aurais dû t'encourager à devenir avocate.

— Oh, arrête un peu ! intervint Elizabeth en donnant une petite tape à John. Ne l'écoute pas, Anna. Ça lui fait tellement plaisir que tu sois venue voir comment il allait après cette crise cardiaque. Mais ça le rend sentimental, et il n'aime pas ça, voilà tout.

Anna baissa les yeux. Elle n'avait rien dit aux Weatherall sur l'autre raison de son voyage. Pas même à Gabe. Ils n'avaient plus parlé de sa mère depuis ce jour sur la plage, il y avait des années de cela. Et Anna ne l'avait jamais évoquée avec le reste de la famille non plus. Elle avait toujours redouté leurs questions… et ce qu'ils pourraient faire s'ils obtenaient un jour les réponses.

Mais au cours des derniers mois, sa vision du passé avait commencé à changer. Peut-être que sa mère l'avait toujours aimée, et peut-être que ces années de séparation n'avaient été dues qu'à une tragique crise cardiaque. Peut-être pourrait-elle enfin commencer à se pardonner pour sa responsabilité dans la disparition de sa mère, et aller de l'avant.

Elizabeth posa un roulé à la cannelle devant elle.

— Je suis sûre que tu es encore épuisée par le voyage. Et tu t'es occupée des autres là-bas pendant quatre ans sans interruption. Détends-toi, et laisse-moi te chouchouter le temps que tu es ici !

Au plus profond d'elle-même, Anna sentit quelque chose se relâcher : une tension qu'elle avait gardée pendant des années. Peut-être même des décennies. Elle fut tentée de se jeter dans les bras d'Elizabeth pour la remercier de toute l'attention qu'elle lui avait déjà prodiguée.

À cet instant, des pas résonnèrent sur la terrasse. La porte du jardin s'ouvrit, et Matt et Gabe entrèrent, vêtus de vieux tee-shirts et de shorts tachés de peinture.

— Ann-a-a-a-a-a-a-a, entonna Matt en la serrant dans ses bras musclés.

Lorsqu'il la relâcha enfin, Gabe s'approcha pour l'étreindre en l'écrasant un peu moins.

— Qu'est-ce que vous fabriquez là si tôt ?… s'enquit Anna, avant de jauger leurs tenues de travail. À part pour jouer les pages juin-juillet du calendrier sexy des ouvriers du bâtiment, je veux dire.

Gabe sourit tout en lui versant une tasse de café, y ajoutant juste la bonne dose de lait. C'était drôle qu'il se souvienne encore de la façon dont elle aimait le boire, après toutes ces années.

— On a eu une grosse tempête il y a quelques jours, et une branche est tombée du vieil arbre dans la cour. Elle a endommagé le toit, on est en train de le réparer.

— Qu'as-tu prévu aujourd'hui, Anna ? lui demanda John.

— Je pensais aller me renseigner pour louer une voiture ces prochaines semaines.

— Pense bien à demander une assurance complémentaire, conseilla Matt depuis l'autre côté de l'îlot de cuisine.

Gabe ricana, et Anna leva les yeux au ciel. Matt lui avait appris à conduire durant sa dernière année de lycée, lorsqu'elle vivait chez les Weatherall. Manifestement, il ne laisserait jamais personne oublier sa mésaventure avec une clôture grillagée.

John ignora les ricanements de ses fils et se tourna vers Anna.

— Qui va t'accompagner chez le loueur de voitures ? Rachel ?

— Non, je crois qu'elle a dit qu'elle serait au tribunal aujourd'hui.

— Je ne suis pas sûr que ce soit une bonne idée d'y aller seule, dit John en fronçant les sourcils. Tu sais comment ils sont, les commerciaux, surtout quand ils voient une jeune femme toute seule. Ils vont essayer de t'extorquer le prix d'un rein… Je devrais y aller avec toi, conclut-il en se frottant le menton.

Avant qu'elle n'ait pu répondre, Matt et Gabe se mirent à faire des gestes frénétiques derrière John. Gabe hochait la tête avec force tout en articulant muettement : « Dis oui ! »

Elle regarda de nouveau John.

— Eh bien, si ça ne te dérange pas de m'accompagner, ce serait génial.

— Je pense que c'est une bonne idée, appuya Matt.

— Ouais, on ne veut pas qu'Anna se fasse arnaquer, renchérit Gabe.

John se tourna vers ses fils.

— Vous pensez pouvoir vous en sortir tout seuls avec le toit ?

— Je pense que ça va aller, répondit très sérieusement Matt, qui, après tout, ne construisait des maisons que depuis près de vingt ans.

— Ouais, on devrait s'en sortir, dit Gabe avec un haussement d'épaules exagéré.

John hocha la tête.

— D'accord, je vais me changer.

Il disparut dans le couloir, et Anna se tourna vers les deux frères.

— Il prévoyait d'aider à réparer le toit ?

Matt prit un roulé à la cannelle sur le plateau et mordit dedans.

— Je sais. En ayant fait une crise cardiaque il y a deux mois.

— On lui avait seulement permis de superviser, soupira Elizabeth.

— Ce qui était peut-être pire que s'il nous avait aidés, souligna Gabe. Merci de l'embarquer avec toi.

— Je t'en prie.

En vérité, elle était ravie d'avoir John avec elle. Il prenait sa mission tellement à cœur qu'Anna ne pouvait se résoudre à lui rappeler qu'elle ne choisissait pas la voiture de sa vie, mais seulement une location pour quelques jours. John insista pour qu'elle fasse un tour avec chaque voiture pour l'essayer, posa un million de questions au loueur sur la consommation d'essence, puis se promena en donnant des coups de pied aux pneus et en regardant sous les capots.

C'était exactement le genre de chose qu'elle

imaginait son père faire, si elle l'avait jamais connu. Au fond d'elle-même, Anna s'était toujours dit qu'un jour sa mère lui donnerait plus d'informations sur son géniteur. Mais si sa mère était vraiment décédée, Anna avait peut-être perdu cette occasion-là aussi. Elle avait peut-être perdu tout lien avec son passé, avec ses origines.

Comme avec Elizabeth dans la cuisine un peu plus tôt, Anna fut soudain submergée par l'envie de prendre la main de John et de le remercier d'être là pour elle. Elle savait que dégoter la meilleure voiture de location n'était pas un but en soi pour lui. C'était simplement sa façon de s'occuper d'elle, et c'était bien là ce qui comptait.

— Je pense que celle-là est idéale, déclara John en tapotant le toit d'une berline Honda. Qu'en dis-tu ?

Anna lui adressa un sourire affectueux.

— Je pense que si elle a ta bénédiction, alors c'est la bonne.

John fit signe au loueur.

— On la prend.

Anna passa son bras sous celui de John, et ils se dirigèrent à l'intérieur pour signer les papiers.

Lorsqu'ils se garèrent dans l'allée un peu plus tard, une échelle était appuyée contre la maison, et Gabe et Matt étaient sur le toit. Le soleil de juillet était haut dans le ciel, et ils avaient enlevé leurs tee-shirts, qu'ils avaient jetés sur l'herbe.

Anna leva la tête pour les regarder, tenant sa main au-dessus de ses yeux pour les protéger du soleil. Les deux hommes étaient agenouillés sur le toit, les muscles de leurs bras et de leurs dos roulant sous leur peau tandis qu'ils clouaient les nouveaux bardeaux.

Faisait-il beaucoup plus chaud tout à coup ? Elle s'éventa avec les papiers de location de sa voiture et prit son sac dans la BMW de John. Alors qu'elle se retournait, Gabe sauta de l'avant-dernier échelon de l'échelle et atterrit devant elle.

— Salut, dit-il, en passant une main dans ses cheveux collants de sueur. Comment ça s'est passé ?

Anna garda les yeux fixés sur son visage.

— Bien. Ils me déposent la voiture demain.

John les rejoignit et décrivit à Gabe la Honda qu'elle avait choisie, détaillant sa faible consommation et d'autres caractéristiques pratiques. Pendant qu'ils parlaient, le regard distrait d'Anna s'éloigna du visage de Gabe pour suivre le dessin des muscles le long de ses épaules et de ses bras. Il était bronzé à force de travailler dehors, et la pilosité clairsemée de son torse devenait plus fournie en descendant vers son nombril. Anna appréciait ce genre de ventre musclé qui était celui d'un homme sportif ; les tablettes de chocolat soigneusement ciselées de ceux qui passaient trop d'heures à la salle la séduisaient nettement moins.

Le souffle coupé, elle eut l'impression que la température avait encore augmenté. Après toutes ces années, il pouvait encore lui tourner la tête. Elle détourna les yeux, revint à son visage, et eut encore plus chaud. Parce que Gabe la regardait lui aussi, comme si cette attraction troublante qu'elle ressentait était réciproque.

Anna était assise sur un tabouret de bar dans la cuisine ensoleillée des parents de Gabe, où toute la famille s'était réunie pour lui souhaiter la bienvenue, et un sentiment de paix l'envahit. Elle regarda Gabe soulever le fils de Matt, Henry, trois ans, et plaisanter en faisant mine de le jeter à la poubelle. Henry était suspendu par les pieds et glapissait de rire. Gabe leva les yeux, croisa son regard, et lui fit un clin d'œil. Puis Matt galopa dans la cuisine en hennissant, ses deux fils aînés cramponnés à son dos.

— Allez, il est temps que ce gentil cheval retourne au pré, s'amusa Julia en déchargeant les garçons du dos de Matt pour les installer à table, où ils se jetèrent sur leur pizza.

Un verre de vin apparut devant Anna, et elle leva les yeux alors que Rachel s'installait sur le tabouret à côté d'elle.

— Aaliyah voudrait qu'on passe à table dès qu'elle sera rentrée de Londres.

— Elle voyage encore plus que moi, sourit Anna. Ça avance, les préparatifs du mariage ?

Rachel balaya la question de la main, comme si elle chassait une mouche.

— Oh, tu sais… on va s'y mettre.

Aaliyah avait fait sa demande lorsque Rachel et elle avaient terminé leurs études de droit, mais leurs fiançailles étaient parties pour être les plus longues de l'Histoire. Rachel s'était fait un nom en tant qu'avocate spécialisée dans les divorces, obtenant d'énormes prestations compensatoires pour ses clients, le plus souvent des clientes. Anna soupçonnait que son métier l'avait rendue un peu réticente face à l'institution du mariage. Être fiancée semblait suffire à son bonheur.

Leah s'assit de l'autre côté d'Anna.

— J'aimerais bien que Rachel se marie enfin, moi !

Leah avait à présent vingt-six ans ; elle avait épousé son amoureux du lycée, Josh, l'été précédent.

Anna n'avait pas pu assister au mariage de Leah ; elle était alors en Jordanie, et c'était trop compliqué de revenir le temps d'un week-end. Elle avait envoyé un cadeau. Mais à présent, la culpabilité la rongeait. Leah et elle avaient toujours été proches, et Anna savait que Leah l'admirait. Elle aurait dû rentrer.

— J'adorerais organiser un autre mariage, soupira Leah avec nostalgie, caressant sa robe d'été taille empire.

Anna l'observa un instant.

— Bientôt, tu seras trop occupée pour organiser quoi que ce soit, remarqua-t-elle. Ça prend beaucoup de temps, un bébé.

Leah fixa Anna, bouche bée. Ses mains se posèrent sur son abdomen.

— Mais… Ça ne se voit presque pas ! Comment tu as su ?

— C'est mon travail de savoir. Je peux ? s'enquit Anna en tendant la main vers le ventre légèrement arrondi de Leah.

Leah acquiesça, et Anna la palpa doucement.

— Vingt-sept semaines ?

— Vingt-six et demie !

Josh les rejoignit, et Anna se leva pour le serrer dans ses bras. C'était leur premier bébé, et ils rayonnaient de joie. Leah serait une mère fantastique ; Elizabeth lui avait donné l'exemple.

Son cœur se serra en pensant à son propre exemple. Sa mère l'avait aimée autrefois, il y a longtemps. Ou peut-être l'avait-elle toujours aimée. Anna voulait le croire de tout son cœur.

— On a attendu pour te le dire en personne parce qu'on voulait te demander quelque chose, dit Leah. On est tellement heureux que tu aies pu prendre quelques semaines de congé pour venir nous voir…

Anna acquiesça, et ses pensées dérivèrent vers le test ADN qu'elle irait passer dès que possible. Elle aurait pu venir des semaines plus tôt, aller chercher l'écouvillon, le renvoyer puis repartir immédiatement. Mais elle avait choisi de rester plus longtemps en Jordanie pour organiser son emploi du temps afin de passer plusieurs semaines à Pittsburgh. Pour la centième fois depuis qu'elle s'était réveillée chez John et Elizabeth ce matin-là, Anna était heureuse d'avoir pris cette décision.

— Voilà : est-ce qu'il y aurait moyen que tu restes un peu plus longtemps que prévu ? demanda Leah avec nervosité. Mettons, peut-être… un trimestre, ou quelque chose comme ça ? Josh et moi, on aimerait que tu sois là pour aider le bébé à naître.

— Oh, ma chérie ! dit Anna, une boule dans la gorge.

Leah leva la main.

— Je sais que c'est beaucoup demander. Je le sais. Mais il n'y a personne d'autre que je voudrais avoir dans la salle d'accouchement avec moi.

Josh se racla ostensiblement la gorge.

Leah tapota la jambe de Josh.

— Évidemment, je voulais dire à part toi, chéri. Même si je ne suis pas totalement convaincue que tu ne vas pas t'évanouir.

Matt s'approcha et tapota le bras de Josh.

— Tout ira bien, mec. J'ai survécu trois fois à l'accouchement.

— *Tu* as *survécu ?* glapit Julia depuis l'autre côté de la pièce. Continue comme ça, et tu vas voir à quoi tu vas survivre !

Matt sourit.

— Le secret, c'est de rester près de sa tête, et tout ira bien. Ne va jamais du côté de… tu sais, dit-il avec un geste vers son entrejambe.

— Pardon, du côté de… quoi ? s'esclaffa Anna.

Elle avait vu beaucoup de maris très délicats dans son travail. Matt toussa.

— La sage-femme te suggère toujours de venir regarder quand le bébé est en train de sortir, mais n'y va surtout pas ! (Matt jeta un coup d'œil à Julia, qui était retournée auprès de leurs trois garçons.) Fais-moi confiance. Je parle d'expérience, chuchota-t-il.

Josh hocha pensivement la tête.

— D'accord. Ne pas aller regarder.

Anna s'insurgea :

— Si vous saviez combien de maris jurent qu'ils ne regarderont jamais, et finissent le moment venu par venir voir leur bébé naître en étant très émus !

— Combien ?

— À peu près tous.

Elle rit face à l'air consterné de Josh.

Rachel frappa le bras de Matt.

— Hé ho, les frangins ! Vous pouvez arrêter de parler des parties intimes des filles ? Je vais finir par vomir si vous continuez.

Matt sourit en se frottant le bras où elle l'avait frappé.

— Allez, quoi, Rachel. Tu aimes les parties intimes des filles autant que nous.

Gabe éclata de rire et tapa dans la main que Matt lui tendait. Rachel considéra ses frères, horrifiée.

— Mamaaan ! s'écria-t-elle. Gabe et Matt recommencent à être dégoûtants !

De l'autre côté de la pièce, Elizabeth sourit.

— Arrêtez de vous disputer, les enfants, dit-elle d'une voix chantante, sans prendre la peine de lever les yeux de la salade qu'elle était en train de préparer.

Anna se carra dans son siège, étrangement réconfortée par ces chamailleries. Ça avait toujours été comme ça avec les Weatherall. Être entourée de leur chaleur, de leurs rires et de leurs gentilles disputes l'aidait toujours à oublier qu'il y avait un monde au-dehors où les gens vivaient des choses affreuses.

Bon sang, ils lui avaient tous tellement manqué. L'idée que sa mère était peut-être décédée la rendait désireuse de profiter davantage de ces moments avec les personnes qui lui étaient chères. Celles qui étaient encore là.

Anna considéra la requête de Leah. Son superviseur l'avait encouragée à prendre des vacances plus longues quand elle avait déposé sa demande de congé. L'épuisement professionnel était courant dans son domaine, et cela faisait longtemps qu'Anna ne s'était pas arrêtée plus qu'un long week-end. En voiture, John avait mentionné que l'hôpital cherchait toujours des médecins remplaçants. Pourrait-elle obtenir un poste temporaire à la maternité, et y rester jusqu'à l'accouchement de Leah ? Et puis, à présent que la police avait une piste sur la disparition de sa mère, elle pourrait être à proximité en cas de nouveaux développements dans l'affaire.

Anna regarda autour d'elle. Si sa mère était vraiment morte d'une crise cardiaque dans ce parc de San Francisco à l'époque, en vérité, Anna aurait envie d'être ici, entourée des Weatherall, quand elle apprendrait la nouvelle. Et avec Gabe, surtout. Il était la seule personne dans les bras de qui elle voudrait pleurer.

Chapitre 26

Gabe regardait Anna rire avec sa famille et sentait la sérénité s'installer en lui, une sérénité qu'il n'avait pas connue depuis le départ d'Anna pour le Moyen-Orient. Lorsqu'il lui avait demandé de but en blanc si elle était en sécurité ou pas, elle avait répondu qu'elle ne risquait rien et avait aussitôt changé de sujet, ce qui ne l'avait pas surpris le moins du monde. Elle avait toujours répété qu'elle était capable de prendre soin d'elle-même. Et c'était vrai. Mais tout de même, il y avait certaines choses qu'elle ne contrôlait pas.

De manière obsessionnelle, Gabe consultait les informations sur la guerre en Syrie et les actions humanitaires au Moyen-Orient, ce qui ne lui avait pas exactement garanti qu'elle était à l'abri du danger. Rien que ces derniers mois, deux hôpitaux avaient été bombardés, et des histoires de travailleurs humanitaires disparus, vraisemblablement enlevés par des terroristes, surgissaient à une fréquence alarmante sur son fil d'actualité.

La nuit précédente avait été la première en quatre ans où il avait pu dormir sans cette terreur vague campée sur sa poitrine. Depuis qu'Anna était partie, il y avait eu tant de nuits où il avait purement et simplement renoncé au sommeil, traînant sur son balcon les yeux rivés au ciel, se demandant si elle voyait les mêmes étoiles depuis l'autre côté du monde.

Il regarda Anna prendre une part de pizza et se glisser à table à côté de Julia et des garçons.

— Hé, Henry. Toc, toc, commença-t-elle.

— C'est qui ? répondit le garçonnet.

— La vache qui coupe la parole.

— La vache qui coupe l…

— MEEUUH !

Gabe pouffa, mais Henry rit tellement fort qu'il tomba de sa chaise et renversa son jus sur le bras de Julia.

— Henry !

Julia bondit pour attraper des serviettes au milieu de la table.

— Désolée, s'excusa Anna avec une grimace exagérément piteuse.

Gabe rit de nouveau.

— Tu en veux une ? lui demanda son père, tenant deux bières dans les mains.

— Je veux bien, merci.

John s'assit sur le tabouret d'à côté et prit une gorgée de bière.

— Tu as le droit de boire ça ? l'interrogea Gabe.

— Je suis en meilleure forme qu'avant la crise cardiaque. Ta mère ne me laisse plus rien manger de bon. Tu ne vas pas me priver de ma bière, aussi !

Il prit une autre gorgée et inclina la tête vers Anna.

— C'est bien d'avoir toute la famille réunie à nouveau.

— Oui, c'est bien, approuva Gabe en regardant Anna.

— Je suis vraiment fier d'elle.

Gabe hocha la tête.

— Tu l'as eu, ton docteur dans la famille, finalement.

Les mots étaient sortis tout seuls de sa bouche. C'était un sujet qui n'était pas revenu sur le tapis depuis longtemps et auquel il ne pensait plus beaucoup. De l'eau avait coulé sous les ponts. Gabe n'était plus qu'à quelques années de la titularisation à l'université, il était invité pour donner des conférences dans tout le pays, et il avait publié ses recherches dans toutes les grandes revues. Mais il semblait nourrir toujours un peu de… peut-être pas de ressentiment. Plutôt une sorte d'agacement, quant à la pression que son père avait exercée autrefois sur lui pour qu'il devienne médecin.

John le regarda pendant un long moment.

— Je suis heureux qu'Anna soit dans notre famille. Mais tu sais, ça n'aurait pas été la fin du monde si personne n'avait fait médecine.

Gabe haussa les sourcils. Son père avait dû se cogner la tête en tombant le jour de sa crise cardiaque, car cette décontraction était en léger décalage avec ses souvenirs. John s'éclaircit la gorge.

— Je sais que je ne le dis pas souvent, mais je suis vraiment très fier de toi. Je suis désolé de ne te l'avoir jamais dit quand tu étais plus jeune. (Il marqua une pause et se massa la nuque, comme si ce discours lui causait une souffrance physique.) Ma famille n'avait pas beaucoup d'argent quand j'étais enfant, et la vie était dure pour ma mère. Après la mort de mon père, la famille a dégringolé de la classe ouvrière pour tomber dans la pauvreté.

Ma mère cumulait trois emplois, et malgré ça, certains jours, il n'y avait pas assez à manger à la maison, et on se couchait le ventre vide. Je voulais que vous, mes enfants, vous choisissiez des professions où vous ne seriez pas des galériens. Mais j'ai peut-être un peu exagéré.

Gabe se balança en arrière sur sa chaise. Il savait que son grand-père avait été sidérurgiste, et qu'il était mort jeune. Mais il n'avait jamais vraiment réfléchi à ce que cela avait dû être pour son père de grandir avec une mère seule qui ne pouvait prétendre à un emploi qualifié. John n'en avait jamais parlé. Et lorsque Gabe l'avait connue, sa grand-mère paraissait à l'aise depuis toujours.

Il réalisa à quel point elle avait dû trimer pour parvenir à ce stade.

La voix de son père l'interrompit dans ses réflexions.

— Je sais que j'ai été dur avec toi, et encore plus avec Matt. Je lui ai raconté tout ça, et maintenant c'est à toi que je le dis. Je suis désolé.

Gabe se massa le front, s'efforçant de faire assimiler à son cerveau ce changement de perspective.

— Tu n'as pas à être désolé. Je ne serais pas là où je suis si tu n'avais pas été derrière moi pour me pousser.

Son père inclina la tête.

— Dans ce cas, j'espère que tu pardonneras à ton vieux père qui a récemment vu sa vie défiler devant ses yeux de te pousser encore une fois… (Il fit un geste de la tête en direction d'Anna.) Elle va bientôt repartir.

Le cœur de Gabe battit plus fort. Ses yeux furent attirés de nouveau vers Anna, et comme si elle sentait son regard, elle leva les yeux et lui adressa ce sourire qui illuminait son visage. De quelque part au loin, il entendit son père ajouter :

— À moins que quelqu'un ne lui donne une bonne raison de rester.

Gabe tourna brusquement la tête. Son père soutint tranquillement son regard.

— Crois-moi. La vie peut basculer en une seconde. Ne laisse pas passer ta chance.

Gabe ouvrit la bouche, puis la referma. Et puis, il ne put s'en empêcher. Il éclata de rire. Comme d'habitude, son père pensait savoir ce qui était le mieux. Il poussait son fils subtilement, ou pas si subtilement, dans la direction qu'il estimait être la bonne. Mais cette fois, Gabe ne pouvait pas lui en vouloir. Parce que cette fois, il le soupçonnait d'avoir raison.

— Merci du conseil.

John lui pressa l'épaule puis sauta du tabouret de bar. Gabe le regarda traverser la cuisine et se glisser à côté de sa mère, tendant la main pour voler un champignon sur l'une des pizzas. Elizabeth lui donna une tape sur la main, et son père rit en passant son bras autour d'elle, l'embrassant sur la joue. Gabe prit une grande gorgée de bière tandis que le chaos familial continuait de tourbillonner autour de lui : ses neveux qui riaient d'une blague, Leah et Julia qui discutaient de prénoms de bébé, son père qui riait tout bas en flirtant avec sa mère.

Comment se faisait-il qu'en ayant été élevé dans le culte de la famille, il n'avait jamais trouvé quelqu'un avec qui partager cela ? Le regard de Gabe s'arrêta sur Anna. Peut-être parce qu'il avait passé la majeure partie de sa vie d'adulte à comparer les femmes qu'il rencontrait à une personne en particulier.

Chapitre 27

Gabe fixait les données de ses dernières recherches depuis si longtemps qu'il commençait à loucher. Aussi, lorsque son téléphone vibra sur son bureau, il fut reconnaissant de cette distraction. Il détourna son attention des prix de l'immobilier et des niveaux de revenus pour lire le message de Rachel.

On se retrouve chez Tram à 20 h avec Anna.
Tu veux dîner avec nous ?

Gabe consulta l'horloge de son ordinateur : dix-neuf heures trente. Il jeta un coup d'œil à sa feuille de calcul, puis au message de sa sœur.

Vraiment, il n'y avait pas photo.

Vingt minutes plus tard, Gabe était en voiture et traversait Lawrenceville, le quartier où vivait Anna autrefois. S'arrêtant à un feu rouge sur Butler Street, il repéra un groupe de vingtenaires qui patientaient devant un restaurant mexicain bondé, le nez dans leur iPhone. Deux numéros plus loin, des enfants faisaient la queue avec leurs parents pour se faire offrir un cornet chez le glacier.

Il était passé à Lawrenceville des dizaines de fois au cours des dernières années, mais pour la première fois depuis un moment, il se prit à réfléchir à la façon dont le quartier avait évolué depuis l'époque où Anna y vivait. Tout d'abord, les artistes y avaient emménagé, attirés par l'immobilier très bon marché et les vitrines vides qu'ils avaient transformées en galeries. Ensuite étaient arrivés les boutiques, les bars et les restaurants branchés, dirigés par des chefs prometteurs qui n'auraient jamais pu se permettre de posséder leur propre établissement dans des villes plus grandes et plus chères. Enfin, les jeunes familles avaient commencé à acheter les propriétés rénovées par les promoteurs plus rapidement qu'ils ne pouvaient désormais les fournir. Le frère de Gabe avait un bureau à Lawrenceville, et son entreprise était célèbre pour certaines des plus belles rénovations du quartier.

Gabe tourna dans Main Street et se gara en haut de la colline. À sa gauche, les nuages balafraient l'horizon de rose et d'orange, et à sa droite, le soleil couchant se reflétait sur les vitres des maisons de briques neuves.

Que penserait Anna en arpentant le décor de sa jeunesse, décapé et recouvert de peinture fraîche ? Son enfance n'était pas de celles qui se dissipent doucement dans une brume rose de souvenirs comme celle de Gabe. C'était plutôt le genre à persister comme l'odeur âcre de la fumée de cigarette sur une chemise qu'on ne parviendrait jamais à récupérer malgré les passages en machine.

Ce coucher de soleil que les gens admiraient depuis le tout nouveau toit-terrasse qu'ils avaient payé des centaines de milliers de dollars rappellerait-il à Anna la crainte qu'elle ressentait autrefois quand l'obscurité tombait, et qu'elle devait redoubler de vigilance en rentrant chez elle ? En parcourant ces rues grouillantes de familles et de jeunes branchés, tressaillirait-elle encore aux intersections où les trafiquants de drogue l'importunaient autrefois ?

Gabe n'avait aucune idée de ce qui était arrivé à l'ancienne adresse d'Anna ; était-ce toujours un ensemble d'appartements délabrés géré par le même ivrogne, ou un promoteur l'avait-il retransformé en maison individuelle pour la revendre un million de dollars ? Anna évitait probablement cette zone de la même manière qu'elle évitait de parler de sa mère. Son déménagement à l'autre bout du monde l'avait-il aidée à faire la paix avec son enfance ? Ou scrutait-elle toujours la foule à la recherche d'une femme aux traits familiers ?

Gabe savait que le temps était compté pour évoquer le collier de sa mère. Même si Anna ne voulait pas en parler, même si elle ne voulait rien savoir, il devait lui dire la vérité. Il ne pouvait pas lui demander de rester alors que ce secret était suspendu au-dessus d'eux. Même s'il risquait de la voir repartir pour de bon.

Il détacha son regard de l'horizon et marcha jusque chez Tram, un restaurant vietnamien qui, malgré la gentrification massive du quartier, avait conservé son caractère d'origine.

La salle était bondée lorsque Gabe entra. Anna était assise seule à une table, étudiant le menu. Elle leva vivement la tête lorsqu'il se glissa sur la chaise en face d'elle.

— Tiens donc, Gabe ! Je ne savais pas que tu venais.

— Rachel s'est dit que ça ne te dérangerait pas.

— Bien sûr que non.

Gabe s'installa plus confortablement et lui sourit.

— Toute la famille est très touchée que tu sois rentrée après la crise cardiaque de mon père.

Lui aussi était très touché.

Il avait été stupéfait de recevoir son texto annonçant qu'elle s'était organisée pour venir. Il avait presque fini par abandonner cet espoir quand son séjour au Moyen-Orient s'était prolongé sur trois années, puis quatre. Apparemment, elle avait commencé à fréquenter un chirurgien, Adrien ou quelque chose comme ça. Un dimanche au dîner, il avait dû endurer les jacasseries de Leah qui avait fait sa connaissance lors d'un appel sur Zoom.

Mais à présent, Anna était ici, et le chirurgien était tout là-bas.

À présent, il ne lui restait plus qu'à la convaincre de rester.

— Je suis vraiment contente d'être venue vous rendre visite, reconnut Anna en versant du vin dans leurs verres.

Leur *rendre visite*.

— Ça fait quatre ans que tu es là-bas. C'est long. Est-ce que tu envisages de te poser quelque part ?

— Comment ça, me poser quelque part ? interrogea-t-elle en plissant les yeux. Revenir aux États-Unis, tu veux dire ?

— Revenir chez toi. À Pittsburgh. Et puis, te marier, faire des enfants, ce genre de choses.

Anna se redressa sur sa chaise.

— Je ne sais pas. Je n'ai pas grandi en jouant avec des poupées ou en rêvant de mon mariage. J'ai toujours eu le rêve de devenir médecin, et d'avoir une vie loin de… Eh bien, loin de ce quartier, à vrai dire.

— Oui, mais tu les as réalisés, ceux-là. Depuis longtemps. Tu n'as pas de nouveaux rêves ?

— Je ne suis pas sûre d'avoir de très bons modèles en matière de mariage et de parentalité.

Elle arrangea ses couverts sur sa serviette, les réarrangea. C'était la première fois depuis des années qu'elle était aussi près de parler de sa mère. Gabe pinça les lèvres, espérant que son silence la pousserait à continuer. Finalement, Anna haussa les épaules.

— Ça n'augure pas du meilleur pour ce genre d'avenir. Je suis mal partie pour m'investir dans une relation, ou pour m'occuper de petits êtres humains.

Il la dévisagea. Était-elle sérieuse ? Comment pouvait-elle penser cela ?

— Tu es géniale comme médecin, et ce n'est pas seulement parce que tu es intelligente. C'est aussi grâce à ce que tu es, grâce à tes qualités ; ta patience, ton souci pour les gens. Comme avec ma grand-mère, quand tu passais des heures à feuilleter des albums photo avec elle. Ou avec Leah, qui t'a toujours tellement admirée. Tu sais qu'elle a pleuré quand elle a su qu'elle était enceinte, parce qu'elle pensait que tu ne serais pas là pour l'accoucher ?

Le front d'Anna se plissa. Gabe prit une grande inspiration.

— Et puis, il y a moi.

— Toi ?

— Tu es la meilleure amie que j'aie jamais eue. Je ne peux pas imaginer ma vie sans toi. (Il se pencha vers elle avec une intensité inhabituelle.) J'aimerais que tu restes à Pittsburgh, Anna. Que tu y réfléchisses, en tout cas.

Anna jouait nerveusement avec sa cuillère.

— J'ai toute ma vie là-bas…

— *Tu as toute ta vie ici !*… Écoute. Reste au moins jusqu'à la naissance du bébé de Leah. (Il avait tellement envie qu'elle dise oui !) Et après…

Il posa sa main sur la sienne pour calmer son agitation. À son contact, elle releva brutalement la tête, et leurs regards se croisèrent.

— Après, je voudrais que tu envisages de rester pour moi.

Elle ne répondit rien, mais ne baissa pas les yeux. L'atmosphère s'alourdit tandis qu'ils continuaient de se regarder de chaque côté de la table, mais avant qu'il ait pu dire autre chose, une voix les interrompit.

— Désolée pour le retard !

En moins de temps qu'un battement de cils, Anna avait retiré sa main de sous la sienne. Rachel se tenait devant leur table, vêtue d'un tailleur gris classique et de talons noirs. Elle ôta sa veste et la jeta sur une chaise, révélant un chemisier sans manches et six ou sept tatouages disséminés sur ses bras. Elle se laissa tomber sur la chaise à côté d'Anna et versa un peu de vin dans son verre.

— Ça roule toujours aussi mal sur la 28.

Mais Gabe l'entendit à peine, car son cœur faisait des pirouettes pleines d'espoir face au minuscule sourire sur les lèvres d'Anna.

Chapitre 28

— Docteure Campbell ? appela une voix derrière Anna tandis qu'elle traversait le couloir bleu layette de la maternité.

Elle se retourna. Constance, l'une des infirmières en salle d'accouchement, s'approchait.

— La chambre 321 est installée. Contractions toutes les trois minutes.

— Merci. Appelez-moi Anna, sourit-elle.

Elle était habituée à des interactions moins formelles dans les camps de réfugiés. Il lui faudrait un certain temps pour se réadapter aux usages d'un grand hôpital moderne.

Le séjour prolongé d'Anna à Pittsburgh s'arrangeait à merveille. John l'avait mise en contact avec le chef de service d'obstétrique à l'hôpital, qui avait été ravi de lui proposer un poste temporaire à la maternité. Rachel, de son côté, l'avait aidée à trouver un petit appartement meublé, dans un quartier calme à proximité. La propriétaire, une universitaire amie de Rachel, était partie à l'étranger pour un congé sabbatique et avait proposé à Anna un bail de six mois.

C'était la durée idéale pour lui permettre d'assister

Leah lors de son accouchement et d'obtenir les résultats du test ADN qu'elle avait effectué la semaine précédente. Et après…

Eh bien, après, elle aviserait.

Gabe voulait qu'elle reste. Pour lui. Bien qu'il n'en ait pas reparlé, cette possibilité était toujours en toile de fond. Ce n'était pas nouveau, ce léger bourdonnement qui démarrait chaque fois qu'ils étaient tous les deux dans la même pièce, comme s'ils étaient sur une fréquence légèrement différente des autres. Mais pour la première fois, Anna était ouverte à certains possibles. Le fait que Gabe puisse l'aimer. Et qu'elle méritait son amour. Pour la première fois, Anna envisageait de tout lui révéler à propos de son passé, de sa mère et de la raison pour laquelle elle était partie.

Depuis ce coup de téléphone de l'officier de police à San Francisco, c'était comme si quelqu'un avait actionné une vanne pour libérer la pression qui remplissait sa poitrine. Anna s'était préparée au pire pendant la moitié de sa vie. Si sa mère était vraiment décédée d'une crise cardiaque dans ce parc, il y aurait un certain réconfort à savoir qu'elle était partie paisiblement. Elle n'avait pas souffert. Et elle n'avait pas eu l'intention de quitter Anna pour toujours.

Peut-être avait-elle toujours prévu de revenir.

Et peut-être qu'Anna n'était pas responsable.

Et si tout cela était confirmé, elle *pourrait* peut-être avoir toutes ces choses dont elle et Gabe avaient parlé il y a quelques semaines. Un mariage, des enfants. Une famille.

Et peut-être qu'elle pourrait les avoir avec Gabe.

La voix inquiète de Constance la tira de ses pensées.

— Anna ? Il y a une patiente dans la chambre 316, je pense que vous devriez la voir tout de suite. Elle est à environ vingt-cinq semaines. Elle dit qu'elle est tombée dans les escaliers, mais ses blessures ne correspondent pas à une chute. Je soupçonne des violences domestiques, mais elle ne parle pas. Elle n'a pas encore de gynécologue, et elle n'est pas assurée.

— J'y vais tout de suite.

Anna pressa le pas, et Constance la conduisit à la chambre d'une femme enceinte qui n'avait probablement pas beaucoup plus de vingt ans.

— Bonjour, dit Anna. Je suis docteure Campbell, mais vous pouvez m'appeler Anna. Je suis gynécologue, et on m'a demandé de venir vous voir. Vous êtes d'accord ?

La jeune femme l'étudia, à l'abri derrière environ cinq couches de crayon noir autour des yeux, puis hocha finalement la tête.

— Je m'appelle Hayleigh.

Anna parcourut rapidement son dossier, puis jeta un coup d'œil au bleu qui se formait autour de son œil et à la coupure sur sa joue qui avait saigné à travers un pansement de gaze.

— L'infirmière va venir dans une minute pour recoudre cette plaie, mais d'abord, nous allons voir comment va votre bébé, d'accord ?

Anna demanda à Hayleigh de s'allonger pour vérifier le rythme cardiaque du bébé. Hayleigh grimaça en se déplaçant sur la table d'examen, portant la main à ses côtes. Les manches de son tee-shirt remontèrent sur ses bras, révélant des ecchymoses en forme de doigts.

Lorsque Anna s'approcha de Hayleigh, un relent âcre de fumée de cigarette la frappa, et un souvenir très net remonta de sa mémoire. Sa main se figea au milieu de son geste tandis que l'odeur de tabac froid s'élevait, la même que celle qui l'enveloppait lorsque sa mère s'asseyait à côté d'elle sur le canapé ou la prenait dans ses bras pour lui faire un câlin. Malgré la netteté piquante du souvenir, Anna se sentit étrangement réconfortée. L'odeur de son enfance. Sa mère… Être de nouveau à Pittsburgh semblait raviver les souvenirs avec plus de force.

Les mains d'Anna tremblaient lorsqu'elle souleva délicatement le tee-shirt au-dessus du ventre arrondi.

— Ça va faire mal ? demanda Hayleigh, l'œil rivé au moniteur cardiaque dans la main d'Anna.

— Ça ? Non, pas du tout. On le pose simplement sur le ventre pour écouter les battements du cœur. C'est bon pour vous ?

Hayleigh haussa les épaules.

— J'imagine.

— Si vous sentez une gêne ou une douleur, dites-le-moi.

Anna palpa un instant le ventre de Hayleigh, puis fit glisser le Doppler sur sa peau. Après quelques secondes, un battement fort et régulier emplit la pièce, comme le bruit d'un train qui passe.

Anna sourit.

— C'est le cœur de votre bébé. Cent trente-cinq battements par minute, c'est parfait.

Hayleigh grimaça en se redressant sur ses coudes avec difficulté.

— Vraiment ? C'est son cœur ?

— Oui. C'est la première fois que vous l'entendez ?

Hayleigh hocha la tête et détourna le regard.

— Hum, ouais.

— Vous avez déjà vu un médecin pour cette grossesse ?

— Non, je… Je savais même pas que j'étais enceinte, d'abord, et puis après… je prévoyais d'en trouver un bientôt.

Sa grossesse était assez avancée, mais Anna marchait sur des œufs. Réprimander Hayleigh parce qu'elle n'était pas encore suivie risquait de la dissuader de revenir.

— D'accord. D'après la date de vos dernières règles, vous en êtes à environ vingt-cinq semaines, donc c'est un bon moment pour commencer à vous faire suivre régulièrement.

Elle aida Hayleigh à se rasseoir et lui expliqua le déroulement du suivi à la maternité. Puis elle tira son tabouret plus près pour pouvoir regarder la jeune femme dans les yeux.

— Le cœur du bébé a l'air parfait, mais j'aimerais vous envoyer faire une échographie, juste pour m'assurer que tout va bien, et pour obtenir une estimation plus précise de votre terme.

Hayleigh hocha la tête.

— Pouvez-vous me dire comment c'est arrivé ? demanda doucement Anna.

Hayleigh fixa ses fausses bottes Ugg.

— Je suis tombée dans les escaliers, marmonna-t-elle.

Le ventre d'Anna se contracta, et un autre souvenir lui revint en mémoire.

Un escalier branlant qui menait à une cave sombre. Sauf que personne n'était tombé. Pas exactement.

Anna chassa l'image de son esprit et se concentra sur sa patiente. Elle posa doucement la main sur le bras de Hayleigh.

— Quand j'étais petite, ma mère se disputait souvent avec ses petits amis. Parfois, ils en venaient aux mains, et ses blessures ressemblaient beaucoup aux vôtres.

Hayleigh redressa brusquement la tête, et Anna poursuivit.

— Qui vous a fait ça ?

La jeune femme plissa ses yeux soulignés de khôl.

— Si vous le répétez, je nierai tout.

— D'accord. Promis, je ne dirai rien.

Si elle ne lui faisait pas confiance, Anna ne la reverrait plus jamais. Que lui arriverait-il alors ? Et à son bébé ?

Hayleigh soupira en regardant par terre. Son visage paraissait plus jeune que ses vingt ans.

— Je ne peux pas le quitter, alors c'est pas la peine d'en parler. Il me laissera jamais partir, surtout avec le bébé qui arrive.

— Si vous dites à la police ce qui s'est passé, et que vous portez plainte…

— Je ne peux pas. D'accord ? Ça gâcherait sa vie. Il ne fait pas exprès ; c'est parce que son père le frappait quand il était gamin ; il sait pas faire autrement. Il est désolé. Je le sais. Et je sais qu'au fond de lui, il m'aime.

Anna se redressa sur son tabouret tandis qu'une voix familière résonnait. *Il est fatigué. Il est défoncé.*

Il est désolé. Il était toujours fatigué. Il était toujours désolé. Jusqu'à ce qu'il recommence.

Arriverait-elle à quelque chose en évoquant la sécurité du bébé ? Cet argument avait-il jamais fonctionné ? Anna n'avait pas beaucoup d'autres options.

— Je suis inquiète à l'idée qu'il puisse faire du mal au bébé.

Hayleigh ouvrit de grands yeux.

— Il ne ferait jamais ça ! C'est juste que parfois, ça m'arrive d'être énervante et de le faire chier.

Anna soutint le regard de Hayleigh.

— Les bébés peuvent être assez énervants, ils bouleversent votre quotidien et ils peuvent pleurer longtemps.

— Écoutez, répliqua sèchement la jeune femme. Vous n'avez aucune idée de ce que c'est. Si j'avais moyen d'élever seule ce bébé, je le ferais. Mais comment je suis censée m'y prendre ? J'ai rien. Que dalle. Et personne ne veut aider quelqu'un comme moi.

Comment Anna pouvait-elle la détromper, alors qu'elle avait vécu sa propre version de la même histoire ? Il devait y avoir une autre solution. Il devait y avoir quelque chose qu'elle pouvait faire.

Anna sortit une carte de la poche de sa blouse. Elle griffonna un nom et un numéro de téléphone au dos et la tendit à Hayleigh.

— C'est le numéro de mon amie Rachel. Elle est avocate, et elle a beaucoup d'expérience dans les situations comme la vôtre. Dans certains cas, elle ne demande pas d'honoraires. Si vous voulez de l'aide, ou même simplement discuter de vos options, vous pouvez l'appeler de ma part.

Hayleigh prit la carte et la fixa un moment. Puis elle hocha la tête et la glissa dans son sac à main.

— Merci.

Anna s'activa, il fallait remplir des papiers, demander l'échographie, appeler l'infirmière pour recoudre la joue de Hayleigh ; mais elle avait le cœur brisé. Cette jeune femme pensait mériter une visite aux urgences sous prétexte qu'elle était énervante, et dans quelques mois, son bébé naîtrait dans la même situation. Mais rien de tout cela n'était la faute de Hayleigh. Anna le savait.

Quand l'aide-soignant vint chercher Hayleigh pour l'emmener à l'échographie, Anna resta en retrait, frissonnant malgré l'air chaud que soufflaient les bouches d'aération. Puisqu'elle percevait si clairement la situation de Hayleigh, pourquoi faisait-elle face à un brouillard épais lorsqu'elle se retournait sur sa propre vie ? S'accorderait-elle un jour la même clémence, se pardonnerait-elle pour ce qu'elle avait fait ? Ou bien le passé la hanterait-il pour toujours, comme cette odeur de cigarette qui persistait dans ses souvenirs ?

Chapitre 29

Gabe était sorti courir le long du sentier de la North Shore, et fut de retour chez lui juste au moment où la pluie commençait à tomber. C'était un de ces rares dimanches sans dîner chez ses parents, qui étaient partis dans le Connecticut pour la réunion d'anciens camarades d'université de son père. Matt et Julia avaient emmené les enfants rendre visite à la famille de Julia, et le mari de Leah était parti cet après-midi-là pour un voyage d'affaires à New York.

La soirée s'étendait devant lui. Peut-être enverrait-il un message à Anna, pour voir si elle avait envie de dîner. Elle avait été tellement accaparée par son nouveau travail ces derniers temps qu'il ne la voyait que chez ses parents, lors du dîner dominical. Le moment n'était pas franchement propice pour évoquer leur avenir. La dernière fois qu'ils en avaient parlé, il avait eu le sentiment qu'elle pourrait l'envisager.

Il lui fallait seulement trouver le bon moment pour parler du collier. Tant qu'il ne lui aurait pas tout avoué, il n'aurait jamais véritablement d'avenir avec elle.

On toqua à la porte. Comme s'il l'avait invoquée, il trouva Anna sur son paillasson, avec un sac de plats chinois à emporter dans la main. Gabe reçut comme un cadeau ses joues rosies, son grand sourire et sa chevelure ondoyante. Il était ridiculement heureux de la voir.

Anna le frôla en passant devant lui pour entrer, et Gabe la regarda s'éloigner en direction de la cuisine. Lorsqu'il se retourna pour fermer la porte, Rachel était devant lui, une bouteille de vin à la main. Zut. Anna n'était pas venue seule.

— Ben voyons, pas besoin d'appeler avant de passer, maugréa-t-il, plus mécontent de voir sa sœur qu'il n'aurait dû.

Rachel lui colla la bouteille dans les mains.

— Le dimanche, c'est fait pour voir la famille.

Gabe attrapa la bouteille.

— Tu n'as pas une fiancée à voir ?

— Aaliyah est en voyage, répliqua Rachel en haussant les épaules. À Londres.

Gabe se retourna vers la porte juste au moment où Leah, enceinte de huit mois, arrivait en se dandinant.

— Coucou ! On est là nous aussi, dit-elle en caressant son ventre.

Contrairement à Rachel, sa petite sœur ne l'énervait jamais. Il sourit et l'enlaça.

— Ça va ? Comment se porte le petit parasite ?

— Ça va. Encore trois semaines et demie de cuisson.

Gabe suivit Anna et ses sœurs dans la cuisine, posa le vin sur le plan de travail et se dirigea vers la salle de bains pour prendre une douche après son jogging.

Quand il en sortit, les trois femmes étaient assises autour de l'îlot de la cuisine, mangeant des nems et parlant à voix basse.

— À quel stade elle en était ? demanda Leah en pressant la main contre son ventre, l'air horrifiée.

— Environ vingt-cinq semaines.

— Qui ça ? demanda Gabe en prenant une bière dans le réfrigérateur.

— La patiente d'Anna qui se fait maltraiter par son mec, marmonna Rachel d'un air sombre.

Gabe reposa sa bière.

— Merde. Et le bébé va bien ?

— Oui, ça va. Espérons qu'il n'y aura pas de prochaine fois. Rachel, je lui ai donné ton numéro. J'espère que ça ne te dérange pas ? À court terme, elle aurait besoin d'une ordonnance de protection… Mais une fois que le bébé sera né, il faudra régler la question de la garde, et tous ces trucs-là.

— Bien sûr, pas de problème. Je serais ravie de faire tout ce que je peux pour tenir cette ordure à distance.

Gabe regarda sa sœur avec affection. À côté de toutes les femmes riches aux maris infidèles qu'elle aidait à obtenir des prestations compensatoires de plusieurs millions de dollars, Rachel prenait en charge des victimes de violences conjugales à titre bénévole ; elle s'occupait également des adoptions en famille d'accueil.

— Merci, Rachel, dit Anna. J'espère qu'elle t'appellera cette semaine. Ça a l'air d'être le genre d'histoire où elle lui trouve toujours des excuses.

Son visage s'assombrit, et Gabe se demanda si elle pensait à sa mère. Il n'avait jamais oublié le jour où Anna lui avait parlé des hommes violents qui traînaient chez elle quand elle était enfant.

— Eh bien, peut-être que le bébé sera le catalyseur

dont elle a besoin pour le quitter enfin, dit Rachel. J'espère que je pourrai l'aider.

— Merci, répéta Anna en pressant la main de Rachel.

Gabe déplaça une pile de courrier et prit une assiette pour se servir à manger. Rachel attrapa l'enveloppe en épais papier couleur crème qui se trouvait en haut de la pile, et en sortit un faire-part de mariage.

— Qui sont Chad et Katie ? demanda-t-elle.

Gabe lui lança un regard noir par-dessus ses nouilles lo mein.

— Tu sais qu'il est illégal d'ouvrir le courrier des gens ?

— Ouais, ouais. Traîne-moi en justice, répondit distraitement Rachel en examinant l'invitation. Ooh, c'est dans un hôtel chic de Chicago. Avec qui vas-tu y aller ?

Gabe haussa les épaules.

— Je n'y ai pas réfléchi.

Quel gros menteur. Dès que l'invitation de ses amis de fac était arrivée, il avait pensé à Anna.

— Tu ne peux pas aller à un mariage sans cavalière, tout le monde sait ça. S'il y a des demoiselles d'honneur célibataires ou des cousins gay, tu seras comme un morceau de viande qu'on agite sous le nez d'une bande de lions affamés.

— Merci, Rachel, soupira Gabe en levant les yeux au ciel. Très féministe, vraiment.

— Je dis juste la vérité, s'insurgea Rachel. Si tu…

Elle fut interrompue par Leah qui se levait de son siège en agrippant son ventre.

— Hum. Je ne sais pas si j'aurais dû manger ce nem…

Gabe remarqua la grimace de douleur de sa petite sœur.

— Ça va, Leah ?

— Je vais juste aller aux toil… oh, non ! gémit Leah en baissant les yeux.

Elle rougit tandis que du liquide se répandait au pied des tabourets de bar chromés.

— C'est tellement gênant ! Gabe, je crois que je viens de faire pipi sur ton parquet. Je n'en reviens pas que personne ne t'avertisse de ce genre de choses avant. Depuis le début de cette grossesse, je me pisse dessus chaque fois que j'éternue !

— Et voilà l'information que j'attendais pour annoncer officiellement que je n'aurai jamais d'enfants, dit Rachel, qui hésitait entre l'écœurement et l'hilarité.

C'était un de ces rares moments où Gabe était sur la même longueur d'onde que Rachel. Avec deux sœurs, il avait passé toute sa vie à découvrir beaucoup plus de problèmes féminins qu'il aurait souhaité en connaître. Cette histoire d'éternuement prenait immédiatement sa place dans le top cinq.

Puis Anna intervint, et ce fut pire.

— Je ne crois pas que tu aies fait pipi, ma chérie. Tu viens de perdre les eaux.

Les mains de Gabe tremblaient lorsque le panneau indiquant l'hôpital apparut enfin. Sous la pluie battante, avec les gémissements de Leah à l'arrière qui se tortillait à chaque contraction et Rachel qui jouait la mouche du coche à l'avant, il n'avait jamais été aussi heureux de voir le mot « Urgences » apparaître en rouge vif devant lui.

— Josh ! J'ai besoin de Josh !

Le regard paniqué de Leah alla de Gabe à Anna tandis qu'ils l'aidaient à sortir de la voiture pour l'installer dans un fauteuil roulant. Ils avaient appelé le mari de Leah avant de partir de chez Gabe. L'avion de Josh avait atterri à New York une heure plus tôt, et il faisait son possible pour trouver un vol de retour.

— Il sera là dès qu'il le pourra, la rassura Gabe pour la quinzième fois.

Anna pressa le bras de Leah.

— Le premier accouchement prend du temps, en général. Si Josh peut repartir tout de suite, il arrivera largement à temps.

— Mais c'est trop tôt pour le bébé, s'inquiéta Leah, formulant à voix haute ce que Gabe pensait.

Elle avait dit qu'il lui restait encore trois semaines. Ça ne pouvait pas être bon, si ?

Mais Anna la rassura :

— Tu en es à plus de trente-six semaines, donc pratiquement à terme. C'est un peu plus tôt que prévu, mais le bébé ira bien.

Elle se tourna ensuite vers Rachel et Gabe.

— Josh ne sera pas là avant plusieurs heures, et votre mère n'est pas là non plus. Il faut que l'un de vous vienne en salle de travail pour aider Leah pendant ses contractions.

Gabe recula en trébuchant.

— Ne me regarde pas !

Anna se tourna vers Rachel.

— Rachel ? Tu peux gérer ?

Rachel ferma très fort les yeux.

— Oui. Bien sûr. C'est ma petite sœur. Je peux le faire. Bien sûr que je peux.

Elle avait plutôt l'air de chercher à s'en persuader elle-même, mais Gabe n'avait pas le temps de s'en soucier.

Bientôt, ils furent dans l'ascenseur pour monter au deuxième étage. Gabe attendit que sa sœur soit installée dans une salle de travail, puis s'apprêta à s'échapper vers le hall d'attente. Il avait presque atteint la porte quand Anna l'appela. Elle inclinait la tête vers Rachel en faisant les gros yeux à Gabe.

Et merde.

Rachel se tenait au milieu de la pièce, agrippant les poignées du fauteuil roulant de Leah. Elle fixait le mur devant elle, le visage aussi blanc que les draps sur le lit d'hôpital. Leah laissa échapper un gémissement sourd tandis qu'une autre contraction déferlait, et Rachel vacilla, geignant à l'unisson.

Gabe retraversa promptement la pièce et attrapa Rachel par les épaules pour la pousser dans une chaise avant que ne lui vienne l'idée stupide de s'évanouir. Rachel se pencha en avant et mit sa tête entre ses genoux, s'efforçant de respirer profondément.

Soudain, Gabe se souvint pourquoi il n'avait jamais été question que Rachel fasse médecine. Même son père n'avait pu sérieusement envisager cette idée après qu'elle était tombée de vélo en CM1, et que la vue de son propre genou écorché l'avait fait vomir.

Il se tourna vers Leah et s'accroupit à côté d'elle.

— Euh… respire.

C'était ce qu'il était censé dire, non ? Il lui semblait que les scènes d'accouchement dans les films n'étaient pas très réalistes, mais d'un autre côté, il n'avait pas tellement d'autres références.

La contraction de Leah passa, et elle retomba en arrière dans le fauteuil roulant pour reprendre son souffle. Anna se pencha vers lui et chuchota à son oreille :

— Emmène Rachel dans la salle d'attente. Je n'ai pas besoin d'avoir une deuxième patiente ici.

Excellente idée, la salle d'attente. Il avait hâte d'y être. Mais avant qu'il ne s'échappe, Anna attrapa son bras.

— Il faudra que tu reviennes après, par contre.

— Quoi ? siffla-t-il.

— Leah a besoin de toi. Elle a besoin que quelqu'un soit ici avec elle.

Gabe regarda Leah, qui avait les yeux fermés et haletait bruyamment.

— Elle t'a *toi*, ici avec elle.

— Je ne suis pas son amie pour l'instant. Je suis son médecin.

— Il n'y a pas une infirmière, quelque part ?

— Constance a des patientes à voir. Leah a besoin de quelqu'un qui puisse lui tenir la main tout le temps. Elle a besoin de toi.

Gabe maudit sa mère et Josh d'avoir eu le culot de quitter la ville alors que Leah était enceinte jusqu'aux yeux. Sa mère, surtout, aurait dû savoir à quel point les femmes enceintes étaient instables. Manifestement, cette histoire de date du terme n'était qu'une aimable suggestion, puisqu'elles pouvaient exploser à tout moment.

Il attrapa le bras de Rachel et la tira dans le couloir

en direction de la salle d'attente. Rachel le suivit tant bien que mal, toujours pâle et chancelante.

— Oh, murmura-t-elle, je crois que je vais vomir.

— Je te jure que si tu vomis maintenant, je te tue.

Rachel s'effondra sur une banquette, et après un dernier regard mélancolique pour la salle d'attente, Gabe retourna auprès de Leah.

Pendant son absence, Anna avait enfilé sa tenue de travail ; elle avait passé une blouse d'hôpital à Leah et l'avait installée sur le lit. Une autre contraction arriva, et Gabe resta sur le seuil pendant qu'Anna tenait la main de Leah en lui murmurant des paroles rassurantes. Lorsque ce fut fini, Leah s'abandonna sur le lit, et Anna fit signe à Gabe de s'approcher pour qu'il prenne sa place. Il n'eut pas vraiment d'autre choix que de venir s'installer dans la chaise à côté de Leah, à qui il prit la main.

— Je ne suis pas censé porter une tenue spéciale, quelque chose de stérile ou je ne sais quoi ?

Dans les films, tout le monde portait des blouses chirurgicales, des gants et des espèces de calots sur la tête.

— Pourquoi ? l'interrogea Anna en jaugeant son jean et son tee-shirt gris délavé. Tu as prévu de te salir ?

Il recula.

— J'espère bien que non !

Anna retenait à peine son sourire.

— Tu ne risques rien.

Gabe devina qu'elle s'amusait de le voir si perturbé. Ce qui n'était pas grave. Il pouvait admettre qu'il était dépassé. Il n'avait jamais eu l'ambition d'exceller dans un tel contexte.

Dans les heures qui suivirent, il improvisa au fur et à mesure : tenir la main de Leah, lui répéter qu'elle se débrouillait bien, et lui rappeler de respirer. Au bout d'un moment, il se sentit plus à l'aise dans son rôle de coach : il épongeait le front de Leah avec un gant de toilette frais, lui apportait des gobelets d'eau glacée, puis l'aida à sortir du lit pour déambuler dans le couloir lorsque Anna suggéra que cela pourrait aider à faire avancer le travail.

Anna surveillait le rythme cardiaque de Leah et du bébé, vérifiait la dilatation (tandis que Gabe quittait la pièce en prétextant un besoin urgent d'aller aux toilettes), et elle leur assurait à tous les deux qu'ils s'en sortaient très bien.

Gabe ne savait pas si c'était vraiment la vérité, parce qu'au bout de plusieurs heures Leah était toujours en travail, et lui-même était en piteux état. Ses vêtements étaient froissés et humides de sueur, et sa voix était rauque à force de brailler des encouragements pendant les contractions. Celles-ci se firent de plus en plus intenses et rapprochées, et Gabe regarda impuissant sa sœur se tordre de douleur sur le lit, geignant qu'elle allait mourir. Il se tourna vers Anna, paniqué : assise près du lit, elle ajustait un capteur de monitoring fœtal sur le ventre de Leah. Ses cheveux n'étaient même pas ébouriffés.

Anna souleva le drap pour examiner Leah de nouveau, mais à ce stade, Gabe était trop inquiet pour quitter la pièce. Il se pencha vers sa sœur et lui dit que tout serait bientôt fini, priant pour dire la vérité. Anna leva les yeux et hocha la tête.

Elle ajusta les draps sur les jambes de Leah pour

avoir accès à… ce qu'il fallait… et que le drap, heureusement, cachait.

— Tu es à dix centimètres, ma chérie, dit doucement Anna. À la prochaine contraction, je veux que tu serres la main de Gabe et que tu pousses aussi fort que possible. Je ne sais pas pour toi, mais moi, je suis prête à rencontrer ce bébé !

Gabe était carrément prêt, lui aussi. Mais à sa grande surprise, Leah se recroquevilla en position fœtale et cria :

— Non !… Je n'accoucherai pas tant que Josh n'est pas là ! haleta-t-elle péniblement. Anna, je ne peux pas. Il faut qu'il soit là. Ne me force pas !

Gabe avait eu Josh au téléphone toutes les vingt minutes au cours des six dernières heures. À cause de pluies diluviennes sur toute la côte est, les vols depuis New York avaient été annulés, mais Josh avait pu louer une voiture et faisait de son mieux pour revenir le plus vite possible. La dernière fois que Gabe lui avait parlé, il était quelque part sur la voie rapide, à environ soixante kilomètres de Monroeville. Ce n'était pas si loin, mais avec la tempête, ils n'avaient aucune idée du temps que cela pourrait lui prendre d'arriver.

Anna tendit la main pour dégager les cheveux du front transpirant de Leah.

— Ce n'est pas moi qui décide, ma chérie. Le bébé sortira quand il sera prêt à sortir. Le plus sûr pour toi et pour lui, c'est de ne pas lutter contre, et de l'aider.

Une autre contraction arriva, et Leah se recroquevilla en gémissant. Ensuite, elle s'obstina, à bout de souffle :

— Je ne… pousserai pas avant que Josh… arrive !

Le moniteur émit un long bip strident. Gabe sursauta et regarda Anna avec inquiétude.

Anna appuya sur quelques boutons.

— Leah, ton rythme cardiaque augmente. Il faut vraiment que tu m'écoutes maintenant. Je te demande de respirer profondément, calmement. Tu peux faire ça ?

Gabe était médusé. Comment Anna pouvait-elle être si sereine ? C'était littéralement le moment le plus terrifiant de sa vie. Mais il ne s'agissait pas de lui. Il fit de son mieux pour absorber le calme d'Anna et se concentra sur sa sœur.

— Écoute, Leah. Josh arrive aussi vite qu'il peut. Mais il ne voudrait surtout pas que tu fasses quelque chose qui pourrait te mettre en danger, ou faire du mal au bébé. Tu sais que j'ai raison, n'est-ce pas ?

Leah hésita, et Gabe retint son souffle. Finalement, elle acquiesça.

Anna lança un bref sourire à Gabe, puis retourna au bas du lit. Une minute plus tard, une autre contraction arriva, et Anna souleva le drap.

— Allez, on y va. Je veux que tu pousses aussi fort que tu peux ! Tu peux le faire, ma chérie.

Leah serra la main de Gabe de toutes ses forces. Elle lui avait très probablement brisé quelques phalanges, mais il s'en fichait. Anna était occupée à faire des choses mystérieuses sous le drap, mais Gabe s'en fichait aussi. Il était entièrement concentré sur le fait d'aider sa sœur et son bébé. Il se rapprocha d'elle pour l'encourager, lui répéta qu'elle était incroyable, qu'elle se débrouillait à merveille, qu'il était tellement fier d'elle.

Elle poussa pendant plus d'une heure, chose qui n'arrivait clairement *jamais* dans les films. Quand Anna leur annonça que le bébé était en train de sortir, la blouse d'hôpital de Leah était trempée de sueur et Gabe avait les bras meurtris par la poigne de sa sœur.

— Allez, Leah, l'encouragea Anna. Plus qu'une ou deux poussées et c'est fini. Tu peux le faire.

Leah se prépara à pousser à nouveau quand la porte s'ouvrit en grand, et Josh débarqua précipitamment dans la pièce. Il regarda autour de lui, l'air égaré, puis accourut auprès de sa femme.

— Tu es là ! s'exclama Leah en l'agrippant tandis que des larmes coulaient sur son visage.

Anna lui sourit.

— Bienvenue, papa. Prêt à rencontrer ton bébé ?

Josh hocha la tête et se pencha sur Leah, lui caressant les cheveux et murmurant quelque chose que Gabe n'entendit pas.

Anna souleva de nouveau le drap.

— À la prochaine contraction, une dernière grande poussée, d'accord ?

Leah acquiesça, et Josh prit sa main. Gabe recula d'un pas pour leur laisser de l'intimité, mais Leah tendit l'autre main, cherchant la sienne.

— Gabe ! J'ai besoin de toi aussi !

Gabe cligna des yeux pour refouler l'émotion qui le submergeait. Anna lui sourit. Il prit l'autre main de Leah, et tous l'encouragèrent en chœur lorsque la prochaine contraction survint, et qu'elle poussa de toutes ses forces. Une minute plus tard, elle retomba sur le lit, hors d'haleine, et Anna sortit de sous le drap un bébé sanguinolent qui gigotait pour le placer dans les bras de Leah.

— Félicitations, maman, dit Anna, très émue. Voilà ta petite fille.

Leah et Josh se serrèrent autour du bébé, des larmes de bonheur ruisselant sur leur visage. Anna examina le bébé, s'activa encore sous le drap de Leah, puis elle s'affaira dans la pièce, occupée à tout ce que font les médecins après un accouchement.

Gabe s'adossa au mur et observa le bébé. Cette créature gluante, dégoûtante et vagissante était la chose la plus extraordinaire qu'il avait jamais vue. Il n'en revenait pas de l'avoir aidée à venir au monde. Le travail de médecin d'Anna l'avait toujours impressionné, mais jusqu'ici, il n'avait pas réalisé à quel point c'était incroyable de faire ça tous les jours.

Une minute plus tard, Anna s'approcha de lui.

— Félicitations, oncle Gabe.

Gabe quitta le bébé des yeux pour couver Anna d'un regard fatigué.

— Merci, murmura-t-il, ému.

— J'ai terminé, et Leah est entre de bonnes mains avec Constance. (Anna fit un geste en direction de la petite famille entassée sur le lit, leurs têtes posées les unes contre les autres.) On devrait peut-être les laisser un peu tous les trois ?

Gabe hocha la tête, toujours étourdi, et suivit Anna dans le couloir sombre. Il jeta un coup d'œil à sa montre – trois heures du matin. Anna se dirigea vers la salle d'attente, mais Gabe s'arrêta et prit son bras, la tirant vers lui.

— Anna. C'était… c'était incroyable. Tu as été incroyable.

Anna sourit.

— Je n'ai fait qu'attraper le bébé. C'est Leah qui a fait le plus dur, et tu l'as bien aidée. (Elle lui prit la main et la serra dans la sienne.) Tu as été formidable, Gabe. Vraiment, chuchota-t-elle.

Gabe resserra sa prise. Il devait lui dire la vérité. Il devait lui avouer l'histoire du collier.

Et ensuite, il devrait la supplier de rester.

Heureusement, une porte s'ouvrit un peu plus loin dans le couloir, l'empêchant de dévoiler tous ses secrets là, dans un couloir d'hôpital, à trois heures du matin. Ce n'était pas le bon moment. Mais il faudrait s'en occuper bientôt.

Anna le tira vers la salle d'attente.

— Allez, viens. On va dire à Rachel qu'elle est de nouveau tata.

— Attends !… S'il te plaît, Anna, viens avec moi à ce mariage à Chicago. Sois ma cavalière.

Il retint son souffle.

Alors, elle esquissa un sourire.

— Ça me ferait très plaisir de t'accompagner.

Il sentit ses épaules se décontracter. Avec deux jours en tête à tête à Chicago, ils pourraient enfin parler. Vraiment parler.

Et ils laisseraient enfin leurs secrets derrière eux.

Chapitre 30

Anna posa sa valise à côté du lit et inspecta les lieux. Dans la suite que Gabe avait réservée, à l'hôtel où se tenait le mariage, il y avait une chambre avec un grand lit et un petit salon pourvu d'un canapé-lit.

Ils n'avaient pas encore pris de dispositions pour la nuit.

— Couvre-toi bien parce que ça pince à Chicago en janvier, conseilla Gabe depuis l'autre pièce, laissant sa valise à côté du canapé. Le mariage n'est qu'à dix-huit heures, alors on a toute une journée de tourisme devant nous.

Il l'emmena dans son endroit préféré pour bruncher, puis ils sortirent sous la neige, s'arrêtant sur le trottoir pour que Gabe lui enroule son écharpe autour du cou. Il glissa ensuite sa main gantée sous son bras et la conduisit au Millennium Park. Ils se promenèrent dans le pavillon musical conçu par Frank Gehry et prirent des selfies devant la célèbre sculpture d'Anish Kapoor en forme de haricot miroitant. Puis, pour échapper à la foule de touristes qui se dirigeait vers la patinoire, ils déambulèrent jusqu'au Lurie Garden, ce jardin qui était sublime même en hiver, avec sa vue splendide sur la skyline de Chicago.

La neige tombait autour d'eux, emmitouflant le sentier d'une couche poudreuse qui étouffait leurs pas tandis qu'ils erraient parmi les bouquets de cosses noires et de graminées en sommeil. Le paysage était comme pétrifié, les isolant des bruits de la ville autour d'eux. Même leur souffle était feutré, et se transformait en volutes au contact de l'air gelé.

Alors qu'ils tournaient dans le jardin pour emprunter une autre allée déserte, Gabe s'arrêta de marcher et prit Anna par les épaules.

— Je suis vraiment content que tu sois ici avec moi.

— Moi aussi, sourit-elle.

Ces moments-là avaient toujours été les meilleurs, ceux où ils étaient juste tous les deux, retrouvant l'évidence de leur amitié. Ils n'étaient jamais à court de sujets de conversation, mais se trouvaient tout aussi à l'aise dans le silence. Au fil des années, ce lien entre eux s'était étiré comme un élastique ; plus la force qui les éloignait l'un de l'autre était grande, plus leurs retrouvailles étaient irrésistibles.

Comme d'habitude, Gabe savait exactement à quoi elle pensait.

— La route a été longue pour toi et moi… Je ne t'ai peut-être pas toujours dit à quel point tu comptais pour moi, je le sais. Mais je veux que ça change, dès aujourd'hui.

Elle le fixa, incapable de détourner le regard. Il fit un pas de plus vers elle, et elle sentit son souffle chaud caresser ses joues glacées.

Une rafale de vent soudaine balaya la prairie,

couchant presque les plantes couvertes de givre. Anna plaqua la main sur sa tête pour empêcher son bonnet de s'envoler, et Gabe se tourna dos au vent pour la protéger en faisant rempart de son corps. Elle se blottit contre lui, et il l'enlaça, la serrant pour la réchauffer.

Elle frissonna, mais ce n'était pas à cause du froid.

Plus tard dans l'après-midi, ils retournèrent à l'hôtel afin de se préparer pour le mariage. Anna ferma la porte entre la chambre et le salon pendant que Gabe se douchait puis s'habillait. Généralement, elle n'avait pas besoin de plus de vingt minutes pour se préparer, mais il lui fallut cette fois plus d'une heure, car elle n'arrêtait pas de s'arrêter pour regarder dans le vide tandis que les paroles de Gabe tournoyaient dans sa tête.

Je veux que ça change, dès aujourd'hui.

Pour la première fois depuis longtemps, Anna se sentait pleine d'espoir. Elle était fière du travail qu'elle faisait à l'hôpital avec des patientes comme Hayleigh, qu'elle avait été ravie de revoir lors d'une consultation prénatale quelques semaines plus tôt. Les résultats du test ADN permettant d'identifier sa mère allaient arriver d'un jour à l'autre, après un retard du laboratoire et des mois d'attente. Bientôt, Anna aurait la réponse qu'elle attendait. Comme elle avait passé les derniers mois à apprivoiser l'idée que sa mère était peut-être décédée, cela l'avait aidée à apprécier les personnes qui étaient toujours là. Surtout les Weatherall.

Et Gabe.

Son corps entier vibrait comme si elle faisait une overdose de caféine, sauf que la seule substance psychoactive dans son système était l'homme dans l'autre pièce. Elle n'était plus cette pauvre lycéenne écorchée, éperdument amoureuse du garçon le plus populaire de la fac. Elle était le genre de femme que Gabe serait chanceux de séduire. Peut-être était-il temps d'agir en conséquence, et de prendre les devants.

Anna enfila sa petite robe noire, jeta un dernier coup d'œil dans le miroir, puis ouvrit la porte du salon. Gabe était assis sur le canapé, buvant une bouteille d'eau qu'il avait prise dans le minibar et feuilletant un magazine. Dans son costume trois pièces parfaitement ajusté, avec un pied en appui sur son genou, il ressemblait à une personnalité qu'on venait de photographier pour les pages mode d'un magazine chic.

Gabe leva les yeux et suspendit son geste, la bouteille d'eau à mi-chemin vers ses lèvres.

— Waouh, murmura-t-il, son regard dérivant lentement de son visage jusqu'à ses pieds, avant de remonter. Tu es magnifique.

— Tu es très beau, toi aussi, dit-elle en souriant. On forme un joli couple.

— Indubitablement.

*

— … Alors, Gabe a regardé la consigne et c'est là qu'il s'est aperçu qu'il s'était trompé et *qu'il avait lu le mauvais livre !* Et ça faisait vingt minutes qu'il défendait son point de vue ! N'importe qui aurait admis son erreur, mais Gabe n'a même pas cillé. Il a continué à ferrailler jusqu'à ce que la prof soit tellement confuse qu'elle a terminé le cours plus tôt pour abandonner.

Anna rit à l'anecdote du camarade de Gabe, se rappelant l'époque où eux aussi étaient ensemble sur les bancs de l'université.

— Ça ressemble exactement au Gabe que je connais. Il faut toujours qu'il ait raison, même quand il a tort.

— Hé ! protesta Gabe, qui revenait du bar avec deux verres à la main.

Il en déposa un devant Anna et s'installa ensuite sur la chaise à côté d'elle, autour de la table où étaient assis ses anciens camarades de fac, tous légèrement éméchés.

— On peut arrêter avec les histoires gênantes à mon sujet, s'il vous plaît ?

Jess, professeure d'économie à Harvard, ricana.

— Oh, allez. Ta petite amie doit savoir où elle met les pieds.

— Oh, elle le sait très bien, répliqua Gabe en décochant un sourire malicieux à Anna, avant de se lever en lui prenant la main. Tu viens danser ?

Ils se dirigèrent vers la piste de danse, et les amis de Gabe se levèrent presque tous pour les suivre. Ils dansèrent en masse compacte et enfiévrée tandis que le DJ passait des tubes de Prince, de Beyoncé, et des requêtes des invités.

Puis le DJ calma le jeu en lançant un slow d'Adele. Gabe prit Anna par la main et l'attira contre lui. Elle le rejoignit, se lovant dans le nuage de son parfum boisé. Gabe enfouit son visage dans la chevelure d'Anna et resserra son bras autour d'elle, faisant remonter sa paume le long de son dos. Ses doigts effleurèrent sa nuque, et elle sentit un frisson la parcourir.

Ils ne parlaient pas. Ils se contentaient de s'accrocher

l'un à l'autre, naufragés au milieu de la musique. Anna ferma les yeux, et sentant leurs cœurs battre à l'unisson, elle oublia tout le reste. Les dernières notes de la chanson retentirent ; ils cessèrent de danser mais ne s'écartèrent pas l'un de l'autre.

— Tu veux partir d'ici ? murmura Gabe.

Le cœur d'Anna battait à tout rompre. C'était une question si simple, si lourde de sens pourtant. Elle était si lasse de combattre ses sentiments pour lui. Lasse de nier ce qu'elle désirait si ardemment.

— Oui. Allons-nous-en, répondit-elle.

Gabe se mit à sourire lentement, irrésistiblement. Il lui prit la main et, sans s'arrêter pour dire au revoir à quiconque, ils quittèrent la salle de réception pour se diriger vers le hall de l'hôtel.

Ils se précipitèrent dans l'ascenseur, et Anna commanda la fermeture des portes avant que quelqu'un d'autre n'arrive. S'il fallait parler de la pluie et du beau temps avec un client de l'hôtel, elle risquait de retomber brutalement dans le monde réel. Et pour une fois dans sa vie, c'était le dernier endroit où elle voulait être. Surtout à l'instant où Gabe la fixait de ses yeux couleur d'orage, assombris par le désir.

Les portes de l'ascenseur se refermèrent, et ils furent seuls.

Gabe plongea les mains dans ses cheveux, la plaqua contre le mur et l'embrassa fiévreusement. Elle l'attrapa par la chemise et l'embrassa en retour, le tirant contre elle avec sauvagerie.

Chaque baiser contenait plus d'une décennie de désir brûlant entre eux. Les portes s'ouvrirent sur leur étage avec un carillon, et ils titubèrent hors de l'ascenseur. Anna ramena sa bouche à la sienne, et Gabe l'entraîna dans le couloir jusqu'à ce qu'elle heurte la porte de leur suite. Tout son corps était en feu, et elle se fichait complètement qu'on puisse la surprendre en train de sortir la chemise de Gabe de son pantalon pour glisser ses mains sur son torse musclé.

Gabe sortit la carte de sa poche et tenta de la glisser dans la serrure à l'aveuglette, derrière le dos d'Anna. Il riait tout en jurant entre ses dents tandis que la carte tombait par terre et que la porte refusait de s'ouvrir.

Après avoir tâtonné un moment, ils parvinrent à ouvrir la porte et s'engouffrèrent dans la suite. La cravate de Gabe chuta au sol, suivie de sa chemise. En une minute, la robe d'Anna n'était plus qu'une flaque de tissu à ses pieds.

Gabe recula pour la contempler.

— Tu es tellement belle ! Je pourrais passer ma vie à te regarder.

Ils s'enlacèrent de nouveau, leurs bouches se heurtant, leur souffle s'accélérant. Les bras de Gabe s'enroulèrent autour du dos d'Anna, une main la pressant contre les muscles de son torse, l'autre dégrafant son soutien-gorge. Une bretelle glissa de son épaule, et il la suivit des lèvres, déposant des baisers brûlants de son cou à son épaule, puis à la naissance de ses seins.

Anna empoigna les cheveux de Gabe tandis qu'un gémissement de plaisir résonnait dans sa poitrine. Gabe prit son temps pour explorer sa peau, et la tête d'Anna bascula en arrière alors que des étincelles jaillissaient là où la bouche et les mains de Gabe se posaient, s'accumulant au creux de son être, chaudes et pressantes. Et puis il se concentra sur cette zone-là, aussi, et poussa Anna contre la porte de la chambre. Elle agrippa le chambranle, reconnaissante d'avoir à quoi se retenir lorsque la main de Gabe descendit et que ses jambes menacèrent de céder.

Anna s'abandonna à ses sensations, les pensées floues, le corps s'arc-boutant vers Gabe alors qu'il l'emmenait vers le plaisir.

Quand elle en redescendit enfin, Gabe recula pour la regarder dans les yeux, écartant de son front une mèche de cheveux trempée de sueur.

— Je ne pensais qu'à ça depuis que tu es revenue, murmura-t-il. Te toucher. Sentir ton corps contre le mien.

La vision d'Anna redevint nette, et elle suivit les lignes du torse musclé de Gabe, son ventre plat, la boucle de sa ceinture, juste au-dessus de la preuve qu'elle l'excitait autant qu'il l'avait excitée. C'était la seule partie de lui qu'elle ne connaissait pas, la seule partie qu'elle n'avait jamais vue, sauf dans ses rêves. Des rêves dont elle s'éveillait fébrile, en sueur, avide de refermer les yeux pour replonger dans l'exquise torture de ces moments imaginaires avec lui.

Elle tendit la main, fit glisser la sangle de sa ceinture à travers la boucle et dégrafa l'attache du pantalon. Gabe se débarrassa promptement du reste de ses vêtements, et Anna le prit dans sa main.

C'était à son tour d'explorer, de caresser. Il respirait lourdement ; cette fois, il n'y avait rien d'imaginaire dans ce moment, ni dans l'émotion qu'elle lisait sur le visage de Gabe et qui dépassait amplement les contours du plaisir physique.

Leurs bouches se retrouvèrent tandis qu'ils titubaient vers la chambre. Les jambes d'Anna heurtèrent le lit, et elle bascula en arrière, l'attirant sur elle.

Pour la première fois de sa vie, elle comprit ce qu'être emportée signifiait. Elle ne pouvait pas se concentrer, elle ne pouvait plus penser du tout. Tout ce qu'elle pouvait faire, c'était prendre la vague. Sa bouche et ses mains qui embrasaient sa peau, son corps splendide et tendu qui tremblait en elle, et ses yeux, *ces yeux*, qui la dévoraient.

Elle était emportée si loin qu'elle ne voyait plus le rivage. Et elle ne souhaitait pas retrouver la terre ferme.

Chapitre 31

Aux environs de minuit, Anna eut terriblement faim. La nervosité lui avait coupé l'appétit pendant la soirée, et puis, l'heure qu'elle venait de passer avec Gabe l'avait carrément affamée.

Elle se redressa dans le lit et enfila la chemise de Gabe. Après tout ce qu'ils venaient de se faire l'un à l'autre, il était un peu tard pour faire preuve de pudeur. Mais tout de même, c'était *Gabe*. Elle avait du mal à intégrer le fait qu'il était là, et tout à elle.

Elle lui jeta un coup d'œil par-dessus la carte du room service pendant qu'il passait commande. Il était étendu en diagonale sur le lit, son grand corps seulement recouvert d'un drap fin qui glissait sur ses hanches. Elle eut à nouveau envie de lui. Est-ce qu'il pouvait recommencer, et recommencer encore ? Parce qu'elle était à peu près sûre de ne jamais être rassasiée.

Gabe raccrocha le téléphone.

— La commande arrivera dans une demi-heure. Pourquoi je n'apprends que maintenant que tu aimes manger des pancakes à minuit ? l'interrogea-t-il en se soulevant sur un coude.

— Les bébés ne naissent pas toujours entre neuf

heures et dix-sept heures. Parfois, le petit déjeuner arrive à minuit.

— Qu'est-ce que j'ignore d'autre à ton sujet ? (Gabe s'assit, tirant sur le col de sa chemise pour essayer d'apercevoir son omoplate.) En dehors de ce tatouage dont tu ne m'as jamais parlé ?

Anna lui fit une grimace en haussant l'épaule sur laquelle un motif végétal courait, jusqu'au bas de sa nuque.

— On est allées à Paris l'année dernière avec quelques collègues, pour nous échapper un peu du travail. On a bu trop de champagne et on a débarqué dans un salon de tatouage à une heure du matin, raconta-t-elle en plissant le nez. Je suis un cliché ambulant.

Elle ne mentionna pas que le dessin était vaguement inspiré de la gravure sur le pendentif que sa mère lui avait donné. Elle s'adossa contre les oreillers avant qu'il ne le remarque.

Gabe secoua la tête, amusé.

— Tu en as, des secrets. Qu'est-ce que tu me caches d'autre ?

Le sourire d'Anna vacilla. Il y avait des choses qu'elle n'avait jamais dites à personne. Des choses qu'elle ne révélerait *jamais*, pensait-elle jusqu'à ce moment. Mais jusqu'à ce moment, elle ne s'était jamais sentie autant en sécurité, non plus.

Pour la première fois de sa vie, elle était peut-être prête. Non seulement à continuer d'avancer, comme elle l'avait toujours fait. Mais aussi à laisser le passé derrière elle, à cesser de le traîner comme un boulet.

— Je veux tout te raconter, Gabe. Mais certaines choses risquent de me prendre un peu plus de temps.

Le visage de Gabe devint sérieux, reflétant le mélange d'émotions qu'éprouvait Anna. Ils n'avaient pas parlé de sa mère depuis des années. Était-il contrarié qu'elle lui ait caché cette partie de sa vie pendant si longtemps ? Sa respiration devint hachée, comme si la réponse qu'il s'apprêtait à faire le rendait nerveux.

Avant que la conversation ne prenne une tournure plus sérieuse, Anna posa une main sur la poitrine de Gabe et sourit.

— Je pense que c'est à ton tour de me révéler un secret. Je veux entendre le plus gênant de tous.

L'espace d'un instant, Gabe parut presque soulagé, puis il sembla s'accorder à l'esprit léger du moment. Il inclina la tête et se frotta le menton, comme s'il soupesait le potentiel sombre et profond de sa révélation.

— D'accord. J'aime peut-être un peu trop me goinfrer de… (il marqua une pause, prit une profonde inspiration) séries cucul pour ados. Tu sais, comme *Gossip Girl* ou *Pretty Little Liars*. Je suppose que c'est quelque chose que tu devrais savoir sur moi.

— Non !

Anna pressa la main contre sa bouche, secouée par un rire silencieux.

Gabe rougit légèrement, et cette fois elle explosa de rire.

— Ce n'est pas ma faute ! C'est Leah qui m'a obligé à les regarder avec elle quand elle était gamine, et ensuite, je suis devenue accro.

— Oh, elle t'a « obligé », se moqua Anna.

— Elle m'a forcé.

Anna se laissa retomber dans les oreillers, s'abandonnant totalement à l'hilarité. Lorsqu'elle finit par se calmer, Gabe la considérait avec un sourire en coin. Il tira sur une mèche de ses cheveux avec espièglerie.

— Tu imagines, si quelqu'un nous avait dit ça le premier jour au cours d'économie, quand on se regardait en chiens de faïence, que ça finirait comme ça ?

— Comment ? À se raconter nos secrets embarrassants ? Si à l'époque, j'avais su que tu te planquais dans la salle de bains pour mater des épisodes de *Veronica Mars*...

— Non. Je veux dire comme *ça*, corrigea-t-il en faisant glisser sa main le long de sa jambe nue. Toi et moi, ensemble.

Anna repensa à la gamine maigrichonne dans son tee-shirt trop grand, terrifiée de découvrir avec qui elle allait devoir travailler. Puis à cet étudiant frimeur entouré de ses amis tous plus beaux et à l'aise les uns que les autres. Elle ne l'aurait pas cru. Et Gabe ?

— Tu aurais été horrifié.

— Horrifié ? Non. Je veux dire, tu étais si jeune, alors ça m'aurait sûrement mis mal à l'aise de penser à toi de cette manière. Mais non. J'aurais été... intrigué.

Elle lui lança un regard incrédule.

— Oh, allez. On se détestait au début.

— C'est pour ça que j'aurais été intrigué. Personne ne s'est jamais disputé avec moi comme ça, sauf toi. Et ma famille !... rit-il en secouant la tête. J'aurais dû m'en douter. (Il écarta doucement les cheveux de son visage, et son sourire s'estompa.) Je suis bête d'avoir laissé passer autant de temps.

Les poumons d'Anna pesaient lourd dans sa poitrine.

Elle avait passé une si grande partie de sa vie à chercher sa mère, à ruminer le passé. Peut-être était-il temps de commencer enfin à se concentrer sur le présent, sur son avenir. Mais ce n'était pas toujours si facile. Le présent, c'était cette belle journée passée avec Gabe. C'était leur amitié, toujours l'un des fondements de sa vie, même après tant de distance et de temps. Et c'était Gabe dans son lit, qui la contemplait au milieu des draps froissés comme s'il n'en revenait pas de sa chance.

Pouvait-elle laisser aller tout le chagrin du passé, toutes les erreurs qu'elle avait commises, pour s'ouvrir à un avenir avec lui ?

Saurait-elle prendre ce risque ?

Gabe la tira sur le lit jusqu'à ce qu'elle soit allongée sur le dos. Il roula au-dessus d'elle, l'écrasant de tout son poids sur le matelas avant de prendre appui sur ses coudes de chaque côté de la tête d'Anna. Il embrassa son front, sa joue, l'autre joue. Puis il recula pour la regarder dans les yeux, sa bouche planant à quelques centimètres de la sienne.

— J'avais envie de toi depuis si longtemps. Avant même de m'en rendre compte.

Elle leva la main pour écarter la mèche épaisse de cheveux bruns qui tombait sur son front, ces cheveux dans lesquels elle l'avait vu se passer la main pendant des années, puis elle laissa ses doigts glisser le long de sa joue.

— Je sais exactement ce que tu ressentais.

*

Le lendemain matin, Anna attacha négligemment ses cheveux en queue-de-cheval et fouilla dans sa valise pour trouver un jean. Gabe était toujours au lit – il avait à peine changé de position depuis qu'il s'était endormi– mais elle s'était réveillée enveloppée dans la chaleur de leur belle journée de la veille. Et de la nuit qui avait suivi.

En y repensant, elle fut tentée de se glisser à nouveau sous les couvertures et de se blottir contre le dos chaud de Gabe. Mais l'appel du café était plus fort. Elle avait terriblement besoin de caféine, et peut-être aussi d'un cachet de Tylenol. A posteriori, elle se trouva stupide d'avoir bu trois verres de vin sans presque rien manger, mais elle s'était tellement amusée sur la piste de danse avec Gabe qu'elle ne regrettait rien.

Elle se pencha pour attacher ses chaussures et, quand elle se redressa, la douleur pulsatile dans ses tempes la fit presque tomber. D'accord, peut-être regrettait-elle un tout petit peu ces trois verres de vin.

Gardant la tête aussi immobile que possible, elle fouilla dans son sac pour trouver de quoi soulager son crâne douloureux; mais comme elle ne souffrait généralement pas de maux de tête, elle avait oublié d'emporter le moindre comprimé.

La valise de Gabe était à côté de la sienne, sa trousse de toilette juste au-dessus. Elle l'ouvrit, écartant le dentifrice de voyage et la crème à raser à la recherche d'un contenant qui aurait pu receler du paracétamol. Sa main effleura un petit boîtier en velours, et elle le sortit de la trousse.

Elle s'étonna que Gabe ait glissé un tel objet dans sa valise pour un voyage à Chicago. Mais le boîtier n'était pas grand et tenait parfaitement dans la trousse de toilette. Quand elle le secoua, quelque chose fit du bruit à l'intérieur. Peut-être Gabe avait-il transféré des médicaments hors de leurs emballages trop volumineux et utilisé cette petite boîte à la place.

Anna ouvrit le couvercle. Se figea.

Dans le boîtier se nichait un collier avec un pendentif en demi-lune, en or gravé. Sa main se porta automatiquement à son cou pour se refermer autour du sien. Celui qu'elle portait depuis deux décennies. Où Gabe avait-il trouvé la réplique exacte du collier que sa mère lui avait offert ?

Et puis elle passa ses doigts sur le motif floral, et réalisa que le bijou n'était pas une copie à l'identique, mais en miroir. C'était la moitié correspondant à celle que sa mère avait l'habitude de porter. Celle qui s'emboîtait comme une pièce de puzzle avec le pendentif d'Anna.

Où Gabe avait-il pu trouver cela ? Sa mère avait acheté les colliers dans une boutique de souvenirs à Lawrenceville quand Anna était petite. Le fabricant avait certainement produit ce bijou en série. Mais c'était il y a deux décennies, et le magasin avait depuis longtemps disparu. Quelles étaient les chances pour que Gabe ait mis la main sur une réplique de ce pendentif ?

Avait-il fait des recherches, et retrouvé le créateur ? Anna retourna la boîte dans sa main, cherchant un logo quelconque, puis elle souleva le carré de velours où reposait le collier et regarda en dessous.

Un reçu manuscrit se trouvait au fond de la boîte. Anna le sortit, le déplia en le lissant sur sa jambe. En haut du document étaient imprimés le nom et l'adresse du magasin, et en dessous, le vendeur avait griffonné une brève description du collier, ainsi que son prix.

Gabe avait acheté le collier pour cinquante dollars

dans un endroit appelé Gold Rush Pawn Shop. Ce nom disait quelque chose à Anna.

Et puis son cœur bondit dans sa poitrine. Parce qu'en dessous du nom du magasin se trouvait l'adresse : *1989 Mission Street. San Francisco, Californie.*

Gabe avait acheté ce collier dans une boutique de prêteur sur gages, juste à côté de la maison de Capp Street. Anna eut soudain du mal à respirer, et sa vision devint floue, si bien qu'elle pouvait à peine lire les mots sur le reçu. Elle parvint malgré tout à repérer une date écrite tout en haut.

La transaction avait eu lieu quatorze ans plus tôt.

Était-ce possible ?

Ce n'était pas une réplique du collier de sa mère. C'était forcément l'original. Et si Gabe l'avait trouvé chez un prêteur sur gages, c'est que sa mère devait l'avoir vendu là-bas quand elle habitait à côté.

À ce stade de sa vie, Anna était rarement prise au dépourvu. Plus rien en elle ne rappelait l'adolescente solitaire qui avait dû lutter pour survivre après le départ de sa mère. Mais face à ce collier, réalisant toutes les trahisons qu'il impliquait – celle de sa mère, celle de Gabe –, Anna se retrouva projetée quinze ans en arrière, recroquevillée dans un appartement miteux, s'efforçant d'éviter son propriétaire. Rasant les murs dans les couloirs de son lycée tandis que des élèves lui jetaient du chewing-gum dans les cheveux. Fixant un escalier sombre menant à un sous-sol. Regardant sa mère faire ses bagages et sortir de sa vie.

Anna se précipita dans la salle de bains et vomit.

Puis elle rassembla ses affaires en silence et sortit de la chambre.

Chapitre 32

Gabe fut réveillé par le soleil qui traversait les fenêtres, le frappant directement au visage. Il plissa les yeux et s'étira, agréablement endolori par la danse et autres… activités de la veille. Tout d'un coup, le souvenir remonta.

Anna.

Ce qui était arrivé n'était pas vraiment une surprise ; cela couvait entre eux depuis longtemps. Et ce n'était pas non plus étonnant de constater que c'était encore mieux que ce qu'il avait imaginé. Non, la surprise venait de la tranquillité et de la clarté d'esprit qu'il ressentait. Jamais il n'avait été aussi sûr de quelque chose que ce qu'il ressentait à cet instant précis.

Une explosion de bonheur irradia dans sa poitrine. Anna était tout ce qu'il avait toujours voulu. Même dans un vieux tee-shirt, avec une queue-de-cheval à moitié défaite, elle était plus belle que n'importe quelle femme qu'il avait rencontrée. Elle était à la hauteur dans n'importe quel débat sur l'économie, la politique, ou l'état du monde, mais en même temps une blague salace pouvait la faire rire à gorge déployée. Elle le remettait à sa place et ne le laissait pas s'en tirer à bon compte. Elle avait de l'esprit, du cœur et un corps à se damner.

Il voulait que chaque jour soit comme le précédent. Il voulait s'endormir à ses côtés et se réveiller en sachant qu'elle était à lui. Il voulait la rendre heureuse, la faire rire, la faire gémir de plaisir et la voir abandonner tout contrôle d'elle-même, comme elle l'avait fait maintes et maintes fois la nuit précédente.

Il était sûr qu'elle ressentait la même chose. Malgré les barrières qu'Anna avait érigées pour se protéger, il était la seule personne qui avait toujours su les renverser. Leur lien avait défié tous les obstacles qui auraient dû se dresser entre eux. Et maintenant que c'était du passé, le moment était enfin venu de cueillir ce qui avait toujours été juste là, à portée de main.

Gabe se retourna, impatient de la toucher, de la regarder dormir à côté de lui, cheveux éparpillés sur l'oreiller. Mais à part un drap froissé, le côté d'Anna était vide.

Il ne s'attendait pas à ce qu'elle soit déjà réveillée, surtout après une nuit si courte. Tendant le cou vers la salle de bains, il guetta le bruit de l'eau qui coulait, mais ne perçut que le silence. Leur vol n'était prévu que cet après-midi, et ils n'avaient pas à quitter l'hôtel avant quelques heures.

Il se leva et se dirigea vers le salon. Il avait largement le temps de la convaincre de retourner au lit.

Mais il n'y avait personne au salon.

Anna était probablement descendue prendre un café au bar de l'hôtel. Il attrapa son téléphone pour lui envoyer un message quand ses yeux se posèrent sur sa valise.

Oh. Merde.

Sur le dessus, à côté de sa trousse de toilette, il y avait le boîtier en velours bon marché du prêteur sur gages. Couvercle ouvert, la boîte semblait cracher son contenu.

Le collier.

Anna avait trouvé le collier.

Il l'avait emporté avec lui, espérant trouver le bon moment pour le lui donner. Le cœur battant, il se retourna pour regarder la chambre.

Toutes les affaires d'Anna avaient disparu.

Gabe composa son numéro. Au bout de deux sonneries, la messagerie vocale se déclencha. Elle avait rejeté son appel. D'accord, c'était la merde. C'était vraiment la merde. Quel imbécile ! Il aurait dû lui parler du collier la nuit dernière. Il aurait dû lui en parler depuis des années.

Il s'empressa de lui écrire.

Il faut qu'on parle.
Reste où tu es, j'arrive tout de suite.

Une petite bulle grise avec des points de suspension apparut sous son message, indiquant qu'elle était en train de répondre. Il fixa son téléphone, se balançant d'avant en arrière en attendant. Les points de suspension disparurent, mais aucun message ne les remplaça. Une minute passa ; rien. Elle n'allait pas répondre. Il envoya un autre texto.

Anna, j'ai merdé. S'il te plaît, parle-moi.

Toujours rien.

La bulle grise avec les points de suspension réapparut, et enfin, une réponse s'afficha.

Il n'y a absolument rien que tu puisses dire.
Je vais couper mon téléphone et monter
dans l'avion.
Laisse-moi tranquille.

Gabe posa violemment son téléphone sur la table de nuit. Il devait arriver à l'aéroport avant qu'elle ne décolle. Attrapant un jean et un tee-shirt, il les enfila tout en ramassant ses affaires pour les jeter dans sa valise.

Un instant plus tard, il était dehors.

L'ascenseur mit une éternité à descendre, et Gabe tapait nerveusement du pied pendant qu'il se posait avec lenteur au rez-de-chaussée. Il jeta la clé de la chambre et sa carte de crédit au réceptionniste et s'impatienta pendant que celui-ci mettait un siècle pour vérifier son écran, imprimer des documents et les lui tendre. Gabe griffonna sa signature, puis commanda un Lyft sur son téléphone.

Lorsque Gabe en eut terminé avec la sécurité à l'aéroport, les passagers pour le vol qu'il soupçonnait Anna d'avoir pris avaient déjà embarqué, et les portes étaient fermées. Malgré ses efforts pour la charmer, Gabe ne put convaincre l'hôtesse de les rouvrir pour lui. Et ce n'était pas étonnant, constata-t-il ensuite en se regardant dans le miroir des toilettes de l'aéroport. Avec quatre malheureuses heures de sommeil, il avait une tête de cadavre et les yeux bouffis. Et dans sa hâte à quitter la chambre d'hôtel, il n'avait pas remarqué qu'il avait enfilé sa chemise à l'envers.

Pour aggraver le tout, tandis qu'il attendait pour embarquer, la neige commença à tomber dru, et son vol fut retardé jusqu'après minuit. Quand il embarqua enfin, il n'était plus qu'une pelote de nerfs : il manquait de sommeil, il avait avalé au moins six cafés à l'aéroport, et il s'inquiétait qu'Anna n'ait toujours pas répondu à ses appels.

Mais surtout, il était terrifié à l'idée qu'elle ne réponde plus jamais.

Chapitre 33

Hayleigh était de retour aux urgences avec un bras cassé et un autre œil au beurre noir. Anna reçut l'appel le lundi matin alors qu'elle arrivait pour son service à l'hôpital. Elle se précipita pour examiner la jeune femme ; par miracle, le bébé allait bien.

Après avoir évité le regard d'Anna et essayé de changer de sujet, Hayleigh avoua enfin qu'elle n'avait jamais appelé Rachel pour lui demander de l'aide et quitter son petit ami. Ce n'était pas le rôle d'Anna d'insister, mais le bébé allait naître très bientôt. Elle ne put que donner à Hayleigh une autre carte avec le numéro de Rachel dessus. Ensuite, elle fourra les mains dans ses poches pour s'empêcher de composer le numéro elle-même avant de lui tendre le téléphone.

Elle passa directement de la chambre de Hayleigh à une patiente qui était en train d'accoucher avec deux mois d'avance, puis à une autre qui faisait une prééclampsie et avait besoin d'une césarienne d'urgence. Mais même ces courses d'un bout à l'autre de la maternité ne purent la distraire du choc du week-end précédent.

Ce merveilleux, ce terrible week-end.

En fin d'après-midi, Anna parvint enfin à attraper une barre de céréales dans le distributeur automatique et se dirigea vers la salle de repos pour une courte pause. Elle regretta presque de ne pas être interrompue par une autre urgence, car dès qu'elle alluma son téléphone, cinq textos de Gabe apparurent, la suppliant tous de lui parler.

Anna ne voyait absolument pas ce qu'il pourrait avoir à dire pour sa défense. Gabe avait ce collier depuis des années. Depuis plus d'une décennie ! Il l'avait laissée penser qu'elle était folle de déménager à San Francisco, de chercher dans la foule des femmes ayant le visage de sa mère. Et tout ce temps, il savait que la mère d'Anna avait effectivement vécu dans cette maison de Capp Street. Et si elle lui avait parlé de la femme dans le parc et du test ADN ? Aurait-il continué à ne rien dire, et à la laisser croire que sa mère n'avait peut-être pas eu l'intention de l'abandonner ?

Anna s'apprêtait à éteindre son téléphone quand un appel entrant le fit vibrer. Sans aucun doute, c'était encore Gabe… Mais non, c'était un autre numéro. Qui n'était pas tout à fait inconnu. Un numéro avec le code régional de San Francisco. Les mains tremblantes, elle répondit.

— Madame Campbell, ici l'officier Deacon, dit la voix dans le téléphone.

Anna s'assit lentement sur le canapé, soulagée d'être seule dans la pièce.

— Oui ? Avez-vous des nouvelles pour moi ?

— J'en ai, dit lentement l'officier, tandis qu'Anna entendait battre son cœur.

C'était le moment qu'elle attendait et redoutait à la fois.

— Je suis heureux de vous informer que les tests ADN ne correspondent pas.

— Oh.

L'air s'échappa des poumons d'Anna.

— La femme que nous avons trouvée dans le parc n'était pas votre mère.

— C'est… (La voix d'Anna trembla.) Super. C'est génial.

Alors pourquoi se sentait-elle dangereusement proche de pleurer ?

— Bien sûr, nous allons maintenir votre signalement de personne disparue, et nous vous contacterons si nous avons d'autres pistes, continua l'officier. Maintenant que nous avons votre ADN, nous pourrons enquêter plus rapidement sur une correspondance éventuelle avec d'autres femmes non identifiées.

Sonnée, Anna hocha la tête.

— Madame Campbell ?

— Oui, je suis là. Pardon. Oui. Merci. Appelez-moi si vous avez d'autres pistes, s'il vous plaît.

Anna raccrocha et regarda dans le vide. Si cette femme n'était pas sa mère…

Alors sa mère était peut-être encore quelque part. En train de vivre sa vie.

Sans moi.

Ce n'était pas qu'Anna aurait souhaité apprendre que sa mère était décédée… Mais elle s'était désespérément raccrochée à la possibilité que Deb n'avait jamais vraiment eu l'intention de l'abandonner. Et à présent… voilà qu'elle était de retour à la case départ.

Ne sachant toujours pas si sa mère était quelque part. Ne sachant pas si elle aurait pu revenir. Et ne l'avait tout simplement pas voulu.

Anna ferma les yeux, repensant au collier dans la boîte en velours minable. La boutique du prêteur sur gages. Sa mère avait-elle vendu le collier pour payer son dealer ? Pour acheter de la drogue ? Pour continuer à vivre sa vie de l'autre côté du pays, pendant que sa fille adolescente luttait pour survivre ? Anna n'était pas sûre de savoir quelle trahison était la pire.

Sa mère qui l'avait si facilement abandonnée. Ou Gabe qui le lui avait caché pendant si longtemps.

Quand Anna entendit frapper à sa porte plus tard dans la soirée, elle sut que c'était Gabe. Elle s'attendait à ressentir quelque chose quand il se présenterait finalement à sa porte, de la colère, de la tristesse peut-être ? Mais ce fut un soulagement de constater qu'elle avait épuisé toutes ses émotions pour sombrer dans une anesthésie bienvenue.

Elle prit une profonde inspiration et ouvrit la porte. Gabe se tenait sur son paillasson, les bras posés de chaque côté du chambranle comme s'il essayait d'empêcher toute fuite. Ce qui, tout bien réfléchi, était peut-être le cas. Il portait un jean et un sweat à capuche bleu pâle qui avait exactement la couleur de ses yeux. Ses cheveux bruns étaient ébouriffés d'un côté, et il ne s'était pas rasé depuis quelques jours, mais ce style débraillé lui allait bien, très très bien même.

Il s'avança, et le cœur d'Anna fit un bond. Bon, peut-être n'était-elle pas totalement anesthésiée.

— Anna, s'il te plaît, parle-moi.

Elle évita de le regarder et s'échappa à l'intérieur, laissant la porte ouverte comme seule invitation à entrer. Il la suivit dans la cuisine où elle mettait la bouilloire en marche, principalement pour avoir quelque chose à faire de ses mains.

— Anna, dit-il depuis le seuil de la pièce. Je ne t'en veux pas si tu me détestes.

Anna prit une tasse dans le placard et la posa avec brusquerie sur le plan de travail.

— Vraiment ? Après toutes ces années, tu vas enfin m'accorder le privilège de décider de mes propres sentiments ?

Elle l'entendit soupirer dans son dos.

— J'aurais dû te le dire dès le début.

Elle plongea un sachet de thé dans la tasse.

— Pourquoi tu m'as caché ça ? C'était quoi l'idée ?

Il s'approcha d'elle, et elle se cogna contre lui en se retournant. Il la prit par le bras, et – *zut* –, son cœur pirouetta de nouveau.

— Je pensais te protéger. Quand je suis tombé sur ce collier, tu avais dix-sept ans, et tu avais déjà vécu un tel traumatisme… Je ne savais pas comment te dire que ta mère avait probablement mis le collier en gage, en plus de tout le reste.

— C'est simple pourtant ! C'est simple ! Tu ouvres la bouche, et tu le dis !

Elle se dégagea, bouillante de honte et d'une tristesse profonde, impénétrable. Chaque fois qu'elle croyait avoir touché le fond de son enfance sordide, elle réussissait à plonger un peu plus bas. Gabe le savait, mais il l'avait laissée découvrir les choses de cette façon.

— Tu comptais me le dire un jour, ou jamais ?

— J'ai essayé, dit-il en cherchant son regard. Ce jour-là, sur la plage de Stinson, j'ai essayé de t'en parler, et tu m'as dit que tu ne voulais rien entendre.

Anna se mordit la lèvre, se souvenant de ce moment où ils avaient failli s'embrasser sur la plage, avant qu'il ne s'écarte en disant qu'ils devaient parler. Elle l'avait coupé et lui avait annoncé son départ.

— J'avais le collier à Chicago parce que je m'étais promis de te le dire avant la fin du week-end. J'aurais dû te le dire avant qu'on… Mais c'était une journée tellement parfaite, et puis… C'était une nuit incroyable. Et je ne voulais pas la gâcher. Ou te faire fuir.

— C'était à moi de décider.

— Tu as raison, dit-il en fourrant les mains dans ses poches arrière. J'ai vraiment merdé. Et je ne pourrai pas te le reprocher si tu ne me pardonnes pas. Mais j'espère que tu me donneras une autre chance.

— Comment pourrais-je te faire confiance à nouveau, maintenant ?

— J'ai fait une erreur. Mais tu me connais. Tu sais à quel point tu comptes pour moi. Et tu sais que toi et moi, on ne trouvera jamais quelque chose d'aussi bien que ce qu'on a tous les deux.

Quelque chose traversa son visage, une vulnérabilité qu'elle n'avait jamais vue auparavant.

Elle essaya de reculer, mais elle avait le meuble de cuisine dans le dos, et il n'y avait nulle part où aller. Elle détourna la tête et ferma les yeux. C'était trop. Elle avait besoin qu'il se braque, qu'il soit sarcastique, qu'il se dispute avec elle. Parce que c'était une mauvaise idée, pour environ un million de raisons. Mais quand il la regardait comme ça, elle avait toutes les peines du monde à en retrouver une seule.

La main de Gabe glissa sur sa joue, tournant doucement son visage vers le sien.

— Anna…

C'était presque un murmure. Il était si proche qu'elle pouvait sentir son souffle caresser son oreille.

— Regarde-moi. S'il te plaît.

Ses yeux s'ouvrirent et rencontrèrent les siens. Des années de désir la percutèrent comme un train fou. Le choc chassa l'air de ses poumons. Elle agrippa le meuble derrière elle, ne sachant pas si ses jambes la soutiendraient. Avant que ses genoux ne cèdent, le bras de Gabe s'enroula autour de sa taille, la plaquant contre lui. Sa main s'emmêla dans ses cheveux, et sa bouche trouva la sienne, violente, brûlante, urgente.

Le meuble lui rentrait dans le dos, et le visage mal rasé de Gabe éraflait sa joue. Ses mains parcoururent son dos, agrippant ses muscles tendus. Prestement, il avait détaché le cordon de son pantalon d'hôpital, qui tomba au sol. Elle s'en dégagea d'un coup de pied, il la souleva sur le plan de travail en pressant ses hanches entre ses jambes, le denim rugueux de son jean frottant sur ses cuisses. Elle lui arracha son sweat et le jeta à terre, puis le débarrassa de son tee-shirt, et agrippa sa ceinture pendant qu'il l'embrassait avidement dans le cou.

Les mains de Gabe étaient partout, glissant sous son tee-shirt et brûlant sa peau. Elle tâtonna un instant pour défaire la boucle de sa ceinture, et il baissa aussitôt la fermeture éclair de son jean pour s'en débarrasser, en même temps que son boxer. Elle enroula ses jambes autour de lui et gémit contre sa bouche lorsqu'il commença à se mouvoir en elle, à un rythme si intense que la maison aurait pu brûler autour d'eux sans dégager autant de chaleur que leurs corps. Elle s'accrocha à lui tandis qu'il empoignait ses hanches, le tirant encore plus profondément en elle, jusqu'à ce qu'ils basculent ensemble dans le précipice.

Quelques instants plus tard, Anna s'appuyait contre la poitrine de Gabe, son corps vibrant au rythme de son cœur. Il la tint contre lui, une main toujours emmêlée dans ses cheveux et le bras enroulé autour de son dos. Elle ferma les yeux et, encore à moitié étourdie, s'abandonna à ses sensations, saturée, repue de lui. Ils restèrent ainsi sans rien dire, jusqu'à ce que leur respiration ralentisse.

Gabe se détacha d'elle, emportant sa chaleur avec lui. Anna ouvrit les yeux, souhaitant que le monde ne réapparaisse pas encore, pas tout de suite. Mais le soleil couchant choisit ce moment pour percer en haut de la fenêtre, braquant ses rayons sur son visage et la ramenant à la réalité. Qu'avaient-ils fait ?

— Anna, murmura Gabe. Je pense qu'on devrait parler. Vraiment parler. Je veux qu'on soit complètement sincères l'un envers l'autre.

Anna s'appuya en arrière, s'éloignant de lui. Sincères. Gabe voulait qu'ils soient sincères. Mais qu'est-ce que ça signifiait vraiment ?

Leur relation entière n'était fondée que sur un gigantesque tas de mensonges et de secrets, depuis le moment où ils s'étaient rencontrés. Et Gabe ne connaissait même pas la moitié de l'histoire. Rien que l'histoire du collier lui avait paru si sordide qu'il n'avait même pas réussi à être honnête avec elle à ce sujet. Il ignorait tout du sordide.

Dieu merci, elle n'avait pas tout révélé l'autre nuit à Chicago. Comment pourrait-elle jamais se sentir en sécurité avec lui, comment pourrait-elle lui faire confiance ?

Se sentant vulnérable et exposée, Anna tenta vainement de tirer son tee-shirt sur ses jambes. Devinant son malaise, Gabe fit un pas en arrière et ramassa son pantalon, qu'il posa sur ses genoux.

Il lui tourna le dos pour remettre son jean.

— Je te retrouve au salon, d'accord ? On a beaucoup de choses à se dire.

Dès qu'il sortit de la pièce, Anna sauta à terre et s'échappa de la cuisine. Dans la salle de bains, elle enfila ses vêtements et se passa de l'eau sur le visage. En relevant les yeux de la serviette, elle vit son reflet qui la fixait dans le miroir.

Quand allait-elle apprendre qu'elle ne pouvait se fier qu'à elle-même ?

Elle trouva Gabe debout au milieu de son salon, fixant les cartons posés sur son canapé. En quelques mois passés ici, elle avait accumulé plus de choses que prévu : une rangée de romans alignés sur les étagères, un ensemble de bougies à son parfum préféré, deux bols tournés à la main qu'elle avait achetés à une foire d'artisanat simplement parce qu'ils étaient trop beaux pour les laisser là. Elle avait fourré le tout dans ces cartons en rentrant de l'hôpital cet après-midi, et avait prévu de les déposer chez Goodwill le lendemain matin.

— C'est quoi, tout ça ? interrogea Gabe d'une voix mesurée. Tu fais tes bagages ?

— Mon bail se termine bientôt.

— La copine de Rachel ne revient pas avant le printemps. Je suis sûr qu'elle prolongerait le bail… Si tu en avais envie.

Anna ne croisa pas son regard. Gabe fit un pas vers elle.

— Anna ? Qu'est-ce qui se passe ?

— Tu as toujours su que je repartirais.

— Que tu repartirais ? Au Moyen-Orient ? (Anna hocha la tête.) Et… ça, alors ? dit-il en agitant la main entre eux. Et *nous ?*

Elle chercha le pendentif autour de son cou, tâtonnant pour caresser le motif gravé avec son pouce, en quête du réconfort qu'il lui avait procuré pendant près de vingt ans. Mais sa main se referma sur le vide.

Elle avait arraché le collier pour le jeter dans l'un des cartons posés sur le canapé. Sa mère avait disparu, elle était partie, et elle avait mis en gage l'unique preuve qui la reliait à sa fille. Et si Gabe découvrait un jour ce qu'Anna avait fait, lui aussi voudrait disparaître. Et se débarrasser de toute preuve qu'elle avait existé.

— Il n'y a pas de nous, Gabe. C'était une erreur de rentrer, et encore plus de rester aussi longtemps.

Gabe se passa la main dans les cheveux.

— Tu ne le penses pas vraiment, hein ? Tu ne regrettes pas d'être venue après la crise cardiaque de mon père, tu ne regrettes pas d'avoir été là pour l'accouchement de Leah. D'avoir passé du temps avec Rachel et ma mère, ou avec les enfants de Matt. (Gabe traversa la pièce en trois enjambées et la prit par les épaules.) Et je suis sûr à cent pour cent que tu ne regrettes pas d'avoir été avec moi.

Anna détourna les yeux. Elle était incapable de lui mentir, pas là-dessus.

— Ça n'a pas d'importance. Je ne suis pas chez moi ici. Je ne l'ai jamais été.

Gabe la lâcha, écœuré de frustration. Il fit les cent pas dans le salon puis vira brusquement pour la regarder.

— Ce n'est pas moi qui t'ai abandonnée, s'écria-t-il d'une voix qui montait à chaque mot. Je suis là, Anna. *Je suis juste ici !* (Sa voix se brisa, et il sembla perdre de l'élan.) J'ai toujours été là.

Ses épaules s'affaissèrent, et quand elle rencontra son regard, ses yeux étaient rougis par les larmes.

— Je sais que tu as enduré beaucoup de choses terribles, je sais que tu as morflé. Mais quand vas-tu trouver un moyen de te libérer de ton passé, quand vas-tu te permettre d'être heureuse ?

Il avait les bras croisés, ses biceps tendus sous le tee-shirt qu'elle avait agrippé quelques minutes plus tôt. Ses cheveux se dressaient là où il y avait passé la main, et ses yeux argentés étincelaient. Même maintenant, elle détestait ressentir cette attirance pour lui, si forte qu'elle semblait être une présence physique dans la pièce. Alors elle fit la seule chose qu'elle pouvait faire. Elle attaqua.

— Parce que tu crois que tu pourrais me rendre heureuse ?

Gabe recula comme si elle l'avait giflé.

— D'accord. Très bien. Tu as raison. Je suis vraiment stupide de penser que tu pourrais être heureuse avec moi.

Anna détourna les yeux vers la fenêtre. Mais elle

sentait qu'il était toujours au milieu du salon, à la regarder. Elle se maudit d'être aussi faible.

Et puis Anna entendit ses pas marteler le sol. Un instant plus tard, la porte d'entrée s'ouvrit, puis claqua violemment.

La douleur qui envahissait son cœur était aussi familière que le mouvement de sa respiration. Si Anna était vraiment honnête, elle venait de passer près de la moitié de sa vie à s'efforcer de combler ce trou dans son cœur, un trou de la taille de Gabe. Quand elle vivait à des milliers de kilomètres de là, elle avait pu garder ces sentiments soigneusement rangés au fond de sa conscience, comme un rêve de fin de nuit qui, à la lumière du jour, semblait flou et vague. Elle avait passé quinze ans à faire tout ce qu'elle pouvait pour maintenir Gabe à distance. Parce que si elle se mettait à l'aimer, elle le perdrait.

Comme tous ceux qu'elle avait jamais aimés.

Chapitre 34

Anna prenait une pause entre deux patientes dans la salle des médecins lorsque le téléphone d'astreinte accroché à sa blouse se mit à vibrer.

— Docteure Campbell à l'appareil.

— Bonjour, docteure, dit la voix de Constance.

— C'est pour la 315 ? Helen n'est quand même pas déjà prête à pousser ?

Anna avait laissé sa patiente en train de regarder confortablement « Le Bachelor » une heure plus tôt, juste après la pose de sa péridurale. Constance lui avait dit qu'elle l'appellerait lorsque la patiente aurait progressé.

— Non. Les contractions sont espacées de quatre minutes, et elle va bien. Mais le Bachelor n'a pas donné de rose à Sue Ellen, alors la nuit va être difficile.

Anna sourit. Ce poste lui avait plu, et elle allait regretter ses collègues en le quittant dans quelques semaines. Elle avait donné sa démission le mardi, le lendemain de sa dispute avec Gabe, et cela avait été plus douloureux que prévu.

— J'ai un appel pour vous, qui est arrivé par le standard principal, dit Constance. Je vous le transfère.

Anna traversa la pièce et ouvrit la porte du réfrigérateur où elle avait stocké son déjeuner. Il valait probablement mieux manger maintenant, avant que les contractions d'Helen ne s'intensifient. Et cet appel était sans doute celui d'une autre patiente en travail. Parfois, elles paniquaient et appelaient directement l'hôpital, plutôt que sa ligne d'astreinte.

— Allô ? dit-elle en calant le téléphone contre son épaule pour atteindre la salade derrière le sandwich de quelqu'un.

— Allô ? dit une voix éraillée avec un fort accent de Pittsburgh.

Elle semblait appartenir à une vieille femme qui avait fumé deux paquets par jour tout au long de sa vie. Ce n'était certainement pas le ton impérieux d'une patiente en plein travail.

— Est-ce que c'est… ? continua la femme. J'essaie de joindre Anna. Anna Campbell.

— C'est moi, dit Anna en fronçant les sourcils, troublée par ce que cette voix avait de familier. Qui est-ce ?

— Ah, bien. Je, euh… Eh bien… Je… Anna, c'est ta mère.

Anna cessa de respirer. Le téléphone glissa de son épaule, et elle le rattrapa juste avant qu'il ne touche le sol. Claquant la porte du réfrigérateur, elle serra le téléphone dans sa main moite et fit demi-tour vers la table, cherchant une chaise de l'autre main.

Elle s'effondra dessus, puis inspira profondément.

— C'est une blague ? Qui est à l'appareil ?

Il y eut une pause, et puis :

— C'est… Je suis ta mère.

Sa mère était morte.

Enfin, bien sûr, Anna ne le savait pas vraiment. Mais elle avait passé les six derniers mois à se convaincre que sa mère était morte d'une crise cardiaque dans le parc, et c'était devenu une réalité dans son esprit. Après les résultats du test ADN et la découverte du collier mis en gage, Anna avait décidé qu'il valait mieux continuer à entretenir cette fiction. Quoi qu'il fût advenu de sa mère, elle n'avait pas voulu d'Anna dans sa vie. Et il était temps pour Anna de tourner la page, une fois pour toutes.

— Comment vous appelez-vous ? exigea Anna.

— Deb. Deb Campbell. C'est moi, Anna.

Anna serra l'accoudoir du siège de sa main libre pour l'empêcher de trembler. Cette voix. Cette voix était si familière. Elle ferma les yeux pour échapper au vertige qui l'envahissait.

— Qu'est-ce que tu veux ? réussit-elle à articuler.

— Je pensais qu'on pourrait se voir pour parler.

Anna rouvrit les yeux d'un coup.

— Se voir ? Où es-tu ?

— À Pittsburgh. Je viens de… (Une quinte de toux l'interrompit, durant presque une minute entière. Finalement, elle se calma.) Désolée.

— Tu es à Pittsburgh ? répéta Anna, percevant une nuance d'hystérie dans sa voix. Depuis quand ?

— Oh, ça fait des années.

Des années ! Sa mère était là, à Pittsburgh, depuis des années. Avait-elle seulement essayé de contacter son unique fille ? Était-elle allée dans leur ancien quartier pour poser des questions aux voisins ? Il n'aurait pas été difficile de trouver Anna si elle l'avait voulu.

Ce qui signifiait qu'elle ne l'avait pas voulu.

— D'accord, répondit Anna d'un ton miraculeusement calme, compte tenu de la façon dont son estomac se tordait, imprimant des tremblements à tout son corps. Et maintenant, tu veux qu'on se voie ? Pourquoi maintenant ?

Mais soudain, Anna comprit pourquoi. C'était pour la même raison que sa mère avait vendu le collier, toutes ces années auparavant.

Deb se racla la gorge.

— Eh bien, je… pensais qu'on pourrait en parler de vive voix.

Et voilà.

— Bien sûr. Parce que je ne peux pas te donner d'argent par téléphone. Ou… non. C'est vrai, tu m'as appelée au travail. Tu sais que je suis médecin. Tu comptais sur moi pour avoir des médicaments ?

— Eh bien, en fait, je suis…

Sa mère se remit à tousser. Anna resta là à écouter cette toux horrible, et son choc se transforma lentement en colère. C'était un soulagement immense, parce qu'elle pouvait gérer la colère. Elle était une adulte qui avait réussi, plus une gamine apeurée qui essayait désespérément de ne pas se noyer. Et elle n'avait pas besoin de consacrer une seconde de plus à cette femme.

— Écoute-moi bien, je ne te donnerai pas d'argent, ni de médocs. Ne m'appelle plus jamais !

Elle appuya sur le bouton pour raccrocher et balança le téléphone sur la table devant elle.

Puis elle se recroquevilla sur elle-même, repoussant sa chaise jusqu'à ce qu'elle heurte le mur derrière elle.

Était-ce vraiment sa mère, de toute façon ? Anna

n'avait pas eu de nouvelles d'elle depuis près de vingt ans, et soudain elle l'appelait comme ça, sortie de nulle part ? Si c'était bien elle, la seule explication était qu'elle avait fait des recherches sur Internet, découvert que sa fille était médecin et de retour à Pittsburgh, et qu'elle avait vu là une occasion facile de se faire de l'argent. Eh bien, elle pouvait toujours courir.

Mais tandis qu'Anna regardait ses mains toujours tremblantes, le doute s'insinua. Peut-être n'aurait-elle pas dû agir aussi impulsivement et raccrocher comme ça. L'appel était passé par le vaste standard téléphonique de l'hôpital. Y avait-il un moyen de le retracer ? Si Anna voulait des réponses sur ce qui était arrivé à sa mère depuis son adolescence, avait-elle perdu sa seule chance d'en avoir en raccrochant ce téléphone ?

Elle prit une inspiration saccadée. Les réponses importaient-elles vraiment, en fin de compte ? Peut-être que la seule bonté de sa mère à son égard avait été de partir.

Elle se leva brusquement de sa chaise et fit les cent pas dans la petite pièce, mais avant qu'elle ait pu décider quoi faire, la porte s'ouvrit d'un coup. C'était Constance, le souffle court, les cheveux dégringolant du chignon soigné qu'elle portait habituellement sur le haut du crâne.

— Anna, haleta-t-elle en pressant une main sur sa poitrine. On a besoin de toi tout de suite.

Anna s'avança d'un pas mal assuré vers sa collègue.

— C'est Helen ?

Elle se pressa les tempes, essayant de ramener son esprit au moment présent. Ses patientes avaient besoin d'elle.

— Non. C'est une autre patiente. Cette fille, Hayleigh.

Hayleigh.

— L'accouchement a commencé ?

S'il te plaît, ne me dis pas que son petit ami l'a encore tabassée.

— Non… Non, l'accouchement n'a pas commencé.

Les rides autour de ses yeux se creusèrent, et pendant un instant, elle parut sur le point de pleurer.

Le cœur d'Anna se mit à tambouriner. Constance travaillait à la maternité depuis trente ans, elle en avait vu d'autres. Ça ne pouvait pas être bon signe.

— Que s'est-il passé ?

— Son copain… il… (Les épaules de l'infirmière tombèrent sous sa blouse.) Il lui a tiré dessus. Elle ne va pas s'en sortir. Il faut que tu lui fasses une césarienne pour sauver le bébé.

Chapitre 35

Gabe était au beau milieu d'un cours magistral sur la dynamique des revenus et des pièges de la pauvreté lorsque sa sacoche vibra pour la dixième fois en cinq minutes. Il mettait toujours son téléphone sur silencieux et le laissait dans son sac lorsqu'il enseignait. En général, il ne l'entendait pas même s'il recevait un appel ou un message. Mais ce jour-là, le rythme était si effréné que quelques filles assises au premier rang se mirent à glousser lorsque le téléphone vibra de nouveau. L'une d'elles leva la main.

— Docteur Weatherall ?

— Oui, Amelia ?

— Euh, je *crois* que quelqu'un essaie de vous joindre.

Les amies d'Amelia éclatèrent de rire. Gabe soupira.

— Oui, on dirait bien, hein ? D'accord, on fait une pause de dix minutes, et ensuite, on parlera de votre devoir de mi-session.

Les étudiants se levèrent de leurs bancs et quittèrent bruyamment l'amphithéâtre pendant que Gabe prenait son téléphone.

Six appels manqués d'Anna, plus un message vocal.

Le cœur battant, il s'empressa d'écouter le message.

— Salut, c'est moi. Euh, je…

C'était la voix d'Anna, mais elle était tellement étranglée – comme si elle essayait de ne pas pleurer – qu'il entendit à peine les mots suivants, croyant tout de même comprendre « J'ai besoin de toi ».

Sa vision vira au blanc éclatant, comme si quelqu'un avait braqué un projecteur droit sur son visage. Gabe s'agrippa au bureau devant lui tandis que son sang cognait dans ses oreilles.

— Je sais que je n'ai pas le droit de te demander ça, mais…

Il ne comprit pas la fin de la phrase. Fourrant ses documents et son ordinateur portable dans son sac, il fit signe à son assistante d'enseignement.

— Je dois partir tout de suite. Tu peux terminer ? Il faudra leur donner le sujet du devoir de mi-session.

Il ne prit même pas la peine d'attendre qu'elle acquiesce et se précipita vers la porte.

Il bouscula ses étudiants et s'éloigna à grands pas dans le couloir en ignorant leurs regards, puis composa le numéro d'Anna. *Merde*. Il tombait directement sur la messagerie. Peut-être était-elle en train de le rappeler, ou bien elle essayait de joindre Rachel, ou quelqu'un d'autre.

Gabe sortit en trombe du bâtiment, courut jusqu'au parking et déverrouilla sa voiture en se précipitant dessus. Il essaya à nouveau le numéro d'Anna, sans succès, puis jeta le téléphone sur le siège à côté de lui. Il fonça hors du parking et roula à toute allure jusque chez elle.

Chapitre 36

Dès qu'Anna arriva chez elle, elle regretta d'être rentrée si précipitamment. À l'hôpital, elle avait eu hâte de laisser tout cela derrière elle : le flot d'agents de police, le légiste emportant le corps de Hayleigh, l'assistante sociale interrogeant Anna sur les contacts d'urgence de Hayleigh et les proches parents du nourrisson.

Et puis, cet appel téléphonique.

Tout ce qu'elle voulait, c'était rentrer chez elle, se réfugier dans son lit et tout oublier. Mais une fois à la maison, elle se sentit trop tendue, le corps trop douloureux pour glisser dans le confort du sommeil. La police avait dit que le meurtrier de Hayleigh avait été arrêté, mais cela n'empêchait pas Anna de sursauter à chaque fois que le vent faisait claquer les fenêtres et secouait la porte d'entrée. Elle vérifia toutes les serrures, puis, juste pour être sûre, les revérifia. C'était irrationnel ; il n'avait aucune raison de venir la chercher, mais cela n'empêchait pas sa terreur de résonner.

Ni l'écho de cette voix à l'autre bout du fil. Rachel lui proposerait de venir si elle l'appelait, mais Anna ne pouvait pas lui demander cela. Il était tard, et la neige tombait vraiment à présent. Elle fit un autre tour dans son minuscule appartement, vérifiant à nouveau les serrures des portes et des fenêtres. Puis elle se laissa tomber sur le canapé.

Anna avait besoin de Gabe, un besoin plus fort que n'importe quelle douleur physique qu'elle avait jamais ressentie, mais il ne répondait pas à son téléphone. C'était peut-être mieux ainsi. Ils ne s'étaient pas parlé depuis qu'il était parti de chez elle, et son cœur ne pourrait supporter aucune froideur, aucune distance dans les yeux de Gabe ce soir.

À cet instant, on frappa à la porte. Le cœur battant, elle bondit du canapé et resta figée au milieu de son salon.

L'assassin de Hayleigh est en prison, se dit-elle.

Mais ce n'était pas vraiment lui, le monstre qu'elle craignait. Celui qui la poursuivait dans ses rêves.

On frappa de nouveau.

Elle n'avait qu'à s'approcher de la fenêtre pour y jeter un œil, mais ses jambes semblaient ne plus fonctionner. Soudain, son téléphone vibra dans sa main, et elle lut le texto en tremblant.

Tu es chez toi ? Je suis dehors.

Anna se précipita vers la porte.

Gabe se tenait dans la lumière du porche, les mains enfoncées dans ses poches, courbant l'échine à cause du froid. Des flocons de neige collaient à sa chemise et scintillaient dans ses cheveux bruns. Elle n'avait jamais été aussi heureuse de voir quelqu'un de toute sa vie. Elle voulut se jeter dans ses bras, mais le souvenir de leur altercation la frappa comme le vent glacial qui s'engouffrait dans la maison. Alors elle retint son élan, ramenant les pans de son gilet autour d'elle en croisant les bras.

— Salut, murmura-t-elle.

Le regard éperdu de Gabe glissa jusqu'à ses pieds et revint à son visage.

— Tu es blessée ? Que s'est-il passé ?

— Non, non, ce n'est pas… Ça va. C'est… j'ai perdu une patiente ce soir. La femme dont je t'ai parlé, celle que son copain battait. Cette fois, elle n'a pas survécu.

— Oh, Anna… (Il fit un pas vers elle et posa une main sur sa joue.) Je suis tellement désolé, souffla-t-il.

Anna serra un peu plus les bras.

— Merci d'être venu.

Elle s'écarta pour le laisser entrer. Tandis qu'elle le regardait retirer ses bottes avant de se rendre au salon, son cœur se serra. Il était si grand et solide, il semblait remplir tout son appartement. Ses cheveux bruns étaient ébouriffés, comme d'habitude, et elle réprima l'envie de tendre la main pour les lisser et balayer les flocons de neige de ses épaules.

— Où est ton manteau ? s'étonna-t-elle.

Gabe haussa les épaules en jetant un coup d'œil à sa chemise.

— Je ne sais pas. Dans mon bureau, je suppose. Je suis parti en plein cours.

Anna regarda ses pieds.

— Je suis désolée.

Gabe fit un pas vers elle puis s'arrêta brusquement, serrant les poings comme pour se retenir de la toucher. Il les fourra dans ses poches et dit d'une voix basse :

— Quoi qu'il arrive, je suis ton meilleur ami. Tu peux toujours m'appeler. Je viendrai toujours.

Elle était dangereusement proche des larmes. Le silence s'étira entre eux alors qu'elle hésitait près de la porte d'entrée, ne sachant plus quoi dire maintenant qu'il était là. Ils avaient toujours eu une telle aisance l'un avec l'autre, et voilà que la gêne la raidissait. La douleur dans son cœur redoubla, et ses yeux brûlèrent. Il fallait qu'elle se ressaisisse.

— Je vais me changer, annonça-t-elle avec un geste vers sa tenue d'hôpital.

Et sans lui laisser le temps de répondre, elle s'échappa dans sa chambre, le laissant seul au milieu du salon.

Une fois à l'abri, elle laissa ses larmes déborder. Puis elle frotta ses paumes contre ses joues mouillées, ouvrit la porte de son placard et chercha comment s'habiller. Elle avait changé de blouse après l'accouchement ; celle qu'elle portait était couverte du sang de Hayleigh, à cause non pas de la césarienne, mais de la blessure par balle que les urgentistes avaient essayé de compresser assez longtemps pour lui permettre de mettre au monde un enfant privé de sa mère.

Anna frissonna à mesure que la réalité de ces mots la frappait.

Un autre enfant privé de sa mère.

Elle tira quelques vêtements hors de sa penderie, mais au lieu de les enfiler, elle se laissa tomber sur son lit. Plus elle essayait d'endiguer les larmes, plus elles coulaient sur ses joues. Elle ne sut pas combien de temps elle resta assise sur le lit, le débit de ses larmes lent mais continu. Finalement, la porte de sa chambre grinça, lui faisant relever la tête. Gabe se tenait appuyé au chambranle, les bras croisés et l'air inquiet.

— Salut, dit-il d'une voix douce qui fissura un peu plus largement son cœur. Ça va ?

Anna hocha la tête en s'essuyant les joues du revers de la main.

— Tu as besoin de quelque chose ?

Elle secoua la tête tandis que ses larmes coulaient de plus belle.

Il entra dans la pièce et s'assit sur le lit à côté d'elle.

— Tu es sûre ?

— Oui… non.

C'était trop. Elle voulut se tourner, les épaules agitées de sanglots silencieux.

— Hé, murmura Gabe, tirant sur son bras pour la ramener vers lui.

Il ne dit rien de plus, se contentant de la serrer contre lui.

Après le premier vrai sanglot, elle ne put plus s'arrêter. C'était comme si le ciel déversait une mousson après des années de sécheresse. Elle pleura le nouveau-né qui n'avait plus de mère, et un géniteur violent sous les verrous. Elle pleura l'enfant qu'elle avait été, la violence de sa propre jeunesse et les adultes qui n'avaient jamais essayé de la protéger. Et puis elle pleura Gabe, la seule personne qui avait toujours, toujours été là pour elle, et son angoisse à l'idée de le perdre.

Gabe resserra ses bras autour d'elle et pressa sa joue contre le sommet de sa tête. Elle s'accrocha à lui, tordant sa chemise dans ses poings et sanglotant contre sa poitrine. Gabe la garda simplement serrée dans ses bras, la laissant pleurer tout son saoul.

Après un long moment, ses sanglots se calmèrent pour se transformer en légers hoquets, mais elle resta dans les bras de Gabe, la tête sur sa poitrine, sentant son cœur battre contre elle. Le rythme l'apaisait. Finalement, elle prit une profonde inspiration encore un peu hachée, et se redressa.

Il prit son visage entre ses mains et écarta ses cheveux trempés de larmes.

— Tu dois être épuisée. Veux-tu dormir un peu ?

Anna secoua la tête.

— Je ne suis pas sûre de pouvoir.

— Quand est-ce que tu as mangé pour la dernière fois ?

Elle n'en avait aucune idée. Cette journée avait duré dix ans.

— Au petit déjeuner, je suppose.

— Il faut que tu manges. Et si tu te changeais, d'abord ?

Cinq minutes plus tard, Anna trouva Gabe affairé dans la cuisine. Il lui versa un verre d'eau, puis, lui ayant jeté un regard désapprobateur en constatant le contenu, ou plutôt le manque de contenu de son réfrigérateur, il appela le restaurant thaïlandais au coin de la rue pour commander à emporter.

Ils s'installèrent face à face dans le canapé, chacun adossé contre un accoudoir, leurs pieds entrelacés au milieu, et mangèrent directement dans les cartons. Ils ne parlaient pas, mais le silence n'était pas gênant, ce qui l'apaisa un peu plus. Après quelques minutes, elle posa ses baguettes dans son pad thaï et regarda Gabe. Ses cheveux étaient toujours ébouriffés, sa chemise froissée là où Anna avait pleuré, et ses yeux argentés semblaient plus clairs dans la lumière tamisée. Un désir sourd, douloureux, la rongeait quelque part au fond d'elle-même.

Elle inspira profondément. Et puis elle se risqua.

— Il y a quelque chose que je ne t'ai jamais dit.

Gabe leva la tête, mais demeura silencieux.

Elle tritura sa nourriture, piquant nerveusement ses baguettes dans le carton.

— Quelque chose… quelque chose qui s'est passé, il y a longtemps.

Gabe glissa le long du canapé pour s'asseoir à côté d'elle. Il posa leurs cartons sur la table basse, puis il lui prit la main.

Anna força sa voix à paraître neutre, comme si elle énumérait les signes vitaux de l'une de ses patientes au lieu de lui parler des horreurs de son enfance.

— Quand ma mère a perdu son travail, elle a commencé à ramener des hommes à la maison. Je t'ai déjà raconté ça… Mais je ne t'ai pas tout dit. Ces mecs lui donnaient de l'argent et de la drogue. Elle ne pouvait pas trouver un autre travail, et ils pourvoyaient à nos besoins. Mais…

Elle jeta un coup d'œil à Gabe. Il en savait plus que quiconque sur son passé, mais ça… Elle ne l'avait jamais raconté à *personne*.

— La plupart d'entre eux n'étaient pas très gentils avec elle.

Il y avait eu beaucoup de hurlements, beaucoup de disputes où Anna se cachait dans le placard de la chambre en espérant qu'elles se terminent rapidement. Ou bien elle descendait par l'escalier de secours pour aller attendre à la bibliothèque, à quelques rues de là.

— Quand j'avais treize ans, elle a ramené ce type à la maison, et il… il était encore pire que les autres.

Gabe était assis si près qu'elle pouvait sentir les muscles de son bras se contracter sous l'effet de la tension, mais elle était incapable de le regarder.

— Dès qu'elle faisait la moindre erreur, comme brûler une casserole ou lui apporter la mauvaise marque de bière, il lui donnait une gifle.

Sa mère lui trouvait toujours des excuses. *Il est fatigué. Il est ivre. Il est désolé.*

— Il était toujours désolé, selon elle. Sauf qu'il n'avait jamais l'air de l'être. C'était plutôt de pire en pire.

Bientôt, il arrêta de la gifler à cause d'un plat trop cuit, pour se mettre à utiliser ses poings. Sa mère atterrit à l'hôpital avec une épaule démise, et la fois suivante, deux côtes cassées.

— Mais elle est restée. Elle disait qu'on avait besoin de lui. Il s'occupait de nous. (Anna baissa les yeux sur ses mains.) J'ai trouvé un travail à la supérette, en espérant que si je ramenais assez d'argent à la maison, on n'aurait peut-être plus besoin de lui. Mais ce n'était pas assez. Ce n'était jamais assez.

Son pauvre salaire ne suffirait jamais.

— Un jour, j'avais de la fièvre, et l'école a appelé ma mère pour qu'elle vienne me chercher. Quand je suis arrivée sur le parking, ce mec était là avec elle, et il était furieux que j'aie interrompu sa journée. Il a dit qu'ils avaient des choses à faire. Ma mère lui a simplement demandé de me déposer à la maison, mais ce n'était pas sur sa route, et on devait d'abord s'arrêter chez lui.

Anna se souvenait encore de son mal de gorge carabiné, des frissons de fièvre, du claquement de la portière lorsqu'ils lui avaient dit d'attendre à l'arrière de la camionnette.

Même aujourd'hui, des décennies plus tard, elle se repassait encore et encore toute la journée dans sa tête. Peut-être que si elle les avait accompagnés, les choses ne se seraient pas déroulées de cette façon. Peut-être que si elle avait réussi à faire meilleure figure à l'école, il n'aurait pas eu à venir la chercher, et rien de tout cela ne serait jamais arrivé.

— Je pense que je me suis endormie, parce qu'il faisait nuit quand je me suis réveillée. Alors, je suis allée les chercher. Ils étaient dans sa cuisine en train de se battre. C'était… horrible. Je ne sais pas pourquoi ni comment ça avait commencé. Ça aurait pu être n'importe quoi. Mais ma mère était par terre, elle saignait, et lui… (Anna ferma les yeux.) J'ai cru qu'il allait la tuer. J'ai couru et j'ai essayé de le tirer pour qu'il la lâche. Mais il m'a attrapée et il m'a jetée au sol.

Gabe inspira bruyamment et resserra sa prise sur sa main.

C'était là que la panique l'avait saisie. Il était tellement grand, tellement lourd, elle pouvait à peine respirer ; elle cherchait désespérément à se dégager, en vain. Si seulement elle réussissait à se libérer, elle pourrait trouver quelque chose, n'importe quoi qui lui servirait d'arme.

— Et puis j'ai levé les yeux, et ma mère était en train de tirer sur son bras en lui criant de me laisser tranquille. Il s'est relevé pour s'occuper d'elle, et c'est là que j'ai…

Anna se tut. On y était.

— C'est là que je l'ai poussé.

La pire chose qu'elle avait jamais faite.

— Il s'est cogné à l'épaule contre le cadre de la porte du sous-sol, et puis il a trébuché… et il est tombé dans les escaliers. Et je l'ai vu saigner, le corps tordu dans une position bizarre. Il ne bougeait plus. Et j'ai compris. J'ai compris. (Anna prit une inspiration fébrile.) Je l'avais tué.

Anna se tut, et Gabe se laissa aller en arrière contre les coussins du canapé, passant sa main sur son front comme s'il essayait d'effacer l'image terrible qu'elle avait laissée dans son esprit.

Bien sûr qu'il veut l'effacer.

Ce n'était pas normal. Les gens normaux ne tuaient pas les petits amis de leur mère. Les gens normaux n'avaient pas des histoires terribles et sordides qui devenaient de plus en plus terribles et sordides à chaque minute. *Bien sûr qu'il veut s'éloigner le plus possible de moi.*

Mais lorsqu'elle osa enfin le regarder, il ne se leva pas pour s'en aller. Il tendit la main, passa son bras autour d'elle et la tira contre son torse.

C'était tellement, tellement bon d'être là de nouveau.

— On s'est enfuies, ma mère et moi, continua-t-elle. Avant que quelqu'un s'aperçoive qu'on était là.

Lorsqu'il parla, sa voix était rauque.

— Je suis tellement désolé… Ça me paraît affreusement banal de dire ça. Mais je suis *vraiment* désolé que cette histoire te soit arrivée. Et je suis tellement en colère, et j'espère que tu sais que *rien* de tout ça n'était ta faute.

— Elle est partie, murmura Anna dans le coton de sa chemise. Le lendemain, elle a fait ses bagages et elle est partie.

— Et tu as cru que c'était ta faute.

— Elle devait de l'argent à plein de gens, et avec la… disparition de son mec, elle n'avait aucun moyen de les payer. Ils allaient venir la chercher si elle ne trouvait pas quelque chose. Alors, elle a passé quelques coups de fil, et elle a trouvé un job en Californie. Je suis sûre que c'était quelque chose de louche et d'illégal. Mais elle était prête à tout. Après ça, elle m'a téléphoné quelques fois. Et puis elle a disparu.

— Et tu cherches des réponses depuis. Est-ce que tu t'en veux toujours ? demanda Gabe en reculant pour pouvoir la regarder.

Anna ferma les yeux, se rappelant le collier mis en gage, la voix familière au téléphone, qui avait demandé à la revoir. S'en voulait-elle toujours ? Ou réalisait-elle enfin que Deb Campbell avait toujours fait passer son addiction avant sa fille, sans qu'Anna le comprenne ?

— Je ne suis pas sûre de ce que je ressens. Rationnellement, je sais que ce n'était pas ma faute, pas plus que ce qui s'est passé aujourd'hui n'est la faute du bébé de Hayleigh. Je sais que rien de tout cela n'est ma faute. Mais la honte est tellement profonde, c'est comme le lit qu'une rivière aurait creusé pendant vingt ans.

— Alors, on doit détourner la rivière.

En était-elle capable ? Pouvait-elle enfin affronter son terrible passé et apprendre à creuser de nouveaux chemins ? Ce serait la chose la plus difficile qu'elle ait jamais faite.

Elle regarda Gabe, si proche d'elle. Il avait dit « on ». Était-il possible qu'il veuille l'aider ? Pouvait-elle avoir confiance, et savoir qu'il resterait auprès d'elle alors que les choses étaient si terriblement compliquées ?

Mais c'était peut-être là que le bât blessait. Elle ne le saurait jamais si elle continuait de fuir. Si elle continuait de faire ce qu'elle avait toujours fait.

Ils terminèrent leur repas et lancèrent une comédie insignifiante sur Netflix. Avant même que le générique de début soit terminé, elle sentit que son corps devenait lourd. L'instant d'après, elle était dans son lit, seule. Elle perçut un mouvement dans le coin de la pièce et se redressa tant bien que mal.

Gabe était assis dans un fauteuil au milieu de la pénombre, un livre appuyé contre sa jambe croisée, la petite lampe de lecture projetant des ombres sur son visage.

— Gabe, murmura-t-elle. Quelle heure est-il ?

Elle n'avait aucun souvenir d'être allée se coucher. Gabe l'avait-il portée jusqu'à son lit dans son sommeil ?

Il jeta un coup d'œil à sa montre.

— Presque deux heures du matin.

— Tu es toujours là.

— Je ne voulais pas que tu te réveilles seule.

— Oh.

Son cœur tambourina.

Même après tout ce qu'elle lui avait raconté…

Il ne voulait pas que je me réveille seule.

Gabe bâilla et s'étira en arrière, tendant ses longues jambes devant lui.

— J'envisageais justement d'aller squatter ton canapé.

Anna visualisa le petit sofa dans son salon. Il provenait à coup sûr d'une boutique de meubles ultracompacts conçus exprès pour des appartements minuscules comme le sien. Elle voyait mal comment Gabe pourrait loger son grand corps dans cette chose et réussir à dormir. Il valait mieux lui dire que tout allait bien et l'encourager à rentrer chez lui. Mais elle ne parvenait pas à articuler ces mots.

Au lieu de quoi, elle désigna la place à côté d'elle, dans son grand lit.

— Tu pourrais dormir ici.

Gabe la regarda de biais.

— Tu es sûre ?

Elle hocha la tête.

Il se leva et se dirigea vers le lit. Anna détourna le regard pendant qu'il retirait sa chemise froissée et sa ceinture, mais il garda son pantalon et son tee-shirt. Le lit s'affaissa sous son poids lorsqu'il s'allongea à côté d'elle. Avec précaution, elle se recoucha sur le côté, face à lui.

Elle ferma les yeux pour essayer de se rendormir, mais Gabe occupait tous ses autres sens. Il faisait soudain plus chaud dans le lit, et une odeur boisée familière flottait sur les oreillers. Anna entendait sa respiration légère et percevait le mouvement régulier de sa poitrine qui montait et redescendait.

Elle continua de faire semblant de dormir pendant quelques minutes, puis elle ouvrit les yeux. À ce moment précis, il tourna la tête vers elle, et leurs regards se croisèrent. Elle cilla mais ne détourna pas les yeux, et son cœur roula lentement dans sa poitrine.

Gabe étira son bras pour ramener Anna contre son flanc. Elle se blottit là, sentant les battements de son cœur sous sa joue et le poids tiède de sa main posée sur sa hanche. Une minute plus tard, elle dormait.

Chapitre 37

Anna se réveilla seule. C'était le matin, et le soleil pénétrait à travers sa fenêtre, rasant son oreiller. Elle plissa les yeux et se retourna. Il n'y avait aucune preuve que Gabe avait été allongé à côté d'elle. Avait-elle rêvé sa venue la veille au soir ? Non, c'était trop réel pour être un rêve, et elle sentait encore son odeur sur l'oreiller. Elle le serra contre son cœur.

Son téléphone vibra sur la table de chevet. C'était Gabe.

> Désolé, je dois partir, j'ai une réunion que je ne peux pas manquer. Mais il faut que je te prévienne : tu ne seras pas seule très longtemps. Les Weatherall débarquent.
> À plus tard.

À cet instant, on toqua à la porte. Plus courageuse que la veille, Anna sortit du lit et boitilla jusqu'à la fenêtre pour jeter un coup d'œil. Elizabeth, John et Leah se tenaient sous le porche, chargés du bébé calé dans un siège auto, d'un porte-gobelets en carton et d'un sachet provenant d'une boulangerie du coin.

Elizabeth et Leah entrèrent avec fracas chez Anna, la cajolèrent et s'émurent aux larmes en demandant des nouvelles du bébé de Hayleigh.

John ne dit rien, mais il la serra dans ses bras pendant longtemps, et elle pressa son front contre sa poitrine pour cacher ses yeux brûlants.

Ils prirent le petit déjeuner tous ensemble, regroupés autour de sa petite table à manger, se partageant les croissants et s'extasiant sur le bébé endormi.

Rachel fit son apparition quelques heures plus tard, juste au moment où les autres s'en allaient. Elle fonça sur Anna et faillit la renverser en la serrant dans ses bras.

— Mon Dieu, je suis tellement désolée. Quelle histoire horrible, purée.

Anna ne put s'empêcher de sourire. Rachel n'avait pas son pareil pour dire les choses telles qu'elles étaient.

— «Horrible, purée» résume assez bien la situation.

Rachel prit la main d'Anna et la tira vers le canapé.

— Dis-moi ce que je peux faire. Est-ce qu'il y a moyen d'aider ce bébé d'une manière ou d'une autre ?

— Ils cherchent des parents proches, mais je n'ai pas beaucoup d'espoir. Je ne pense pas que Hayleigh ait eu beaucoup de soutien familial. Si tant est qu'elle en a eu.

Les yeux bleu argent de Rachel se remplirent de larmes.

— Merde, murmura-t-elle, les essuyant avec sa paume. Je suis tellement désolée de ne pas avoir pu l'aider.

— Ce n'est pas ta faute. Je sais qu'elle ne t'a jamais

appelée. (Anna serra la main de Rachel.) Je crois que je suis enfin en train d'apprendre qu'on ne peut pas sauver les gens malgré eux.

Rachel la regarda attentivement.

— Tu penses à ta mère ? J'espère que ça ne te dérange pas que Gabe m'ait un peu raconté que tu la cherchais. Il pensait que j'aurais peut-être des pistes pour t'aider.

Anna cligna des yeux.

— Tu en as ?

— Eh bien, il m'arrive de travailler avec un détective privé. Tu sais bien que c'est ma spécialité, de choper des époux infidèles la main dans le sac, dit Rachel avec un sourire ironique.

— Elle m'a appelée, Rachel.

Les yeux de Rachel s'élargirent.

— Ta mère t'a appelée ?

Anna n'en avait même pas parlé à Gabe. Après tout ce qui s'était passé la veille, elle n'en avait pas eu la force. Mais à présent, elle ne pouvait s'empêcher de repenser à la voix de sa mère, rauque de décennies de tabagisme.

— Je crois que c'était elle. Elle a appelé à la maternité, et ça ressemblait à sa voix… Mais ça fait tellement longtemps, je ne sais pas. Et puis j'ai raccroché avant d'avoir vraiment d'autres informations.

C'était le plus déconcertant. Elle avait été si proche d'obtenir enfin des réponses. Alors pourquoi avait-elle raccroché ?

— Eh bien, si tu veux mon aide, il suffit de demander.

Anna adressa à Rachel un sourire reconnaissant.

— Merci. Je… Je vais réfléchir. Ça te va si je te dis ça plus tard ?

— Bien sûr.

Peu après le départ de Rachel, Julia passa avant d'aller récupérer les garçons à l'école et remplit le congélateur d'Anna de plats faits maison. Anna commençait à soupçonner les Weatherall de coordonner soigneusement leurs visites pour qu'elle ne soit jamais seule, car quelques minutes après le départ de Julia, Matt arriva avec sa boîte à outils et un ensemble de verrous robustes.

— Je sais que tu ne crains rien ici, mais j'ai pensé que tu pourrais te sentir mieux avec un petit supplément de sécurité. (Il jeta un coup d'œil aux cartons de déménagement dans le coin.) Juste au cas où tu déciderais de rester un peu plus longtemps à Pittsburgh.

Le vrombissement de la perceuse épargna à Anna de devoir répondre. Matt la serra dans ses bras et partit juste au moment où le soir tombait. Anna fit le tour de son appartement, vérifiant les portes et les fenêtres, reconnaissante pour les verrous supplémentaires. Quelques minutes plus tard, elle entendit d'autres coups frappés à sa porte et jeta un coup d'œil par la fenêtre. *Gabe.*

— Qu'est-ce que c'est, tout ça ? demanda Anna en le suivant dans la cuisine où il empilait des sacs d'épicerie sur le plan de travail.

— J'ai vu le contenu de ton frigo, mouflette.

Ayant grandi avec des légumes en conserve et des sandwichs au beurre de cacahuète, Anna n'avait jamais appris à cuisiner enfant. Lorsque, arrivée à l'âge adulte, elle avait eu assez d'argent pour s'acheter de meilleurs aliments, les études de médecine puis ses horaires à l'hôpital et ses astreintes l'avaient bien trop accaparée pour qu'elle mange autre chose qu'un sandwich au travail ou un bol de céréales avant d'aller se coucher.

— J'ai un congélateur rempli de plats faits maison, protesta-t-elle.

— Et si Julia n'avait pas apporté tout ça, qu'est-ce que tu aurais mangé ce soir ?

— Euh, marmonna-t-elle.

— Voilà, conclut Gabe. Je te fais à manger.

Bien sûr, Gabe était un excellent cuisinier. Sa mère avait fait en sorte que tous ses enfants sachent préparer un large éventail de plats gastronomiques avant leur départ pour l'université. Anna supposait que Gabe utilisait surtout ce talent pour impressionner les femmes. Elle s'installa à table et le regarda émincer un oignon avec la dextérité d'un candidat de « Top Chef ».

Bon, d'accord. Elle était impressionnée.

Gabe plaça un verre de vin devant elle, et bientôt l'odeur d'oignons caramélisés emplit la cuisine. Ils discutèrent de la réunion de Gabe ce matin-là tandis qu'il s'affairait, cassant des œufs dans un bol et les parsemant d'herbes fraîchement hachées. Une demi-heure plus tard, il posa deux assiettes sur la table, où fumaient deux énormes omelettes au gruyère et oignons caramélisés sur un lit de laitue croquante et de poires.

Anna dévora son assiette, puis attaqua sans faiblir la deuxième portion que Gabe lui servit. Enfin, elle releva les yeux : il l'observait avec un sourire satisfait.

— Quoi ?

— Tu sais, tu as le droit de laisser quelqu'un prendre soin de toi une fois de temps en temps. C'est pas grave.

Anna s'adossa à sa chaise. À un moment donné au cours de la dernière heure, la tension avait quitté son corps, et les élancements dans ses épaules s'étaient calmés. Elle ne comprenait plus pourquoi elle avait résisté quand il avait voulu lui cuisiner quelque chose, ni, d'ailleurs, pourquoi elle résistait en général.

Gabe se rassit sur la chaise en face d'elle.

— En parlant de prendre soin de toi… comment ça va, avec tout ce qui s'est passé hier ?

Anna posa sa fourchette à côté de son assiette. Gabe n'était toujours pas au courant, pour sa mère. Elle avait été trop dépassée pour en parler la nuit précédente, mais après sa conversation avec Rachel, elle s'était rejoué l'appel en boucle dans sa tête.

— Ma mère m'a téléphoné.

— Quoi ? (Gabe eut l'air stupéfait, puis s'appuya lentement au dossier de sa chaise.) La vache.

— Je sais.

— Comment… ?

Il avait l'air probablement aussi déconcerté qu'elle quand elle avait répondu au téléphone. Gabe savait ce que cela signifiait, il savait combien elle s'était torturée toutes ces années en cherchant sa mère. Il se redressa brusquement et prit sa main.

— Comment tu te sens ? Ça va ?

— Oui, je crois, dit Anna, se rappelant la sueur qui coulait dans son dos, le vertige au moment de l'appel. Elle a dit qu'elle était à Pittsburgh, elle voulait qu'on se voie.

Gabe cligna des yeux.

— As-tu accepté ?

— Non. Je l'ai accusée de m'appeler pour avoir de l'argent ou des médocs, et lui ai raccroché au nez. Je n'arrive pas vraiment à comprendre pourquoi… J'ai passé tellement de temps à la chercher, et quand j'ai enfin eu l'occasion de la retrouver, j'ai tout gâché.

Gabe s'accouda à la table, laissant le silence s'installer autour d'eux, lui donnant l'espace nécessaire pour analyser ce qui s'était passé. Elle y revenait sans cesse. *Pourquoi* n'avait-elle pas accepté de rencontrer sa mère ? Pourquoi sa première réaction avait-elle été de refuser ?

La main d'Anna chercha son pendentif, mais ne trouva que le col de sa chemise. Peut-être n'avait-elle pas voulu d'explications de la part de sa mère parce qu'au fond d'elle-même, elle savait déjà tout ce qu'elle avait besoin de savoir. Peut-être choisissait-elle enfin son avenir plutôt que la douleur et le chagrin de son passé.

Était-elle enfin prête à se pardonner et à avancer ? Son regard se tourna vers Gabe.

— Ou peut-être que je n'ai pas tout gâché.

— Peut-être que non… Peut-être que tu as fait un choix, dit-il, prouvant pour la millième fois depuis le jour où ils s'étaient rencontrés qu'il la connaissait mieux que quiconque.

Après le dîner, ils emportèrent leurs verres au salon. Anna s'arrêta dans l'encadrement de la porte et regarda Gabe se diriger vers le canapé. Les lampadaires projetaient leur lumière oblique à travers la fenêtre, diffusant une lueur douce et chaleureuse dans la pièce. Gabe retira son sweat-shirt et le jeta sur une chaise. Même en jean et vieux tee-shirt datant de l'université, il était beau. Le tee-shirt était tellement délavé qu'elle pouvait à peine distinguer les lettres grecques de sa fraternité sur son torse. À certains égards, il lui rappelait toujours ce jeune étudiant d'une vie passée – beau, arrogant, intelligent… mais il était tellement plus que ça. Il avait été son fil rouge, son ancre pendant les quinze dernières années, toujours présent, répondant toujours à l'appel.

Gabe se retourna, l'air interrogateur.

— Ça va ?

Elle sursauta, réalisant qu'elle était toujours dans l'encadrement de la porte.

— Oui. Je me disais juste combien c'était agréable que tu sois resté la nuit dernière. Même si tu prends toute la place dans le lit, ajouta-t-elle avec un petit rire forcé.

Gabe ne sourit même pas. Il la fixa simplement pendant un moment, mais son visage était plongé dans l'ombre, de sorte qu'elle ne pouvait pas voir son expression. Puis il glissa les mains dans ses poches arrière et dit d'une voix basse :

— Je resterais pour toujours, si tu le voulais.

Le cœur d'Anna tambourina dans sa poitrine et, sans réfléchir, elle traversa la pièce. Elle s'arrêta devant lui, si près que même dans la faible lumière, elle pouvait distinguer chaque nuance de ses yeux bleu iceberg. Il cligna des yeux d'un air étonné, juste avant qu'elle ne glisse la main derrière sa nuque et presse sa bouche contre la sienne.

Les bras de Gabe se refermèrent autour d'elle. Il

entrelaça ses mains dans son dos pour la rapprocher contre lui, l'embrassant avec une intensité qui la laissa hors d'haleine. Elle s'accrocha à lui tandis que toute la souffrance des derniers jours s'évanouissait. Il recula lentement jusqu'à ce que ses jambes heurtent le canapé et, basculant en arrière, l'attira vers lui. Elle agrippa son tee-shirt, tirant dessus pour le lui retirer.

Gabe s'immobilisa.

— Quelque chose ne va pas ? demanda-t-elle d'une voix qui tremblait à la fin.

Il fit glisser les mains dans les cheveux d'Anna, et renversa doucement sa tête pour qu'elle le regarde.

— Anna, est-ce que c'est une bonne idée ?

Elle hocha la tête, mais il tint bon, ses yeux pénétrant les siens.

— Tu es sûre ? Tu viens de vivre des choses difficiles. On peut arrêter si tu n'es pas prête pour ça.

Elle regarda ce beau visage, celui qu'elle avait aimé pendant près de la moitié de sa vie. Celui qui reflétait le même espoir, le même émerveillement que le sien, qu'elle parvenait tout juste à contenir.

— Gabe, chuchota-t-elle. Je suis sûre.

Chapitre 38

Ce dimanche-là, Anna rentra tard chez elle après son service à l'hôpital, et se dépêcha d'aller se changer. Cela faisait plus d'une heure qu'elle aurait dû être chez Elizabeth et John pour le dîner, mais elle avait été retardée par une césarienne en urgence. Elle avait envoyé un message à Gabe depuis l'hôpital en lui disant qu'elle arriverait d'ici trois quarts d'heure.

En sortant de sa chambre, elle trébucha sur les cartons de déménagement. Gabe n'en avait pas reparlé, et elle savait qu'il essayait de lui laisser de l'espace pour qu'elle puisse prendre sa décision. Anna jeta un coup d'œil à l'horloge. Elle était déjà en retard, alors elle n'était plus à quelques minutes près, n'est-ce pas ?

Il ne lui en fallut que cinq pour remettre ses livres sur l'étagère, poser les bougies sur une table d'appoint et replacer les photos au-dessus de la cheminée. En voyant ses affaires là où elles devaient être, elle sentit un poids s'envoler.

Elle s'apprêtait à envoyer un message à Gabe pour lui dire qu'elle était vraiment en route cette fois-ci, lorsqu'on toqua à la porte. Peut-être était-il venu la chercher. Elle sourit et se précipita pour lui ouvrir.

Alors, elle se figea.

Ce n'était pas Gabe.

Sur le pas de sa porte se tenait une femme d'un certain âge, si voûtée que ses épaules semblaient se replier sur elles-mêmes. Elle était d'une maigreur extrême, avec des joues creuses et des cernes couleur d'automne. Ses cheveux longs et ternes étaient striés de gris ; sa chemise écossaise en flanelle et son jean taché engloutissaient pratiquement sa silhouette osseuse.

Anna trébucha en arrière, agrippant la poignée de la porte pour se stabiliser, incapable de détourner les yeux. Elle ouvrit la bouche, mais rien ne sortit.

Finalement, elle parvint à chuchoter :

— Maman ?

— Salut, ma puce. Je peux entrer ?

Chapitre 39

Anna tremblait, toujours dans l'encadrement de la porte, et fixait sa mère. Deb Campbell n'avait que cinquante-cinq ans, mais elle avait l'allure usée d'une femme d'au moins vingt ans de plus. L'odeur désagréable de la fumée de cigarette flottait autour d'elle comme un brouillard, et il semblait que des marques de piqûres dépassaient de ses manches retroussées.

Derrière elle, le moteur d'une voiture dans l'allée tournait toujours. Une femme entre deux âges se trouvait au volant. Anna n'aurait pas su dire si elle était contrariée ou soulagée que sa mère prévoie une visite si courte qu'il n'y avait même pas besoin de couper le moteur.

Elle ne dit rien, et se contenta d'ouvrir davantage la porte pour laisser entrer sa mère.

Deb boitilla jusqu'au salon et regarda autour d'elle.

— C'est mignon, chez toi.

— Merci.

— Tu es propriétaire ?

— Non, juste locataire.

Étaient-elles vraiment en train d'échanger de telles

banalités ? Allaient-elles enchaîner sur des considérations météorologiques ?

— Ah. Avec une carrière de médecin, je pensais que tu posséderais plutôt une belle grande maison, ou quelque chose du genre.

Ah, d'accord. Alors, on y était. Anna croisa les bras.

— Je vois que tu as mené ta petite enquête.

— Ben, tu es quand même ma fille. Je prenais de tes nouvelles de temps en temps, quoi.

— Je ne dirais pas ça.

— Quoi, que je prenais de tes nouvelles ? Je sais que je n'ai pas appelé ou rien, mais…

— Non, coupa Anna. Je ne dirais pas que je suis ta fille.

La mère d'Anna fixa ses mains puis haussa les épaules.

— Je sais que je n'ai pas été la meilleure des mères (peut-être la plus grande litote qu'Anna ait jamais entendue) mais je pensais à toi. Et puis, tu sais… tu étais probablement mieux sans moi.

Ça, au moins, c'était la vérité.

— Comment tu as découvert où j'habitais ?

— Grâce à ma vieille amie Barbara, du lycée ; tu te souviens d'elle ? Celle qui m'avait trouvé le travail à la maison de retraite quand tu étais petite ?… Enfin bref, elle travaille dans le même hôpital que toi, et elle a fait quelques recherches.

Elle se dirigea d'un pas traînant jusqu'au canapé et s'avachit sur les coussins. Sa tête bascula en arrière, et des râles légers s'échappèrent du fond de sa gorge.

— Tu pourrais me donner un verre d'eau, ou quelque chose ?

Anna ne bougeait pas, les bras toujours croisés. Même ce petit geste d'hospitalité lui paraissait au-dessus de ses forces. Elle était figée sur place, médusée par cette apparition.

— Qu'est-ce que tu fais là ? demanda-t-elle d'un ton dur. Je suppose que tu as besoin d'argent ? Ou non, attends. C'est pour les médicaments, c'est ça ?

Sa mère ne répondit pas immédiatement. Elle leva simplement la tête et balaya lentement la pièce du regard. Enfin, elle regarda Anna droit dans les yeux.

— Je suis en train de mourir. J'ai un cancer.

Anna cligna des yeux, attendant le choc, la colère, ou *quelque chose*, mais il n'y avait… rien. Elle fit volte-face et s'enfuit vers la cuisine, où elle s'appuya à l'évier tout en essayant de se ressaisir.

Sa mère était là. Et elle était en train de mourir.

Son esprit semblait voleter comme une mouche dans la pièce.

Elle avait besoin de s'occuper les mains, alors elle remplit un verre d'eau et le ramena dans le salon. Après l'avoir posé sur la table basse devant sa mère, Anna s'assit dans un fauteuil de l'autre côté de la pièce.

— Quel type de cancer ?

Sa mère fut prise d'une quinte de toux. Elle saisit le verre, prit une gorgée, puis frappa sa poitrine quelques fois.

— Cancer du côlon, finit-elle par croasser. Un jour, j'ai commencé à chier du sang. J'ai fini par voir des médecins, et ils ont dit que ça s'était étendu à mon foie et à mes poumons. Qu'ils ne pouvaient rien faire pour moi.

Anna hocha la tête, toujours anesthésiée.

— Ils t'ont dit combien de temps il te restait ?

— Quelques mois.

— Où loges-tu ?

— Barbara m'a trouvé une place dans un centre de soins palliatifs. J'ai ma chambre, et tout est pris en charge par Medicaid. Le plus dingue, c'est qu'après avoir passé ma vie à chercher de la drogue, maintenant je me fais pratiquement gaver de morphine par les médecins.

Elle commença à rire, mais partit dans une nouvelle quinte de toux.

Anna était toujours assise dans son fauteuil, bras croisés, le visage sans expression. Elle comprenait l'ironie, mais elle avait du mal à trouver ça drôle. Elle attendit pendant que sa mère prenait une autre gorgée d'eau et se frappait la poitrine.

Deb finit par maîtriser sa toux et promena de nouveau son regard dans la pièce, prenant dans ses mains une photo encadrée d'Anna et de Gabe sur la table d'appoint. Bras dessus, bras dessous, tous deux souriaient à l'objectif.

— Eh bien, en voilà un beau garçon. C'est ton petit ami ?

Anna hésita, les yeux rivés à la photo. Gabe lui souriait, et curieusement, ou pas si curieusement, cela sembla faire redémarrer son cœur gelé.

— Oui.

Sa mère reposa la photo sur la table.

— Tu as des enfants ?

— Non.

— Eh bien, je parie que quand tu en auras, tu feras un meilleur travail que moi.

Était-ce une perche tendue pour qu'Anna réponde « Oh, tu n'étais pas si nulle », ou quelque chose d'aussi magnanime ? Sa mère remua sur son siège, mal à l'aise, et tira sur un fil qui dépassait de sa chemise pendant que le silence s'installait entre elles.

— Enfin, bref. Voilà, je voulais juste te dire pour… tu sais.

Anna hocha la tête. Sa mère était en train de mourir, et elle ne réussissait à éprouver qu'une vague pitié, tout au plus. Qu'est-ce qui n'allait pas chez elle ? Elle avait plus de compassion pour ses patientes que pour sa propre mère. Mais Anna avait des relations avec ses patientes. Elle connaissait leur vie, leur famille, leurs espoirs et leurs peurs. Alors que cette femme était une inconnue.

Deb agrippa l'accoudoir du canapé des deux mains et se leva péniblement.

— Bon, je devrais y aller. C'est Barbara, au fait, qui m'attend dans la voiture.

Anna sauta de sa chaise.

— Attends, je vais t'aider.

— Non, non. C'est bon.

Sa mère se mit debout puis se pencha en avant, haletante. Après quelques respirations profondes, elle se redressa et claudiqua vers la porte d'entrée. Anna la lui ouvrit, et sa mère sortit en titubant. Lorsque Barbara vit la porte ouverte, elle sortit de la voiture et accourut pour aider son amie. Elle salua Anna d'un signe de tête, puis prit le bras de sa mère et l'aida à descendre les marches.

Anna resta sur le seuil et les regarda s'éloigner lentement dans l'allée.

Quand elles arrivèrent à la voiture, Barbara ouvrit la portière côté passager. Sa mère se pencha pour y entrer, et une panique étrange saisit Anna. Sa mère partait. Et Anna était contente. Elle n'avait pas envie qu'elle soit chez elle, à regarder les photos et à toucher les objets de la vie qu'elle s'était construite en travaillant si dur. Elle était rebutée par cette toux, par cette odeur de cigarette et par cette voix qui ne lui rappelait que les souvenirs les plus douloureux.

Mais tout de même. C'était bientôt la fin. Sa mère était en train de mourir. Dans quelques mois, il serait trop tard.

— Hé ! lança-t-elle sans réfléchir.

Sa mère leva les yeux.

— Oui ?

Anna hésita. Et puis, finalement :

— Dans quel centre es-tu ? Où est-ce ?

— Canterbury Place, à Lawrenceville. Je suis de retour dans le quartier.

Elle voulut rire et se remit à tousser. Barbara prit son bras pour l'aider à monter dans la voiture, mais sa mère s'arrêta et se tourna vers Anna.

— Passe me voir, un de ces jours. Enfin… si tu veux. Amène ton petit ami.

— Je…

Anna ne savait pas du tout si elle irait. C'était trop à penser, là tout de suite.

— Je verrai, dit-elle finalement.

Sa mère hocha la tête et monta dans la voiture.

Anna fit demi-tour et rentra chez elle. Elle s'arrêta dans le salon, et se mit soudain à trembler de manière incontrôlable. Une vague de nausée la submergea.

Elle était sans doute en état de choc. Peut-être valait-il mieux s'allonger, juste une minute.

Elle tira une couverture du dos d'une chaise et l'enveloppa autour d'elle en se dirigeant vers la chambre. Puis elle se roula en boule sur le lit, et s'endormit immédiatement.

Quand elle se réveilla, vidée et désorientée, le soleil commençait tout juste à se coucher. Elle ne savait même plus quel jour on était. Avait-elle passé toute la nuit en salle de naissance ? Était-ce pour cela qu'elle avait l'impression de s'être fait rouler dessus par un camion ?

Elle tituba dans le salon pour chercher son téléphone et fut submergée par l'odeur de la fumée de cigarette.

Oh mon Dieu.

Ma mère est venue ici.

Anna s'effondra sur une chaise. *Ma mère est en train de mourir.*

Elle ne savait pas quoi faire de cette information. Après avoir passé des années à attendre son retour, puis à la chercher, après l'avoir crue morte, pour découvrir ensuite que non… Deb était enfin réapparue. En n'ayant plus que quelques mois à vivre. Anna fouilla son cœur en quête d'un quelconque sentiment de tristesse, ou de perte, ou… n'importe quoi. Mais elle ne ressentait rien.

Elle ne savait toujours pas où sa mère était passée tout ce temps. Anna avait toujours pensé que ce serait la première question qu'elle lui poserait si elle en avait jamais l'occasion. Mais à présent… eh bien, ça ne semblait plus tellement important. Ce qui comptait, c'était l'endroit où elle *ne s'était pas* trouvée.

Auprès de sa propre fille.

L'odeur de cigarette flottait vers Anna depuis l'autre bout de la pièce. Son cœur s'affola, et ses mains se mirent à trembler. Et sans s'y attendre, elle se retrouva dans l'appartement d'autrefois, avec la moquette marron miteuse et les taches jaunâtres sur les murs. Soudain elle était de nouveau une enfant, terrée dans sa chambre pendant que sa mère et un mec, tous les deux visiblement défoncés, se criaient dessus dans le salon.

À l'instant où ce souvenir allait l'engloutir, le téléphone sonna.

Anna se précipita hors de la pièce, loin de cette terrible odeur, pour aller dans la cuisine où son téléphone était posé. Le nom de Gabe clignotait sur l'écran.

— Allô ? réussit-elle à chuchoter.

— Anna, Dieu merci ! J'étais vraiment inquiet. Tout va bien ?

— Oui, oui…

Elle se rappela soudain qu'elle aurait dû être chez les Weatherall depuis longtemps. Elle vérifia le jour et l'heure sur son téléphone. Elle avait dormi pendant une heure.

— Je… euh, je crois que je me suis endormie.

À l'autre bout du téléphone, elle entendit Gabe rire.

— Tu n'as pas l'air encore tout à fait réveillée.

— En effet…

Elle soupira en se laissant tomber sur une chaise. Rien que d'entendre sa voix la calmait. Elle voulait qu'il continue à parler.

— J'ai manqué le dîner ?

— On t'a gardé une assiette.

Anna se frotta les tempes, comme si ce geste pouvait effacer le souvenir pénible de sa mère. Il fallait qu'elle sorte de là.

— D'accord. J'arrive.

— Tu es sûre que tout va bien ? Tu as l'air un peu ailleurs. Je peux venir.

— Non, ça va. Je me réveille juste. J'arrive dans dix minutes.

— Dépêche-toi, d'accord ? Tu sais comment ma mère est, persuadée qu'on est mort dans un accident de voiture chaque fois que l'un de nous est en retard.

Anna sourit parce que c'était vrai. Dès qu'il s'agissait de la famille, personne n'était plus protecteur qu'Elizabeth.

Et avec cette pensée, la brume se dissipa.

Sa mère n'était pas en train de mourir. Une femme nommée Deborah Campbell, qui avait donné naissance à un bébé il y a des années, une femme tragiquement inapte à la maternité était en train de mourir. Peut-être que sa mère l'avait aimée autrefois, avant que son addiction prenne le dessus, ou peut-être qu'Anna avait simplement voulu le croire. Mais cette femme n'était pas sa mère, elle n'était pas sa famille.

Anna ferma les yeux, visualisant les Weatherall tous assis autour de la grande table à manger de John et Elizabeth, riant et se chamaillant comme d'habitude. Et puis, lentement d'abord, les images continuèrent à surgir, défilant de plus en plus vite jusqu'à éclipser tout souvenir persistant de son enfance : Elizabeth qui s'arrêtait dans la chambre d'Anna pour discuter du lycée avec elle, qui préparait son repas préféré la veille d'un devoir important, qui encadrait l'article du journal de l'école annonçant qu'elle avait été nommée major de sa promotion.

Et puis John qui avait glissé solennellement un billet de cent dollars dans sa poche quand elle était partie pour l'université, « en cas d'urgence », et qui l'avait appelée tous les soirs pendant une semaine pour l'aider à se préparer aux entretiens de l'école de médecine. Et Matt, qui l'avait emmenée sur le parking de l'école pour lui apprendre à conduire, tressaillant quand elle avait failli heurter une clôture avec son pick-up tout neuf, mais lui assurant qu'elle se débrouillait très bien. Et puis Leah et Julia qui lui envoyaient des colis de vêtements pour bébés et des couvertures pour les réfugiés en Syrie.

Et Rachel. Loyale, inébranlable Rachel, dont le cabinet d'avocats faisait discrètement des dons à la clinique de santé à but non lucratif où Anna travaillait autrefois. Rachel, qui avait pleuré pour Hayleigh avec elle.

Et puis il y avait Gabe.

Il y avait eu tellement d'obstacles dans la vie d'Anna. Tellement de fois où les gens autour d'elle avaient fermé les yeux et s'étaient bien gardés de lever le petit doigt. Pas une seule fois un voisin n'était allé la voir pour lui demander si tout allait bien après les disputes violentes qui résonnaient dans les couloirs de leur immeuble. Pas une fois un enseignant n'était intervenu alors que sa mère venait défoncée aux réunions parents-profs, puis lorsqu'elle avait cessé de venir. Et pas une seule fois un employé de la cafétéria n'avait remarqué qu'Anna traînait après la sonnerie pour récupérer la nourriture que les autres enfants jetaient à la poubelle sans même y penser.

Une seule personne avait toujours été attentive.

Gabe.

À l'époque, c'était Gabe qui venait à leurs séances de travail avec des sandwichs supplémentaires et insistait pour qu'elle les mange. C'était Gabe qui la retrouvait à la bibliothèque tard dans la nuit, où elle allait étudier quand l'électricité était coupée dans son appartement, et qui lui proposait de la ramener chez elle. C'était Gabe qui s'était assuré qu'elle était en sécurité, vraiment en sécurité, pour la première fois de sa vie.

Et c'était Gabe qui lui avait offert la seule famille qu'elle ait jamais connue.

Anna attrapa ses clés de voiture sur le comptoir de la cuisine et se dirigea vers la porte.

— J'arrive.

Chapitre 40

Gabe se tenait devant l'évier de la cuisine de ses parents, occupé à laver les verres à vin. Toute la famille avait réussi à se réunir pour le dîner de ce dimanche. Leah, Josh et le bébé étaient déjà là quand il était arrivé, et Matt était apparu avec Julia et les enfants quelques minutes plus tard. Rachel s'était pointée peu après, avec Aaliyah qui était dans une de ses rares semaines sans déplacements.

La seule personne qui manquait, c'était Anna.

Elle avait envoyé un message au moment de quitter l'hôpital, mais ça remontait à des heures. Et ensuite… rien. Il avait enfin réussi à l'avoir au téléphone un quart d'heure plus tôt, mais elle avait semblé distante. Déphasée.

Elle avait dit qu'elle arrivait, mais il ne pouvait pas s'empêcher de s'inquiéter. Avait-elle changé d'avis ? S'enfuyait-elle de nouveau ?

Gabe prit une profonde inspiration pour calmer ses nerfs. Ces derniers jours avec elle avaient été incroyables, et Anna semblait de bonne humeur quand elle était partie de chez lui au petit matin pour aller travailler. Mais cela ne signifiait pas qu'elle allait réellement bien. Il lui avait fallu quinze ans pour comprendre que rien dans le processus de guérison de son traumatisme ne serait facile, ou direct. Et ce n'était pas parce que les Weatherall étaient apparus dans sa vie comme une famille de sitcom que cela effaçait comme par magie tout ce qu'elle avait vécu.

Tout ce qu'il pouvait faire, c'était lui dire qu'elle pouvait compter sur lui et le répéter jusqu'à ce qu'elle le croie. Il plongea la main dans sa poche, et ses doigts se refermèrent autour du petit écrin de velours qu'il y avait glissé plus tôt. Cela pourrait-il l'aider à la convaincre ?

Gabe essuya un verre à vin et le remplit avec la bouteille du frigo. Puis il se mit à arpenter la cuisine comme un lion en cage. À son troisième tour, Rachel le dévisagea d'un œil soupçonneux.

— T'es bizarre. Ça va ?

Gabe jeta un coup d'œil au fond de son verre vide et se frotta le front, trop fatigué pour trouver une repartie cinglante.

— Pas vraiment.

Le visage de Rachel s'éclaira d'une intensité qu'elle réservait généralement à la défense de ses clientes au refuge pour femmes.

— Qu'est-ce qui s'est passé ? Qu'est-ce qui ne va pas ?

— Je ne sais pas où est Anna.

— Elle ne t'a pas écrit en partant du travail ?

— Si, mais c'était il y a des heures.

— Alors appelle-la.

— C'est fait. Elle a dit qu'elle arrivait.

Rachel inclina la tête, le regardant de biais.

— Mais tu penses qu'elle ne viendra pas ?

— Je ne sais pas. (Gabe prit une profonde inspiration et regarda sa sœur en face.) Je suis fou amoureux d'elle.

Rachel pressa les lèvres, s'efforçant visiblement de réprimer un sourire.

— Quoi ? aboya Gabe.

— Oh, rien. C'est juste… dit-elle avec un immense sourire. Finalement, tu n'es peut-être pas aussi bête que je le pensais.

Gabe se passa la main dans les cheveux, puis jeta un coup d'œil sombre à sa sœur.

— Je ne sais pas si elle va rester.

Le regard de Rachel monta au-dessus de son épaule.

— Eh bien, tu peux lui demander tout de suite.

Gabe se retourna ; Anna se tenait dans l'embrasure de la porte. Elle était en jean et tee-shirt, pas maquillée, ses cheveux rassemblés en un chignon approximatif, et il n'avait jamais vu une beauté pareille. Son cœur enfla, près d'éclater.

Le regard d'Anna se posa sur lui.

— Me demander quoi ?

L'activité était tourbillonnante dans la cuisine autour d'eux. Flottant soudain depuis une dimension parallèle, Gabe eut vaguement conscience que Rachel s'éloignait de lui pour rejoindre Aaliyah de l'autre côté de la pièce. Julia et sa mère avaient pris son relais à la vaisselle. Matt balayait des miettes que les enfants avaient laissées tomber, et Leah s'affairait à rapporter des plats de la salle à manger. Les enfants couraient partout, braillant quelque chose à propos d'un Stormtrooper et repartant dans l'autre sens.

Les yeux de Gabe restaient rivés à ceux d'Anna, et il traversa lentement la pièce. Arrivé devant elle, il posa doucement une main sur sa joue.

— Veux-tu m'épouser ?

Chapitre 41

Anna n'avait pas pu l'entendre avec tout ce bruit dans la cuisine. Pendant un instant, elle eut l'air interdit, et finalement, elle réussit à balbutier :

— Quoi ?

Un sourire se dessina sur le visage de Gabe, et cette fois, il parla d'une voix forte et claire qui porta au-dessus des rires et du brouhaha.

— Anna, veux-tu m'épouser ?

Les conversations moururent tandis que toute la famille se tournait vers eux.

— Wow, fit Matt.

— Chut ! gronda Julia.

— Oooh, murmura Leah.

Puis le silence se fit dans la cuisine.

Gabe ne tourna pas la tête, n'eut pas le moindre signe de connivence avec leur auditoire. Au lieu de quoi, il plongea la main dans sa poche, en sortit une boîte en velours et la plaça dans la main d'Anna. Éberluée, elle souleva le couvercle et reconnut aussitôt la belle bague ancienne de Dorothy, celle qu'elle n'avait pas voulu accepter quand Elizabeth avait essayé de la lui donner, des années auparavant.

Il l'avait dans sa poche. Il avait donc tout prévu. Elle releva les yeux vers Gabe. Elle avait du mal à respirer.

Il soutint son regard.

— Il n'y a personne d'autre au monde avec qui j'ai envie de parler de tout et de n'importe quoi. Ni qui me fasse rire comme toi. Ni qui me rende complètement fou. (Il se tut avant de lui décocher son sourire malicieux.) Je n'aimerai jamais personne autant que je t'aime toi.

Les larmes qui s'étaient accumulées débordèrent. Gabe se pencha et prit son visage entre ses mains, lui essuyant les joues avec son pouce.

— Et tu sais, je ne suis pas le seul à t'aimer. Regarde autour de toi, mouflette.

Il fit un geste en direction des membres de sa famille, dont Anna sentait qu'ils les fixaient, complètement captivés. Elle n'en était pas sûre, toutefois, parce qu'elle ne pouvait pas détacher son regard de Gabe.

— Tu fais autant partie de cette famille que moi. Alors épouse-moi, qu'on officialise la chose !

Les larmes coulaient désormais librement sur les joues d'Anna, glissant jusqu'à son menton avant d'atterrir sur son tee-shirt. Elle leva les yeux vers la famille Weatherall alignée devant l'îlot. Elizabeth était émue aux larmes ; John passa un bras autour de sa femme et sourit affectueusement à Anna. Leah serrait la main de Josh, secouée de sanglots silencieux, et Rachel avait l'air de larmoyer elle aussi derrière son sourire. Matt avait une mine réjouie, et Aaliyah et Julia hochaient la tête avec enthousiasme, manifestement d'accord avec tout ce que Gabe avait dit.

Anna se tourna vers Gabe, qui se tenait les poings

serrés et les épaules tendues. Sur son visage se lisait un mélange de vulnérabilité et d'espoir, et elle ne l'avait jamais aimé autant qu'à ce moment précis. Ils se regardèrent fixement, pendant que les autres s'étaient statufiés de l'autre côté de la pièce.

Et puis une vague de bonheur la submergea, et un immense sourire s'épanouit sur son visage. Avant qu'elle ne puisse parler, Gabe la prit par les épaules et l'embrassa. De loin, des acclamations retentirent, mais Anna ne pensait plus qu'à Gabe. Elle glissa sa main derrière sa nuque et l'embrassa en retour, avec une fougue née de quinze ans de désir, de chagrin et d'amour.

Puis Gabe posa son front contre le sien et murmura :

— Est-ce que c'est un oui ? J'espère vraiment que c'est un oui.

— Oui !

Anna riait et pleurait en même temps. Gabe prit la bague de Dorothy et la glissa à son doigt, puis l'embrassa de nouveau.

Soudain, toute la famille se pressait autour d'elle. Les garçons de Matt et Julia se serrèrent contre sa hanche tandis que John venait la serrer dans ses bras. Puis elle heurta Leah, qui sautillait de joie. Matt étreignit Gabe, lui tapa dans le dos, puis il se tourna et souleva Anna de terre. Julia joua des coudes pour lui prendre la main et s'extasier devant la bague, puis Rachel poussa Julia pour enlacer Anna.

Lorsqu'elle la relâcha, Rachel la considéra solennellement.

— Tu sais, c'est mon grand frère et je l'aime plus que presque tout le monde.

Anna acquiesça.

Rachel sourit.

— Je ne pense pas que j'aurais pu le laisser finir avec quelqu'un d'autre que toi.

Anna étreignit de nouveau Rachel, puis Elizabeth apparut. Elle prit la main d'Anna et caressa la bague de sa mère avec son pouce.

— Cette bague te va à merveille.

— Merci de me l'avoir donnée, répondit Anna d'une voix enrouée.

Elizabeth posa la main sur la joue d'Anna.

— Tu sais, quand tu m'as dit de la donner à l'une de mes filles… ce que tu n'avais pas compris, c'est que je la donnais bien à l'une de mes filles.

Alors Anna fondit de nouveau en larmes, et le bras de Gabe vint autour d'elle, la tirant tout contre lui.

Anna pensa à Deb Campbell. En fin de compte, le départ de sa mère avait bien été un cadeau, puisqu'il l'avait conduite à cela. Elle se tourna vers Gabe.

— Est-ce que tu as toujours le collier ?… Celui qui appartenait à ma mère ?

Il inclina la tête, l'air interrogateur.

— Bien sûr que je l'ai toujours.

— Je crois que je devrais le lui donner, dit Anna.

Il ne restait que quelques mois à sa mère, et elle était toute seule. Peut-être cela lui apporterait-il du réconfort.

Gabe haussa les sourcils.

— Tu lui as… ?

Tu lui as reparlé ?

Anna hocha la tête.

Gabe prit son visage dans ses mains et l'examina

comme s'il vérifiait qu'elle allait bien. Elle sourit pour le rassurer.

— Je te raconterai tout plus tard. Mais est-ce que tu crois que tu pourrais m'accompagner, si je vais la voir ?

— Je t'accompagnerais n'importe où, dit-il, puis il pressa ses lèvres contre les siennes.

Anna passa un bras autour de son cou et l'embrassa en retour.

De quelque part au loin, la voix de Rachel s'éleva.

— Ohé, prenez-vous une chambre !

Anna éclata de rire, et s'interrompit au milieu du chaos pour embrasser du regard la grande, la bruyante, l'adorable famille de Gabe.

Non, se corrigea-t-elle. *Ce n'est pas la grande, la bruyante, l'adorable famille de Gabe.*

C'est ma famille.

Et puis elle sourit et replongea dans ce délicieux chaos.

Une lettre de Melissa

Chère lectrice, cher lecteur,

Je suis très heureuse de partager ce roman avec vous, et je vous remercie chaleureusement d'avoir choisi de le lire. Si vous avez apprécié l'histoire et que vous vous êtes attachés aux personnages, j'adorerais que nous restions en contact. N'hésitez pas à m'écrire sur les réseaux sociaux, à m'envoyer un e-mail depuis mon site web, ou à vous inscrire à ma newsletter pour recevoir des informations sur mes dernières publications. De plus, je suis toujours ravie qu'on me laisse une brève critique, qui permet à de nouveaux lecteurs de découvrir le livre.

La plupart des auteurs ont un livre qu'ils considèrent comme celui de leur cœur. Parfois, c'est le premier livre qu'ils aient jamais écrit, ou c'est celui qui touche à quelque chose de profondément personnel, ou bien celui qui les a fait rire et pleurer, et croire que leur cœur allait se briser pendant qu'ils l'écrivaient. *Tout me ramène à toi* est complètement, irrévocablement le livre de mon cœur. C'est le livre qui ne cesse de me rappeler pourquoi je suis tombée amoureuse de l'écriture, et comment certains personnages restent avec vous pour toujours. Merci d'avoir rejoint cette aventure avec Anna, Gabe et toute la famille Weatherall.

Amicalement,

Melissa WIESNER

Remerciements

Tout me ramène à toi m'a demandé sept ans de travail et une centaine de révisions dans l'intervalle ; les personnes qui ont influencé ce texte durant ces sept années sont trop nombreuses pour être toutes citées. Ce livre n'existerait pas sans toutes les personnes formidables que j'ai rencontrées dans les communautés d'écriture en ligne au cours des premières ébauches. Je reste époustouflée par le nombre d'écrivains prêts à partager leurs conseils, leur expérience, leurs critiques, leurs encouragements, leur compassion et leur amitié pour aider d'autres écrivains.

Un immense merci à Brenda Drake et à toute l'équipe de Pitch Wars pour les heures innombrables que vous avez consacrées à soutenir des écrivains en herbe et à promouvoir des communautés d'écriture. Bien que je n'aie jamais été une « disciple » de Pitch Wars, ce programme a littéralement changé ma vie, et je sais que des centaines d'autres écrivains ont une histoire similaire à la mienne.

Merci aux juges du concours de manuscrits Golden Heart (dans la catégorie fiction grand public) de l'association Romance Writers of America, qui en 2019 m'ont redonné confiance pour continuer ce livre alors que je doutais sérieusement. Et, par-dessus tout, merci de m'avoir permis de rencontrer « en vrai » le groupe d'écrivains le plus incroyable et le plus solidaire dont on puisse rêver.

Un grand merci à tous ceux qui m'ont fait des retours sur ce livre, mais surtout à Maureen Marshall, de la part de qui j'ai reçu autrefois des critiques difficiles à entendre mais nécessaires sur mon écriture. Et à Elizabeth Perry, de la part de qui j'ai reçu des critiques difficiles à entendre mais nécessaires sur cette histoire en particulier.

Merci à Amy Trueblood et Michelle Huack pour tout le temps et les efforts incroyables que vous avez consacrés au concours Sun vs. Snow. Et merci à Jody Holford, ma mentor dans ce concours, qui m'a aidée à perfectionner les premières pages de ce livre, et qui, presque six ans plus tard, répond à mes e-mails avec toujours autant de sagesse et d'encouragements.

Merci à Julie Dinneen, qui a aimé Anna et Gabe autant que moi.

À Sharon M. Peterson, merci de répondre toujours à mes messages généralement paniqués, même quand tu jongles avec d'autres échéances.

À mon agent, Jill Marsal, je suis tellement chanceuse de travailler avec toi. Merci pour ton incroyable habileté à naviguer dans ce secteur, qui me permet de me concentrer sur l'écriture.

À mon éditrice, Ellen Gleeson, j'ai sans doute l'air d'un disque rayé à force de répéter à quel point je t'adore et combien j'admire ton talent incroyable. Je le pense sincèrement chaque fois que je le dis. Je n'aurais pas pu imaginer publier ce livre avec quelqu'un d'autre que toi ou ailleurs que chez Bookouture. Merci de croire en mon écriture et en ce livre.

Merci à tous chez Bookouture. Vous êtes vraiment les meilleurs dans votre domaine.

À mon mari, Sid. Je devrais écrire un autre livre entier

pour te dire à quel point je t'aime. Un jour, je le ferai, et en veillant à ce qu'il soit tout à fait érotique.

Comme toujours, merci à ma merveilleuse famille Brusoski-Wiesner pour vos encouragements et votre soutien.

Enfin, ma gratitude la plus sincère à mes lectrices et à mes lecteurs. Je mesure ma chance d'être lue par chacune et chacun d'entre vous.

PAPIER CERTIFIÉ

Le Livre de Poche s'engage pour l'environnement en réduisant l'empreinte carbone de ses livres. Celle de cet exemplaire est de :
150 g éq. CO_2
Rendez-vous sur
www.livredepoche-durable.fr

Composition réalisée par Soft Office

Achevé d'imprimer en France par
CPI BRODARD & TAUPIN (72200 La Flèche)
en mai 2025
N° d'impression : 3061021
Dépôt légal 1re publication : juin 2025
LIBRAIRIE GÉNÉRALE FRANÇAISE
21, rue du Montparnasse – 75298 Paris Cedex 06
marketing@livredepoche.com

29/6935/1